Nadine Olonetzky

Wo geht das Licht hin, wenn der Tag vergangen ist

S. FISCHER

Aus Verantwortung für die Umwelt hat sich der S. Fischer Verlag zu einer nachhaltigen Buchproduktion verpflichtet. Der bewusste Umgang mit unseren Ressourcen, der Schutz unseres Klimas und der Natur gehören zu unseren obersten Unternehmenszielen.

Gemeinsam mit unseren Partnern und Lieferanten setzen wir uns für eine klimaneutrale Buchproduktion ein, die den Erwerb von Klimazertifikaten zur Kompensation des CO_2-Ausstoßes einschließt.

Weitere Informationen finden Sie unter:
www.klimaneutralerverlag.de

FSC
www.fsc.org
MIX
Papier | Fördert gute Waldnutzung
FSC® C014496

Erschienen bei S. FISCHER

Satz: Dörlemann Satz, Lemförde
Druck und Bindung: GGP Media GmbH, Pößneck
Printed in Germany
ISBN 978-3-10-397590-1

»There is a crack, a crack in everything,
that's how the light gets in.«
Leonard Cohen

Prolog

Dass ich diese Geschichte erzählen kann, verdanke ich der Ausdauer meines Vaters. 1943 gelang ihm die Flucht vor den Nationalsozialisten in die Schweiz. Sieben Jahre später begann er mit den Geschwistern, die auch überlebt hatten, um Entschädigung zu kämpfen. Sie kämpften 24 Jahre lang.

Das wusste ich nicht.

Nur ein einziges Mal erzählte er mir von seiner Flucht und der Ermordung seines Vaters und seiner Schwester. Und dass alle Dinge, mit denen sie gelebt hatten, vernichtet waren. Alle außer einer kleinen Fotografie, die heute in meinem Schreibtisch liegt.

Viele Fragen blieben offen.

In diesem Buch erzähle ich von den Antworten, die ich fand. Und von den Fragen, auf die es keine Antwort gibt. Ich erzähle davon, wie sich das Geschehene auf die Überlebenden, auf unsere Familie und auf meine Kindheit auswirkte und welche Rolle die Fotografie in unserem Leben bekam.

Mit einem Tagebuch und den Fotoalben, die mein Vater nach seiner Flucht zusammenzustellen begann, nimmt diese Geschichte ihren Anfang.

Mein kleiner Garten, in dem die Jahreszeiten kommen, gehen und wiederkommen, ist für alle da, die diese Geschichte lesen.

Teil 1

In alle Winde zerstreut

Schnee

Wann hörte ich zum ersten Mal, dass mein Großvater Moritz *umgekommen* war?

Mein Vater hatte ein Buch mit leeren Seiten vorbereitet. An dem Tag, an dem ich zur Welt kam, begann er zu schreiben. *Es ist ziemlich kalt,* schrieb er. *Ein frischer Wind bläst. Am Samstag hat es Neuschnee gegeben und heute, am Sonntag, scheint die Sonne. Vereinzelt fliegen Schneesterne vom Himmel, hell glitzernd in der Sonne und auf die Erde tanzend. Alle Dächer sind voller Schnee, der Himmel ist blau, in der Ferne stehen klar und rein die Berge. Das ist doch ein richtiges Wetter, um auf die Welt zu kommen.*

Das Buch war schön gebunden wie die Fotoalben, die er da auch schon zusammenstellte. Als ich endlich geboren war und blutig, mit vielen schwarzen Haaren auf dem Kopf dalag, fotografierte er mich. Und er begann Tagebuch zu schreiben. Über mich, für mich. *Bis du selbst weiterschreiben kannst.*

Wie der Schnee bestehe ich aus Wasser. Und aus Mineralien, aus Milliarden von Bakterien, Molekülen. Ich bin kein flüchtiger Kristall, der schmilzt, sobald es wärmer wird, sondern eine wimmelnde Wolke, die kompakt daherkommt. Die auf der Straße herumspaziert oder auf den Bus wartet. Die frisch geduscht und schick gekleidet ausgeht oder im Trainingsanzug auf dem Sofa liegt. Die ihr Glück findet in der Arbeit, auf dem

Waldspaziergang und in einer fremden Stadt. Die ihre Katze geliebt hat bis an ihr Ende und sie seither schmerzlich vermisst. Die manchmal krank ist, fast auseinanderfällt und dann wieder kräftig wird. Die mit Kochlöffeln in Töpfen rührt, an großen Tischrunden isst und glücklich ist, von Freunden umgeben zu sein. Die weiß, dass die Welt ein Ort sein kann von größter Dunkelheit und Angst.

Jetzt ist wieder Winter, im Garten liegt Schnee. Immer häufiger bleibt er aus, oder es fallen zwar Schneeflocken von einem hellgrauen Himmel, doch sie zergehen sofort auf der nassen Straße. Zu warm ist es und nicht nur um Weihnachten, wenn Föhneinbrüche Tradition haben. Dass es wärmer geworden ist, beobachte ich auch in meinem Garten. Im Sommer bekommt der Knöterich vorzeitig braune Blätter, und die Erde ist gegen Abend voller Risse, auch wenn ich am frühen Morgen gewässert habe.

Früher lag eindeutig mehr Schnee. Ich sehe das in den Fotoalben.

Die ersten Alben, die mein Vater machte, sind quadratische Ringbücher, zehn mal zehn Zentimeter klein. Seine schwarzweißen Fotos entwickelte er selbst und reihte sie sorgfältig zu einer Abfolge, in die er schwarze, weiße oder farbige Glanzpapiere und Transparentfolien einschob. Die Ringbindung ist aus buntem Plastik, brüchig heute und etwas ausgebleicht.

Meine Mutter ist die Hauptfigur, natürlich. Auch Freunde sind dabei; wer es ist, weiß ich nicht, denn niemand und nichts ist mit einer Bildlegende versehen. Mein Vater fotografierte auch seine Geschwister, meine Tante Paula und meinen Onkel Efrem. Beide strahlen in den Fotos übers ganze Gesicht.

Beim Weiterblättern färbt die Folie schon das nächste Bild

ein. Ein Hafen hinter Grün, meine Mutter mit Hut hinter Blau oder ein Stillleben mit Kieseln hinter Orange. Immer wieder fügte er auch Menükarten, Stadtpläne und Weinetiketten ein, die er zum Quadrat zurechtgeschnitten hatte. Und auf die Farbpapiere hatte er mit Schreibmaschine ein Ferientagebuch getippt, einige Sätze bloß.

Wie leidenschaftlich er die erste Zeit mit meiner Mutter, ihre gemeinsamen Ausflüge und Reisen festhielt! Wie sehr er sich auch als Graphiker verstand, der gestalterische Ideen hatte und umsetzte, sorgfältig und voller Liebe. Auf ausgebleichtes Rot schrieb er: *Der erste April 1952! Dicke Schneeflocken. Ein Feuerwerk, alles kreist, und wir versinken in einem Meer von Glück!*

Auf Blau dann: *Unsere erste Fahrt ins Blaue … Du hattest keine Ahnung, wohin es ging, ich hoffte nur, es ginge ins Glück. Es ging!* Am Zürcher Künstlermaskenball hatte er meine Mutter tanzen sehen, sich aber nicht getraut, sie anzusprechen. Da tanzt meine Frau, soll er gedacht haben. Das erzählten mir dann beide. Als sie zusammenfanden, 1952, war er außer sich. Oder vielleicht ganz bei sich, ein neuer Mensch.

Wie sie sich fühlte, kann ich nicht genau erkennen. Erzählt hat sie es mir nie. In den ersten Fotos ist sie noch so jung und weich, offen. Vielleicht überwältigt? Fasziniert und gleichzeitig unsicher, vorsichtig? In allen Bildern leuchtet es aus ihnen beiden heraus. Sie heirateten im April 1954.

Ein Jahr später schrieb er auf Orange: *Ein Jahr verheiratet!!!! Es war nicht immer leicht mit mir, verzeih mir alle meine Fehler, denn ich liebe dich über alles. Hab tausend Dank für deine Liebe und Treue. Das muss gefeiert werden.* Und wieder ein Jahr später auf Senfgelb: *Spanien 1956! Nach einem arbeitsreichen, har-*

ten Sommer machen wir endlich Ferien. Es schneit bereits in den Bergen, ist kalt und nass. Aber wir fahren ja in den Süden. Wir sind glücklich und sehr fro. Das h von froh ist abgeschnitten.

In dem Foto, das er fürs Album auswählte, trägt meine Mutter einen trägerlosen Badeanzug und er ein weißes Hemd und Anzughosen. Das Bild ist mit Selbstauslöser gemacht, und sie picknicken auf einer ausgebreiteten Decke irgendwo auf dem Land. Auf der nächsten Seite liegen sie am Strand und lesen in Büchern. Sie tragen Sonnenhüte und Sonnenbrillen. Dann gehen sie durch eine Stadt, welche, ist nicht ersichtlich, und durch eine orange Folie hindurch taucht wieder ein Hafen mit Fischerbooten auf; große Säcke werden gerade verladen.

Das waren bis jetzt unsere schönsten Ferien, tippte er auf ein beiges Papier, schnitt es zurecht und fügte es ein. *Glücklich, ausgeruht und braun kehren wir in die Schweiz zurück. In Genf schneit es bereits, es ist bitterkalt, wir müssen im Auto heizen. Aber all dies macht uns nichts aus.*

Statt alles abzuzeichnen, was ihn Stunden oder Tage gekostet hätte, fotografierte er. Zeichnen war die Domäne meiner Mutter. Sie hatte die Metallklasse der Kunstgewerbeschule Zürich besucht, wie die Ausbildung zur Goldschmiedin damals genannt wurde. In einem kleinen Foto aus dieser Zeit sehe ich sie in einem weißen Arbeitsmantel an einer Schmiedebank sitzen. Sie feilt an einem winzigen Gegenstand herum. Wurde daraus eine ihrer wunderschönen Emaillearbeiten? Sie zeichnete aber lieber; es verlangte ihr weniger Geduld ab. Bald hatte sie Erfolg mit Textilentwürfen und Illustrationen.

Ihm passte das Technische der Fotografie, ihr Tempo. Er drückte den Auslöser, und sofort war alles festgehalten. Die steinharte Felswand und der hauchzarte Schatten, den meine Mutter an einem heißen Sommertag einen Moment lang auf den Felsen warf – im Bild haben sie das gleiche Gewicht. Sie verwandelten sich beide in Formen, in schwarze und verschieden graue Flächen, die bleiben. In der Fotografie ist alles blitzschnell miteinander verbunden und aufbewahrt. Zu einem Ding gemacht, das bleibt.

In einem nächsten Bild steht meine Mutter vor einem Zerrspiegel und lacht. Ihr Gesicht ist dünn und hoch, ihre Augen sind Ovale mit einem langgezogenen dunklen Kern. Ich blättere um, und die Seiten, die aneinanderkleben, so lange hat niemand mehr das Album angeschaut, geben mit einem reißenden Geräusch nach.

Nun ist sie extrem breit. Sie steht mit kurzen dicken Beinen da, und alles, was sie trägt, die weißen Handschuhe, der Matrosenpullover mit Bateau-Ausschnitt, die kleine Uhr am Handgelenk, ist in die Horizontale gezerrt. Sie lächelt, sehr breit. Ich blättere weiter. Da kommt sie mir auf einem Platz entgegen. Wie jung sie ist! Blühend, mit einer wunderbaren Weichheit um die Lippen, immer lächelnd; sie hat dunkles Haar und einen feuchten Schimmer in den Augen. Im Hintergrund ragt der Eiffelturm aus dem Großstadtdunst.

Weshalb hatte sie sich in meinen Vater verliebt? Waren es sein Charme und seine Unverfrorenheit, die sie anzogen? Bestimmt brachte er sie zum Lachen. War es die Fremdheit, die er ausstrahlte? Das Dunkle, das in ihm saß? War es also das, was er erlebt hatte? Sie war verlobt, als sie ihn kennenlernte; der andere Mann hatte keine Chance.

In diesem Album ist sie mit meinem Vater in einem sonnigen Paris mit regennass glänzendem Straßenpflaster unterwegs. In einem Paris mit neuen Autos, dem Glanz der Cocktailgläser, die in den Straßencafés auf runden Tischchen stehen, und mit funkelnden Lüstern in den Galeries Lafayette. In einem Paris mit festlichen Laternen in der Nacht. In einem Paris ohne Trümmer, Einschusslöcher. Sie macht auf Audrey Hepburn, die Frisur, die Hose, das Lächeln. Alles glänzt und schimmert. Und er nimmt sie auf. Nur in den Fotos mit Selbstauslöser kommt er vor; er trägt wieder einen Anzug mit Krawatte und strahlt.

Sie besaßen ein Auto, einen Simca Vedette, in Weiß. Und fuhren mit ihm auch nach Milano, Modena, Piacenza. Die Landschaft spiegelte sich in seinem Lack. Nach Genua und Portofino. Die Chromstahleinfassung der Fenster glänzte mondän. Sie fuhren ans Meer und in die Berge. Wirklich oft in die Berge. Auf Gelb schrieb er: *Diesmal gingen wir nach Arosa, aber wir haben es nicht gut getroffen. Schneesturm von zwei Wochen. Nur einige Tage Sonne. Nachkur an Ostern, wieder nach Zuoz, aber diesmal ins Hotel Concordia. Großartiges Essen, nur schade, der Schnee war schon fast weg, aber sonst hatten wir es lustig.*

Immer wieder sind sie auf dem Weg nach Hause. In einem Bild lehnt meine Mutter während eines Stopps am Kühlergrill des Simca und trägt einen dünnen weißen Rollkragenpullover; sie fahren *über Genua unserem heimatlichen Zürich zu.*

Unterwegs, tippte er dann fürs Album auf oranges Papier, *ging uns das Benzin aus, und der Gotthard war tief verschneit. Wir freuten uns auf unser schönes Heim und auf unser gemeinsames Leben. Beide waren wir sehr gespannt, wie sich unser Leben gestalten würde. Müde, aber glücklich, mit 5.– im Sack kamen wir zu Hause an. Wir waren so froh, wieder Schweizerdeutsch zu hören.*

Und dann schrieb er auf Blau: *Reisen nach Stuttgart, Hohenzollern, Schwarzwald, Titisee. Ich zeige dir die Häuser der Stadt, in der ich geboren und aufgewachsen bin! Wie fremd ist mir alles hier. Die Menschen, die Häuser, die Sprache.*

Was zeigte er ihr bloß in Stuttgart? Es stand doch kein einziges Haus mehr, in das er einmal ein und aus gegangen war. Sie flanierten jetzt durch neue Straßen, sahen neue Häuser und saßen in neuen Cafés. Glich er fortwährend die Eindrücke mit seinen Erinnerungen ab? Was wühlten sie in ihm auf? *Ich freue mich,* schrieb er weiter, *wieder in Zürich zu sein.*

Dunkelkammer

Überall sind die Gärten jetzt winterlich leergeräumt. Kahle Beete mit nackter Erde, aus der die handbreit abgeschnittenen Stängel der Stauden ragen, die Blätter sauber weggewischt. Nicht so in meinem Garten. Mir sind die Skelette der Pflanzen genauso wichtig wie die Blumen im Sommer. Die Stängel sind geknickt und dürr, die müden Blätter des Knöterichs lasse ich kreuz und quer am Boden liegen, wo sie dunkel modern. Dazwischen faulen leere Samenkapseln.

In das Tagebuch, das mein Vater für mich führte, schrieb auch meine Mutter ab und zu ein paar Sätze. Mit ihrer schwungvollen, großzügigen Schrift füllte sie locker eine halbe Seite. Sie nannte mich beim Namen, beschrieb mich in der dritten Person. War ich ein fremdes, unverständliches Wesen, das sie beobachtete? Zeichnend fiel es ihr leichter, mich kennenzulernen. Zeichnen war ihre Sprache.

Zuerst hielt sie mich fest, während sie mich stillte. Die Rundung ihrer Brust, darunter meinen Kopf. Anschließend folgt eine Aufsicht: Wie ich im Stubenwagen liege, fest eingepackt wie eine Larve im Kokon. Dann die ersten Kleidchen, ausgebreitet auf einem Bett. Die *Schlüttli,* kleinen Jäckchen, die Strampelhosen, Söckchen und Pantöffelchen und die Käppchen. Später die Tiere, die sie auf einem Spaziergang mit mir im Kinderwagen antraf. Einen Dackel, einen riesigen Pudel, eine dreifarbige Katze.

Sie schrieb tapfer ein paar Beobachtungen auf, so als hätte sich das mein Vater von ihr gewünscht. Das Buch war seine Domäne. Er erzählte mir von mir, und er erzählte mir von der Welt. *Draußen ist wieder alles voller Schnee,* schrieb er. *Ein Schneesturm fegt ums Haus, aber du bist mein Sonnenschein, dein Lächeln hat mir den ganzen Tag verschönt.* Immer wieder Schnee, Schneeflocken, Schneestürme, tiefverschneite Landschaften. Er hatte es wirklich mit dem Schnee.

Dass meine Mutter elegant war, Witz hatte und Phantasie, wird in den frühen Fotos sofort klar. Es ist auch in ihren letzten Bildern noch zu erkennen, obwohl sie da schon sehr krank war und wirklich alles schwierig geworden war.

In den ersten Alben lächelt sie auf jeder Seite, später weniger, in den letzten fast nicht mehr. In den ersten Alben ist sie fortwährend auf Ausflügen, in Städten, am Meer, in den Bergen. In den ersten Alben stehen Blumen auf dem Fenstersims, und sie liegt auf dem Sofa und liest. In den ersten Alben sitzt oder steht sie auch an ihrem Arbeitstisch und zeichnet. In manchen Bildern beugt sie sich über den Tisch und ist vollkommen vertieft.

Mein Vater umkreiste sie dauernd mit der Kamera, seine Blicke tasteten sie ab. Wie sie das wohl fand? Störte es sie nie? Davon erzählte sie mir nichts. Er nahm auch ihre Pinsel auf, die Stifte und das Glas mit dem farbtrüben Wasser. Die Stapel mit weißem Papier. Das Lineal und die Schere. Er bewunderte ihre Arbeit, ihr Talent und feierte sie mit seinen Bildern. Und band das alles in die Alben ein.

Später schlich ich mich manchmal an, wenn sie zeichnete, und stellte mich neben ihren Stuhl. Meine Augen, nur leicht höher als die Platte ihres Arbeitstischs, verfolgten, wie sie den Stift übers Blatt führte, sicher und ruhig. Sie wanderten mit ihren

Bewegungen mit, während meine Mutter ihre Zungenspitze über die Oberlippe hinausstreckte. Das tat sie immer, wenn sie etwas gespannt verfolgte. Und sie verfolgte ja auch, was ihre Hand auf dem Blatt da tat. Sie zog die Linien mit Tusche oder Bleistift und füllte die Flächen mit Pinsel und Wasserfarbe aus, sauber und genau. Es schien, als wüsste ihre Hand vor ihrem Kopf, was sie zeichnen wollte. Ich bewunderte das.

Die Zeichnungen verschickte sie per Post oder brachte sie in Kartonmappen weg. Dann erschienen sie in Modezeitschriften oder wurden als Buchumschläge gedruckt. Später malte sie auch Bilder, verfuhr aber gleich. Es sind präzise, oft symmetrisch komponierte Landschaften mit einem einzelnen auf einem Hügel thronenden Baum. Oder menschenleere Interieurs mit einem Fenster, in dessen Ausschnitt wieder eine Landschaft zu sehen ist. Die Landschaft im Fenster malte sie als Bild im Bild.

Ihr Leben lang arbeitete meine Mutter von zu Hause aus. Manchmal kamen die Autorin, für deren Romane sie die Umschläge zeichnete, und der Verleger, der sie dann herausbrachte, zu Besuch und aßen mit uns. Die Schriftstellerin war eine Respekt heischende Dame mit runzligem Hals, deren Röcke vor meinen Augen schimmerten und knisterten. Ich blickte zu ihr auf und verdrückte mich hinter einen Stuhl. Von dort aus beobachtete ich sie und hörte zu, was sie mit meiner Mutter besprach. Es waren geschäftliche Treffen. Doch dieses Arbeiten hatte nichts Quälendes oder von Zeitdruck Belastetes. Es wirkte heiter und ungezwungen.

Die Zeichnungen gingen hinaus in die Welt, während sie selbst im Haus blieb; fast immer war sie zu Hause. Nie musste sie frühmorgens an einer Tramhaltestelle frieren oder zum Bus rennen, im Gedränge stehen, pünktlich anfangen und viele

Stunden bis Arbeitsschluss durchhalten. Sie war da, das war gut, und sie war gleichzeitig in einer Welt, in die ich ihr nicht folgen konnte.

Im Garten liegen die Stängel und Blätter der Stauden erschöpft auf der Erde und sind von dunkler Schönheit. Mit der Zeit werden sie sich in ihre Bestandteile auflösen. In Wasser, Mineralien, Bakterien, in Moleküle und langsam in die Erde übergehen. Auch das ist Winter. Das Stillleben im Beet ist das Gegenbild zur Üppigkeit des Sommers, genauso notwendig. Die Stängel und Blätter schimmern in der tiefen Wintersonne in Braun- und Grautönen. Und die Schilfgräser ragen wie trockene Besen auf. Im Modern verströmt alles Ruhe.

Nach den kleinen quadratischen Ringbüchern begann mein Vater größere Fotoalben zu machen. Sie sind auch quadratisch, fast doppelt so groß und sehr dick. Er fotografierte, dauernd fotografierte er. Meine Mutter, mich, und sobald mein Bruder auf der Welt war, auch ihn und uns alle zusammen. Dann verzog er sich in die Dunkelkammer, entwickelte die Filme, vergrößerte die Barytabzüge und stellte die steifen Fotopapiere in einer Reihenfolge zusammen. Was ging ihm durch den Kopf dabei? Durchlebte er die Szenen noch einmal? Sah er den Unterschied zwischen seinem Bild und dem, was er in jenem Moment erlebt hatte? Und welche Geschichte wollte er mit dem Album erzählen? Plante er das oder folgte er gedankenverloren seinen Stimmungen, während er die Bilder herumschob? Wieder reihte er schwarze und weiße Glanzpapiere ein, aber keine bunten Transparentfolien mehr.

Die Bilder, alle randabfallend, brachte er zum Buchbinder. Der verklebte sie zu Seiten, fügte feste eierschalenfarbige Vorsatzpapiere ein. Dann nahm er ein breites Fälzelband und die mit Leder kaschierten Kartons für den Umschlag und band die Bilder zu Alben. Auf Rücken und Umschlag prägte er Titel ein: *Mai bis Juli 1962* zum Beispiel oder *November 1968 bis Dezember 1969*.

Für meinen Bruder und mich ließ mein Vater eine Folge von Bildern binden, in der nun wir jeweils die Hauptrolle spielten. Während er in den kleinen Alben meine Mutter feierte, zelebrierte er in den großen uns und unser Familienleben. Viele Stunden aufmerksamer Arbeit im Labor, auf seinem Arbeitstisch und in der Buchbinderei stecken in ihnen.

Lange lagen meine Alben – sie sind in weißes Leder gebunden, während mein Bruder rote bekam – schwer auf dem Boden des Kleiderschranks. Zog ich um, verfluchte ich sie, warf einen Blick zwischen die Seiten und klappte sie sofort wieder zu. Doch jetzt erzählen sie mir Geschichten. Mit ihnen eile ich Jahr um Jahr zurück auf der Zeitachse, und mit den kleinen Alben auch in die Zeit, in der ich noch nicht lebte.

Die Alben sind heute Brocken unter Brocken. Brocken mit Gesichtern, Brocken mit Gegenständen, Brocken mit belanglosen Szenen und feierlichen Momenten. Und auch Brocken mit Wiesen, weiten Landschaften mit Wald oder Bergen. Und mit Schnee.

Im Schnee bin ich in meinem Element. Im Schwarzweißbild ist er weiß, das Holzchalet im Hintergrund ist dunkelgrau. Es hieß *Bergfrieden*. Auf den Knien rutsche ich herum, im warmen Anorak schwitzend, so wirkt es, und glücklich. Liegt mir die Verzauberung durch Schnee in den Genen wie die Sommersprossen, die Haarfarbe, die Angst?

Mit beiden Händen schiebe ich den Schnee zusammen, *die weiße Pracht*, wie mein Vater schwärmte. Eine Seite weiter klopfe ich die Pracht an den Bauch des Schneemanns; schön dick soll er werden. Wieder eine Seite weiter lacht er mit seinem Steinmund, die Rübennase reckt er in die Luft, und er trägt einen großen Weidenkorb als Hut.

An diesem längst vergangenen Tag wird der Himmel in ein helles Grau verwandelt; es ist ein klarer, kalter Wintertag, beruhigend hell. Wieder warm eingepackt in Hose und Jacke, macht mir die Kälte nichts aus. Ich liebe es auch heute noch, wenn ich im Winter viele Kleider tragen kann. Schichten aus T-Shirt, dünnem und dickem Pullover und darüber eine Jacke. Dazu Handschuhe, eine Kappe. Stiefel. Lauter Dinge, die mich schützen, die ein Gewicht haben, das ich am Körper spüre. Lauter Schichten, die mich zusammenhalten, umfassen.

Kuchen

Die Kamera war ein Familienmitglied, ein seltsames. Es war still, metallisch kühl, immer präsent. Nicht so wie der Hund, der laut war, haarig, gut gelaunt, immer hungrig und darum manchmal bei den Nachbarn. Die Kamera war unvermeidlich.

Doch wenn sie mein Vater in die Hand nahm, ging er auch auf Abstand. Er machte einen Schritt zurück, suchte, nach links und nach rechts tretend, einen guten Standort und die passende Perspektive. Was war der beste Blickwinkel? Von höher oder tiefer aus gesehen? Von weiter weg oder noch näher heran? Das, so erinnere ich mich heute, arbeitete in seinem ernsten Gesicht. Er konzentrierte sich und war nicht mehr beteiligt. Als Beobachter, nein, Richter entschied er, wann der Augenblick glücklich genug war für ein Bild. Dann drückte er den Auslöser.

Er nahm uns am Esstisch auf. Ich warf da gerade die Arme in die Höhe und lachte, denn vor mir stand der Geburtstagskuchen. Fünf Kerzen, Geschenke, schönes Geschirr. Und auf dem Fenstersims hinter mir hockten die beiden Katzen; sie schauten in sich hinein. Wenn sie da waren, war eigentlich alles gut.

Oder er fotografierte uns alle. In einem Bild lehnen wir am Geländer einer Aussichtsplattform, hinter uns sind Bäume und ein See zu erkennen; über allem spannt sich ein weiter Himmel mit Schäfchenwolken. Meine Mutter betrachtet gerade die Landschaft im Rücken der Familie, statt in die Kamera zu blicken, wie es sich gehört. Mein Bruder hält sich an ihrem Bein fest, während ich daneben stehe und meine dünnen, bleichen

Beine unter dem Saum des Röckchens hervorkommen; es war wahrscheinlich der erste Ausflug in luftigen Sommerkleidern. Ich hatte nackte Knie, um die der Wind strich, und das ist ein Gefühl, das blieb.

Eigentlich spotteten meine Eltern über Familien, die am Sonntag in schönen Kleidern spazieren gingen. Wie steif die aussahen, also nein. Vom Parkplatz gingen die doch tatsächlich nur die wenigen Meter bis zum Restaurant! Zwängten ihre Bäuche hinter die Wirtshaustische und stürzten sich dann auf ein Schnitzel und einen Coupe Romanoff! Wie faul! Füße wären doch zum Gehen da und nicht nur fürs Gaspedal und so weiter. *Schnitzelzeit* nannten sie die ruhigen Mittagsstunden, in denen wir über die staubigen Feldwege trotteten oder auch rannten und hüpften; und danach waren höchstens unsere Knie paniert.

Ein paar Seiten weiter. Da erwischte er mich, als ich mich in der prallen Sonne über einen fremden Hund beugte. Der hatte sich vor mir auf den Rücken gelegt und alle viere von sich gestreckt. Ich erinnere mich jetzt, dass es mittagsheiß war, drückend, und der Streuner gekrault werden wollte. Im Bild fällt der Schatten seiner Vorderpfoten auf meine Schuhe. Der Schatten und die Pfoten, die Schuhe und das Straßenpflaster, alles ist im Bild verbunden und eigentlich nur der Widerschein des Lichts.

Du bist mein Sonnenschein, sagte mein Vater immer wieder. Das war eine klare Aufgabe.

Die Luft riecht nach Kälte, alle Gerüche und Geräusche der Stadt sind heruntergedimmt und gekühlt. Hinter dem Zaun liegen der unkrautfreie Rasen und die pflegeleichten Polster der Nachbarn im Winterschlaf. In der Nacht hat es ein wenig geschneit. Die immergrünen Bodendecker sind jetzt halb unter dem frischgefallenen Schnee begraben. Ihr Kirschbaum wirkt so kahl, dass kaum zu glauben ist, dass je wieder auch nur ein einziges Blatt aus seinen Zweigen wachsen wird.

Die Alben erzählen die Familienereignisse in Fragmenten. Zuerst kommen Fragmente aus der Liebesgeschichte meiner Eltern, und es ist gut, dass ich sie heute bei mir habe. Dann kommen Fragmente aus ihrer jungen Ehe, aus ihren Reisen, manche brüchig geworden und ausgebleicht. Sie berichten von der Zeit, als ich noch nicht geboren war, von der Zeit, als sie glücklich waren miteinander. Dann kommen Fragmente, die von meinem Bruder erzählen und damit Fragmente, in denen die Familie ganz geworden ist. Es sind Fragmente mit Ausflügen, Sonntagen, Geburtstagen. Sie sind zuerst fröhlich, dann gewöhnlich und sogar langweilig, zum Schluss melancholisch und geradezu verstört, denn da war schon alles in Schieflage. Und als dann alles wirklich kippte, fotografierte mein Vater nicht mehr. Und es war niemand mehr da, der Alben machen wollte.

Von Album zu Album werden wir alle größer oder einfach älter. Auch meine Tante Annette, die Schwester meiner Mutter, und ihr Mann; er ist der Musiker. Sie lebten in Wien, fuhren jeden Sommer *mit der Ente* 700 Kilometer gegen Westen und kamen komplett verschwitzt bei uns an. Er schwitzte eigentlich immer, nicht nur nach einer langen Autofahrt im Hochsommer. Er schwitzte beim Stehen und Gehen, beim Reden und beim Essen. Perlen standen ihm auf der Stirn, und Bäche liefen seinen Hals entlang in den Kragen. Schwitzen, das gehörte einfach zu ihm. Annette war Klavierlehrerin, hatte einen steifen Gang und den üppigen Busen, den alle Frauen in der Familie haben.

Sobald *die Ente* zu hören war, rannte ich ihnen entgegen, wie verrückt, in offene Arme. Dann halfen alle, die Koffer und Taschen von den Sitzen und aus dem Kofferraum zu holen. *Die Ente* schaukelte gutmütig, und zuletzt und mit großer Vorsicht kam der Kasten mit der Bratsche ans Licht. Auch das hielt mein Vater fest und fügte es ins Album.

Während ich die steifen Seiten umblättere, steigt mir der trockenmuffige Geruch nach altem Leim und Jahren im Dunkeln in die Nase. Ich höre, wie diese Fotos, die ich lange nicht mehr angeschaut habe, aufreißen wie schlecht verheilte Wunden, wenn man das Pflaster abzieht. Ich blättere weiter, und da sind sie, Onkel Efrem, Tante Paula, mein Vater. Die Überlebenden. Sie sitzen um einen Gartentisch, es ist Sommer, und sie lächeln. Weshalb wohnten die Geschwister meines Vaters nicht wie wir in der Schweiz? Warum wohnten wir nicht wie sie in Jerusalem? Mein Vater sagte: *Wenn du alt genug bist, erzähle ich dir das einmal.*

Onkel Efrem trug seine Leica immer bei sich. Ihr silbriges Metallgehäuse baumelte vor seinem Bauch und wippte auf und ab, wenn wir spazieren gingen. Ein Bild, auf das ich stoße, beweist es. Das rehbraune Kameraetui ist wie immer nach unten geklappt, und auch der Lederriemen hebt sich von seinem Rollkragenpullover ab; die Brauntöne sind in ein unbestimmtes Grau übersetzt. Neben seiner Kamera trug mein Onkel an einer feinen Kette auch den Belichtungsmesser, stets griffbereit. Und auch in diesem Bild hängt er um seinen Hals. Onkel Efrem, immer schief und immer schiefer, der Fotograf. Er ist der richtige Fotograf. Ein Fotograf im Fotoalbum, fotografiert von meinem Vater, dem Hobbyfotografen.

Von Zeit zu Zeit packte mein Onkel die Leica und hob sie vor sein Auge. Klick. Das Geräusch ist immer noch in meinem Ohr. Es gehört zu den Geräuschen meiner Kindheit. Wie das Schnurren der Katzen, das Klappern des Geschirrs und die schabenden Schritte auf dem Berberteppich im Wohnzimmer.

Wenn Efrem zu Besuch war, fotografierten auch beide, mein Vater und mein Onkel. Klick, klick. Sie hatten es wirklich mit den sichtbaren Dingen. *Steht mal da hin! Schaut zu mir!*, riefen sie, wenn sie uns fotografierten. *Ja, so ist es gut.*

Die Kamera war die Maschine zu ihrem Lebensgefühl. Sie wollten alles festhalten, in Bilder verzaubern. Es war ihr magisches Spiel, und wie alle Spiele war es ernst. Das Haus und der Garten, das Ballspiel und das Essen, der Ausflug und die Wanderung. Zuerst im Kasten der Kamera eingefangen, dann in der Silbergelatineschicht des Papiers fixiert und schließlich ins Album gebunden. Nur so schien alles sicher genug aufbewahrt.

Mein Onkel fotografierte natürlich noch weit mehr als nur die Familie. Er war ja ein Fotograf. Er reiste, er arbeitete für die Zeitung, das wusste ich schon früh. Er war nicht einer, der nur Geburtstage aufnimmt.

In dem Foto ein paar Seiten weiter gehe ich mit ihm eine Straße entlang zum Rheinfall; wir sind fröhlich, und mein Bein setzt zu einem Hüpfen an. Diesen Moment hat mein Vater festgehalten. Der flüchtige Schwung ist auf Dauer fixiert.

Tante Paula und Onkel Efrem kamen jeden Sommer zu Besuch.

Efrem kam zuerst mit seiner ersten Frau. Ilse trug eine riesige Brille und rauchte Kette in unserem Wohnzimmer. Immer saß sie in einer grauen Wolke und wirkte unglücklich. Als er geschieden war, kam er mit Peggy, einer kugelrunden Amerikanerin mit großem *Toches*, die enge Hosen und quergestreifte Pullover liebte. Mit ihren üppigen Lippen lächelte sie mich breit an. Auch wenn ich nicht so richtig mit ihr sprechen konnte, mochte ich sie viel lieber als die Kettenraucherin.

Paula hingegen war klein, schlank und elegant; so musste eine echte Dame sein, fand ich. Sie war mit Paul verheiratet; es war ihre zweite Ehe. Paula und Paul Apfelbaum waren immer schon uralt gewesen, fand ich, sehr lieb und sehr fremd. Sie brachten Datteln mit, Talismane mit Thoraspruch und mehrere Schachteln mit Halva. Sie sprachen ein lustiges Deutsch, und Paula nahm mich auf ihren Schoß, wo ich durch den Stoff des Kostüms ihre Knie spüren konnte. Vor meinen Augen schimmerten die feine Goldkette an ihrem Hals und die elfenbeinfarbigen Zähnchen in ihrem Mund.

Im Sommer füllte sich das Haus, das im Winter zu leer war.

Mit Vorliebe installierte sich Paula für die Dauer ihres Aufenthalts im Wohnzimmer. Sie saß im Lehnstuhl oder in der Ecke des Sofas und kam fürs Essen an den Tisch. Sie ließ sich verwöhnen oder, das war Ansichtssache, auch bedienen. Sie las viel, und manchmal kaufte sie sich im vornehmsten Schuhgeschäft der Stadt Damenpumps in Kindergröße; sie trug 34. Und sie redete mit meinem Vater. Der freute sich riesig. Er lachte mit ihr, und sie zogen sich zurück.

Auch mein Onkel Efrem reiste an, der wie seine Schwester Paula *früh genug weggegangen war;* das hatte ich meinen Vater sagen hören. Efrem hatte eine fatale Vorliebe für gesalzene Erdnüsse. Obwohl er herzkrank war, verschlang er ganze Büchsen davon allein. Auch er besetzte das Wohnzimmer, sah stundenlang fern, und eines Abends schlief er in der vollen Badewanne ein, wo wir ihn am nächsten Morgen schnarchend und unterkühlt auffanden. *Dein Onkel ist komplett meschugge,* sagte mein Vater, meine Mutter schwieg. Efrem lachte verlegen und setzte sich zu uns an den Frühstückstisch. Und als er wieder abgereist war, lachten wir alle.

Sehr viel später wurde er, der auf mich zeitlebens etwas heimatlos gewirkt hatte, in New York von einem Auto überfahren. Er starb, statt an seinem vierten oder fünften Herzinfarkt, wie wir alle gedacht hatten, an den Verletzungen, die ihm das Auto einer sehr jungen Frau zugefügt hatte. Die Nachricht, die er mir noch auf den Telefonbeantworter gesprochen hatte und die wie immer mit *Mein Schätzchen* anfing und aufhörte, konnte ich lange nicht löschen.

Eine kniehohe Mauer grenzt den Garten zur Straße und Kreuzung hin ab; einen Zaun gibt es nicht. Manchmal setzen sich Leute auf die Mauer und plaudern miteinander. Sie ruhen sich ein wenig aus, bevor sie weiter den Hang hinaufgehen. Auch im Winter. Häufig finde ich leere Bierdosen oder Zigarettenkippen zwischen den Stauden. Es ist eben ein Garten in der Stadt.

Ich schaue das ganze Jahr zu, was in ihm passiert, wie die Pflanzen leben. Es geht nicht nur um schöne Blumen, schon gar nicht um bunte Farben. Jetzt ohnehin nicht; es ist immer noch Winter. Der Schnee ist geschmolzen, doch es ist kalt. Am frühen Morgen überzieht Raureif die dürren Stängel und faulenden Blätter.

Die Zeit vergeht und kann nicht zurückgedreht werden. Erinnere ich mich heute nur, weil es die Alben gibt? In einem der Bilder sitze ich tatsächlich auf Paulas Schoß, und sie trägt eine Goldkette. Woher sollte ich das sonst noch wissen, es ist so lange her. Mein Gesicht ist ihrem Gesicht ganz nah. Aus ihrem Pullover stieg der zarte Duft ihres Parfüms in meine Nase. Daran kann ich mich erinnern, oder meine ich es nur?

Indem ich in den Alben von Bild zu Bild blättere, mache ich für Augenblicke große Sprünge auf der Zeitachse, während aber natürlich die Zeit weiter ungerührt vergeht, unaufhörlich läuft.

Was ist nicht alles zwischen die schweren Deckel geklemmt! Gesichter, Arme, Beine, Röcke, Blusen, Hosen, Hemden, auch Möbel, Geschirr, Häuser, ganze Landschaften. Große Landschaften. Dazwischen lungern immer wieder unsere beiden Katzen herum, sphinxhaft, an ausgewählten Orten im Haus; die beiden hatten eindeutig Stil.

Oder unser Hund. Er steht da, struppig, wedelnd und mit heraushängender Zunge bereit für seine nächste Schandtat. Einmal hatte er den frischgebackenen Früchtekuchen der Nachbarin aufgefressen; wir lachten uns krumm. Ein anderes Mal riss er ins nächste Dorf aus und kam tagelang nicht zurück. Mein Bruder und ich konnten auf ihm reiten, so gutmütig war er, und wenn mein Vater *Platz!* rief, purzelten wir herunter. Doch bei einem seiner Abenteuer kam er ums Leben. Er war auf den Bahngleisen Richtung Zürich gelaufen, der dumme Hund; wir weinten, weinten.

Die Geburtstagskuchen wiederholen sich wie der Refrain in einem langen Lied. Der erste Kuchen mit einer Kerze; ich mustere ihn skeptisch. Dann fünf Kerzen und die vor Freude in die Höhe geworfenen Arme. Dann sieben Kerzen und das *Ausblasen, jetzt! Eins, zwei, drei!* Es ist der Kuchen, den meine Mutter immer an Geburtstagen buk, obwohl sie fürs Backen nichts übrig hatte. Kein Talent, wie sie behauptete, keine Lust, wie ich irgendwann dachte. Aber sie hat ihn doch immer gebacken!

Zu einem Rezept für einen Zitronenkuchen hatte sie das Wort *dubbelsicher* notiert. Alle Deppen, Trottel und *Schlemihls* wohnen im Reich der Blödheit und Unfähigkeit, das wusste ich schon. Das hatte ich in den Geschichten von Isaac B. Singer gehört, die mir meine Eltern immer vorlasen, und das war offenbar der Kuchen für sie. Nicht aber die Geburtstagstorte! Die war nicht *dubbelsicher*, die konnte schrecklich missglücken, meine Mutter wurde nervös. Doch immer wieder ist sie ihr geglückt; das beweisen die Alben. In einem Bild sehe ich die Torte, die Kerzen stecken schief im Schokoladenguss, und vor dem Fenster liegt Schnee.

Beides hat es wirklich gegeben, die Torte und den Schnee. Und im Bild ist das Licht, das von der Torte und vom Schnee zurückgeworfen wurde, heute erhalten.

Schnee, Schnee, Schnee, in allen Variationen ist Schnee zwischen die weißen Deckel der Alben gepresst. Auch die schaumig weiß blühenden Kirschbäume neben unserem Haus, die im Frühling noch etwas von Schnee ausstrahlen. Dann: Wie mein Bruder und ich im Garten Primeln pflücken und später, im Sommer, wie wir Pusteblumen wegpusten. Die Bilder rufen den Duft nach der würzig-süßen Luft wach, nach frischgemähtem Gras. Dann spüre ich die Wärme des Wohnzimmers im Herbst wieder, wenn das Feuer im Kamin brannte. Und die kalte Nässe des Schnees. Alles ist in Formen und Flächen übersetzt.

Was bedeuten sie? Was fehlt? Wo verbergen sich die kellerdunklen Stimmungen? Und waren die Landschaften in den Bildern nicht immer zu groß für uns kleine Menschen?

Alphorn

Im Bus betrachte ich manchmal die anderen Passagiere. Gesicht um Gesicht. Ich sehe Hände, die Taschen und Telefone halten, die in Jacken stecken und dort Beulen machen. Ich sehe Blicke, die sich in der vorbeiziehenden Stadtlandschaft verlieren. Eine alte Frau, im Sitz am Fenster zusammengesunken. Junge Männer wie Hunde, die zum Raufen aufgelegt sind. Und zwei Freundinnen, die aussehen, als wären sie schon zu lange verheiratet, aber die Kinder noch nicht aus dem Haus.

Und alle wollen doch jeden Tag umarmt sein und umarmen. Alle haben Sex oder vermissen ihn und träumen davon. Alle putzen die Zähne oder sitzen auf dem Klo, ausgerechnet dann, wenn das Handy klingelt, das im Wohnzimmer auf dem Sofa liegt. Was ist ihnen allen gelungen, misslungen, widerfahren? Sind sie vielleicht geflohen und haben sich ein neues Leben aufgebaut? Sehe ich Spuren davon in ihren Gesichtern? Welche Geschichten, welche schweren Brocken tragen sie dann mit sich herum? Und was gelingt oder misslingt ihnen an diesem Tag?

Die Vorgeschichte meiner Mutter beginnt um 1450; es gibt ein schwarzes Buch mit dem Titel *Stammfolge.* Darin ist ein Hof erwähnt, *Baltensberg bei Embrach* im Kanton Zürich, über dessen Besitzer, *die Edlen dieses Namens nichts Näheres bekannt ist.* Es ist nur eine dünne Spur, die sich sofort wieder verliert. 1485 dann wurde einer ihrer Vorfahren für den Diebstahl einer *sidenen binden* zum Tod verurteilt. So steht es in dem Buch, an dessen Schluss mein Name von Hand dazugeschrieben wurde. Von wem, ist unklar, und er wirkt hier fremd.

Danach folgen die Namen ihrer Vorfahren und der Ehefrauen; die meisten starben früh. In Stichworten sind ihre Berufe genannt, die Kinder und Kindeskinder aufgezählt, bis im Februar 1773 im Dorf Hochfelden, wo ihre Ahnen damals lebten, Feuer ausbrach. Es war verheerend. Zehn Häuser wurden *auf eine erbarmungswürdige Weise in die Asche verwandelt*, steht in dem Buch. Es starben *vier Personen, darunter eine 25-jährige Weibsperson*, und das alles nur, weil eine Frau *Fasnachts-Chüechli backen wollte und das Feuer in den Anken*, in die Butter, *kommen ließ.*

Hundert Jahre später, im Mai 1855, wird in der *Stammfolge* der erste Name notiert, den ich aus Erzählungen kenne. Es ist mein Urgroßvater Johann-Jakob, genannt Jean; auch Jean starb früh. Er war der erste Goldschmied der Familie. Dass aber seine Frau, meine Urgroßmutter Judith, die Geschäftstüchtigere der beiden war, erzählten mir meine Mutter und Tante Annette immer, wenn die Rede auf sie kam. *Deine Urgroßmutter war die Geschäftstüchtige!*, sagten sie bewundernd, als ginge es um ein seltenes Talent.

Es ist eine Familiensaga, wie Jean und Judith oder vielmehr Judith und Jean 1878 in Bülach, einer ländlichen Kleinstadt, ihr Goldschmiedegeschäft gründeten. Wie sie fünf Jahre später nach Baden umzogen; die elegante Bäderstadt bot die besseren Chancen. Wie sie knapp zehn Jahre danach den Sprung nach Zürich wagten, ans Limmatquai, und nur kurze Zeit darauf schon an die Bahnhofstraße wechselten. Es war Judith, die merkte, dass die Bahnhofstraße nobel wurde; sie war eben die Geschäftstüchtige.

In einer Kartonschachtel bewahrte meine Mutter ein paar Fotos auf. Darin herrschte ein sorgloses *Chrüsimüsi,* ein Durcheinander aus steifen Bildchen mit gezackten Rändern. Mein Großvater Ernst an seinem Arbeitstisch; er zeichnet, und hinter ihm an der Wand hängen die Porträts seiner Eltern Jean und Judith. Ich sehe nur Jeans Frisur und Augen, denn sein großer schwarzer Bart verdeckt sein halbes Gesicht. Ich sehe Judith, streng, in einem dunklen Kleid mit hohem Stehkragen. Meine Mutter wurde nach ihr benannt.

Dann entdecke ich Ernst in Wanderhosen und Bergschuhen; er sitzt auf einer Wiese, hinter ihm liegt Schnee. Weiter unten im *Chrüsimüsi* Ernst am Tag, als er meine Großmutter Thérèse heiratet. Er im Frack, sie in einem Kleid mit tiefgesetzter Taille, dazu ein Bubikopf; sie sind beide in fadem Schwarzweiß erhalten.

In einem anderen Bild stehen sie auf einer Treppe, das Licht ist milchig. Weiter: ihr großes Haus mit Garten, wieder schneebedeckte Berge. Meine Großmutter mit Baby und dann meine Mutter mit ihren Geschwistern. Die drei sitzen in Reih und Glied auf einer Treppe. Onkel Pierre trägt kurze Hosen, Tante Annette und meine Mutter Faltenröcke, und alle haben dicke, handgestrickte Socken um die Waden.

Meine Mutter schaut scheu und mit kritischem Blick zum Fotografen. Ihr glattes Haar ist auch zum Bubikopf geschnitten, und auch dieses Bild ist in kontrastarmem Schwarzweiß gehalten. Zwischen den Fotos finde ich Ernsts abgegriffenen Mitgliederausweis des Schweizer Alpen-Clubs. Pickel, Gämse, Schweizerkreuz. Er war ein passionierter Bergsteiger und *mehrmals auf dem Matterhorn,* wie meine Mutter und meine Tante immer sagten.

Ernst musste den Laden in der eleganten Bahnhofstraße dann übernehmen. Das tat er nicht freiwillig. Sein Bruder Walter hatte das Geschäft geführt, während er mit dem ausbezahlten Erbe in Paris malen und das Leben eines gutbürgerlichen Bohemiens führen konnte. Doch Walter lebte *wie der König von Ägypten*, erzählte Tante Annette, wer immer der König von Ägypten gewesen war.

Als er 1931 plötzlich an einem Herzinfarkt starb, früh wie die meisten seiner Vorfahren, hinterließ er eine Ehefrau und Kinder samt einem Haufen Schulden. Ernst musste nach Zürich zurückkehren und das Goldschmiedegeschäft übernehmen. Auf einer Bergtour entschied er sich zu heiraten, und zwar genau in dem Moment, erzählten meine Mutter und meine Tante auch immer, *als er von weitem ein Alphorn hörte.* Thérèse hatte er in Paris kennengelernt.

Da sind sie wieder, die Flocken. Sie wirbeln durch die Luft, der Wind bläst sie um die Hausecken, über die Straße, hebt sie hoch und lässt sie über dem Garten tanzen. Das Weiß verwandelt die dürren Pflanzen ums Haus und die ganze Stadt in eine schwarzweiße Fotografie. Der Verkehr rollt langsamer, der Lärm ist gedämpft. Bis der Schnee seine Reinheit verliert, zum braunen *Pflotsch,* zum Matsch am Straßenrand verkommt, ist er reine Poesie. In der Stadt hat er nichts Bedrohliches.

Paris! Meine Mutter und meine Tante seufzten sehnsüchtig. Thérèse war dort zur Welt gekommen, aber als Kind mit ihren Eltern nach Zürich gezogen. Später ging sie an die Kunstgewerbeschulen in Genf und Zürich. Und auch das erzählten meine Mutter und meine Tante immer mit Stolz: *Deine Großmutter hat bei Sophie Taeuber-Arp studiert!* Ihre bedruckten Seidenstoffe, die mit bunten Perlen bestickten Beutel, die avantgardistischen Collagen und Linolschnitte sehen auch genauso aus; sie sind wunderschön.

Das marode Goldschmiedegeschäft führte Ernst zu neuer Blüte. Er ließ ein großes Haus am Zürichsee bauen, auf einem riesigen Grundstück am linken Ufer, der weniger sonnigen Seeseite. Er fuhr im Auto herum, nahm aber jeden Morgen das Schiff über den stillen, glatten Zürichsee zur Arbeit; der Laden lag nicht weit von der Schiffstation entfernt. Die Malerei hatte er aufgegeben.

Thérèse blieb zu Hause. Sie zeichnete, stickte und machte Collagen. Sie brachte kurz hintereinander drei Kinder zur Welt, doch nach ihrem dritten Kind, meiner Tante Annette, erkrankte sie an Multipler Sklerose. Und als der Zweite Weltkrieg ausbrach, musste Ernst *einrücken. Er musste an der Grenze stehen,* erklärten mir meine Mutter und Tante Annette auch immer wieder; Onkel Pierre schwieg dazu. Sie waren mit der kranken Mutter und einer Hausangestellten in dem großen Haus zurückgeblieben. Sie hatten Angst um den Vater, und abends verdunkelten sie die Fenster. Bald wuchsen beim Zürcher Bellevue, mitten in der Stadt, Kartoffeln und Raps.

Die Bedrohung war diffus, unfassbar, weit weg und gleichzeitig zu nah. Der Vater fehlte. Wie sehr fehlte er! Kaum war der Krieg vorüber, starb Ernst *an einem Herzleiden;* meine Mutter war erst siebzehn. Es war eine Katastrophe. *Ich war siebzehn, als mein Vater starb,* sagte sie ihr ganzes Leben immer wieder. Sie sagte es auch, als mein Vater starb. Ich war 37, die Scheidung meiner Eltern war da schon lange vorbei, und sie sprachen nicht mehr miteinander.

Es schneite an diesem kalten Dezembertag, Zürich lag unter einer dicken Schicht Neuschnee.

Die kranke Thérèse überlebte ihren bergsteigenden Ehemann um fast zwanzig Jahre. *Paris, eine glückliche Zeit!*, rief der Pfarrer an ihrer Beerdigung in den Kirchenraum und verschwieg, dass sie schon kaum mehr hatte gehen können, als ihre Kinder noch klein waren. In einem Foto, das ich auch in der Schachtel finde, steht sie im Garten und stützt sich auf einen Stock. Fast scheint es, als wäre der Stock ein elegantes Requisit.

Der Pfarrer hätte eine Geschichte von Glück und Unglück in einer gutbürgerlichen Familie mit Kunstsinn erzählen können. Eine Geschichte mit Paris und mit einem Alphorn. Eine Geschichte von Malerei, Schmuck und handgeschmiedetem Silberbesteck. Eine Geschichte von Ruin und neuem Geschäftserfolg. Eine Geschichte vom Leben einer privilegierten Familie in einem vom Krieg verschonten Land.

Und dann hätte er auch von Krankheit und verschwiegenen Schmerzen berichten müssen, von Enttäuschungen und Einsamkeiten und darum auch von lebenswichtigen Phantasien und Zurechtbiegungen der Wirklichkeit. Das alles sagte er nicht.

Gab es denn gar keine Sprache, die allen geholfen hätte, das Geschehene in eine Form zu bringen, die tragbar war? War es ganz einfach nicht üblich, die Dinge beim Namen zu nennen? Und hatte meine Mutter in jener Zeit gelernt, die Wirklichkeiten zu verschweigen, die unter der Oberfläche verborgen waren?

Ernst hatte eine Liebschaft mit einer seiner Angestellten, behauptete mein Vater einmal. Doch darüber sprach meine Mutter nie. Sie wiederholte schöne Anekdoten und die immer gleichen Sätze zum Krieg. Dass ihr Vater an der Grenze stand. Dass das Hitler abschreckte. Dass beim Bellevue Raps und Kartoffeln wuchsen. Wie bitterkalt es war. Dass die Schokolade knapp wurde. Und wie schwer es war, dass ihre Mutter an Multipler Sklerose litt.

Als Thérèse starb, hinterließ sie ihre Bilder und Stickereien, ihren Schmuck und das Geschirr, ein paar Lehnstühle, ein kleines Pult und das Sofa, das nun in meinem Wohnzimmer steht. Es ist ein Einzelstück, vom Architekten entworfen, der auch das große Haus an der schattigeren Seeseite baute; es ist einfach und grazil. Vor Jahren ließ ich es neu aufpolstern und frisch beziehen, und seither baumeln meine Füße in der Luft, wenn ich auf dem Sofa sitze. Deshalb liege ich meistens; es passt in der Länge genau. Gut umfangen von seinen Lehnen, die mich wie Arme halten, liege ich und lese oder schaue aus dem Fenster und betrachte den Himmel. Es ist ein Sofa mit einer Geschichte. Es flüstert mir dann zu, woher ich komme. Auch.

Das eine Sofa gibt es, das andere nicht.

Die Vorgeschichte meiner Mutter reicht bis ins Mittelalter zurück. Stühle, Geschirr, Schmuck und das Sofa erzählen mir von einer Zeit, in der *du noch als Stern in der Milchstraße herumgesaust bist,* wie mein Vater sagte. Seine Vorgeschichte liegt bis zu der Zeit, als mein Großvater Moritz in Odessa zur Welt kam, im Dunkeln. Die Namen seiner Eltern fehlen. Und es fehlen alle Dinge von diesem Teil der Familie. Außer einer kleinen Fotografie, einem Porträt meines Vaters als Kind, gibt es nichts. Keine Möbel, kein Geschirr, keinen Schmuck. *Sie haben alles fortgenommen.* Ich verstummte. Hatte ich meinen Vater doch einmal gefragt, wo das Sofa war, das seinen Eltern gehört hatte? Ich erinnere mich nur an einen Satz. *Wenn du alt genug bist, erzähle ich dir das einmal.*

Jetzt schneit es schon wieder. Die Flocken wirbeln durcheinander, treiben durch die Luft. Milchig weiß ist der Himmel und weiß gezuckert sind die Dächer, die Stauden im Garten und die Äste der Bäume. Die Eiskristalle, Eissterne, wie fragil und flüchtig sie sind! Wie stark sie dennoch alles in ihr Weiß hüllen und verändern, auch die Kreuzung vor dem Haus. Jetzt ist sie eine helle Fläche mit ein paar Schuhspuren und zwei feinen Linien; ein Fahrradfahrer kam den Hügel hoch. Die nächsten vorbeifahrenden Autos werden breite Linien in die weiße Fläche ziehen.

Wie viele Weiß gibt es? Weiß wie die Flocken, die vom grauen Himmel fallen. Weiß wie Reis und wie das Porzellan der Schale, in der er dampfend liegt. Weiß wie Sommerblusen. Wie Margeritenblütenblätter. Wie das Fell eines Eisbären, wie die Haare eines alten Menschen. Weiß wie die Wolke, in der sich das Sonnenlicht bricht. Und Weiß wie das Leder meiner Alben. Oder Weiß wie helle Angst.

Skelette

Im November 1962, ich war neun Monate alt, bekam mein Vater ein Schreiben vom »Landesamt für die Wiedergutmachung«. Natürlich erfuhr ich nichts davon. Und auch später nicht. Es wurde nie darüber gesprochen.

»23.11.1962, an die Herren Rechtsanwälte – Zustellung erfolgt. Bescheid wegen Schadens an Eigentum, hier: Imstichlassen von Hausrat, hat das Landesamt für die Wiedergutmachung Stuttgart entschieden: Die Antragsteller begehren noch Entschädigung für Schaden an Eigentum durch Imstichlassen des Hausrats seitens des Erblassers. Der Antrag ist teilweise begründet.«

Zu der Zeit überlegten meine Eltern, ein Haus zu bauen. Das Geld dafür hatten sie durch den Verkauf des großen Hauses beisammen, in dem meine Mutter aufgewachsen war. Es war ihr Erbe, das »Frauengut«. Und auch, weil sie als Illustratorin und er als Graphiker erfolgreich waren. Aufstrebend, glaubwürdig, kreditwürdig. Sie hatten sich etwas aufgebaut. Sie bauten sich weiter etwas auf.

Über den Bau des Hauses machte mein Vater ein eigenes Album. Es ist in gelbes Leder gebunden und trägt den Titel *Bauzeit 20. September 1964 bis Juni 1965*. Für ihn war es erneut ein Anfang.

Zuerst ist das Gestrüpp auf dem Grundstück und die Wiese zu sehen, in der alte Obstbäume stehen. Dann die Holzlatten, mit denen das Haus ausgesteckt ist. Ein paar Seiten weiter kommen die ersten Bagger, der große Kran, dann Schubkarren, Stapel mit Brettern und Bündel mit Armierungseisen. Darauf folgen Holzverschalungen und aufgestellte Armierungseisen, dazu die Betonmischmaschine.

Das alles ist in weiße, graue und schwarze Formen übersetzt. Dann folgen die ersten Wände und die erste fertige Decke; es ist der Boden des späteren Wohnzimmers. Dort steht der Architekt, hält den ausgebreiteten Plan vor sich und redet mit dem Vorarbeiter. Mein Vater hielt auch ihn fest, doch versah er kein einziges Bild mit einer Legende. Er nannte keinen einzigen Namen.

Zwischen den betonierten Wänden entdecke ich meine Mutter. Sie steht in Gummistiefeln und in einem schicken, dunklen Mantel auf der Baustelle und besichtigt ihre Zukunft. Wird sie das Haus glücklicher machen? Sie wirkt verloren und scheint in Gedanken versunken zu sein. Im Hintergrund, unscharf, stehen zwei neue Einfamilienhäuser.

Es war ein aufstrebendes Dorf am rechten Ufer des Zürichsees, an der sonnigen *Goldküste.* In den Sechzigerjahren begannen die Bauern, ihre Grundstücke zu verkaufen, und wurden reich. Der Gärtner, der gleich neben dem Bauplatz Salate und Blumen anpflanzte, wartete noch länger zu, und auch der Bauer hinter unserem Haus. Heute ist alles zugebaut. Es ist eine gutbetuchte Agglomeration mit Gärten, die von Gartenarchitekten entworfen und gepflegt werden. Große Steine liegen in den Beeten und machen auf Findling. Eiben, Zypressen und japanischer Ahorn sind gesetzt. Auf der Nordseite der Häuser sind Moorbeete mit Rhododendren und Azaleen angelegt; sie flankieren die Eingänge in Pink, Lila und Gelb.

Ein paar Seiten weiter stehen schon die Wände des ersten Stocks, und dann klettern die Zimmermänner auf dem Dachstock herum. Schließlich steckt das mit Bändern geschmückte Tännchen zur Aufrichte auf dem First; die Bänder zeigen sich in verschiedenen Grautönen. Es liegt Schnee auf den Balken, die Ziegel fehlen noch.

Meine Mutter ist im ganzen Album viel ernster, als ich mir das für sie wünschen würde. Was ging in ihr vor, wenn sie durch den Rohbau stapfte? Sie hat mich an die Hand genommen, ich stecke in einem dicken Anorak, *du siehst ja aus wie ein Eskimo!* Ein Haus bauen, das war doch die Zukunft entwerfen, sich freuen. Hatte sie Bedenken, sogar Angst? Meine Eltern kannten sich schon fast fünfzehn Jahre, da waren die Illusionen weg. Doch im glücklichen Fall ist dann Vertrauen, Großzügigkeit und Humor für die Schwächen des anderen gewachsen. War es so? Meine Mutter erzählte mir nie davon, wie es für sie gewesen war, dieses Familienzuhause zu bauen.

Auf den letzten Seiten des Albums ist aus einiger Entfernung das fertige Haus und die Sicht auf den See abgebildet. Die beiden alten Kirschbäume blühen, es ist Frühling. Wir zogen ein, im Sommer 1965.

In dem Haus geisterte es. Das Haus war schön, aber es war gleichzeitig zu leer und zu voll. Es gab zu viele Zimmer, die bevölkert waren. Es waren Skelette. Natürlich sagte ich niemandem, dass sie da waren. Auch an sonnigen Sommertagen warteten sie in der Ecke hinter der Treppe oder im oberen Stock in dem Zimmer, in dem das Klavier stand. Ich wagte nur aus dem Augenwinkel kurz zu ihnen hinüberzusehen. Das aber tat ich immer wieder, denn vielleicht waren sie beim nächsten Hinschauen ja weg? Aber sie standen da einfach. Grausig steif mit grauen, eingetrockneten Fleischfetzen an ihren Knochen. Weshalb waren sie zu uns gekommen? Sie hatten wahrscheinlich nichts Böses vor, sagte ich mir. Aber warum waren sie dann da? Sie wollten zuschauen, so kam es mir vor. Ja, sie konnten zusehen, obwohl sie doch längst tot waren! Und mehr noch, sie konnten jederzeit zum Leben erwachen, herumgehen und ihre Knochenhände auf meinen Rücken legen. *He, was wollt ihr hier?!* Hätte ich rufen wollen, brachte aber keinen Ton heraus, kein Sterbenswort. *Lasst mich in Ruhe!* Schauer liefen mir über den Rücken.

Die Skelette waren ohne Namen. Sie waren anwesend, ich sah sie vor mir, ich spürte sie. Und gleichzeitig waren sie unerreichbar. Wollten sie einfach gesehen werden? Ich fürchtete sie, ich hasste sie, ich wollte sie nicht haben. Und ich schämte mich, denn niemand außer mir nahm sie wahr. Oder alle taten nur so, als gebe es sie nicht. Was zum Teufel sah und spürte ich denn die ganze Zeit? War ich von einem *Dibbuk* besessen, wie ich in Isaac B. Singers Geschichten gehört hatte? Oder waren gleich mehrere *Dibbukim* in mich gefahren? Ich fühlte mich umklammert. Ich hatte in dem stillen Raum Klavier zu üben.

Und nachts warteten die Skelette in meinem Zimmer auf mich.

In einem Foto das mein Vater in einem der ersten Jahre dort machte, stapfe ich im kurzen Faltenrock durch den noch recht kargen Garten. Die weißen Kniesocken leuchten aus der grauschwarz gestrichelten Fläche, die der Rasen ist, und in der Hand trage ich vorsichtig einen Korb mit Ostereiern. Dass der Hase eben noch da gewesen war, roch ich förmlich. Ich war sicher, dass er hinter einem Busch hockte, unsichtbar trotz seines großen Korbs auf dem Rücken.

Bestimmt wartete er ab, bis ich die Eier fand, die er so sorgsam versteckt hatte, dachte ich. Einmal, abends, hatte ich ihn nämlich schon gesehen. Ich lag im Bett, da tat sich die Tür auf, und er trat herein; im Türrahmen waren die langen Ohren klar zu sehen. Er war groß wie ein Mensch, und anderntags lagen zwei bunte Eier im Büchergestell.

Als er sich in mein Zimmer schlich, tat ich natürlich so, als würde ich schlafen. Ich rutschte unmerklich tiefer unter die Decke, hielt die Luft an, machte mich ganz flach. Wie schön, dass der Hase zu mir kam! Er brachte mir bunte Eier, und bestimmt würde er die Skelette verscheuchen! Nur durfte er nicht merken, dass ich noch nicht schlief. Ich war wieder lange wach gewesen. Denn ich sah sie. Sie standen um mein Bett und in den Ecken des Zimmers, die Skelette, ich konnte sie deutlich sehen. In der tintenschwarzen Dunkelheit, von der alle sagten, dass in ihr nichts sei, leuchteten sie.

Kamen die Geschwister meines Vaters zu Besuch, Tante Paula mit ihrem Paul und Onkel Efrem mit seiner Leica und der gerade aktuellen Frau, oder fuhren Tante Annette und ihr Mann in *der Ente* vor, belebte sich das Haus. Sie brachten Koffer voller Kleider und Geschenke mit, die Bratschenmusik und die großen Stücke Halva, mit denen wir uns vollstopften, bis der Bauch weh tat.

Ich liebte sie nicht nur deshalb. Sie brachten auch die Luft einer fremden Welt mit. Sie bevölkerten das Haus und vertrieben so die Skelette eine Zeitlang in die hintersten Mauerritzen. Mit ihnen war mehr fassbar gegenwärtiges Leben im Haus, das stark genug war, den unfassbar gegenwärtigen Tod zu verscheuchen, denn das waren die Skelette, nur wusste ich das erst viel später. Annette und ihr Mann kamen aus Wien. Er war Musiker, und Annette war zu ihm nach Wien gezogen, als sie geheiratet hatten. Das war einfach.

Aber Paula und Paul? Oder Efrem? Sie erzählten nicht,

warum sie in Jerusalem wohnten. Sie erzählten nicht von der Zeit, als sie *auswandern mussten*, wie ich einmal aufgeschnappt hatte. Sie erzählten nicht, weshalb sie *auswandern mussten*. Sie hatten doch alle ihre Wurzeln in der Ukraine, in Odessa, der Hafenstadt am Schwarzen Meer. *In Odessa, der Stadt mit der berühmtesten Treppe der Welt*, wie mein Vater sagte. In Odessa, wo es einmal vierzig Synagogen gegeben hatte, wie ich heute weiß. Davon erzählten sie nicht. Und ich fragte nicht, wie es kam, dass sie nun aus Jerusalem anreisten. Als sie starben, verschwand ihr Wissen wie zu Boden bröselnde Halva in die Unerreichbarkeit.

Bald überlagert von Sand, Gestein, Erde, bald von Gras überwachsen. Auch ihr im Schweigen aufbewahrtes Wissen war ein Teil des Trümmerbergs, auf dem wir wohnten.

Ich schwieg mit. Ich fragte nicht. Ich erzählte niemandem, dass ich Verwandte in Israel hatte.

Ruhig liegt der Garten da. Zwei Rabenkrähen landen mit ausgebreiteten, schwarz schwingenden Flügeln. In einem letzten Schwung schmiegen sie ihre Flügel an die Körper, hüpfen ein paar Mal im Schnee. Eine weiche weiße Schicht liegt über allem. Die Stängel der Herbstanemonen ragen wie dürre schwarze Finger heraus. Niemand setzt sich auf die niedere Gartenmauer, um kurz auszuruhen oder zu plaudern. Der Himmel hält sich ausdauernd an ein fades Hellgrau.

Eines Abends lief das »Gespenst von Canterville« mit Charles Laughton im Fernsehen. Eine Komödie! Mein Vater freute sich darauf, und wir durften aufbleiben. Es war ein Film in Grautönen, leicht unscharf. Ein Schloss in England kam vor, ein düsteres Gemäuer, und amerikanische Soldaten, die dort untergebracht waren. Die Geschichte spielte mitten im Zweiten Weltkrieg; die Männer bekämpften Hitler.

Warum sie dafür in England waren, verstand ich zwar nicht. Doch in dem Schloss gab es einen Familiengeist, das verstand ich sofort. Simon de Canterville war bei lebendigem Leib eingemauert worden, und nun trieb er als Geist sein Unwesen. Ohne Frieden irrte er herum, ließ Blutflecken auf dem Boden wachsen und machte seltsame Geräusche. Er erschien, wann immer es ihm passte. Er wollte den Alltag der Soldaten und Bewohner stören. Er wollte erlöst werden.

Ich fand das überhaupt nicht lustig. Wochenlang hielt mich das Grauen noch mehr umklammert als ohne Simon de Canterville, ich war wütend auf ihn und auf meinen Vater, ich war in heller Angst. Das war keine Komödie! Geister gab es, das wusste ich. Sie gingen herum, die Lebenden sollten sie wahrnehmen, auch wenn niemand sie sah.

Was sichtbar war, konnte fotografiert werden. Aber das, was anscheinend nicht für alle sichtbar war? Die Angst konnte nicht fotografiert werden, sie war überall und nirgends. Sie war durchsichtig, wie gar nicht da. Und erzählte ich doch von dem, was ich sah? Ich kann mich nicht an Antworten erinnern, die mich beruhigt und befreit hätten. Ich sah etwas, was andere nicht sahen. In der tintenschwarzen Dunkelheit ist nichts, sagten meine Mutter und mein Vater hilflos. *Da ist nichts! Ich lasse die Tür einen Spalt offen. Schlaf jetzt!*

Wochenlang standen nicht nur die Skelette in der Zimmerecke. Vor meinem Bett sah ich auch einen Blutflecken im Teppich wachsen. Doch vor Simon de Canterville Angst zu haben war lächerlich, das wusste ich auch. Das galt ganz einfach nicht; alle lachten ja darüber. Ich schämte mich. Ich fürchtete mich vor dem Abend.

Es spukt in vielen Kindheiten. Nur, die Geister, die ich kannte, waren so gegenwärtig. Als hätten sie in der Welt, aus der sie kamen, nicht fertig essen können, aßen sie nun mit. Sie spielten mit, wenn ich Klavier übte. Sie strichen mir über den Rücken, um mir zu sagen, dass sie da waren und dass es noch eine andere Wirklichkeit gab. Eine, die genauso wichtig war wie diejenige der hellen Tage.

Ich rannte, so schnell ich konnte, die Treppe hinauf und an der Tür des Klavierzimmers vorbei, hinter der ich die Skelette tagsüber wusste. Sie verbargen sich auch hinter der mächtigen Pappel, die an der Ecke zum Garten stand. Wenn ich an ihr vorbeiflitzte, hüpfte mein roter Schulranzen auf und ab. Ich hatte Albträume und machte allen *Zores,* Sorgen, Ärger, Kummer. Ich störte den glücklichen Alltag, den alle, vor allem mein Vater, zu leben versuchten. Und der ja auch gelang.

Es gab Butterbrot und Witze. Meine Eltern lachten miteinander und küssten sich manchmal innig. Wir hatten die beiden Katzen und den zotteligen Hund. Es gab zwei Kirschbäume und warme Decken, es gab Matzen und Spaghetti; es war ein großes, warmes *Chrüsimüsi.* Was war also los?! An Weihnachten strahlten der Chanukkaleuchter und der Christbaum um die Wette. Es gab Unmengen von Geschenken und Fotos, Fotos, Fotos. *So ein Schlamassel,* was war bloß los.

Ab und zu ging ich mit meinem Vater auch ins eleganteste Warenhaus der Stadt, samstags, wenn es von Leuten nur so wimmelte. Er kaufte ein, als brauchten wir einen Notvorrat. Als ob Hunger drohte. Als ob wir fliehen müssten. Und wenn er hinter der Theke des Metzgers einen schönen Schinken entdeckte, sagte er, *mich interessiert nicht, wie dieser Fisch hier heißt …,* er wollte nur ein großes Stück davon haben. Wir kauften ein. Einen Wäschekorb voller Spaghetti, Matzen und Schinken, voller Eier, Karotten und Kartoffeln. Ich freute mich, und ich schämte mich; so kauften die anderen Leute nicht ein.

Jetzt häufen sich die Schneereste wieder am Randstein. Wenn sie schmelzen, rinnen schwärzliche Bäche zum Gully; es gurgelt und tropft. Sonst ist es still. Der Garten ist auf sich selbst geworfen. Er schlummert vielleicht oder wartet einfach darauf, dass es wieder wärmer wird. Inzwischen sind mehr Pflanzen geknickt, andere stehen noch dürr in der Winterluft. Ihre Hingabe an den Lauf der Jahreszeit ergreift mich so unmittelbar wie im Frühling ihr saftpralles Streben zum Licht, ihr leuchtendes Aufblühen und Vorwärtsdrängen.

Als die Dokumente eintreffen, mehr als zweitausend Seiten, geistert es wieder; die Skelette stehen in der Zimmerecke, die *Dibbukim* klammern sich an mich.

Lesen

Die Dokumente bekam ich einzeln oder auf Doppelseiten eingescannt und in mehreren Datenpaketen zugeschickt. Zuerst lagen sie in einem Ordner auf meinem Computer. Dann druckte ich die Seiten aus. Ich stapelte sie eine Zeitlang neben meinem Schreibtisch, ließ sie unangetastet.

Der Papierstapel lag da, ich konnte ihn aus dem Augenwinkel sehen. Er war viel dicker, als ich es je für möglich gehalten hatte. Das war die erste Überraschung.

Ich fürchtete mich vor ihm. Aber was erwartete ich denn genau? Fast alles, was geschehen war, war *unvorstellbar,* hatte mein Vater gesagt. Und es war unter einer dicken Schicht Schweigen begraben. Ich kannte nur die Geister.

Ein paar Wochen später, an einem hellen Morgen Ende des Sommers, packte ich den Stapel mit beiden Händen, hob ihn auf meinen Schreibtisch und begann zu lesen. Fast alles war in Deutsch verfasst, einige wenige Dokumente waren in Französisch und in Ivrit geschrieben; für Ivrit brauchte ich Übersetzungshilfe.

Ich las, wann immer es möglich war. An manchen Tagen kam ich gut vorwärts. Ich las Seite um Seite, strich Passagen an und schrieb sie ab. Ich las gebannt, aber etwas distanziert, strich an und schrieb. Ging ich am Abend nach Hause, fand ich, ich sei gut weitergekommen. Ich klopfte mir auf die Schulter und nahm mir vor, am nächsten Tag mit der Arbeit weiterzumachen.

Doch es war nie planbar. Ich träumte von dem, was ich gelesen hatte. Ich bekam Magenschmerzen. Manchmal konnte ich nach den ersten zwei Sätzen nicht weiterlesen. Ungebremst hatte mich überfallen, was aus den Zeilen sprach. Mir war schlecht, ich war wütend, es tat weh. Nach einer Pause verschlang ich wieder Seite um Seite. Es gab Passagen, die so absurd klangen, dass ich lachen musste.

Was war das alles? Weshalb hatte mir nie jemand davon erzählt?

Ein Jahr bevor ich in den Archiven auf unseren Namen stieß und die vielen Seiten bestellte, hatte ich Kontakt aufgenommen mit der »Initiative Stolpersteine Stuttgart«. Ich wollte für meinen Großvater Moritz einen *Stolperstein* setzen. Einen jener zehn mal zehn Zentimeter großen Steine mit Messingplatte, auf der sein Name und sein Schicksal eingraviert ist, sollte fortan an ihn erinnern. An seinem letzten freiwillig gewählten Wohnort wäre er im Gehweg eingelassen; Vorübergehende würden ihn im Asphalt schimmern sehen. Doch für den *Stolperstein* waren noch einmal biographische Recherchen notwendig. Ich hatte schon einmal für einen kurzen Text nachgeforscht, war dann aber zurückgeschreckt bei der Vorstellung, was alles ans Licht kommen könnte, wenn ich weitergrub.

Doch jetzt wurde der Druck, den meine Fragen ausübten, stark genug.

Dass es Dokumente gab, war schnell klar. Unser Nachname ist selten, und in drei deutschen Archiven wurde ich zuerst fündig. Ich fand Dokumente zu meinem Großvater Moritz. Und zu meiner Großmutter Malka. Es gab auch Schriftstücke zu meinem Vater; er wird unter dem Namen Benjamin geführt oder Benjamin Emil oder Emil Benjamin oder Emil »Israel«. Dann fand ich Dokumente zu meinen Tanten und Onkeln Anna, Paula, Efrem und Avram. Es waren die ersten rund 1500 Seiten aus den Archiven in Deutschland. Danach trafen die Dokumente aus zwei Schweizer Archiven bei mir ein. Auch sie hatten fast achtzig Jahre im Dunkeln gelegen; niemand hatte sich für sie interessiert. Nun kamen sie ans Licht.

Ich fand in dem Papierstapel die Orte, an denen Malka und Moritz mit ihren Kindern gelebt hatten. Odessa. Saratow. London und dann Stuttgart, wo Moritz seinen Tabakhandel betrieb. Ich fand mehrere Adressen und den Hinweis auf eine ganz andere Arbeit, auf Zwangsarbeit. Und dann fand ich eine Liste, auf der Moritz aufgeführt ist. Er ist die »Nummer 1604«. Es ist die Deportationsliste. Ich fand den Ort Izbica.

Doch ich fand in dem Stapel noch sehr viel mehr.

Ich fand eine Karteikarte der Gestapo, auf der von Hand vermerkt ist, dass mein Vater im Zwangsarbeitslager ist. »Emil Israel, staatlos (russ. Herkunft), jüdisch« steht auf der Karte. »Staatenlos« müsste es wohl heißen; in den Dokumenten wimmelt es von Schreib- und Tippfehlern, das merkte ich schnell. Dann fand ich den »Anhaltungs-Rapport« des Schweizer Grenzwächters vom 1. September 1943. Ich fand einen Antrag des Verbands Schweizerischer Jüdischer Fürsorgen oder Flüchtlingshilfen, wie er auch genannt wird, an die Organisation Internationale pour les Réfugiés, Délégation pour la Suisse, Palais Wilson, Genève.

Aber vor allem fand ich unüberblickbar viele Briefe.

Es war die Korrespondenz, die mein Vater und seine Geschwister von 1950 bis 1974 mit dem »Landesamt für die Wiedergutmachung« führten. 24 Jahre lang kämpften entweder er oder meine Tante Paula oder meine Onkel Efrem und Avram um Entschädigung; mein Großvater Moritz und meine Tante Anna waren tot, sie konnten sich nicht mehr wehren. Am längsten und hartnäckigsten kämpfte mein Vater. Die meisten Papiere betrafen deshalb ihn. Das war die zweite Überraschung. Und dass nicht nur für Moritz, sondern für alle *Stolpersteine* gesetzt werden würden.

Ich fand in dem Stapel also ihre Anträge an das »Landesamt für die Wiedergutmachung«, die Antworten des Amts und der Rechtsanwälte oder der United Restitution Organization, die sie unterstützte. Ich fand ihre Aussagen unter Eid und die Zeugenaussagen, die sie gebraucht hatten, um zu beweisen, dass das, was sie einforderten, auch berechtigt war. Ich stieß auf den Terminus »Schaden an Freiheit«. Und auf den Terminus »Schaden an Eigentum«. Und auch auf den Terminus »Schaden an Körper und Gesundheit«. Mir stachen die Wörter »angeblich«, »Behauptung«, »Beweise« und »fehlen« ins Auge. Ich fand Rekurse und die Antworten darauf. Ich fand die Vergleiche und die Schlussentscheide. Nichts war chronologisch geordnet, einiges war mehrfach vorhanden.

Ich las. Monatelang las ich.

Und als ich der Formulierung »das Imstichlassen des Hausrats« begegnete, nach einigen Dutzend Seiten schon, wusste ich, dass Lesen nicht reichte. Dass ich mit den Begriffen, die mir in den Dokumenten entgegenkamen, etwas machen musste. Dass diese Wörter nicht in mir steckenbleiben durften. Menschen und Tiere kann man im Stich lassen. Aber Hausrat? Wie konnte das möglich sein?

Ich las also, wann immer es ging. Ich schrieb ab und dann auf, was sich mir aufdrängte. Denn ein Strom hatte zu fließen begonnen aus Szenen, Bildern und Sätzen, die ich lange vergessen hatte.

Lungenflügel

Meine Tante Paula war die Erste der Familie, die Stuttgart verließ. Oder hätte sie von *Flucht* gesprochen?

Sie war *früh genug*, im Januar 1934, ausgereist. »Ausgesiedelt« worden war sie nicht. Sie hatte von allein gemerkt, dass sie gezwungen war zu gehen. Zusammen mit ihrem ersten Mann Leo, ihrem Sohn Mordechai und ihrer schwer von Tuberkulose geschädigten Lunge. *Deine Tante hat nur noch einen Lungenflügel. Man hat die Lungenentzündung zu spät behandelt*, erzählte mir mein Vater immer, und es stimmte nur halb.

Dass Paula lebte, war ein Wunder. Die Lungenentzündung war keine Lungenentzündung gewesen, sondern eine Lungentuberkulose. 1922 und 1929 war sie schon in Sanatorien gewesen, 1930 und 1931 wieder, diesmal im Lungensanatorium Überruh im Allgäu. Das steht über Paula oder Pnina in den Dokumenten; ich finde beide Schreibweisen ihres Namens. Sie litt an einer »offenen, doppelseitigen Tb«.

Wir hörten sie bei der geringsten Anstrengung schnaufen. Die »Rasselgeräusche«, wie es in den Arztberichten heißt, die der Korrespondenz beiliegen, hatten weder die Sanatoriumsaufenthalte vertreiben können noch die Wärme in Tel Aviv und Jerusalem. Im Gegenteil. »Als wir im Jahre 1934 von Stuttgart nach Palästina auswanderten, ließen wir uns in Tel Aviv nieder, da mein Mann dort Aussicht hatte, als Mechaniker Arbeit zu finden«, erklärte sie am 6. August 1958 dem »Landesamt für die

Wiedergutmachung« unter Eid. Ein »Handwerkerzertifikat« für Leo hatte den beiden die Einreise ermöglicht.

»Da jedoch damals durch die Masseneinwanderung aus Deutschland Wohnräume in Tel Aviv sehr knapp waren, waren wir genötigt, in der Florentinstraße in Tel Aviv zu wohnen. Die Florentinstraße ist in einem reinen Industrieviertel gelegen, nahe dem Meer, umgeben von Wohnungen, die heute zum größten Teil bereits abgerissen sind.

Das Klima in der Nähe des Meeres und im Zentrum einer Industriegegend ist meiner Gesundheit schlecht bekommen und bereits nach ¾ Jahren machten sich bei mir die ersten Gesundheitsstörungen bemerkbar.«

Heute ist das Florentin eine schicke Gegend ein Stück hinter dem Kaufmann-Boulevard, der dem Meer entlangführt. Kleine Häuser und mächtige Bäume, die ihre Kronen über die Straßen halten. Restaurants und Läden, Kunstgalerien und ein Markt. Alles ist teuer, die Wohnungen sowieso. Airconditioner surren gegen die Hitze an, und Touristen flanieren auf und ab. Von Industrie und in die Knochen kriechender Feuchtigkeit keine Spur.

Paula litt. »Damals war ich noch kein Mitglied der Arbeiterkrankenkasse«, erklärte sie weiter, »und konnte mir den Luxus eines Arztes nicht erlauben; lediglich als mein Fieber erheblich anstieg, ich Hustenanfälle hatte und mein Auswurf die Symptome zeigte, die ich auf Grund meiner Erfahrung von 1929 als Wiederkehr einer Tuberkulose ansehen musste, ging ich zu einem Arzt.«

Im Lungensanatorium Bilu in Gedera, einige Kilometer südlich von Tel Aviv, entfernte schließlich Doktor Friedmann Paulas linken Lungenflügel, so steht es in den Dokumenten. Es war eine »Totalplastik nach Sauerbruch«, wie es im Arztbericht heißt. Von 1936 an lebte sie unter ständiger medizinischer Überwachung und bekam irgendwann die richtigen Antibiotika. Die Tuberkulose heilte aus, eine große Anfälligkeit für Erkältungen blieb.

Hatte sie Heimweh? Angst um ihren jüngsten Bruder Beny, ihre Schwester Anna und ihren Vater? Wusste sie, dass ihre Brüder Efrem und Avram sich vorbereiteten, »abwandern« mussten wie sie selbst? Ahnte sie, was Moritz drohte? Moritz war ein strenger Mann, hart gegen sich und seine Kinder. Doch jetzt? Wo war er? Wie ging es ihm? Auch wenn ich keinen einzigen Brief gefunden habe, nehme ich an, dass sie sich noch schrieben. Zuerst noch. Eine Zeitlang. Doch dann, nach den Novemberpogromen 1938? Danach war alles beängstigend. Sehr. Briefe wurden seltener, so stelle ich mir vor, und blieben irgendwann aus; über ihr schwebten Sprechblasen voller Fragezeichen. Hatte sie ein schlechtes Gewissen und machte sie meinem Vater später Vorwürfe wie ihre Brüder Efrem und Avram? Das kann ich mir nicht vorstellen, mein Vater liebte Paula immer besonders.

> Silbergrau und struppig stehen die Stauden im Garten. Ihr Dörren und Faulen ist nicht einfach Tod, es ist Ausruhen. Die Stängel und die modernden Blätter am Boden sind auch aus Wasser, Mineralien, Bakterien, aus Molekülen. Langsam sickern sie in die Erde ein wie der Nassschnee. Auch wenn das Licht düster ist, ist der Garten ein Versprechen.

Das »Landesamt für die Wiedergutmachung« nutzte die Tuberkulose und die »Rasselgeräusche« in ihrer rechten Lunge dann gerne, um Paulas Antrag auf Entschädigung abzulehnen. Die Krankheit war schon vor der Machtergreifung der Nationalsozialisten ausgebrochen. Doch könnte es vielleicht sein, dass die »Auswanderung« nicht förderlich für Paulas Gesundheit gewesen war? Mit Hilfe der United Restitution Organization hatte meine Tante Ende der Fünfzigerjahre einen Antrag »wegen Schadens an Körper und Gesundheit« gestellt. Doch nach zehn Jahren Korrespondenz, am 30. September 1968, bekam sie den abschließenden Bescheid: »Dem Antrag kann nicht entsprochen werden.« Da sie nur kurz als Angestellte gearbeitet hatte, dann Hausfrau war und ihren Sohn Mordechai großzog, konnte sie auch nicht auf »Schaden im beruflichen Fortkommen« klagen und erhielt deshalb nichts.

In einem frühen Foto, das mir meine Cousine in Tel Aviv mit ihrem Handy abfotografiert hat, sitzt sie auf einer Parkbank, noch in Stuttgart. Sie trägt ein Kleid mit tiefgesetzter Taille, ihr Haar ist zum Bubikopf geschnitten. Sie hält einen Blumenstrauß im Schoß und neben ihr sitzt ihr Sohn. Mordechai ist vielleicht vier Jahre alt, sie knapp dreißig. Das nächste Bild zeigt sie schon in Palästina, Vierzigerjahre, im wadenlangen Rock und einem kurzärmligen Pullover, über dem die Goldkette liegt, an die ich mich erinnere. Dass sie an Tuberkulose litt, sehe ich ihr nicht an.

Später, in unseren Fotoalben, trägt sie in jedem Bild Rock und Bluse, manchmal eine fein gestrickte Jacke und elegante, winzig kleine Pumps. Um ihren Hals liegt die Goldkette, und Paula ist immer sorgfältig frisiert. Unter der Bluse verbarg sich ihre riesige Narbe. Aber von der Narbe weiß ich erst, seit ich die Dokumente gelesen habe.

Mitte der Achtzigerjahre bekam sie ihre letzte Erkältung; sie wuchs sich zu einer Lungenentzündung aus, und Paula starb. Ich kann mich nicht daran erinnern, dass mein Vater zu ihrer Beerdigung gefahren wäre. Weshalb? Er hatte sie doch so geliebt.

Sucher

Er suchte nach schönen Bildern. Nach den Bildern, die er sich wünschte. Es sind Bilder, in denen etwas im Gang ist, das ihn glücklich machte. Das auch uns glücklich machte. Und es gab Grund zum Glücklichsein! Im Schnee herumtollen. Kuchen essen. Die Katzen streicheln. Auf dem Wohnzimmerboden sitzen und mit Holzklötzen spielen. Ein *Äli* bekommen, ein zärtliches Streicheln mit den Fingerrücken über die Wange. Umarmt werden und umarmen.

Schlechte Laune, widerwilliges Mitgehen, Streit und Kopfschmerzen blendete mein Vater aus und fügte also auch keine Bilder davon ins Album. Wie alle Hobbyfotografen und Familienhistoriographen, die auf der Jagd nach dem glücklichen Augenblick sind. Auch wenn doch Rotz und rote Köpfe zu jeder Familie gehören, ja ihren Kern ausmachen. Man bleibt zusammen, trotz allem. Das ist, was Familie bedeutet. Ich liebe dich und verlasse dich nicht, auch wenn du mich auf die allerhöchste Palme treibst. Ich liebe dich, vor allem dann, wenn du vor Angst zitterst. Ich liebe dich, auch wenn du mir von Skeletten erzählst und ich genau weiß, was du damit meinst. Aber nichts sagen kann. Weil ich selbst Skelette sehe und darüber nur schweigen kann.

Mein Vater fotografierte das alles nicht.

Im ersten Bild, das er von mir aufnahm, war ich eine halbe Stunde alt. Um 7 Uhr 03 drückte er den Auslöser, und ich sehe in dem Schwarzweißbild aus wie alle, die gerade eine große Anstrengung hinter sich haben. Ich bin schrumpelig und wirke verärgert. War mir die Welt zu hell? War es in dem Raum zu kalt?

Ich war seine Hoffnung, und darum heiße ich auch so. Nadine von Nadjeschda, russisch: die Hoffnung.

Obschon die Alben beweisen, wie die Zeit läuft, ist das Leben in seinen Fotografien nichts Rasendes, das unaufhaltsam vergeht und alle mitreißt, verschlingt. Es ist nicht etwas, was abrupt endet oder zerschlagen wird. In seinen Aufnahmen ist das Leben etwas Bleibendes. Jedes Bild ist ein schwarzweißer Fels, in dem meine Augen jetzt herumklettern können.

Mein Vater fotografierte mit Leidenschaft, und er hatte Talent. Im Zentrum des quadratischen Bilds liegt mein runzelgraues Gesicht auf einem schneeweißen Kissen; die schwarzen Haare heben sich vom weißen Grund graphisch ab. Er liebte das Quadrat, das keine Seitenspannung ausstrahlt wie die Querformate der Kleinbildkameras. Die harmonische Gleichmäßigkeit, die in sich ruhende Fläche, das war es, was er suchte. Also schnitt er die Bilder fürs Album zu Quadraten oder er fotografierte gleich mit der Hasselblad.

Dass er die Filme selbst entwickelte und die Negative vergrößerte, hob ihn ab von den anderen Hobbyfotografen. Die brachten ihre Filme einfach ins Fachgeschäft. Er nicht! Schwarzweiß bewies auch mehr Stil als Farbe! Damals. Lange fotografierte er wie die meisten ehrgeizigen Fotografen ausschließlich schwarzweiß. Doch irgendwann Ende der Sechzigerjahre kam die Automatic 225 Land Camera auf den Markt, eine Polaroidkamera. Er musste sofort eine haben.

Die Kamera hatte einen ausfahrbaren Balg und ein silbrig glänzendes Gestänge; sie war schwer und sperrig. Aber: Das Sofortbild! Ein Wunder! Mit jedem weiß gerahmten Bildchen hatte er ein Stück gelebtes Leben in der Hand. Und fast in Echtzeit kam es ans Licht! Er war hin und weg.

Die ersten Polaroidfotos waren noch schwarzweiß; schnell blichen sie aus. Bald danach war die Polaroid SX-70 da und mit ihr auch Farbfilme. Die SX-70 war handlicher; er konnte sie zusammenklappen, mitnehmen und schnell wieder aufklappen. Sie war sofort im Zentrum des Geschehens. Jetzt waren wir alle hin und weg.

Sobald mein Vater etwas aufgenommen hatte, den Garten, das Haus, die Katzen, den Hund oder uns alle, begann der Spaß erst richtig. Nur Augenblicke später kam das Bild langsam aus dem Schlitz, als würde die SX-70 wie ein ungezogenes Familienmitglied die Zunge hinausstrecken. Wir standen um meinen Vater herum und starrten auf das gräulich glänzende, steife Viereck, das er in der Hand hielt. Dann tauchten die ersten Formen und Farben auf, bleich und schattenhaft. Allmählich wurden sie kräftiger und waren schließlich klar und schreiend bunt im Glanzpapier geborgen.

Ich sehe euer Glück, sagte die SX-70 zu uns. Ich führe es euch sofort vor, seht nur her! Ich bekomme alles mit und beweise es auch gleich! Euer Essen und das Spiel, eure Fröhlichkeit und die Versunkenheit.

Manchmal kam mir mein Vater so nah, dass die Linse direkt vor meinem Gesicht stand. Sie guckte mich an, das Glas glänzte, ich spiegelte mich darin. Dass mein Gesicht nun unscharf abgebildet würde, wusste ich mit der Zeit. Natürlich wählte er auch diesen Fokus bewusst. Er hatte Sinn für Vorder- und Hintergrund, für diagonale Linien, Schärfen und Unschärfen.

Die Polaroidbilder ließ er nicht zu Alben binden. Es waren nur die schwarzweißen Barytfotografien, die es in die Alben schafften. Die Polas lagen herum und blichen alle aus.

Die Zierkirsche blüht. Wieder blüht sie viel zu früh. Schon im Februar steht sie als rosaweiß wogende Wolke vor dem Fenster. Bienen und Hummeln sind unterwegs, emsig, unerschrocken oder auch verwirrt über diese Temperaturen, ich weiß es nicht. Dann regnet es auf die Blüten, schneit ein bisschen, es setzt Frost ein, und sie bekommen braune Ränder. Die Bienen verkriechen sich wieder.

Mein Vater besaß auch eine Tasche mit Objektiven und ein Stativ. Wenn er die hervorholte, wurde es feierlich. Sobald er alles aufgestellt, festgeschraubt und ausgerichtet hatte, warf er sich hinter der Kamera in Position. Links und rechts des Stativs spreizte er seine Beine wie eine Giraffe am Wasserloch. Er schaute durch den Sucher. Er suchte etwas. Alle verstummten, warteten.

Dann: Er hielt inne, er entdeckte etwas. Menschen! Uns! Durch die Kamera sah er ins Helle, in die Welt hinaus. Und gleichzeitig tauchten wir in der Kamera vor ihm auf. Wir standen da, etwas verkrampft, und warteten. *Steht mal näher zusammen! Lächelt!* Unser Hund hielt sich wieder nicht an seine Anweisungen und sauste aus dem Ausschnitt. Wir rückten brav zusammen und warteten; es dauerte viel zu lang. Er drehte wieder am Objektiv. Nach links, nach rechts, er justierte den Ausschnitt, stellte wieder scharf. Wir hielten den Atem an, das Lächeln gefror, die Wangen taten langsam weh. Suchte er uns? Fand er uns? Und dann, endlich, drückte er den Auslöser, den Erlöser. Ich habe das noch immer im Ohr, es ist ein vertrautes Geräusch. Alle holten Luft.

Heute kommt es mir so vor, als hätten wir bei den Bildern, für die wir posieren mussten, noch im 19. Jahrhundert gelebt. Die Kamera wäre eine gerade erst erfundene Maschine gewesen, die nur mit viel Geduld und Stillsitzen dazu gebracht werden konnte, uns und die Dinge um uns herum in ein Bild zu verwandeln. Es war wichtig. Und es war ungemütlich. Werde ich ein gutes Bild von mir abgeben, begann ich mich mit dem Älterwerden zu fragen. Was holt die Kamera ans Licht, das sonst im Strom der fortwährend wegfließenden Zeit weggeschwommen wäre?

Heute sehe ich auch den Graben zwischen dem Glück, das in den Bildern festgehalten ist und das es ja auch wirklich gegeben hat, und der Welt, aus der die Skelette kamen. Ich sehe die Gleichzeitigkeit. Doch Fotografieren hieß, die Geister zu verbannen. Denn auch mein Vater wurde von Geistern heimgesucht. Nachts. Tagsüber. Zu Unzeiten. Vielleicht sogar während er fotografierte? Tauchten Bilder längst vergangen geglaubter Szenen vor seinem inneren Auge auf, auch wenn er gerade dabei war, mit dem einen äußeren Auge durch den Sucher zu schauen, neue Ausschnitte auszuwählen und also neue Bilder aufzunehmen? Während er sein zweites äußeres Auge zusammenkniff; das Augenlid flatterte unruhig.

Er verbarg das Wissen um die Geister sorgfältig. Ich verbarg das Wissen um meine Geister auch sorgfältig. Ich war froh, wenn ich nicht an sie erinnert wurde. Er war sicher froh, wenn er nicht an sie erinnert wurde. Und fotografieren, das war Geister vertreiben, das gefiel mir auch.

In einem nächsten Bild steht meine Mutter hinter mir und hält mich mit ihren Armen umfasst. *Schaut bitte beide zur Kamera!* Auch das habe ich im Ohr. Meine Mutter lächelt, sie ist wie immer elegant in Rock und Bluse; die Strickjacke hat sie locker über die Schultern gehängt. Ich lächle auch und entblöße eine Zahnlücke.

Hinter uns ragen Berge in den Himmel. Es sind die Berge,

die für meinen Vater einmal Zuflucht gewesen waren und in die wir darum jedes Jahr in die Ferien reisten. Warum eigentlich ausgerechnet das Prättigau im Kanton Graubünden? Heu und Sonne oder Eis und Schnee, würzige oder winterkalte Luft gab es doch auch an anderen Orten.

Er sagte: *Wenn du alt genug bist, erzähle ich dir das einmal.* Meine Mutter schwieg dazu. Sie stapelten ihr Schweigen zu einer Mauer.

Auslöser

Mein Onkel Efrem, Ephraim, Froim oder Fritz, in den Dokumenten können sie sich nicht auf eine Schreibweise einigen, war der Zweite, der ging. Zuerst, noch in Stuttgart, war er Werkzeugmacher. In Palästina wurde er Polizist und dann erst Fotograf. Das erfahre ich aus den Dokumenten.

Werkzeuge herzustellen hatte er in den Contessa-Camera-Werken gelernt. Das steht im Lebenslauf, den er für seine Anträge an das »Landesamt für die Wiedergutmachung« gebraucht hatte. Nach der Lehre verstand er nicht nur das Werkzeugmachen, sondern auch die Konstruktion einer Kamera bis zum kleinsten Rädchen. Wie das lichtdichte Gehäuse gebaut wurde. Welche Werkzeuge und Maschinen es dafür brauchte. Woher die Spiegel und geschliffenen Linsen kamen. Wie die Objektive hergestellt wurden, die verschiedenen Ringe für Blende und Schärfentiefe. Mit welchen Geräten die Skala mit den feinen, farbigen Linien eingraviert wurde. Und wie die winzigen Schiebeschalter und der Knopf aller Knöpfe, der Auslöser, gemacht wurden.

Der Auslöser, der für Millisekunden Licht in die schwarze Schachtel der Kamera lässt! Der Auslöser, der aus der fließenden Zeit ein Bild herauslöst und auf Dauer stellt! Der Auslöser, dieses Wunderding.

Die Firma, bei der Efrem, Ephraim, Froim oder Fritz die Lehre machte, war führend in der Entwicklung von Kameras. Das war August Nagel zu verdanken. Nagel, umtriebig, vielseitig, geschäftstüchtig, zuerst Werkzeugmaschinenbauer, dann Kamerakonstrukteur, auch Ballonfahrer und Hobbyfotograf, entwickelte Kamera um Kamera.

1908 die Contessa Nr. 1; und bis 1910 hatte er schon 23 verschiedene Modelle im Angebot, handlich und erschwinglich. Dazu eine Reihe von Rollfilmkameras, die sich für die Presse oder für Reisen eigneten. Und die Atlanta, mit der vom Ballon aus fotografiert und das Land kartographiert werden konnte. 1932 entschied er, sich mit der Kodak AG in Berlin zusammenzuschließen. Darauf kam die Kodak Retina auf den Markt, als Kleinbildkamera eine Sensation, und 1939 die Retinette, noch günstiger.

Die Produktion lief auf Hochtouren, als Nagel die Firma auf Rüstungsprodukte für »Den Führer« umstellen musste. Was stellte er dann her? Fernrohre? Periskope vielleicht? Was dachte er über die Nazis? War er einverstanden, sogar begeistert, ein Parteimitglied? Oder flog er unter ihrem Radar, produzierte einfach und hielt den Mund?

August Nagel starb 1943, 61-jährig, und erlebte nicht mehr, wie schwer Stuttgart bombardiert wurde. Fast die ganze Innenstadt wurde zerstört und seine Fabrik beschädigt.

Efrem schloss 1927 seine Lehre ab, gerade als unter dem strengen Auge von Ludwig Mies van der Rohe die Weißenhofsiedlung gebaut wurde. Bauhaus-Architektur in Stuttgart. Salons und Kunstausstellungen in Stuttgart. Tanzlokale in Stuttgart. Stuttgart war eine blühende Stadt inmitten von Weinbergen. Es waren die Goldenen Zwanzigerjahre. Noch. War Efrem glücklich? Sechs Jahre zuvor hatte er seine Mutter verloren; Malka war an den Folgen einer Lungenentzündung gestorben, steht in den Dokumenten. Malka war 1921 wegen einer Lungen- und

Kehlkopftuberkulose gestorben, steht in anderen Dokumenten. Es wimmelt von Widersprüchen.

Fehlte ihm seine Mutter? Er war doch noch ein Kind gewesen, als sie starb. Jetzt war er siebzehn. Muss ich ihn mir als rebellischen Teenager vorstellen, der fortwährend mit dem aufbrausenden Vater in Wortscharmützel verstrickt war? Welche Kleider, welche Frisur trug er, als er jung war? Wann ließ er sich den Bart wachsen, den er hatte, seit ich mich erinnern kann.

Ich habe keine Fotografien von ihm aus der Stuttgarter Zeit.

Nach der Lehre arbeitete er als Mechaniker in einer »Kinematographenfabrik«. So steht es in den Dokumenten. Dann zog er nach München und begann bei Agfa; in dieser Zeit stellte Agfa noch Kameras her. Und 1934 verlor er seine Arbeit, das »Schach dem Judentum« hatte begonnen. Mein Onkel entschied sich, nach Palästina auszuwandern. Oder zu fliehen; ich weiß nicht, wie er es nannte. Er ging. Wie seine Schwester, meine Tante Paula.

Die Fotokamera war noch nicht zu seinem Werkzeug geworden.

Wann aber hörte ich zum ersten Mal von Tante Chana, Hanna oder Anna, wie sie mein Vater nannte? Und von ihrem Mann Herbert und ihrem Sohn Michael?

Schatz

Vor dem Fenster versinkt die Stadt in der blaukalten Dämmerung. Ununterbrochen fallen Flocken vom Himmel, geräuschlos, und decken die Kreuzung vor dem Haus zu, in dem ich jetzt wohne. Sie legen sich auf die Fenstersimse und die niedere Gartenmauer zur Straße hin und sogar auf den Draht, an dem die Straßenlampe über der Kreuzung schwankt. Dort türmen sie sich bald zu einer dicken, weißen Linie. Im gelblichen Lichtkegel unter dem Lampenschirm fallen die Flocken. Sie werfen im Fallen Schatten, sie fallen ihrem eigenen Schatten entgegen und verschmelzen mit ihm am Boden.

Es ist wirklich ein Schatz vom Himmel gefallen. Bestimmt kommen bald die vier Narren in ihren dicken Stiefeln angestapft und tragen gemessenen Schrittes den Tisch herum, auf dem der Botenjunge steht. Der klopft schon in anderen Straßen mit seinem Hammer an die Fenster, um allen Menschen zu sagen: Niemand darf das Haus verlassen! Ein Schatz ist vom Himmel gefallen, und wir brauchen Geld, unbedingt braucht die Gemeinde Geld. Niemand darf den Schatz zertrampeln! Sobald die Sonne aufgeht, sammeln wir ihn ein!

Diese Geschichte wollte ich immer wieder erzählt bekommen, Isaac B. Singers *Der Schnee in Chelm.* Der Schnee und wie er glitzert, die Weisen von Chelm und wie sie angestrengt nachdenken. Der Botenjunge und wie er herumgetragen wird, damit er den Schatz nicht zertrampelt. Der Schnee, der Schatz und die Stiefel, ich kugelte mich.

Nach einigen Monaten schon wurden in dem Tagebuch, das mein Vater für mich geschrieben hatte, die Einträge kürzer. Meine Mutter hatte aufgehört, auf die weißen Seiten zu zeichnen. *Mögest du gesund bleiben,* schrieb mein Vater, *möge dir das Glück auf deinem Weg treu sein. Sei wahr, treu, glücklich! Mögest du die Kraft haben, Ungemach zu ertragen und dadurch zu erstarken. Möge dich alles Schöne begleiten.* Und immer wieder: *Wie die Zeit vergeht. Du beobachtest Pflanzen, du hast kleine praktische Fingerlein. Im Bastelraum wird gehämmert, gebohrt und geschraubt, du bist wirklich mein Sonnenschein. Du schreibst, ganze Listen stellst du auf, du erfindest Namen, Geschichten.*

Und immer, überall fotografierte er, doch mit jedem Jahr war er weniger anwesend.

Parkbank

Riesige Flocken fallen jetzt langsam und in luftigen Abständen vom Himmel, *groß wie Nastücher,* sagte meine Mutter immer, wenn solche Flocken fielen. Schwer von Wasser sind sie. Sie schmelzen sofort auf der Erde des Gartens vor dem Haus und auf der dunkelgrauen Straße, während die Amseln singen, als wäre es Frühling.

Es war im Frühling, da musste mein Großvater Moritz einen Zug besteigen. *Treblinka,* sagte mein Vater. Treblinka? *Wir wissen es nicht genau.* Er hatte beschlossen, dass ich nun alt genug war. Ich war fünfzehn. Er beorderte mich in den Botanischen Garten in Zürich; anders kann ich das nicht nennen. Er setzte Zeit und Ort fest, ich hatte pünktlich zu sein und dort, auf einer Parkbank, begann er zu reden. Endlich. Er erzählte. Alles auf einmal. Nach jahrelangem Schweigen redete er. Er redete, als sei alles gestern passiert. Er redete im Präsens. Es war ein Präsens, das ich mir jetzt, während ich diese Geschichte aufschreibe, nicht anmaße.

Er erzählte in kurzen Sätzen. Sie fielen wie Felsbrocken auf mich herab. Über mich herein. Er schüttete mich zu, bis ich in dem Haufen aus Worten, Sätzen, aus Bildern, aus Steinen, in dem Haufen aus Schmerz verschwunden war. Es waren so viele Wörter, Sätze, Bilder, Steine, und sie kamen so schnell hintereinander, dass ich nicht wusste, was tun außer stillsitzen. Nachfragen kam mir erst viel später in den Sinn, da war es zu spät.

Auf der Parkbank im Botanischen Garten hörte ich zum ersten Mal, dass mein Großvater Moritz *umgekommen* war. Warum sagte mein Vater nicht, dass mein Großvater Moritz *ermordet* wurde?

Er erzählte vieles und vieles nicht. Was erzählte er? Erinnere ich mich richtig? War das, was er nicht sagte, einfach nicht wichtig oder hatte er es vergessen? Oder war das, was er nicht erzählte, eigentlich genau das Allerwichtigste? Ich war auf der Parkbank wie festgenagelt, und während die Wörter, Sätze, die Bilder, Steine auf mich niederstürzten, betrachtete ich immer wieder flüchtig die Pflanzen; es war Spätsommer. Den Sonnenhut, das Schilfgras, die Fetthenne.

Heute weiß ich, dass mein Großvater in dem Frühling nicht nach Treblinka kam. Er kam nach Izbica, fast 300 Kilometer davon entfernt. Das steht in den Dokumenten. Izbica oder jiddisch Ischbitze, südöstlich von Lublin, ein »Transitghetto« und »KL«, wie es in den Dokumenten genannt wird. Ein Konzentrationslager in den besetzten polnischen Gebieten, im »Generalgouvernement«. Izbica war der Vorhof der Vernichtungslager.

Auch für Moritz schien Izbica als Zwischenstopp vor dem eigentlichen Ziel vorgesehen. Izbica wurde für Moritz vielleicht der Endpunkt. *Wir wissen es nicht.*

Seit kurzem habe ich ein Foto von ihm. Meine Cousine in Tel Aviv hat mir das Bild mit ihrem Handy abfotografiert und zugeschickt; das Original blieb bei ihr. Auf dem Bild tritt Moritz gerade aus einer Tür. Seine Augen liegen verschattet hinter Brillengläsern. Mit beiden Händen hält er ein Blatt Papier, es könnte eine Quittung sein oder die Seite aus einem Bestellblock. Im dunklen Geschäftsanzug, mit weißem Hemd und Krawatte macht er gerade einen Schritt in den kahlen Innenhof städtischer Häuser, eine Leiter lehnt an der Fassade hinter ihm.

Wer nahm das Bild auf? Weshalb? War das Moritz' Arbeitsort, die »Tabakschneiderei, Gartenstraße 17 (EG)« in Stuttgart, wie es im Adressbuch heißt? Was mag er quittiert oder als Bestellung aufgenommen haben? Und weshalb hat ihn jemand während der Arbeit festgehalten, schnappschussartig? Ich weiß es nicht, ich weiß fast nichts. Dieser Mann soll mein Großvater gewesen sein; wie fremd er mir ist. Wie nah gleichzeitig. Düster wirkt er, verschlossen, ernst, ja unfreundlich. Ein strenger Mann. War er ein eiskalter *Koifman*?

Dein Großvater hat mit Tabak gehandelt, erzählte mir mein Vater, und das lese ich auch in den Dokumenten. Moritz war Tabakschneider, Zigarettenfabrikant, Tabakwarenhändler und dann Generalvertreter für Tabakwaren.

Er und Malka hatten sich nicht wie viele andere Juden aus Osteuropa für Amerika entschieden und auch nicht für die Emigration nach Palästina und die zionistische Idee. Sie wollten nach Westeuropa. In Stuttgart lebte da schon Abraham Olonetzky, ein Cousin meines Großvaters, geboren 1871 auch in Odessa. Immer sind Menschen an Orte migriert, an denen schon Freunde oder Verwandte wohnten.

Wo waren aber die Frauen? Die Ehefrauen, die Mütter, Schwestern, Cousinen? Über sie lese ich nichts.

»Moritz hatte zuerst die russische Staatsangehörigkeit und war später staatenlos«, finde ich in den Dokumenten. »Diese Auskunft erhielten wir von seinem in Stuttgart, Hermann-Pleuerstraße 26, wohnhaften Bruder des Obengenannten, Herrn Max Olonetzky. Gezeichnet i. A. Warscher.« Moritz hatte einen Bruder? Max? Max und Moritz in Stuttgart, aber wehe, wehe, wehe, wenn ich auf das Ende sehe?

Von einem Bruder meines Großvaters war jedoch nie die Rede gewesen. Und nirgends finde ich etwas über ihn. Dieser Max, so kann ich es erst später entwirren, war kein Bruder, nein, die Aussage in dem Dokument ist falsch. Max war der Sohn von Moritz' Cousin Abraham.

Waren Fehler und Missverständnisse auch bei der Israelitischen Kultusgemeinde gang und gäbe, einfach unvermeidbar, weil in dem Chaos nach dem Ende der *Shoah* alle Überlebenden nach allen Verschollenen suchten? Weshalb berichtigte das denn niemand?

Im Dezember 1938 war in der Zeitschrift »Flammenzeichen« eine Anzeige erschienen; ich finde sie in einem Buch über Stuttgart in der Zeit der Nationalsozialisten. »Schach dem Judentum« lautet die Überschrift. Zu sehen sind Porträtfotos mit Namen, die in einem Schachbrettmuster angeordnet sind. Auf Schwarz die Gesichter, auf Weiß die Namen. Auf Schwarz Max' Gesicht, auf Weiß sein Name und die Adresse. »Die sogenannten vornehmen, angeblich harmlosen Hebräer« steht darüber. Und: »Wiederum zeigen wir Bilder bekannter Stuttgarter Juden.« Max, der Textilhändler, der Kaufmann. Max, an den Pranger gestellt. Doch Max überlebte die *Shoah.* Durch seine Ehe mit Emilie, einer Christin, blieb er zunächst geschützt, so erzählt es mir sein Enkel. Als Max kurz vor Kriegsende, im Januar 1945, doch noch den Befehl der Gestapo erhielt, sich zum »Arbeitseinsatz« zu melden, tauchten er und Emilie unter. Auch sie wurden versteckt. Max überstand das »Schach dem Judentum« und arbeitete nach dem Krieg als Handelsvertreter für verschiedene Firmen. In den Dokumenten sind nur die Anträge erhalten, die er zur Entschädigung von Gold, Silber und Schmuck einreichte; er hatte die Gegenstände wie alle der Städtischen Pfandleihanstalt bringen müssen. So steht es dort.

Für seinen »Schaden im wirtschaftlichen Fortkommen« bekam er 1950 3000 DM, in Worten: Dreitausend Deutsche Mark, zugesprochen; das Verfahren endete mit einem Vergleich.

Wurden die Überlebenden irgendwann gefragt, wie sie hatten überleben können? Wer stellte ihnen Fragen? Wer hörte ihnen zu? Und wer glaubte ihnen? Konnte wirklich wahr sein, was sie erzählten? Es war doch für diejenigen, die nicht in einem Versteck ausharren mussten und nicht im »KL« gewesen waren, *unvorstellbar*, wie es mein Vater genannt hatte. Verschwiegen sie vielleicht etwas? Oder hatten sie einfach genug *Chuzpe* gehabt, genug Glück, Charme, Unverfrorenheit? Und woher hatten sie ihre Widerstandskraft, den unbedingten Willen zu überleben? Im Museum zur Geschichte des Holocaust Yad Vashem in Jerusalem höre ich einem Mann zu, der sich schämte, überlebt zu haben. Auf einem Monitor in der Ausstellung ist er zu sehen. Er spricht wie mein Vater. In einfachen, kurzen Sätzen. Er erzählt, dass er nur überlebte, weil die Kugel einen Mann vor ihm traf.

Wie hatte es Max also geschafft, am Leben zu bleiben, während Moritz umgebracht wurde?

In den Dokumenten finde ich erst ganz am Ende meiner Recherchen ein Schreiben vom 25. Februar 1946 an meinen Vater. »Wir erhalten heute eine Liste der jüdischen Kultusvereinigung Stuttgart«, heißt es darin. »Wir finden auf dieser Liste den Namen Olonetzky, Max, geboren 11. Februar 1897, derzeit Deckerstraße 105, Cannstadt. Falls es sich um einen Verwandten von Ihnen handeln sollte, so sind wir gerne bereit, Post an Herrn Olonetzky in Deutschland weiterzuleiten.«

Es war *Vetter Max*, wie ihn mein Vater nannte. Plötzlich tauchten diese längst vergessenen Worte in mir auf. Sie stiegen an die Oberfläche wie Luftblasen aus einem tiefen, trüben

Wasser. Nur zwei Luftblasen, Worte, denn erinnern kann ich mich an Max nicht. Auf einem Foto aus den Fünfzigerjahren steht er mit Emilie neben meiner Mutter; wieder ist die Szene leicht unscharf und in faden Grautönen erhalten. Bis auf das Kleid meiner Mutter. Es ist ein schneeweißes Wickelkleid mit plissiertem Rock, ihre wespenschmale Taille ist umhüllt von diesem leuchtenden Weiß. Aus Licht ist sie in diesem Bild und *Vetter Max* neben ihr eine schwere Form in Grau. *Der fette Max* hatte ihn mein Vater immer genannt, auch das taucht plötzlich wieder auf. Noch drei Wörter, Luftblasen. Sie mussten beide untertauchen, sie überlebten beide, und nun lachte mein Vater über ihn. Als Max Anfang der Achtzigerjahre starb, erfuhr ich das nicht.

Irgendwann wird im Garten der Nachbarn der Kirschbaum wieder blühen. Seine Blüten werden so frisch sein wie jedes Frühjahr. Sie gehen auf, erstrahlen. Und wenn der Baum im Vollblust steht, werden die einzelnen Blütenblätter durch die Luft wirbeln wie Schnee. Manchmal schneit es auch Flocken und Blätter gleichzeitig. Weiße Schauer gehen nieder.

Nadine Olonetzky

Wo geht das Licht hin, wenn der Tag vergangen ist

S. FISCHER

Odessa

Als mein Vater vier Jahre alt war, starb seine Mutter. *Sie starb im November 1921 an den Folgen der Spanischen Grippe.* So erzählte er es mir auf der Parkbank im Botanischen Garten. Er bezeichnete es als *Glück*. Die Seuche war ein Glück.

Malka ließ Moritz mit fünf Kindern zurück.

»Mein Vater hatte bis etwa 1925 eine Zigarettenfabrik in Stuttgart«, erklärte mein Vater später dem »Landesamt für die Wiedergutmachung«. »Anschließend war er für die Tabakwarengroßhandlung Schlesinger & Co. tätig. Er reiste für diese Firma. Er hatte bei dieser Firma ein Fixum und außerdem Provision.«

Isaak Hersch Schlesinger, genannt Isidor Schlesinger, hatte die Firma gegründet. Versprach die Generalvertretung Moritz ein geregelteres Einkommen? Flüchtete er von zu Hause? Er hatte noch einmal geheiratet, eine Frau, die auch in Odessa geboren worden war und nur kurz unsere Familienbühne betrat. Die Ehe glückte nicht; sie ließen sich 1926 wieder scheiden. Diese Frau erwähnte mein Vater kein einziges Mal. Er erzählte nur von *unserer Haushälterin*, einer Frau, die ihn besonders liebte und die wusste, dass er die angebrannten Kekse am liebsten aß.

Hatte mein Großvater seine Frau Malka *fun tifn Harzn, vo ganzem Härze,* von ganzem Herzen geliebt? So sehr, dass er sich nie wieder auf eine andere einlassen konnte?

Meine Cousine schickt mir auch ein Foto, auf dem eine beleibte Frau in gemusterter Strickjacke und langem Rock zu sehen ist. Ist es Malka? Meine Cousine ist sich nicht sicher. Die Frau sitzt auf einem Schemel, draußen auf einem Platz. Ihr Blick kommt aus zusammengekniffenen Augen, als blende sie das gleißende Tageslicht. Um ihre Lippen liegt ein scheues, stolzes Lächeln.

Im Arm hält sie ein rundliches Kleinkind. Es wendet sich von ihr ab, strebt von ihr fort, sein Ärmchen streckt es weit weg. Sein Gesicht, pausbäckig und vom Sonnenlicht direkt beschienen, ist überbelichtet und unscharf. Ist es mein Vater, ihr Jüngster?

Und ist das wirklich meine Großmutter? Ihr schwerer Körper ist in einer leichten Drehung gedehnt; sie muss ihr Kind festhalten. In unserer Familie ist niemand groß, und alle sind schlank. Kann es sein, dass diese mächtige Frau meine Großmutter ist? Sie litt ja an Tuberkulose, so wird es in einigen Dokumenten dargestellt. Hätte sie da nicht viel dünner sein müssen? Und war sie nicht ansteckend für alle? Für ihr Kind, den Fotografen, wer immer es war? Sitzt sie deshalb draußen auf dem Platz?

Im Hintergrund ist eine Litfaßsäule mit Plakaten zu sehen; *Frankfurt am Main* und *Ausstellung* ist lesbar. Zwei dichtbelaubte Bäume stehen auf dem Platz, und im Hintergrund ist, unscharf, eine sonnenhelle Hausfassade auszumachen; es muss Hochsommer gewesen sein. War sie mit Moritz und den Kindern in Frankfurt? Meine Cousine schrieb *Malka?* unter das Bild.

Im zaristischen Russland waren Anfeindungen gegen Juden alltäglich. Und 1881, in dem Jahr, als Moritz geboren wurde, kam es in Odessa zu einem Massaker an der jüdischen Bevölkerung. Darauf setzte ein Exodus ein; die meisten emigrierten nach Westeuropa und in die USA. Für diejenigen, die blieben, gingen die Schikanen und die Gewalt weiter.

In einem unscharfen Foto, das sich in der Datenbank der Internationalen Gedenkstätte Yad Vashem über die Pogrome auf dem Gebiet der heutigen Ukraine befindet, sehe ich eine Frau. Sie rennt durch eine Straße, verfolgt von Männern und Knaben mit Stöcken. Ihr Mund ist zum Schrei aufgerissen, sie blutet aus der Nase. Die Männer haben ihr Rock und Bluse vom Leib gerissen. Rennend trägt sie nichts als ihren weißen Büstenhalter und einen weißen Schlüpfer. Um die 150 000 Menschen starben bis nach dem Ersten Weltkrieg in der heutigen Ukraine durch die Gewalt ihrer Nachbarn.

Was ihnen alles nicht erlaubt war! Ihnen jeden einzelnen Tag nicht möglich war. Oder nur möglich war, wenn sie die *Chuzpe* hatten, die Verbote zu ignorieren. Sollten sie doch unter sich bleiben, die Juden, und in kontrollierbaren Gebieten, in den *Schtetlach* nördlich des Schwarzen Meers, im Süden von Russland oder in Polen leben. Sollten sie doch möglichst nicht zu erfolgreich und nicht zu reich werden! Sollten sie doch als Hausierer arbeiten, vielleicht als Kaufmann, Tabakhändler, als Geldverleiher oder meinetwegen als Wirt, Schneider, Milchmann, Bäcker. Oder dann als Chasan und Rabbi wie Malkas Vater.

Deine Großmutter war die Tochter eines Rebbe, erklärte mir mein Vater auch auf der Parkbank im Botanischen Garten, *viel jüdischer kann man gar nicht sein.*

War Malka in ein blühendes, von religiösen Regeln bestimmtes Leben mit Mohnkuchen und *Matzeknejdlach* hineingeboren worden? War sie selbst religiös oder war sie im Gegenteil froh, mit Moritz aus dem orthodoxen Leben ausbrechen zu können?

In eine Welt wechseln zu können, in der die Männer keine Bärte und Schläfenlocken, *Pejes*, trugen, nicht einmal eine *Yarmulke* oder, wie mein Vater die Kippa nannte, ein *Yarminkel*? Geschweige denn die feierlichen Hüte, die großen schwarzen *Schtreimln*, und die langen Kaftane? Eine Welt, in der sie ihr Haar nicht mit einem *Tichel*, einem Kopftuch, oder unter einer Perücke verbergen musste? Nie erzählte mir mein Vater davon.

1905 eskalierte die Gewalt ein weiteres Mal, und Moritz verließ Odessa. Was konnte er mitnehmen? Was ließ er zurück? Zunächst ging er nach Saratow, wo er Malka kennenlernte. Nach allem, was ich in den Dokumenten las, scheint mir diese Version der Geschichte die wahrscheinlichste zu sein.

Denn in den Dokumenten können sie sich wieder nicht auf eine Version einigen. Es beginnt schon mit Malkas Geburtsort. *Malka wurde in Kiew geboren,* erzählte mir mein Vater immer. »Malka Ziegelmann wurde in Odessa geboren«, lese ich in den Dokumenten. »Malka Siegelmann wurde in Saratow geboren«, steht in anderen Dokumenten. »Der Vermisste hatte in Südrussland die Ehe mit Malka, geb. Siegelmann, geschlossen. Eine Heiratsurkunde kann nicht beschafft werden«, heißt es in wieder anderen Dokumenten. Lernten sie sich vielleicht doch in Odessa kennen und gingen dann zusammen nach Saratow?

In Südrussland, in Saratow, haben sie geheiratet, das steht fest. In der Stadt am Nordufer der Wolga kam meine Tante Paula zur Welt; im November 1906. Kaum ein Jahr später verließen sie Saratow und gingen nach London. Dort bekamen sie einen Sohn; er starb schon als Neugeborenes, namenlos. So finde ich es zuerst in den Dokumenten.

Doch dann, Monate später, finde ich etwas anderes. Sie bekamen eine Tochter, Rachmil, und auch sie starb als ganz kleines Kind, das ja, aber sie starb nicht in London, sondern in Stuttgart; auf dem Stuttgarter Pragfriedhof liegt ein kleiner Grabstein für sie, auf dem ihr Todestag, der 18. September 1908, eingraviert ist.

Warum hatten meine Großeltern auch Saratow den Rücken gekehrt? Waren dort die Schikanen weitergegangen? Hatte Moritz keine berufliche Perspektive für sich gesehen? Und dann: Wie es für sie wohl in London war? Fand Moritz sofort eine Arbeit? Wo wohnten sie? Davon steht in den Dokumenten nichts, und ich kann es mir auch nicht vorstellen. Aber wären sie doch in England geblieben!

Welche Hoffnungen trugen sie mit sich, als sie London verließen und mit dem Schiff den Ärmelkanal überquerten? Waren sie zuversichtlich, gespannt auf ihr neues Leben? Freuten sie sich auf Abraham, Moritz' Cousin? Oder hatten sie Angst, hämmernde Herzen im Leib? Und womit kamen sie schließlich in Stuttgart an? Waren es mehrere Koffer? Ließen sie sich sogar Möbel nachliefern? Und brachten sie noch Dinge nach Stuttgart mit, die sie an Odessa, Kiew und Saratow erinnerten? An ihre Eltern, Tanten, Onkel, Geschwister? Eine Kette mit Medaillon vielleicht, die schon die Großmutter getragen hatte?

Im Sommer 1908 lebten sie schon in Stuttgart, auch das steht fest, mit Paula und Rachmil, die den September nicht überlebte. Und zwei Jahre später, im Juli 1910, kam mein Onkel Efrem zur Welt, der Fotograf; da waren sie dann auch im Adressbuch der Stadt aufgeführt.

Stuttgart war schön! Es hatte eine Altstadt aus dem Mittelalter, mit Bäumen gesäumte Boulevards und Wohnhäuser aus der Belle Époque. In solchen Häusern wohnten sie, bekamen ihre Kinder. Zuerst wohnten sie mit Paula und Rachmil in der Champignystraße Nr. 3, Parterre, dann in der Böblingerstraße 13, wo mein Onkel Efrem geboren wurde. Dann wechselten sie mehrmals den Wohnort, zogen in die Silberburgstraße, darauf in die Schlossstraße und schließlich in die Gartenstraße 17. Die Wohnung im Haus in der Gartenstraße war der Ort, an dem sie blieben. Er war zentral, angenehm, ein guter Ort auch für das eigene Geschäft im Erdgeschoss. Dieses Haus, in dem mein Vater zur Welt kam, war bloß einen Katzensprung entfernt von der Synagoge. Auch das Neue Schloss, damals schon ein Museum, und der Schlossplatz mit dem Park waren nicht weit. Es gab Kneipen, Bars und Varietés; alle tanzten Charleston bis zum Umfallen. Stuttgart war voller Leben.

Lernten sie die neue Sprache schnell? Oder taten sie sich schwer damit? Hielten sie im Alltag religiöse Regeln ein? Sie wollten arbeiten, das auf jeden Fall, sich in die bürgerliche Gesellschaft und Kultur einfügen, etwas aufbauen. Dass der Israelitische Oberrat für Württemberg sich etwa zwanzig Jahre später gegen den Boykott aller jüdischen Geschäfte würde zur Wehr setzen müssen, konnten sie nicht wissen, es war *unvorstellbar*.

Doch »wir wiederholen in dieser Stunde das Bekenntnis unserer Zugehörigkeit zum deutschen Volk«, wird der Israelitische Oberrat 1933 nach dem Aufruf der NSDAP zum Boykott jüdischer Läden schreiben, »an dessen Erneuerung und Aufstieg mitzuarbeiten unsere heiligste Pflicht, unser Recht und unser sehnlichster Wunsch ist.« Empfanden sich Jüdinnen und Juden wirklich als genauso deutsch wie ihre Nachbarn? Wurde ihnen nicht schon, bevor die Gestapo sie abholte, weil die Nachbarn sie denunziert hatten, auf Schritt und Tritt gezeigt, dass sie nicht dazugehörten?

Erneuerung und Aufstieg wollten Malka und Moritz auch. Dazugehören. So stelle ich es mir wenigstens vor, denn so verhielt sich mein Vater später auch.

1912 bekamen sie nach Paula, Rachmil und Efrem noch eine Tochter, Anna oder Hanna oder Chana; in den Dokumenten ist sie mit allen Schreibweisen erwähnt, und ich erfuhr erst auf der Parkbank im Botanischen Garten, dass es sie gegeben hatte. Nur ein Jahr nach ihrer Geburt brachte Malka den Sohn Albert, Avraham oder Avram zur Welt, meinen Onkel Avram. Und darauf einen weiteren Sohn, Berthold. Berthold starb kurz nach der Geburt.

1917 kam mein Vater hinzu; er war ihr Jüngster, Benjamin Emil. Eine Familie, so groß wie damals üblich. Gab es mittags Fisch, hatten alle den Mund zu halten und auf die Fischgräten zu achten. Moritz verlangte das, es gab keine Widerrede.

Jetzt, die Stauden habe ich nun alle handbreit über der Erde abgeschnitten, wäre der Garten bereit für die ersten grünen Triebe. Doch wochenlang geschieht scheinbar nichts. Zumindest nichts in Farbe. Die Grau- und Brauntöne bleiben. Auch die Bäume in der Straße verändern sich nicht. Kahl stehen sie in ihren Baumrabatten, dem asphaltfreien Stückchen, das ihnen die Stadt hier lässt. Die Fläche unter ihnen verharrt weiter in ihrem Beigegrau.

Heute verlassen wieder Menschen Odessa. In der Zeitung sehe ich ein Foto. Vor klapprigen Bussen noch aus sowjetischer Produktion stehen Kinder der jüdischen Gemeinde mit schwarzen Augen und kleinem Gepäck bereit. Sie werden nach Deutschland in ein Lager gebracht. Es ist ein Auffanglager, ein Flüchtlingslager. Sie kommen dort in Obhut. Es sind die verletzlichsten Mitglieder der jüdischen Gemeinschaft von Odessa, sagen ihre Eltern. Sie werden nach Hamburg oder Berlin in Sicherheit gebracht. Dafür wird das Wort »Evakuierung« verwendet. Während gleichzeitig das Wort »Entnazifizierung« wieder im Umlauf ist, nur hat seine Bedeutung eine Verdrehung erfahren, ist in eine andere Richtung gedrechselt worden.

Eigentlich leben wieder 35 000 Juden in Odessa. Wie viele Synagogen gibt es wohl heute? Die große Synagoge, 1893 in der Ossapowastraße gebaut, steht noch. Mein Großvater Moritz kannte sie bestimmt. Er war sechsundzwanzig Jahre alt, als er Odessa den Rücken kehren musste. Doch nach den Pogromen unter dem Zaren kamen die Pogrome unter Stalin und die Massenerschießungen, Deportationen, Vergasungen und der Hunger durch die Nazis. Noch einmal eine Million Jüdinnen und Juden starben, allein in Odessa 100 000 Menschen.

Nun sind wieder Männer eingerückt und sind einverstanden oder auch nicht einverstanden, sie haben Angst oder auch keine Angst; sie tun ihren Dienst, gewalttätig oder auch zurückhaltend. Die russische Armee beschießt auch Odessa, den Hafen, die Wohnhäuser, die Kathedrale. Sandsäcke sind in der Stadt und an der Küste gestapelt, lese ich, und Schutzkeller eingerichtet, Notvorräte angelegt. Die Menschen sitzen zwar weiter in Cafés und am Hafen, wenn die Luft rein ist, wie man so sagt. Sie gehen zur Arbeit und wieder nach Hause, sie versuchen, ihren Alltag nicht abbrechen zu lassen. Aber dann, plötzlich, heulen die Sirenen des Luftalarms, und die einen rennen in die Schutzkeller, die anderen bleiben, wo sie sind. Im Café, am Schreibtisch. Ist der Alarm vorbei, scheint alles im Tageslicht wie immer zu sein. Nur ein Teil der Kathedrale liegt in Trümmern.

Wieder fliehen jetzt Menschen. Die Kinder zuerst, sagen sie.

Die Verletzlichsten zuerst! Als die Busfahrer die Motoren anwerfen, das ist in einem anderen Bild in der Zeitung zu sehen, pressen die *Kinderlech* ihre Gesichter an die schmuddeligen Scheiben.

Hätten sie nicht auch gerne den Geschichten von Isaac B. Singer zugehört, so wie ich als Kind? Geschichten von den Weisen aus Chelm und wie sie erzählten, dass die Welt am Anfang wüst und leer war. Und heiß! Dass es Chelm damals noch gar nicht gab und dass die Chelmerinnen und Chelmer auch nicht hätten herumgehen können, so heiß, wie es war. Ihre Schuhsohlen wären ja geschmolzen und sie hätten sich die Füße verbrannt!

Irgendwann aber, viele Jahre später, so erzählten die Weisen weiter, kühlte die Oberfläche der Erde ab. Es bildete sich eine feste Kruste, ganz so wie auf dem Haferbrei, wenn der Teller zu lange herumsteht. Daraufhin konnte Chelm gegründet werden, und die Chelmerinnen und Chelmer entwickelten sich zu zivilisierten Menschen. Sie hatten einen Rat der Weisen, der sie regierte. Sie konnten lesen und schreiben und hatten inzwischen auch das Wort *Problem* erfunden. Dass sie arm waren, war ein *Problem.* Einer der Weisen schlug deshalb vor, in Chelm das Wort *Problem* zu verbieten. Damit wäre auch die Armut nicht mehr da. In Chelm lagen eben Weisheit und Herrschaft in einer Hand.

Doch die Armut, hartnäckig, wie sie war, blieb. Und eines Tages sagte der Weiseste aller Chelmer Weisen: Nur ein Krieg kann Chelm retten. Ein Krieg gegen das Nachbardorf Gorschkow. *Ein Krieg? Weshalb?!,* fragten alle. Die Gorschkower hatten den Chelmern nichts zuleide getan. Warum also ein Krieg?

Tabak

Es waren Russen, Türken, Armenier, Griechen und Juden aus dem Gebiet um das Schwarze Meer, die im Geschäft mit dem Tabak schon zu Hause waren, bevor sie in den Westen zogen. Oder emigrierten und flohen, oder wie sie es auch immer nannten. Sie nahmen ihre Sprache mit und ihr Wissen um den Tabak. Sie führten den Tabak aus ihren Heimatländern ein, kannten die Händler, die Produktionstechniken und die fertigen Produkte. Mein Großvater war auch ein »Tabaksachverständiger«, wie es in den Dokumenten heißt.

Wie war er zu dem Sachverstand im Tabakhandel gekommen? War es einfach seine einzige Chance gewesen? Was hatte er zuerst gelernt? Mein Vater erzählte mir nichts darüber. Moritz handelte mit Tabak, das steht fest, und rauchte Kette.

1862 hatte die Sankt Petersburger Compagnie Laferme in Dresden eine Zweigniederlassung eröffnet; es war die erste Zigarettenfabrik Deutschlands. Vier deutsche Arbeiterinnen und zwei russische Arbeiter, so lese ich, stellten unter der Leitung eines russischen Tabakschneiders Zigaretten her. Von da an begannen überall in Deutschland Zigarren- und Zigarettenfabriken aus dem Boden zu schießen. In Russland war der Tabak mit hohen Steuern belastet, doch in Deutschland blühte das Geschäft bis weit über die Jahrhundertwende hinaus; der Erste Weltkrieg hatte die Männer zu Rauchern gemacht.

Buchstäblich alle deutschen Männer rauchten, als sie am

Ende des Kriegs aus den Schützengräben stiegen. Und bald auch die Frauen. Der Handel wuchs und wuchs, und Amsterdam wurde zum europäischen Handelszentrum von Rohtabak. Auch in Hamburg und Bremen brummten die großen Tabakbörsen, wo Ware aus Übersee ankam und gehandelt wurde. Und in Stuttgart?

Dort hatten die Kurfürsten und Herzöge schon seit dem 18. Jahrhundert eine liberale Judenpolitik verfolgt, wie es genannt wird, und darum entstanden in der ganzen Region besonders viele jüdische Fabriken und jüdische Tabakmanufakturen. Tausende fanden Arbeit in dieser Industrie, die sich nach dem Ersten Weltkrieg in rasendem Tempo veränderte. Denn statt weiterhin in aller Ruhe Zigarren oder Tabakpfeifen zu rauchen, griffen nun alle zu Zigaretten. Zigarren, das war nur noch etwas für Leute, die Zeit hatten. Zeit und Geld. Zigaretten hingegen waren im Nu aus der Schachtel gefingert, angezündet und heruntergeraucht, die Kippe in den nächsten Busch geschnippt. Und sie waren viel günstiger.

Alles war schneller geworden. Die Arbeit am Fließband. Das Eilen in den Straßen. Das Aufspringen auf die Trambahnen und das Abspringen, Weitereilen. Und neue Wörter entstanden! Alle machten plötzlich eine Zigarettenpause, blieben schnell für eine Zigarettenlänge vom Fließband oder vom Schreibtisch weg.

Am Anfang arbeitete Moritz in einer Zigarettenfabrik, in welcher, finde ich in den Dokumenten nicht. Deutschland war überzogen von Hunderten kleiner Zigarettenfabriken. Dann machte er sich als Tabakhändler und Zigarettenfabrikant selbständig. »Tabakschneiderei, Gartenstraße 17 (EG), Telefonnummer: 10266« stand 1920 im Telefonbuch der Stadt, von 1927 bis 1936 dann »Tabakwarenvertretung, Gartenstraße 17«. Und Moritz rauchte. Er handelte mit Tabak und war jeden Tag umgeben von Tabak; er rauchte Zigarette um Zigarette.

Zigaretten passten auch zu den Bars und den Cocktailkleidern mit tiefgesetzter Taille und zum Charleston, den alle bis zum Morgengrauen tanzten. Sie passten zum Vergessen und zum Lebenshunger. Sie standen für Weltoffenheit, Weltbürgerschaft. Tabak war ein Geschäft, und mein Großvater verdiente damit den Lebensunterhalt für seine Familie. Für sein gutbürgerliches Leben mit Mahagonibetten, Eichentischen und gepolsterten Esszimmerstühlen.

Dann machten die Nazis Schluss damit.

Sie waren die Ersten, die vom »Passivrauchen« sprachen. Sie nannten den Tabak »die Rache des roten Mannes an der weißen Rasse«. Sie führten in den Zügen Nichtraucherabteile ein, zelebrierten die sportgestählten Körper und die gesunde Ernährung. Doch das allein war es nicht.

Die Tabakindustrie war nicht die Rüstungsindustrie und auch keine rüstungsnahe Branche; der Maschinenbau war jetzt für die deutsche Rüstung wichtig, nicht Zigaretten. Schon 1933 trat das »Gesetz über die Einschränkung der Verwendung von Maschinen in der Zigarrenindustrie« in Kraft. Es diente auch der Arbeitsbeschaffung; die vielen kleinen Tabakbetriebe mussten wieder auf Handarbeit umstellen.

Und es war Hitlers »Kampfjahr«. Lange Schlangen hatten sich vor den Arbeitsämtern gebildet; er wollte »ein Reich der Arbeit« schaffen. Das leuchtete ein. Wer wollte schon arbeitslos sein in der Großen Depression. Geld verdienen, fröhlich schöne Kleider tragen und Zigaretten rauchen, das wollten doch alle.

Das durften aber nicht alle. »Boykottiert alle jüdischen Geschäfte! Meidet jüdische Ärzte! Die Juden sind unser Unglück!« Es traf auch die Bäcker, Milchmänner, die Schneiderinnen und mit ihnen die Textilhändler, Pelzhändler und die Tabakhändler. Es gehöre zum »Selbsterhaltungstrieb«, hieß es jetzt, ein Gegner der Juden zu sein. Die Ladeninhaber wurden gezwungen, bei den Behörden ein Schild mit der Aufschrift »Deutsches Geschäft« zu kaufen und es gut sichtbar im Schaufenster aufzuhängen. Ansonsten galt: »Schach dem Judentum!«

1937 wurde auch Isidor Schlesinger enteignet und sein Zigarrengroßhandel »arisiert«. Und mein Großvater Moritz verlor seine Arbeit.

Und dann, 1939, als es wieder losging mit dem Einrücken und den Waffen, mit den Märschen und dem Absteigen in die Schützengräben, mit dem Ausharren in der Nässe und in der Dunkelheit, ging es auch wieder los mit der Angst. Zigaretten halfen. Für eine Zigarettenlänge beruhigten sie die Nerven und betäubten den Hunger.

Und als schließlich alles wirklich knapp wurde, das Holz, die Kohle, die Lebensmittel und auch der Tabak, und als der Hunger noch größer wurde, die Kälte noch bitterer, wurden Zigaretten auch eine Währung, mit der man bezahlen konnte. Ein Stück Brot, zwei Eier oder einen Apfel. Die Nazis rückten schnell ab von den Gesundheitspredigten; es mussten Prioritäten gesetzt werden.

Irgendwann übernimmt der Garten. Zuerst ist alles ausgedacht und geplant, dann gepflanzt. Es wächst, blüht zum ersten Mal. Wächst weiter, wird größer. Im Herbst und Winter bildet sich der Garten zurück, und im Frühling beginnt er sich wieder aufzubauen. Er tut das von selbst. Er findet zu neuer Struktur, Form und Farbe, die wie die alte ist und doch nicht. Aus den knotigen, struppigen Stümpfen der Stauden sprießt ein zartes, helles, hartnäckiges Grün. Noch sind die Farne aufgerollt. Die Glyzinie und das Geißblatt, die über die Pergola klettern, treiben erste Blättchen aus. Es ist noch nicht viel, aber es wird mehr werden, sagen die Pflanzen. Es sind die gleichen wie letztes Jahr und doch nicht. Schönheit ist in ihrem Schwinden und Absterben, eine andere Schönheit in ihrem erneuten Aufblühen. Die Pflanzen müssen darauf vertrauen, dass sie wiederkommen können, sagen manche.

Mein Onkel Avram, das erzählt mir meine Cousine in Tel Aviv, konnte später Zigarettenrauch nicht ausstehen.

Israel

Moritz war jedoch nicht einfach arbeitslos, nein. Moritz wurde »dienstverpflichtet«. Er wurde im Handumdrehen Stanzer in der »Süddeutschen Absatzfabrik in Stuttgart-Heslach«. Eine Fabrik, die nur Absätze für Schuhe herstellte? Lohnte sich das? Und was machte Moritz als Stanzer in der Absatzfabrik?

Stand er am Fließband? Konnte er, der Kettenraucher, noch für eine Zigarettenpause weg vom Fließband? Wie sah die Maschine aus, mit der er arbeitete? Stanzte er Holzstücke aus, die übereinandergestapelt den Absatz bildeten? Stanzte er Gummistücke aus, die zuunterst auf den Absatz genagelt wurden? Statt mit Tabak zu handeln, war Moritz nun »Arbeiter«, seit Kriegsbeginn herrschte schließlich Mangel an Arbeitern.

Hatte er nie daran gedacht, seinen Kindern nach Palästina zu folgen? Manche fanden ja, es sei dort viel zu heiß. So sagten sie es und blieben. Und sie fühlten sich hier verwurzelt. Sie hatten doch bis vor kurzem ein Auskommen gehabt und nette Nachbarinnen. Die Stuttgarter Juden hätten es verstanden, hatte Oberbürgermeister Strölin schon nach der Volks- und Berufszählung 1933 bekanntgegeben, »sich eine gehobene soziale Stellung zu verschaffen«. Es konnte doch wieder gut werden. Oder nicht?

Und Moritz? Vielleicht wollte er nicht noch einmal von vorne anfangen müssen. Nicht noch eine neue Sprache lernen. Vielleicht fühlte er sich zu alt dafür; er ging auf die sechzig zu.

Wahrscheinlich dachte er wie viele andere, es würde nicht noch schlimmer kommen. Vielleicht spürte er auch, dass er bei keinem seiner Kinder so richtig willkommen gewesen wäre? Er war zu strikt gewesen, zu kühl, erzählt mir meine Cousine in Tel Aviv.

Schon im November 1939 wurden die ersten Kriegsgefangenen in Zügen von Polen nach Stuttgart geholt und in den »Stalags«, den »Kriegsgefangenenstammlagern« untergebracht. Gut sichtbar mussten die Polen ein großes »P« auf der rechten Brusttasche tragen. Sie waren als »Erdarbeiter«, Bauarbeiter, Müllmänner, Knechte in der Landwirtschaft eingesetzt. Und mit der Zeit auch für Räumungsarbeiten nach Bombenangriffen.

Die Polinnen arbeiteten in Gärtnereien, Fabriken, Spitälern, Privathaushalten und Kinderheimen; es gab immer mehr Waisen. Alle arbeiteten an die achtzig Stunden die Woche. »Bestrafung bei Nichteinhalten«. Sie waren, wie »Der Führer« richtig bemerkte, »billigste Arbeitskräfte«. Sie produktiv einzusetzen war nur recht und eben billig, »denn füttern müssen wir die Gefangenen doch und es wäre widersinnig, dass sie in den Lagern als unnütze Esser faulenzen«.

Bald kamen Französinnen und Franzosen dazu, Holländer und Belgierinnen, die sich am Anfang etwas freier bewegen konnten. Dann auch Russen, die in Viehwagen in Deutschland ankamen; ihr Kennzeichen war »Ost«, und sie waren in umzäunten Lagern wie die Polen untergebracht. Hunger, Flöhe, Kälte, Typhusfälle; es war eine Arbeit bis zur Vernichtung. Bei Luftangriffen war ihnen der Zutritt zu den Schutzkellern verwehrt.

Moritz war nun »Arbeiter« oder »Zivilarbeiter«, je nach Eintrag in den Dokumenten. Er wohnte zuerst noch zu Hause in der Gartenstraße und war an die Süddeutsche Absatzfabrik

»verliehen«. Auch für ihn galt: Das Essen war nicht für Faulenzer.

Wie viele Stunden arbeitete er jeden Tag? »Vernichtung durch Arbeit« war auch das Ziel im »Altreich«, nicht nur im »Generalgouvernement«, und gelang das nicht, gab es die Reichsbahn. Die Züge fuhren jetzt regelmäßig in zwei entgegengesetzte Richtungen. Die einen kamen von Russland, Litauen und Polen mit Kriegsgefangenen nach Stuttgart. Die anderen Züge begannen ins besetzte Polen zu fahren, ins »Generalgouvernement«.

Mein Großvater wurde im Sommer 1941 doch noch »zwangseingewiesen«. Mehrmals, genauer: drei Mal. Im Rahmen der »Aktion Juden in jüdische Häuser« mussten alle ihre Häuser oder Wohnungen räumen, auch Moritz.

Und wie alle hatte er wertvolle Gegenstände zum Pfandleiher zu bringen. Im Dezember 1938 schon waren alle Juden darüber informiert worden, dass sie Gold, Silber, Platin, Edelsteine und Perlen abzuliefern hätten. Auch in Stuttgart. »Mit großen Wäschekörben«, lese ich, »sind die meisten jüdischen Eheleute zur städtischen Pfandleihanstalt gewandert, um die Kostbarkeiten, Dinge der Vorfahren oder in einer langen Ehe gesammelt und unersetzbar, abzuliefern. Viele Tränen wurden den Erinnerungsstücken nachgeweint.«

Auch Moritz »Israel« Olonetzky, so hieß mein Großvater jetzt, musste in die Pfandleihanstalt »wandern«. Er brauchte keinen Wäschekorb. Weinte er? Ich kann mir nicht vorstellen, dass er das tat.

»Pfandleihanstalt Stuttgart-Süd, 2. Juni 1939: Herrn Moritz Israel Olonetzky, Stuttgart, Gartenstraße 17, Nr. 1660. Wir bestätigen, von Ihnen folgende Gegenstände angekauft zu haben: 1 silb. Cig. Etui 75 gr., 1 Kette mit Anhänger 14 kt., 1 Ohrring 14 kt., 12. 2 gr., Reichsmark 20 abzüglich Gebühr RM 2,

RM 18. Den letztgenannten Betrag haben wir heute antragsgemäß durch Giro überwiesen. Städtische Pfandleihanstalt Stuttgart AG, Gemeinnützige Kreditanstalt, (gez.) Böhm, (gez.) Kössler«

Die jüdischen Männer mussten sich ab 1. Januar 1939 auch noch »Israel« nennen und waren »Arbeiter«, die jüdischen Frauen »Sara« oder »Sarah« und waren »Arbeiterinnen«. Und das waren sie ja auch.

Der Garten verharrt immer noch in Braun- und Grautönen. Bald wird sich alles um Grün drehen. Sobald das erste Grün, das helle, ins Gelbe gehende Grün, aus den kurzgeschnittenen, struppigen Besen der Staudenstrünke und aus den Ästen der Bäume sprießt, beschleunigt sich die Zeit, so wirkt es wenigstens auf mich. Jetzt warten alle Pflanzen noch. Nichts deutet daraufhin, dass etwas im Gang ist.

Schon bevor Moritz seine Wohnung in der Gartenstraße verlassen musste, irgendwann 1941, um in die »Klopstockstraße 42, 2. OG, umzusiedeln«, wie es in den Dokumenten genannt wird, hatte er alle offenen Rechnungen zu begleichen und den Schlüssel auszuhändigen. Einen Teil der Möbel und des Hausrats hatte er bereits verkaufen müssen. Was musste er jetzt zurücklassen? Was konnte er noch mitnehmen? Das Bett aus Mahagoni? Den Schreibtisch? Einen Sessel?

Er war allein. Seine Tochter Anna hatte geheiratet und lebte mit ihrem Mann Herbert in Berlin. Avram war wie Paula und Efrem in Palästina, und mein Vater, der Benjamin der Familie, kam zu der Zeit gerade vom Arbeitslager in Bielefeld nach Stuttgart zurück und wurde sofort zur Zwangsarbeit im Straßenbau eingezogen. Das lese ich in den Dokumenten, erzählt hat mir das mein Vater nie.

Nur ein Jahr später, 1942, war Moritz wieder gezwungen umzuziehen, diesmal in die Reinsburgstraße 107, Dachgeschoss, und zusammen mit meinem Vater. Beide waren »Arbeiter«.

Immer weniger konnte Moritz mitnehmen von dem, was er einmal besessen hatte. Von immer mehr musste er sich trennen und Hausrat unter Wert verkaufen, aber er brauchte das Geld. Und der Oberinspektor des Finanzamts bestätigte auch an diesem Tag den Eingang von Kleidern, Uhren, Schmuck und Möbeln von verschiedenen Familien; es sind mehrere Schirme dabei.

Inzwischen waren alle »gesetzlich verpflichtet«, den »Judenstern« am Mantel zu tragen. Auch Moritz und mein Vater. Sie trugen kein »P«, kein »Ost«. Sie mussten den gelben Stern tragen. Den Stern mit dem schwarzen Wort »Jude, auf der linken Brustseite, etwa in Herzhöhe, jederzeit sichtbar und festgenäht«.

Wenig später, wann genau finde ich in den Dokumenten nicht, musste Moritz erneut umziehen. In ein »Judenhaus« neben der Synagoge, Hospitalstraße 34, dann ins Nachbargebäude, Hospitalstraße 36 A. Mein Vater zog nicht mit ihm mit.

Alle jüdischen Einwohner waren da schon aus dem Adressbuch gestrichen und auf eine separate Liste gesetzt. »Stuttgart, den 15. Januar 1942. Statistisches Amt der Stadt Stuttgart, Büchsenstraße 19«, lese ich. »Nur für den Dienstgebrauch: Judenliste. In dieser Judenliste sind die Anschriften der in Stuttgart polizeilich gemeldeten über 19 Jahre alten Juden und jüdischen Flüchtlinge enthalten. Die Liste ist unter Beachtung der Nürnberger Gesetze Ende Dezember 1941 abgeschlossen worden.«

Bei allen, die in Stuttgart und anderen Städten »auf Transport in den Osten verschickt« wurden, hieß es, sie seien »unbekannt verzogen« oder »ausgewandert«. Sie wurden sofort aus dem Einwohnerregister, aus der »Judenliste«, gelöscht.

1943 gibt es keinen Eintrag zu Moritz mehr.

Als wir auf der Parkbank im Botanischen Garten saßen, erfuhr ich das alles nicht.

Karotten

In jeder Familie werden bestimmte Geschichten erzählt und andere nicht.

Mein anderer Großvater, Ernst, und meine Großmutter Thérèse lagen unter einem großen, moosbewachsenen Grabstein; es gab Efeu und einen sauber geharkten Kiesweg davor. Wir besuchten das Grab ab und zu, und auf dem Weg zum Grabstein knirschte der Kies unter unseren Sohlen. Aber Moritz und Malka? Wo waren sie denn, fragte ich mich im Stillen, warum besuchten wir sie nicht? Auch Malka lag unter einem moosigen Grabstein, doch wir fuhren nur zwei, drei Mal nach Stuttgart. Dass mein Vater dort aufgewachsen war, wussten wir. Warum wir Stuttgart so selten besuchten, war dennoch nicht klar. Wir gingen in die Synagoge und aßen anschließend *Gefillten Fisch;* ich konnte den modrig dampfenden Karpfen nicht riechen. Den Friedhof besuchten wir nicht. Viel später sah ich, dass Moritz in den Grabstein eine Inschrift meißeln ließ:

Malka Olonetzky. Hier ruht meine treue, unvergessliche Frau.

Darunter ergänzte jemand die Zeile: *Moritz Olonetzky, 1881, umgekommen 1942.*

War diese zweite Zeile der Grund, weshalb wir den Friedhof nicht besuchten?

Dort, wo wir wohnten, gab es keine anderen Überlebenden, nicht einmal viele Menschen mit einem Nachnamen, der fremd klang. Das Dorf war voller Leute, die nett grüßten. *Grüezi mite-*

nand!, sagten alle, wenn sie die Tür zur Bäckerei aufstießen, Guten Tag!; die Türglocke klingelte schrill. Hinter der Theke thronte die Bäckersfrau; es roch nach Zucker, Vanille und Mehl. Auf einem Regal an der Wand hatte sie ihre Brote angeordnet, darunter lagen *Gipfeli* und *Weggli* in Körben. Hinter dem Glas der Theke, auf meiner Augenhöhe, stapelten sich die Zimtschnecken und das Schwarzweißgebäck, und im Herbst standen Vermicelles-Törtchen auf silbrig schimmernden Blechen bereit. Die mit der Spritztüte in S-Form gegossenen *Schoggi-S* liebte ich immer besonders.

Nicht weit von unserem Haus gab es auch einen Gemüse- und Blumenladen. Es war nur ein kurzes Stück den Hügel hinunter und zwischen ein paar alten Häusern hindurch; wenn ich rannte, war ich in einer halben Minute dort. Hinter der Eingangstür ging es zwei Stufen hinunter in den dämmrigen und kühlen Laden.

Die dicke Gemüsefrau trug immer eine grüne Schürze, hatte immer knallrote Wangen und war immer beschäftigt. Sie putzte Gemüse und schnitt Blumen, sie stellte Sträuße zusammen und machte Ordnung in den Körben, in denen die Kartoffeln, Kohlköpfe und Lauchstängel lagen. Das Aroma der Gemüse mischte sich mit dem Duft, der aus den Wasserkübeln aufstieg, in denen je nach Jahreszeit Ranunkeln, Pfingstrosen oder Astern eingestellt waren. Es roch frisch und leicht faulig. Wenn sich die Gemüsefrau bücken musste, atmete sie schwer. *Wotsch no äs Rüebli*, fragte sie mich dann, möchtest du noch eine Karotte, und streckte mir im Glücksfall eine dieser kleinen, zuckersüßen Sommerkarotten entgegen.

Ich durfte aber nicht einfach zur Gemüsefrau laufen, um ihr ein *Rüebli* abzubetteln. Wer weiß, was auf dem Weg alles geschehen konnte! Natürlich, alle Eltern behüteten ihre Kinder. Sie erzählten von seltsamen Männern, die aus heiterem Himmel Bonbons anboten. Mein Vater sagte: *Geh nie aus dem Haus, ohne dich zu verabschieden! Du weißt nie, ob ich noch da und am Leben bin, wenn du zurückkommst. Und wir hätten uns dann nicht einmal verabschiedet.*

Morast

Treblinka. Das war das Lager, in das dein Großvater wahrscheinlich kam, hatte mir mein Vater erklärt, als ich im Botanischen Garten auf der Parkbank festgenagelt war. *Wir wissen es nicht.* Dass es Izbica bei Lublin war, wusste mein Vater eigentlich auch. Es steht in seiner Korrespondenz mit dem »Landesamt für die Wiedergutmachung«.

Warum wurde Moritz ausgerechnet nach Izbica »ausgesiedelt«? Warum 1357 Kilometer weit in den Osten? Izbica, umgeben von sanften Hügeln, unter einem weiten Himmel gelegen, der in der Fotografie ein bleiches Grau hat? Das Bild finde ich im einzigen Buch zum Transitghetto Izbica, das es heute gibt. Zu sehen ist eine ungepflasterte Straße und windschiefe, aus Holzbalken gebaute Häuser. Die Synagoge im Hintergrund ist aus Stein. Noch ein paar andere Gebäude waren aus Stein, und einige wenige Straßen hatten Kopfsteinpflaster. Doch eigentlich war Izbica ein *Schtetl* aus Holz und Erde.

In einem anderen Bild, es ist auch in dem Buch abgedruckt, lächeln drei Männer in die Kamera. Es ist die Kamera des Wehrmachtssoldaten Max Kirnberger, der in Polen Dienst tat; er war ein leidenschaftlicher Hobbyfotograf. Hatte er die Männer dazu genötigt zu posieren? Forderte er sie vielleicht auf mit den Worten: Steht mal näher zusammen! Lächelt!

Wozu fotografierte er überhaupt? Wollte er den Alltag im

Ort dokumentieren? Und wo konnte er die Filme entwickeln und Bilder vergrößern lassen? Er fotografierte sogar in Farbe! Das Ghetto in Holz- und Erdbraun; im Hintergrund ist die weiße Fassade der Synagoge zu sehen.

Zwei der drei Männer tragen die Armbinde, die sie als Mitglieder des »Judenrats« ausweist. Der »Judenrat« war wie die »Jüdische Mittelstelle« und die »Reichsvereinigung der Juden in Deutschland« dazu gezwungen, gegen die eigenen Schwestern und Brüder, Kinder, Mütter und Väter vorzugehen. Sie versuchten, Familien nicht auseinanderzureißen, lese ich. Etwas misstrauisch ist der Blick der drei Männer in dem Bild; scheu ziehen sie ihre Mundwinkel in die Höhe. An dem Tag scheint die Sonne durch die Schleierwolken.

Izbica oder Ischbitze wird 1419 erstmals in Urkunden erwähnt; es war nicht mehr als eine Handvoll Häuser. Bedeutender wurde der Ort erst, als 1744 alle Juden aus dem Nachbarort Tarnagóra nach Izbica verbannt wurden und niemand mehr die Brücke über das Flüsschen Wieprz nehmen durfte. 1852 bekam Ischbitze mit der neuen Bahnlinie zwischen Warschau und Lemberg einen Bahnhof. Daraufhin erlebte das *Schtetl* ein Aufblühen. Handwerker und Schneider hatten mehr Arbeit; auf dem Marktplatz boten die Bäuerinnen aus dem Umland Gemüse, Brot, Eier und Hühner feil. Obst- und Viehhändler kamen auf den Markt, und der charismatische chassidische Rabbi Leiner zog nach Ischbitze. 1855 wurde die Synagoge gebaut, und Ischbitze bekam auch ein Gästehaus, ein Hospiz und eine Suppenküche für die Armen.

Es hatte sich zu einem *Schtetl* mit rund 4000 jüdischen Einwohnern entwickelt; nur etwa 200 christliche Polen lebten in Ischbitze. Fast alle sprachen Jiddisch, diesen »schweinischen Jargon«, wie die Nazis später sagten. Diese seltsame, liebevolle

Sprache, die ein wenig klingt wie Schweizerdeutsch. Sie kommt *fun tifn Harzn, us tüfschtem Härz,* aus tiefstem Herzen. Im Bett flüstern und einander liebkosen ist in beiden Sprachen *eppes schejnes, öppis schöns,* etwas Schönes.

Izbica war ein friedlicher Ort, stelle ich mir vor. Er war arm und konservativ, das ja. Er war voller abergläubischer Riten trotz der Bemühungen des Rabbis oder hinter dem Rücken des Rabbis. Es gab Engstirnigkeit und Sturheit, aber auch Menschen, die offener wurden, liberaler fühlten und auch so lebten. Es entstanden ein Lesezirkel und eine Theatergruppe, und irgendwann gab es ein Kino, das Morskie Oko, das Meeresauge.

Doch Ischbitze war auch ein Ort, in dem sich manchmal ein *Dibbuk* an einen Menschen klammerte. Es war ein Ort, in dem die Männer das sogenannte Sagen und die Frauen in den Küchen ihre Freiräume hatten. Dort machten sie sich lustig über ihre Männer, während sie Teige kneteten und Gemüse schnitten, ihnen die Katze um die Waden strich.

Dort tauschten sie aus, wo sie Eierschwämme gefunden hatten. Wie sie Gurken in Essig und Dill einlegten oder Himbeeren und Stachelbeeren mit Zucker einkochten. Sie füllten sie in Gläser, verschlossen sie luftdicht, lagerten sie dunkel und trocken; auch ohne Kühlschränke blieben sie lange gut. Damit das Gelb der Eierschwämme, das Grün der Dillgurken und die rote Süße der Himbeeren die Menschen an weißgrauen Wintertagen an den Sommer erinnern konnten. Damit ihre Gaumen die vergangene und die kommende Jahreszeit mit der Gegenwart verschmelzen konnten. Nein, einfach damit alle zu essen hatten, wenn es nichts zu ernten gab.

Izbica war ein gewöhnlicher Ort, ein Ort mit Tagen, an denen die Sonne den letzten Regenguss erglitzern ließ.

Die Schneeglöckchen sind die ersten im Beet. Eines Morgens sind sie da. Auch ein paar Buschwindröschen, *Guggublüemli,* haben sich herausgewagt, und frühe Krokusse bilden einige violette Inseln. Bald werden auch die Schlüsselblumen in ihrem hübschen Gelb und Grün vor der Hauswand leuchten. Niemand hat sie gesetzt, sie haben sich selbst eingenistet.

In einer weiteren Fotografie in dem Buch über Izbica ist ein Mann zu sehen. Er quert mühsam die Straße. Dass sie sich in Morast verwandelt, sobald es regnet, ist an den tiefen Furchen zu erkennen. In dem Bild sind noch andere Menschen zu sehen. Sie gehen die Straße entlang, vorsichtig, am äußersten Rand, wo die Erde festgetreten und trocken ist. Ein Kind – oder ist es eine Frau? – steht vor einem der Holzhäuser und schaut durchs Fenster ins Innere. Das Bild ist unscharf, die Menschen, die unbekannten, namenlosen Menschen, sind alle unscharf.

Als der Fotograf, wer es war, ist bei diesem Bild unklar, als dieser Fotograf in der Straße stand und seinen Apparat aufstellte oder vors Gesicht und Auge hob, gingen die Menschen gerade in ihrem *Schtetl* von A nach B. Sie dachten dabei etwas, sie wollten etwas, sie hofften auf etwas. Nachdem er den Auslöser gedrückt hatte, liefen sie aus seinem Bild heraus und in ihre Schicksale hinein.

Zuerst kamen noch Briefe im Westen an, lese ich über Izbica. Es sind tapfer verfasste Nachrichten von Familien, die sich einzurichten versuchten, und zensierte Falschmeldungen. »Man glaube, dass sich die Siedlung gedeihlich entwickeln könne«, heißt es auch in einem Bericht, den der Württembergische Vertreter der »Reichsvereinigung der Juden in Deutschland« gezwungen war über die »Emigration ins Generalgouvernement«

zu schreiben. Er selbst war nie in Izbica gewesen und stützte sich, während er, so stelle ich mir vor, voller Scham und Zorn Buchstaben für Buchstaben schrieb, auf diese Viertelswahrheiten.

»Izbica ist ein kleiner Flecken«, schrieb er, »jedoch kein Dorf mit Strohkaten, sondern mit Steinhäusern, also nicht mit Baracken, wie irrtümlich aus der Bezeichnung ›Block‹ usw. angenommen werden konnte. Die Teilnehmer des Transports haben ihr Gepäck ausnahmslos erhalten. In Izbica ist auf den ersten Blick besonders der Schmutz und der Schlamm auf den Straßen auffallend (vor den Häusern 30 cm tief!). Dies wird sich jedoch mit der wärmeren Witterung sehr bald bessern.«

Wirklich? Nur gefroren war der Morast so hart, dass niemand einsank.

»Es liegt nun alles daran«, fuhr er fort, und ich lese das, was er schrieb, achtzig Jahre später mit angehaltenem Atem, »dass die Arbeitsfähigen unverzüglich mit Aufräumungs- und Instandsetzungsarbeiten beginnen. Die Abwanderer sind unter weniger strenger Beaufsichtigung als in der alten Heimat, und es gibt zweifellos für die Arbeitsfähigen reichlich Gelegenheit, sowohl in der offenbar gut bewirtschafteten Landwirtschaft, als auch in kleineren Industrien Beschäftigung zu finden. Das Land ist fruchtbar. Es ist alles zu haben.«

Tatsächlich ist das Land um Izbica fruchtbar. Auch heute reiht sich Feld an Feld. Es ist ein Gemüsegarten für Europas Supermärkte, denke ich, als ich von Lublin nach Izbica fahre. An dem grauen Novembertag wächst an den langen Hopfenstangen, die von Zeit zu Zeit am Autofenster vorbeiziehen, gerade nichts.

Die jüdischen Kultusvereinigungen, Gemeinden und Verbände waren genötigt, allen die Angst vor der »Abwanderung« zu nehmen. Im Juni 1939 waren sie in der »Reichsvereinigung der Juden in Deutschland« aufgegangen. Sie mussten zuerst noch das Schulwesen betreuen und die »Evakuierungen« in die Wege leiten, also Listen zusammenstellen. Später kamen die Deportationen hinzu; sie wurden von der Gestapo kontrolliert. Wie der »Judenrat«, die »Jüdische Mittelstelle« in Stuttgart oder die jüdischen Polizeieinheiten, die in Izbica patrouillieren mussten, war die »Reichsvereinigung« gezwungen, gegen die eigenen Bekannten oder Freundinnen vorzugehen und Familien auszuwählen für die »Verschickung in den Osten«.

Izbica habe eine Bahnstation, heißt es in seiner Darstellung dann weiter. »Es wohnen dort bereits einige tausend aus Deutschland abgewanderter Juden. Polnische Juden scheinen im Ort überhaupt nicht mehr zu sein. Die ganze Verwaltung ist in jüdischer Hand und die Organisation auch bei der Ankunft des süddeutschen Transports habe gut funktioniert. Das Gepäck sei soweit nötig durch Ordner in die Quartiere, die schon bereitgestellt gewesen seien, gebracht worden.«

Der Verfasser wechselt sprunghaft zu indirekter Rede. Gibt er damit wieder, was er nur von Gerüchten kennt? Bringt er seine große Verunsicherung zum Ausdruck? Oder betont er mit der dazwischen gestreuten Möglichkeitsform, dass er keinesfalls für wahr hält, was er da schreibt?

»Es ist dort ein jüdischer Bürgermeister, ein jüdisches Wohnungsamt, jüdische Polizei, alles von Deutschland abgewanderte Juden«, heißt es weiter. »Die Gegend ist fruchtbar und vom Krieg völlig unberührt. Die Vegetation ist zurück. Bei Ankunft des Transports habe es noch geschneit. Es sei anzunehmen, dass, sobald Gemüse gewachsen sei, auch die Ernährungslage erheblich besser werde.«

Wer das noch glaubte? Die Vegetation ist zurück. Es ist Frühling. Es gibt Hoffnung? Die polnischen Juden aus Izbica waren da schon in den Vernichtungslagern. Izbica hatte inzwischen einen »volksdeutschen« Bürgermeister, den Herrn Schultz. Und ja, es hatte tatsächlich einen Bahnhof. Bis Sobibór oder Bełżec war es nicht weit, nicht einmal hundert Kilometer. Und auch bis Treblinka wäre es nicht weit gewesen.

Hügel

Nun sind die Tage schon etwas länger; der Himmel hat ein wässrig helles Blau. Die Krokusse stehen voll aufgeblüht im Beet, bilden ihre violetten Inseln im Graubraun der Erde, und vor der Hauswand wächst jetzt auch die einzige Zwergiris, die es noch gibt. Hoffentlich wird sie nicht gestohlen. Manchmal, am Morgen, sind plötzlich Löcher im Beet. Dort, wo der Storchenschnabel war oder eine dunkelblaue Zwergiris klafft ein ausgestochenes Loch. Wer so etwas macht? Mitten in der Nacht?

Spatzen sausen in kleinen Gruppen ums Haus und setzen sich zwitschernd in die Büsche.

Deportiert wurde mein Großvater vom »Judenhaus« in der Hospitalstraße 36 A aus; es war die letzte Adresse, die ich finde, aber nicht sein letzter freiwilliger Wohnort. Der noch verbliebene Hausrat wurde von der Gestapo konfisziert. Das Vermögen wurde konfisziert bis auf die Summe von 55 Reichsmark. Fast alles war jetzt konfisziert; von »Imstichlassen«, wie es später heißen würde, konnte keine Rede sein. Doch wie muss ich mir das vorstellen? In den Filmen hämmern die Schergen, von scharfen Schäferhunden an kurzer Leine begleitet, im Morgengrauen mit den Fäusten hart an die Tür, treten sie ein und reißen alle Bewohner aus dem Schlaf. War es so?

»Einen Monat vor der geplanten Abfahrt unterrichtete die Gestapo in Baden und in Württemberg die jüdischen Kultusvereinigungen über die anstehende Evakuierung«, lese ich. »Diese mussten die für den Transport vorgesehenen Personen benachrichtigen und ihnen die Vorschriften der Aussiedelung mitteilen. Am 23. März 1942 bekam der badische Vertreter die Liste mit den Namen von der Gestapo überreicht. Am 29. März 1942 informierte die Reichsvereinigung die Betroffenen über den ›Abwanderungstransport nach dem Generalgouvernement‹.« Moritz bekam fast einen Monat Zeit, sich vorzubereiten.

Wie fühlte er sich an jedem einzelnen dieser 26 Tage? Lag er nachts wach? Wusste er, was im »Generalgouvernement« vorging? Dachte er an Flucht? Warum ergriff er sie nicht? Noch einmal bei null anfangen, in einer fremden Umgebung, mit einer anderen Sprache. Er war 61; wahrscheinlich fehlte ihm die Kraft zu fliehen.

Was packte er ein? Wovon konnte er sich trennen, was war ihm nicht so wichtig? Mit wem sprach er darüber? Dachte er an Malka, sprach er im Stillen mit ihr? War er froh, dass sie das nicht mehr erleben musste? Wie verbrachte er die Tage? Stand er vielleicht oft ratlos mitten im Zimmer und schaute um sich? War er manchmal gelähmt vor Angst, unfähig, etwas zu entscheiden? Oder packte ihn auch ohnmächtige Wut?

Wussten Paula, Efrem und Avram davon? Schickte er noch einen Brief? Meine Lieben, lebt wohl? Und was sagte mein Vater dazu? Wie nah waren sie sich in diesen Tagen? Wusste mein Vater, was gerade geschah? Wahrscheinlich schon. Zu der Zeit war er ganz in der Nähe, in Stuttgart, »dienstverpflichtet«, vierzehn Stunden am Tag im Straßenbau.

Doch was hätte er dagegen tun können?

Mein Großvater hatte sein offizielles Schreiben von der »Jüdischen Mittelstelle« erhalten, die eine Namensliste für die Deportation und ein Merkblatt für das Reisegepäck hatte zusammenstellen müssen. Es war eine Art Marschbefehl mit Instruktion. Es war alles gut organisiert und in korrekter Sprache angekündigt. Weshalb also in Panik ausbrechen? Weil Gerüchte etwas ganz anderes erahnen ließen?

Moritz erfuhr rechtzeitig, dass er sich am 24. April auf dem Killesberg einzufinden hatte. Dort war die »Sammelstelle«.

Stuttgart liegt in einer Talsenke; die Stadt ist umgeben von Hügeln und Rebbergen. Bis 1934 war der Killesberg, einer der Hügel, eine verwilderte Waldlandschaft mit ehemaligen Steinbrüchen, Schutthalden und einer Mülldeponie. Ausflüge auf den Killesberg hatten etwas Abenteuerliches; die Arbeiterbewegung und andere Vereine betrieben Klubhäuser. Doch dann begannen die Rodungs- und Planierungsarbeiten für einen Park und die geplante »Reichsgartenschau«; sie waren ein Arbeitsbeschaffungsprogramm für stellenlose »Unterstützungsempfänger« und für Häftlinge. Die wurden während der Nacht in die Scheune eines Bauernhofs gesperrt.

Mit Erdarbeiten und der Platzierung von Steinen schufen die Männer ein Gelände für die Gartenausstellung, und als das »Großdeutsche Jahr« zu Ende ging, im Dezember 1938, hatte in Stuttgart nicht nur »jeder Volksgenosse seine Gasmaske«, es steckten auch 150 000 Blumenzwiebeln in der Erde des Killesbergs. Sie warteten im Dunkeln auf den kommenden Frühling.

Die Stadt und der »Reichsnährstand«, der jetzt für die Agrarpolitik zuständig war, planten die »Reichsgartenschau« gemeinsam. Inzwischen waren die »Blumenhalle«, die »Ehrenhalle des Reichsnährstandes«, ein Pavillon, in dem eine Ausstellung die Fortschritte beim Autobahnbau und bei der Entwicklung des »Volkswagens« erläuterte, und die »Ländliche Gaststätte« gebaut. Die Gartenwirtschaft über dem »Tal der Rosen« war schnell ein beliebtes Ziel für Sonntagsausflüge. Was für ein toller Ausblick über die Gartenschau hinweg auf die Stadt! Die Straßenbahn, das »Zügle«, fuhr auf den Killesberg hinauf, und die neuen »Gartenschauwagen« hatten erst noch gepolsterte Sitze. Und oben dann in der »Ländlichen Gaststätte« eine Bratwurst mit Bier! Oder die berühmten Schokoladenherzen und ein paar Schnäpse!

Am 22. April 1939 öffnete die »Reichsgartenschau« ihre Tore. Sie war von Beginn an ein Riesenerfolg. Gärtnereien aus allen Winkeln Deutschlands präsentierten ihre Blumen. Die Besucher, sonntäglich gekleidet und in heiterer Stimmung, strömten herbei; in den ersten zwei Tagen an die hunderttausend. Wie schön die »Blumenhalle« war! Gauleiter Murr hielt in seiner Eröffnungsrede fest, dass die Gartenschau der »Beweis für die friedliche Nutzung unserer Energien und unserer Wirtschaftsanstrengungen während einer vom Ausland künstlich aufgeblähten Kriegspsychose« ist. Blumen, Flaggen, Musik. »Der Führer« persönlich schickte zur Eröffnung ein Grußtelegramm; Oberbürgermeister Strölin strahlte.

In einer lauen Juninacht zog das Luftschiff LZ 130 Graf Zeppelin II stundenlang über dem Gelände seine Runden, von den Scheinwerfern der Flakartillerie angestrahlt, die schon auf dem Killesberg installiert war; die Kriegsvorbereitungen liefen auf Hochtouren. »Die Stuttgarter werden sich noch lange gerne an das märchenhafte nächtliche Bild dankbar erinnern«, war anderntags in der Zeitung zu lesen.

Nach den Stuttgartern kamen auch die Fachleute aus ganz

Deutschland, die eingeschworen wurden, »Schulter an Schulter für den Erfolg der Erzeugungsschlacht zu kämpfen«. Mit bunten Blumen in Reih und Glied, mit prallem Gemüse.

Doch bevor die vielen Blumen sprechen konnten, zeigte sich die Architektur. Die »Ehrenhalle des Reichsnährstandes« war ein mächtiger Bau aus Steinquadern. Betraten die Besucherinnen die »Ehrenhalle«, standen sie unter neun Meter hohen Bögen und waren an ein Kirchenschiff erinnert. Ihr Blick ging zuerst durch die gesamte Flucht des Raums und fiel dann auf den monumentalen schmiedeeisernen »Hoheitsadler« mit Hakenkreuz und Eichenlaub. Zehn Tonnen schwer, auf einem Sockel stehend und von Flaggen flankiert, breitete er seine mächtigen Flügel aus. Erst dann konnten sich die Augen den Blumen zuwenden.

Zu der Zeit waren Eier und Fleisch schon Mangelware. Üppige Kuchenstücke mit Sahne kamen nicht mehr so selbstverständlich auf den Tisch, und die Lebensmittelkarten lagen gedruckt bereit. Manche Stuttgarter sprachen deshalb von der »Reichskartenschau«. Oder waren es die Stuttgarterinnen, die darüber Witze rissen? Frauen, die selbst einen kleinen Garten bestellten, Hühner hielten, Gemüse anbauten und Sträucher mit Beeren hegten? Und sich fragten, wo sie die Zutaten für ihre Sonntagstorten herbekamen? Die Sahne und den Zucker?

In der Begleitpublikation der »Reichsgartenschau« konnten sie das »Blut und Boden«-Motto aus Hitlers »Mein Kampf« lesen. »Vergesst nie«, hieß es da, »dass das heiligste Recht auf dieser Welt das Recht auf Erde ist, die man selbst bebauen will, und das heiligste Opfer das Blut, das man für diese Erde vergießt.« Waren sie begeistert? Oder nahmen sie die Zeilen nicht ernst, weil sie in ihren Gärten Schweiß und nicht Blut vergossen? Vielleicht vergaßen sie sofort wieder, was sie da gelesen hatten. Vielleicht wollten sie nicht so genau wissen, was das bedeuten könnte?

Zu sehen gab es an der »Reichsgartenschau« nämlich für alle viel. Die »Blumenhalle« voller Blumen natürlich! Die ganze Parkanlage ein Blumenmeer! Ausgestellt waren auch Holzhäuschen mit kleinen Gärten, die »Siedlerhäuser«. Sie waren bestimmt für den »Lebensraum im Osten«, für die »bald eroberten Gebiete«. Für die »Scholle im Osten«, auf die »das fähigere Volk« ein Recht habe. Wie gut das klang. Wie vielen war da klar, dass weit weg »im Osten« etwas geplant war, das über die Eroberung und Besiedlung weit hinausging? In Paaren und Gruppen schlenderten alle durch die Hallen und auf dem Killesberg herum; es war Frühling und ein Fest. Der Killesberg zeigte sich als »Friedensparadies«.

Und der Killesberg war wirklich ein Ort für die Massen. Das musste erkannt haben, wer immer auf den Einfall kam, drei Jahre später die »Blumenhalle« und die »Ländliche Gaststätte« als Sammellager zu benutzen. Denn nicht nur die Aufrüstung und die Kriegsvorbereitungen liefen auf Hochtouren. Auch die Vorbereitung der »Endlösung der Judenfrage«.

Am 2. September 1939 wurde die »Reichsgartenschau« vorzeitig geschlossen. Am Tag zuvor war »der Krieg ausgebrochen«; Deutschland hatte Polen überfallen. »Europas Schicksalskampf im Osten« hatte begonnen.

»Schicksalskampf.« Sie hatten die Wahl bei ihren Wörtern, sie hatten das Sagen. Sie sagten »Friedensparadies«, »Reichssicherheitshauptamt«, »Grundstücksentjudung«.

Koffer

Die ersten tausend Menschen, die sich auf dem Killesberg einfinden mussten, trafen am 27. November 1941 ein. Vier Monate, bevor Moritz das Schreiben für seine »Evakuierung« erhielt. Es waren »1013 Stück«. Auf dem Killesberg hatten sie zu warten, ohne zu wissen, wie es nun wirklich weiterging. In kürzester Zeit war die »Blumenhalle« überfüllt. Die dunklen Lederkoffer, geschnürten Pakete und Rucksäcke wurden zuerst durchsucht, danach wieder verschlossen und mit weißer Farbe beschriftet: Namen und Nummern, gut sichtbar.

Die erste Deportation wurde fotografiert und gefilmt. Fotografiert und gefilmt, mir bleibt die Luft weg, als ich das lese. Der Film »Die Sammlung der Stuttgarter Juden auf dem Killesberg«, in einem Fragment erhalten, hatte vorzuführen, wie gut die »Abwanderung« organisiert war. Dass an alles gedacht wurde. Dass alles mit rechten Dingen zuging.

In einer Fotografie sehe ich Menschen, die mit ernstem Gesicht, die Augen auf ihre Taschen gerichtet, Geld, Schmuck und Ausweise hervorholen. Andere reichen ihre Ausweise zögernd, so wirkt es, über den Tisch. Dort werden sie von den Gestapo-Männern auf einen Stapel gelegt; der Stapel ist schon ansehnlich. Im Film sind Decken und Mäntel zu sehen, die in Reih und Glied auf langen Tischen liegen. Überall gibt es Haufen mit Gepäck, auf denen warm angezogene Menschen sitzen und warten. Sie drehen sofort den Kopf, wenn sie merken, dass sie gefilmt werden. Dann schwenkt die Kamera zu einem Lebensmittelpaket und richtet ihren Blick in die Schachtel; ein Brot ist zu sehen. Und fokussiert dann auf einen Lastwagen, der beladen wird.

Wertsachen, Geld und Schmuck durfte niemand mitnehmen. Wohnungsschlüssel, wenn sie sie überhaupt noch hatten, mussten alle abgeben. Die Hosenbeine klopften die Gestapo-Männer ab; viele mussten sich nackt ausziehen, auch die Frauen. Tauchte doch etwas unter den Kleidern auf? Zwischen den Beinen, an Handgelenken oder um zarte Hälse gelegt? Die Gestapo beschlagnahmte alles; das war ein Befehl. Alles außer 55 Reichsmark. Den »Transport in den Osten« bezahlten alle selbst, »50 RM für die einfache Fahrkarte 3. Klasse ohne Rückfahrt, 5 RM für ein Proviantpaket«.

Diese ersten tausend Menschen mussten tagelang auf dem Killesberg warten und also auch übernachten, bewacht durch die Gestapo und die SS. Sie warteten, und vielleicht waren sie sogar froh, hier bald wegzukommen. Mit Sternen an den Jacken und Mänteln; in der Fotografie leuchten sie regelrecht aus den Grautönen heraus. Am Mittag wurde Suppe ausgegeben, auch das ist dokumentiert. Hunger sollte keiner leiden? Die Nerven beruhigt werden? »Gemeldet wurden auch Störungen durch Selbstmorde und Selbstmordversuche«, lese ich. »Störungen«.

Schließlich, nach vier Tagen, mussten alle von der »Sammelstelle« aufbrechen und zum Nordbahnhof marschieren; es war ein bitterkalter Tag. Dort ging der Zug ab Richtung Riga, am 1. Dezember. War es für die SS-Männer ein Spektakel, eine Gaudi? War es ihnen egal? Und gab es viele Zuschauer; Leute, die am Straßenrand standen und zuschauten, lachten?

Mein Vater, so gab er zu Protokoll, und so steht es in den Dokumenten, »war für den Riga Judentransport vorgesehen«. In einem Schreiben der Gestapo vom 21. November 1941 finde ich jedoch den Hinweis, dass er in letzter Minute von dem »Transport ausgeschieden« wurde. Hatte jemand interveniert? War es eine Laune des Gestapo-Manns? Oder wollten sie seine Arbeitskraft so lange ausnutzen, bis es wirklich nicht mehr ging? Am 1. Dezember 1941 leistete er auf jeden Fall Zwangsarbeit im Straßenbau und war nicht auf dem Weg nach Riga. Er arbeitete, wie sein Vater arbeitete. Noch. Moritz war für den zweiten Transport »vorgesehen«, im Frühling darauf, und dieser ging nach Izbica.

Allen, die tatsächlich auf den »Riga Judentransport« kamen, wurde gesagt, dass sie Werkzeuge, Wolldecken, Kochgeschirr und genug Ausrüstung einpacken sollten. Diese Koffer, zuerst alle in einen Lastwagen verladen, wurden dann in Güterwagen gestapelt. Voll waren sie bis obenhin mit all den nützlichen und den geliebten Dingen, den Gegenständen, die für die Zukunft standen. Doch die Güterwagen wurden nicht an den Zug nach Riga gekoppelt.

Am 1. Dezember 1941 fuhr der Zug dann mit 1013 Menschen ab, mit »1013 Stück«. Ziel: »Reichskommissariat Ostland«, eigentliches Ziel: Jungfernhof. Was für ein schöner Name. Er klingt nach großem Vierkant-Bauernhof, vielleicht mit Gestüt. Es klingt nach frühlingshafter Unschuld, nach Kränzen aus Margeriten im Haar. Der Jungfernhof in der Nähe von Riga war aber ein heruntergekommenes Gut, das Dach undicht. Zu den Menschen aus Stuttgart kamen diejenigen aus Wien hinzu, diejenigen aus Hamburg und diejenigen aus Nürnberg. Insgesamt 4000 Menschen drängten sich im Jungfernhof. 43 aus Stuttgart überlebten.

Nach dieser ersten Deportation waren in Stuttgart 600 Wohnungen frei geworden.

Klavier

Es wurde Frühling. Wie immer. Die Zeit macht nicht einfach halt, weil sie merkt, dass etwas in die falsche Richtung läuft. Nicht geschehen sollte. Verhindert werden müsste. Sie läuft einfach weiter. Am 24. April 1942 überwachten darum Männer der Sturmabteilung SA in vielen Wohnungen wieder, wie gepackt wurde. Sie hatten ein Merkblatt mit genauen Anweisungen bekommen, wie sie bei Deportationen vorzugehen hatten. Diesmal, das wussten sie, standen keine Güterwagen zur Verfügung, »zusätzliche Ausrüstung, Matratzen, Arbeits- und Kochgeräte usw. kommen für diesmal zum Wegfall«. Als wären sie bei der ersten Deportation mitgenommen worden!

Dann wurden die Wohnungen versiegelt, lese ich über das Vorgehen. Von einer Wohnung konnte bei meinem Großvater eigentlich nicht mehr gesprochen werden.

Was mochte Moritz noch haben, das er mitnehmen konnte oder wollte? Im »Judenhaus« in der Hospitalstraße gleich neben der Synagoge gab es keinen Platz für gutbürgerliche Wünsche. Schnürte er ein Bündel, packte er einen Koffer? Was nahm er mit an Wäsche? Füllte er damit einen Rucksack? Und steckte er ein Buch dazu? Dann stieg auch er auf den Killesberg.

Warum spielen so viele Juden Geige oder Klarinette …?, fragte mich mein Onkel Efrem später. *Weil man mit einem Klavier nicht flüchten kann;* er schüttelte sich vor Lachen, hatte Tränen in den Augenwinkeln. Machte sich Moritz am 24. April mit einer Geige auf den Weg? Spielte er Klarinette? Nicht dass ich wüsste. In seiner letzten eigenen Wohnung, in der in der Gartenstraße, stand nämlich ein Klavier; ich finde es in den Dokumenten. Doch das hatte er längst zurücklassen müssen.

Wie hätte er es genannt, was er tat, als er die dritte Wohnung, die er nicht freiwillig gewählt hatte, verließ? »Das Imstichlassen des Hausrats«, wie es in den Dokumenten bezeichnet wird? Nicht im Entferntesten konnte mein Großvater ahnen, dass dereinst nach dem Ende der Nazidiktatur irgendein Jurist in irgendeinem Büro sitzen und für das, was ihm alles *fortgenommen,* gestohlen wurde, diesen Ausdruck wählen würde. Oder hätte er doch das Gefühl haben können, er ließ etwas »im Stich«? Das Klavier vielleicht?

Wenn überhaupt, dann musste er gerade seinen Sohn »im Stich lassen«, meinen Vater. Oder umgekehrt. Mein Vater war gezwungen, ihn »im Stich zu lassen«.

Was ging ihm also wirklich durch den Kopf, als er auf den Killesberg stieg? Hatte er panische Angst, Herzrasen? War er ruhig, gefasst, schicksalsergeben? Fühlte er sogar so etwas wie Erleichterung, als breche er auf? Nicht zu einem Sonntagsausflug in die »Ländliche Gaststätte«, nein, das nicht gerade, aber zu einem vielleicht etwas besseren Leben?

Der Killesberg war jetzt nicht mehr nur ein Park, sondern auch ein großes Gemüsefeld. Es gab eine Hühnerfarm und eine Kaninchenzucht. Und doch wurde immer noch jedes Jahr im Frühling die Parksaison mit einem Fest eröffnet. Und im Sommer fanden Operetten statt; »Tumult im Himmelreich« lief und für die Kinder der »Märchenspuk am Killesberg«. Für die einen war der Killesberg immer noch ein »Friedensparadies«.

Oben angekommen in der »Ländlichen Gaststätte«, die diesmal zum Sammellager gewählt worden war, begann mein Großvater zu warten. Noch hatte die Sommersaison nicht begonnen, und so wartete Moritz wie alle anderen, stelle ich mir vor, bis er an die Reihe kam für die »organisatorischen und bürokratischen Angelegenheiten«. Bis also sein letztes Geld konfisziert wurde bis auf die 55 Reichsmark, die er für die »Abwanderung« brauchte.

Dann wartete er wieder. Stand er in der Schlange für eine Suppe? Mit dem Hut auf dem Kopf und unsicher um sich blickend? Sprach er mit der Dame vor sich in der Schlange, die mit ihm auf etwas Warmes wartete? Vielleicht ließ er sich sogar zu einem Witz hinreißen und war selbst überrascht darüber? Was dachte er, wie es nun weiterging? Niemand hatte mehr Illusionen. Aber genaue Vorstellungen? *Es war alles unvorstellbar, unfassbar,* sagte mein Vater zu mir, als wir auf der Parkbank im Botanischen Garten saßen.

Vielleicht hoffte Moritz doch ganz leise auf etwas Besseres? Konnte es denn schlimmer kommen als gerade jetzt?

Wie alle hatte auch er dem Gerichtsvollzieher, der nur dafür auf den Killesberg gefahren war, noch rückwirkend die Konfiszierung seines Hausrats und Vermögens quittieren und dafür 1,15 Reichsmark bezahlen müssen: »0,90 Reichsmark für die Zustellung; 0,20 RM für die dem Gerichtsvollzieher entstandenen Fahrkosten zum Sammellager Killesberg; 0,05 RM für den Vordruck«. Was fühlte er, während er unterschrieb?

Die »Umsiedlung nach dem Osten« war der Beginn der »Endlösung der Judenfrage«. Die SS hatte im Januar in einer herrschaftlichen Villa am Wannsee bei Häppchen, die auf Silbertabletts herumgereicht wurden, so stelle ich mir vor, und wärmenden Schlucken aus Cognacgläsern nur noch Organisatorisches zur »Abwicklung« zu besprechen gehabt. Es kamen, wie nur noch einmal bekräftigt wurde, »rund 11 Millionen Juden in Betracht«. Und so hieß es am 25. März 1942 in einem Schreiben der Stuttgarter Staatspolizeileitstelle: »Die in der letzten Zeit in einzelnen Gebieten durchgeführte Umsiedlung von Juden nach dem Osten stellt den Beginn der Endlösung der Judenfrage im Altreich, der Ostmark und im Protektorat Böhmen und Mähren dar. Im Rahmen dieser Umsiedlung geht in nächster Zeit von Stuttgart aus ein zweiter Transport von Juden aus Württemberg und Hohenzollern nach dem Osten.«

Saß Moritz in der Nacht in der »Ländlichen Gaststätte« auf seinem Koffer, seinem Bündel oder Rucksack? Unterstützten sich die Wartenden gegenseitig? Niemand konnte ein Auge zumachen, stelle ich mir vor. Viele weinten, manche schrien, das lese ich. Jüdische Ärzte und Krankenpflegerinnen liefen zwischen den Menschen hin und her, halfen da, sprachen dort beruhigende Worte, sahen die Angst, Tränen, erkannten die Selbstmordabsichten. Einige erlitten einen Nervenzusammenbruch, lese ich weiter; es gab wirklich viel zu tun.

Mein Vater erzählte mir nichts über die katastrophalen Verhältnisse auf dem Killesberg, als wir auf der Parkbank saßen. Wusste er nichts darüber? Schonte er mich?

Er musste doch erfahren haben, dass sein Vater von dort deportiert wurde.

Heute ist der Killesberg wieder Naherholungsgebiet. Abendspaziergangsdestination, Sonntagsausflugsziel. Es gibt einen neuen Park mit akkurat gestutzten Grasflächen und tiefergelegten, bogenförmigen Wegen, sauber, dazu einige Bäume und neue Wohnhäuser. Eine gewisse Unnatürlichkeit kann nicht geleugnet werden. Auf einem Gedenkstein und einer unauffälligen Tafel wird darüber informiert, was hier geschah. Es gibt jetzt auch ein Mahnmal. Es ist ein riesiger Eisenring, der in die Erde eingelassen ist und an eine einzelne Bahnschiene erinnert; er ist leicht zu übersehen. Kinder sausen auf ihren Fahrrädern vorbei. Ein Mädchen schlägt auf der Wiese Rad, eines nach dem anderen. Immer wieder stehen seine Schuhe kurz in der Luft, und sein Haar schwingt um seinen Kopf. Es jauchzt.

Der Ort, an dem mein Großvater wartete und aushielt, was auszuhalten war, ist harmlose Zuflucht geworden, ein Freiraum mit Aussichtsturm und dem Pavillon der »Ländlichen Gaststätte«, der jetzt »Höhencafé« heißt, ein netter Ort. Die Hallen sind weg. Vogelgezwitscher ist zu hören und ein fernes Flugzeug. Und im Gras ist ein Trampelpfad entstanden, eine von vielen Schuhen und Fahrradreifen aufgeschürfte Wunde im Gras.

Die Luft ist wieder kühl. In der Nacht hat es geregnet, der Himmel ist noch bedeckt, und die Luft riecht frisch, aber nicht mehr nach Schnee. Früh schon sitzt eine Amsel auf dem Dachfirst des Nachbarhauses und singt. Mit Leib und Seele ruft sie, aus ihrer Kehle, aus ihrem runden Bauch strömen die Töne über die Kreuzung. So klein und so laut!

Die Zierkirsche ist längst verblüht. Weiß rieselten die Blütenblätter ins Beet und auf die Mauer um den Garten. Jetzt sind sie braun geworden und kaum mehr zu sehen. Dafür haben der Knöterich und die Astern schon größere Blätter bekommen. Und die langen Stängel des Alliums ragen an mehreren Orten in die Höhe; die Blüten sind erst pralle Kugeln. Bald werden sie aufplatzen, die Dolden aus lila Sternen ans Licht lassen.

Züge

Mit meinem Großvater Moritz waren es 441 Menschen, die in Stuttgart in den Sonderzug mit der Bezeichnung »Da 56-Transport« einsteigen mussten, gestiegen wurden. Am 13. Juli 1942 folgte die nächste Deportation aus Stuttgart. Ziel: Auschwitz; 40 Menschen, keine Überlebenden. Der vierte Zug ging vom Nordbahnhof ab am 22. August 1942, Ziel: Theresienstadt. Der Zug war wirklich voll; 1100 Menschen, 50 vielleicht überlebten, so genau weiß das niemand.

Und dann der fünfte Zug. Er fuhr am 1. März 1943 an, ruckend, rollend, kam in Fahrt, fuhr endlich und fuhr, fuhr, Ziel: Auschwitz; noch einmal 35 Menschen aus Stuttgart, keine Überlebenden. Am 17. April 1943 der sechste Zug. Wieder Theresienstadt und auch Auschwitz; 20 Menschen, 4 überlebten. Unterwegs wurde »aufgefüllt«, ganz sicher; die Reichsbahn fuhr doch nicht für zwanzig Nasen.

Der siebte Zug ging dann am 17. Juni 1943 ab; 15 nach Auschwitz, 10 nach Theresienstadt. Wie viele überlebten, ist nicht geklärt. Im achten Zug vom 24. September 1943 waren nur zwei aus Stuttgart dabei. Ob sie überlebten? Der neunte ging am 11. Januar 1944 nach Theresienstadt; mit 80 Menschen. Der zehnte fuhr am 12. Februar 1945 auch nach Theresienstadt, da wollten sie noch aufräumen mit den »Mischehen« und »Halbjuden«. Wie viele es waren, ist nicht klar. Sie überlebten fast alle, heißt es in den Dokumenten.

Moritz saß im zweiten »Transport nach dem Osten«. Oder stand er?

Die Zusammenarbeit von Reichsbahn und Ostbahn funktionierte reibungslos. Die Sonderzüge wurden jeweils sechs Wochen vorher von der Gestapo angefordert und von der Reichsbahn dann »wunschgemäß« bereitgestellt. Das »Reichssicherheitshauptamt« war froh darüber und hatte natürlich nichts anderes erwartet, als dass die Züge pünktlich bereitstanden und das Schienennetz in Ordnung gehalten war. Auch für den Landkreis Lublin, wo Izbica liegt, wurden Personenwagen dritter Klasse zur Verfügung gestellt und Güterwagen fürs Gepäck. Dass das meiste spätestens in Lublin beschlagnahmt wurde, blieb geheim.

Die Fahrplangestalter stellten die Routen zusammen; sie hatten die Abfahrtszeiten im Griff und die Zeiten an den Ankunftsorten. Sie arbeiteten Hand in Hand mit der Gestapo, diese wiederum mit den Gerichtsvollziehern, die »ordnungsgemäß« und pünktlich mit ihren Quittierungsblöcken in den Sammellagern anrückten. Alle verrichteten ihr Teilstück der Arbeit, es war eine Arbeit wie jede andere auch, eine Arbeit, für die Lohn ausbezahlt wurde. Und nach getaner Arbeit konnten die Fahrplangestalter, Gestapo-Männer und Gerichtsvollzieher zu ihren Gattinnen und Kindern nach Hause gehen. Bestimmt waren sie müde und hungrig. Sie freuten sich, nach Hause gehen zu können. Dort hörten sie schon an der Tür das glockenhelle Lachen des Töchterchens und all die anderen vertrauten Stimmen. Und gab es noch Suppe und Braten mit Kartoffelbrei? Sicher aber die weichen weißen Arme der Gattin und ein warmes Bett.

Das hässliche Wort »Deportation« vermieden der Stuttgarter Leiter der Gestapo, Friedrich Mußgay, und alle anderen

Verantwortlichen nur so lange wie nötig. Zu diesem Zeitpunkt war Mussgay noch SS-Sturmbannführer, später SS-Obersturmbannführer; er war schlank, ja schmächtig und trug sein Haar mit einem akkuraten Scheitel, eine Brille und einen Schnurrbart. Schon in den Zwanzigerjahren hatte er sich beim Nachrichtendienst der Stuttgarter Polizei als »Kommunistenjäger« einen Namen gemacht. Er wurde geschätzt! 1933 trat er der NSDAP und der SS bei, und schon 1941 ließ er Zwangsarbeiter, die im »Schutzhaftlager Welzheim« inhaftiert waren, hinrichten. Ohne Untersuchung oder Gerichtsurteil.

Um einen geregelten Ablauf der Exekutionen zu garantieren, verfasste SS-Obersturmbannführer Mußgay eigens eine Anleitung und ließ es sich nicht nehmen, persönlich anwesend zu sein. Er sorgte dafür, dass die Mithäftlinge die Exekution ausführen und die Leiche wegbringen mussten; bei der »Entjudung des Landes« musste es mit rechten Dingen zugehen. Sonst saß er am Schreibtisch. Verwaltung und Planung lagen ihm, die Arbeit im Amt mochte er.

Von ihm erhielt auch die »Jüdische Mittelstelle« den Befehl, diejenigen Menschen auszuwählen, die sich auf dem Killesberg »besammeln« mussten. Aber von »Deportation« wollte er noch nicht sprechen. Die Menschen wurden »zur Abwanderung gebracht«, »evakuiert«, »nach dem Osten abbefördert«, »umgesiedelt« oder »ausgesiedelt«. Und dann hieß es irgendwann doch »Abschiebung nach dem Osten« und »Grundstücksentjudung«. Das Land sollte »von Juden geleert und befreit« werden. Ohne die Reichsbahn und das zuverlässig funktionierende Räderwerk aus SS, SA und Gerichtsvollziehern, Zollbeamten, aus Zug- und Wachpersonal wäre das Tempo bei der »Evakuierung« nicht einzuhalten gewesen.

Am frühen Morgen des 26. April 1942, also tatsächlich im Morgengrauen, nahm Moritz sein Bündel, seinen Koffer oder Rucksack und setzte sich mit 440 anderen »Stück« in Bewegung. Das sagen die Dokumente. Doch so vieles ist immer noch unklar. So zahlreich sind die mehr oder weniger großen Lücken auch in den Dokumenten. Viele fehlen. Die Dokumente, die da sind, enthalten Widersprüche und fehlerhafte Schreibweisen, und wahrscheinlich, nein, ganz sicher, unterlaufen mir nun auch wieder Fehler. Das eine fehlt, das andere verstehe ich falsch; die Geschichte ist nicht lückenlos zu beweisen.

Moritz und alle anderen gingen los. Zuerst vielleicht zögernd und langsam, stelle ich mir vor, dann angetrieben, jedenfalls bewacht; das lese ich. Graute ihnen? Sie marschierten, so lese ich weiter, »die zweieinhalb Kilometer den Eckartshaldenweg entlang zum Nordbahnhof«. Gab es wieder Schaulustige? Vielleicht war ihnen das zu früh; sie lagen lieber noch in ihren warmen Betten. Es war Frühling, die Amseln sangen, so könnte es gewesen sein, wie immer an einem frühen Frühlingsmorgen.

Und ein paar Stunden später wurde auf dem Killesberg die Sommersaison des Volksparks eröffnet; die »Ehrenhalle des Reichsnährstandes« und die »Blumenhalle« waren geschmückt. Gab es Freibier? Blühten die Tulpen schon?

Währenddessen stand unten im Tal, im Nordbahnhof, der Zug bereit, der »Da 56-Transport«; »Da« stand für »Deutsche Auswanderer«. »Deutsche« und »Auswanderer«. Beides traf auf Moritz nicht zu; er war staatenlos und er wollte nicht weg.

Und was tat mein Vater an dem Morgen? War er schon im Straßenbau, klopfte er Steine, hackte er, grub und schaufelte er Erde, während sein Vater am Nordbahnhof in den Zug steigen musste? Unwiederbringlich und für immer wegfahren musste? Hatten sie sich noch verabschieden können? Hatten sie sich vielleicht zum ersten und gleichzeitig zum letzten Mal in ihrem Leben fest umarmt? Was war das letzte Wort, das mein Vater von seinem Vater hörte? Nie erzählte er mir etwas davon.

Endlich wurden letzte Türen zugeschlagen und für die »Abschiebung nach dem Osten« versiegelt. Der Schaffner pfiff, dann fuhr der Zug an und nahm langsam Fahrt auf. Er verließ die Stadt und kam ins Land hinaus. Noch war es kühl, aber es grünte auch dort bereits. Das Ziel lag 1357 Kilometer weiter östlich; Eile gab es nicht. Welche Strecke der »Da 56-Transport« genau nahm, ist ungeklärt. Entweder fuhr der Zug nördlich an Leipzig und südlich an Berlin vorbei Richtung Warschau und dann nach Lublin und Izbica. Oder er nahm einen Bogen über München und Salzburg nach Warschau, Lublin und Izbica. Es war weit, und die »Judentransporte« waren langsam, sie mussten den Zügen mit dem Nachschub für die Wehrmacht den Vortritt lassen.

Immer wieder kamen sie darum mit kreischenden Bremsen zum Stillstand, ruckelten auf ein Nebengleis, blieben dort stehen und warteten. Wie schnell wurde es stickig in den Wagen? Steckte die Panik alle an? Erst wenn das laute Geratter des anderen Zugs verklungen war, konnte der »Da 56-Transport« wieder anfahren, schwerfällig, und dann mit kaum dreißig Stundenkilometern weiterzuckeln. Wahrscheinlich »wurde der Transport aufgefüllt« unterwegs. Immer mehr Menschen in den Wagen. Und noch mehr.

Verhaftet am: 26. 4. 1942
in: Stuttgart
durch: Gestapo
Nummer 1604: Olonetzky, Moritz, 1. 5. 1881, Odessa
Letzter Wohnort: Stuttgart

Deportiert am: 26. 4. 1942 nach Izbica
Gestapo Württemberg

So finde ich es in den Dokumenten.

In Lublin wurde eine erste »Selektion« durchgeführt. Wer arbeitsfähig war, kam ins Lager Majdanek. Alle anderen nach Izbica, die Frauen, die Kinder und Männer wie Moritz, taxiert als zu alt und zu schwach. Was trug er wohl an diesem Tag? Eine Hose, ein Hemd, hoffentlich auch einen warmen Pullover und einen Schal? Ein Jackett vielleicht und darüber den Mantel, ein Paar Socken natürlich und feste Schuhe an den Füßen? Wahrscheinlich trug er auch seinen Hut; das gehörte sich so. Es war Frühling und noch nicht warm.

Haselnüsse

Im März 1942 war Izbica zum Durchgangslager und »KL«, Konzentrationslager, erklärt worden. Das ganze *Schtetl* ein Lager, so einfach war das. Und gab es nun auch die schmucken Holzhäuschen, die neuen »Siedlerhäuser« mit den kleinen Gärten, die an der »Reichsgartenschau« ausgestellt gewesen waren? Die Häuser, bestimmt für die »bald eroberten Gebiete«? In den Dokumenten lese ich nichts davon. Denn Izbica war ja schon lange ein *Schtetl* gewesen; es gab schon Häuser. Es gab einen Marktplatz, die Synagoge, einen Lesezirkel und das Kino Morskie Oko, Meeresauge.

Und Izbica hatte einen Bahnhof; es lag an der Bahnstrecke zwischen Warschau und Lemberg. Doch es kamen dort keine Deutschen an, die den »Lebensraum im Osten« besiedeln wollten, voller Tatendrang und Fröhlichkeit. Es kamen deutsche und österreichische Jüdinnen und Juden an; in Angst. Sie trafen auf die eigentlichen, die alt eingesessenen polnisch-jüdischen Einwohnerinnen und Einwohner und wurden wieder abgereist. Dann trafen tschechische Juden aus Theresienstadt und slowakische ein, wurden wieder weggegangen; in Ischbitze war es mit der Ruhe vorbei.

Das mitgenommene Gepäck war nicht immer, wie behauptet, »ausgehändigt« worden, »so dass sofort Mangel an Wäsche und Bekleidungsstücken eintrat«, lese ich in dem Buch über Izbica und habe sofort das Gefühl wie nach einer langen Zugfahrt im Körper. Die Kleider sind schmuddelig, das *Liibli*,

Leibchen, verschwitzt, die Hände klebrig, und wie froh ich bin, unter die Dusche zu kommen und etwas Frisches anziehen zu können. Doch in Izbica gab es wie an allen diesen Orten, Zwischenorten, Unorten nicht einfach etwas Frisches. Zwischen Ankunft und der nächsten »Evakuierung« vergingen dann Wochen, sogar Monate. »Wochen und Monate bitterster Not«, lese ich an einer anderen Stelle. Es gab Tage, an denen es in Izbica nichts oder nur mit Glück etwas zu essen gab, sich in allen Häusern, überall, Menschen drängten und viele kein Dach über dem Kopf fanden. Weil die Vernichtungslager »noch keine genügend großen Kapazitäten bereit hatten«, lese ich, der Ausbau der Gaskammern noch nicht abgeschlossen war, wurde das *Schtetl* zum »Wartezimmer«. Wartezimmer?

Ohne Strom und Kanalisation war es nicht vorbereitet, so viele Menschen aufzunehmen. Wenn es schüttete aus einem Himmel, der sein Blau verloren hatte, lösten sich die ungepflasterten Straßen auf; »man sank bis zu den Knien ein«. Mit Hosen und Strumpfbeinen, die mit Straßenschmutz vollgeschmiert und durchnässt waren, mussten alle die Häuser betreten, die nicht sauber und gemütlich bleiben konnten, natürlich. Wärme, Gemütlichkeit und Sauberkeit waren jetzt nicht mehr vorgesehen. Die Dielen kalt, die Luft in den Zimmern abgestanden, alle Räume überfüllt. Fünfzehn, zwanzig Menschen in einem kleinen Raum. »15, 20 Stück« in einem Raum. Menschen, überall Menschen, die auf Stroh oder ihrem Bündel saßen. Die auf dem kahlen Boden saßen, wenn sie kein Glück gehabt hatten. Und auch in den Straßen schliefen sie. Es sah aus, als wäre ganz Izbica ein einziger Bahnhof, auf dem Menschen warten mussten, bis es weiterging.

Für viele ging es nicht weiter.

Sogar nachdem Bełżec am 17. März 1942 und Sobibór etwa zwei Monate später, Anfang Mai 1942, »in Betrieb genommen« worden waren, konnten noch Postkarten und Briefe verschickt werden. Ich bin gut angekommen, mir geht es gut. Nur Schönes und Gutes kam durch die Zensur. Aber bitte schickt Lebensmittelpakete! »Thunfisch, Sardinen, Spinat und grüne Bohnen! Spargel, Tomatenextrakt, auch getrocknete Feigen, Kastanien, Pflaumen oder Rosinen sind willkommen!« Haselnüsse, Mandeln! Einfach alles. Die Pakete kamen lange tatsächlich an. Aber nicht lange genug.

Es beklagte sich niemand.

Wie ich mich wohl verhalten hätte? Hätte ich gejammert? Mich beklagt? Wäre ich stark gewesen, großzügig, hätte ich Galgenhumor bewiesen? Oder hätte ich zu denen gehört, die panisch, kopflos herumhühnern? Wäre ich hart und gleichzeitig verführbar und feige auf meinen Vorteil bedacht gewesen und darum bereit zu Taten, für die ich mich später tödlich geschämt hätte? Wenn es denn für mich ein Später gegeben hätte. Ich weiß nicht, was alles in mir schlummert.

Auf einem Bauernhof etwas außerhalb des Ghettos waren diejenigen eingeteilt, die stark genug waren für die Arbeit in der Landwirtschaft, auch Frauen. Sie bauten Gemüse für die Besatzer an, arbeiteten in der »Wiesenkolonne«, im Garten und im Pferdestall. Sie waren Traktorfahrer und Köchinnen. Für die Ernährung war der »Judenrat« zuständig; die Versorgung der Deportierten durch die Nazis war längst eingestellt. Diejenigen durchfüttern, die doch für die Gaskammer vorgesehen waren? »Faulenzer« durchfüttern?

Jede und jeder musste selbst schauen, wie er, wie sie zurechtkam. Also verkauften alle die Kleider, die sie noch entbehren konnten. Und also waren der Schwarzhandel und die

Suppenküche lebenswichtig, auch wenn die Wassersuppe zu wenig nährte. Alle dachten fortwährend ans Essen, waren besessen vom Essen, träumten von Milch und Eiern, von Brot und Nudeln, Tomaten, Kartoffeln und Fisch, stelle ich mir vor, von Schokolade und gezuckertem Schlagrahm. »Wir können hier alles gut gebrauchen«, wurde auf Postkarten geschrieben. »Ich hoffe, wir werden auch so durchhalten. Als Geburtstagsgeschenk ein Butterbrot und ein Ei! Man wird genügsam und zufrieden. Lebt wohl.«

Kurz bevor Moritz in Izbica eintraf, hatten die SS-Männer die Suppenküche in Brand gesteckt. Auf Brotbacken, Schlachten und den Handel mit Fleisch stand die Todesstrafe.

Die meisten blieben ein paar Wochen in Izbica, das kam ganz darauf an, wer wann in Engels' Blickfeld geriet. Kurt Engels. Er leitete Izbica, im Frühling 1941 war er schon eingetroffen. Ein Foto zeigt ihn locker auf dem schrägen Heck eines Autos sitzend. Er lacht. Drahtig, mit großer, in der Sonne leuchtender Glatze, dunkler Hose, weißem Hemd sitzt er da. Am Handgelenk trägt er eine Uhr. Er sieht nach Freizeit aus, wie ein gewöhnlicher Familienvater auf einem Ausflug, unauffällig, nett.

Reinheit und Stärke. Diese Idee gefiel ihm. Doch in Izbica war er umgeben von Unreinheit und Schwäche, von den »Läusen der zivilisierten Gesellschaft«. Und also musste Izbica »judenrein« werden. Ihm war es recht, wenn die »Läuse« starben. Er musste auch nachhelfen; das gehörte zu seiner »Dienststelle«. Und tatsächlich starben jeden Tag Menschen, die zu Skeletten abgemagert waren. Sie starben an Erschöpfung, an Hunger.

Kam Moritz so ums Leben?

Die Magnolie im Garten nebenan steht schon im Vollblust, da beginnt es wieder zu schneien. Zuerst nur ein paar Flocken, dann heftiger, immer dichter, es schneit und schneit, mehr als an manchen Wintertagen. Die Flocken fallen schwer vom Himmel, es ist ein nasser Schnee, der sich auf die Zweige und Blüten legt. Die Äste biegen sich unter seinem Gewicht, und plötzlich gibt der dicke Hauptzweig nach, bricht ab und fällt zu Boden. Unaufhörlich schneit es weiter, aus dem Weiß leuchten die rosafarbenen Blüten. Der abgebrochene Ast ragt nackt in den weiß wirbelnden Gartenhimmel.

Vom Winter in Izbica kann ich mir keinen Begriff machen. Aber der Schnee riecht doch überall gleich! Die Luft ist überall eisig frisch, die fallenden Flocken sind doch immer voller Zauber, und bald darauf wird das reine Weiß überall schmutzig. Die vielen Schuhe, die vielen Räder, die vom Schnee gedämpften Geräusche! Das ist doch überall gleich. Es taut ein wenig, alles wird matschig, die ganze Schönheit ist dahin. Das ist doch überall gleich!

Aber nein. In Izbica war das Eis nur Eis, der Schnee war nur Schnee. Die klammen Kleider waren klamme Kleider. Die Haut auf den Knochen war bloß noch Haut auf den Knochen. Und dann fuhr die eisige Luft in die Lungen und leckte das bisschen Wärme weg, das noch in ihnen war. Die Kälte konnte die Menschen auslöschen, wie alles, was hier vorging, nichts anderes zum Ziel hatte, als sie auszulöschen. Das weißt du doch, das kannst du dir doch vorstellen!

Nein, ich weiß es nicht, ich kann es mir nicht vorstellen. Und mein Vater erzählte mir nichts über Izbica. Er wusste nicht, wie es war, in Izbica zu sein und in Izbica zu warten. Er wusste nicht, was in Izbica geschah an einem Tag und in einer

Nacht. Er konnte es nicht wissen, weil er nie mehr etwas von seinem Vater hörte. Hatte er mir erklärt. Weil er später nicht nachforschte und auch nicht hinfuhr, wie ich es dann tat. Und weil das Buch über Izbica noch lange nicht geschrieben war.

Hecken

Tagelang lese ich in den Dokumenten, ganze Tage, atemlos, es ist ein Zwang. Seite um Seite blättere ich um. Mit Schreibmaschine getippte amtliche Schreiben. Mit Schreibmaschine getippte Antworten der Rechtsanwälte. Akkurat mit Schreibmaschine geführte Listen. Tabellen. Versicherungskarten. Und seitenweise handschriftliche Berechnungen und Notizen an den Rändern, nur schwer oder gar nicht zu entziffern. Während ich lese, beginnt sich der Schmerz zuerst im Zwerchfell einzunisten, fällt mir in den Magen, dann in die Knochen.

So unvorstellbar es für Verschonte immer ist, aber der Mensch muss überall wohnen. Auch in Ruinen, im »KL« oder im Gedränge eines Raums, den sich mehrere Familien für ein paar Tage oder Wochen teilen müssen. Ein möglichst normales Leben führen, Tee aufbrühen, essen, schlafen, einander umarmen. Wenn es möglich ist. An einem Brunnen Wasser holen. Wäsche waschen, zum Trocknen aufhängen und dann sorgfältig zusammenlegen. Wenn das noch geht. Den Kindern Geschichten erzählen. Vielleicht Geige spielen, wenn noch eine Geige da ist; das Klavier konnte ja nicht mit. Sich eine Ecke einrichten. Die Matratze, das Stroh, ein Kleiderbündel zum Ort der eigenen Ordnung machen. Wer das aufgibt, gibt auf.

Öffentliche Latrinen gab es in Izbica nur zwei im Ort, und darum brauchten alle Nachttöpfe, Eimer, was auch immer. Oder sie kauerten sich hinter die Häuser oder am Rand des Städtchens hin, hofften, dass gerade keiner zuschaute, und pissten, kackten, erleichterten sich, wie es genannt wird. In der Luft hing der Gestank nach Kot, Schweiß und Fäulnis, und alle fühlten sich ausgesetzt. Alle steckten Tag und Nacht in denselben Kleidern.

Wie schnell der Schmutz überhandnimmt und die Würde vernichtet, manchmal reichen ein paar Stunden. Und die Frauen? Während ihrer Menstruation? Warum berichtet niemand über sie? Izbica galt als »Schandfleck«, der schnellstmöglich getilgt werden sollte.

Wie hart der polnische Winter sein konnte, erlebte Moritz nicht. Wahrscheinlich nicht. Als er in Izbica ankam, am 29. April, war der Schnee schon getaut, stelle ich mir vor. Vielleicht wehte ein mildes Lüftchen an diesem Frühlingstag, und vielleicht jagten die Spatzen in Scharen über die Straßen. Vielleicht schüttete es auch wie aus Kübeln aus einem wolkenverhangenen Himmel. Vielleicht wurde Moritz also sofort nass. Vielleicht kam er bis auf die Knochen durchnässt und mit dreckstarrenden Hosenbeinen in einem Zimmer an, das schon überfüllt war. Vielleicht kam er zwischen unbekannten Menschen unter. Vielleicht auch nicht. Vielleicht kannte er schon jemanden, und vielleicht war es warm an diesem Tag und freundlich. *Wir wissen es nicht.*

Wahrscheinlich war es aber mitten in der Nacht.

Lebte er noch, als er ankam? Das Proviantpaket war »nie ausgehändigt« worden, lese ich. Konnte er aussteigen, sich auf den Beinen halten? Am Himmel hätte er dann vielleicht Sterne sehen können und den Mond.

Der Zug hatte etwas außerhalb angehalten, an der »Rampe«, einen Kilometer vom Marktplatz entfernt. Als Moritz ankam, mussten dort die Mitglieder des »Judenrats« warten, auch Kreishauptmann Schmidt und die SS-Männer standen bereit.

Bellten die ihre Befehle über die Gleise? War die Ankunft gut organisiert, wie das immer behauptet wird? Die Nazis, diese preußisch strengen Buchhalter, hatten »die Abwicklung« im Griff! Das wurde doch immer gesagt. Ich kann es mir nicht vorstellen. Herrschte in Izbica nicht das vollkommene Chaos an der »Rampe«? All die vielen Menschen, die plötzlich an die frische Luft gelassen wurden, strömten auf ein Gelände, das dafür viel zu klein war. Und mussten sich viele nicht sofort hinsetzen, so schwach, wie sie waren? *Wir wissen es nicht.*

Sicher aber wurde Moritz mit den rund tausend anderen »Stück« auf den Marktplatz getrieben. Welchen Weg mussten sie nehmen, frage ich mich; ich stehe auf der »Rampe«, es ist ein kalter Tag im November. Den schmalen links der Bahngleise am Schilf vorbei oder den anderen, die Hauptstraße rechts der Gleise entlang? Überall, am Bahnhof von Izbica, in den Straßen von Izbica, in den Häusern von Izbica, auch in der Synagoge von Izbica saßen und lagen schon Menschen auf der Erde, das sah Moritz sofort. Sie kauerten auf ihrem Gepäck, wenn sie noch Gepäck hatten, und vor den Häusern auch auf den Treppen zum Eingang. Bestimmt sah er das sofort. Und zur gleichen Zeit waren im ehemaligen Kino von Izbica, dem Morskie Oko, dem Meeresauge, Koffer und Bündel gestapelt, Mäntel und Kleider, die Habseligkeiten der Menschen, die Engels jeweils noch konfiszieren ließ; nur er hatte einen Schlüssel. Doch das konnte Moritz nicht sehen.

Dachte er an seine Kinder, als er auf diesem fremden Boden angekommen war? Fragte er sich, wie es seinem Benjamin wohl ging, wo er schuften musste, sobald die Sonne aufgegangen war? Hatte er Nachricht von Anna erhalten, die nun im Ghetto Łódź war? Und hoffte er, dass Paula, Efrem und Avram in Palästina ihr Glück finden würden? Nahm er sich vor, allen zu schreiben? Bald, sobald es ging?

Musste er dann einen ganzen Tag lang in einem engen Raum in irgendeinem Haus im Zentrum ausharren? Stehend und zusammengepfercht mit anderen? Warten, bis alle in Quartiere verteilt waren und es wieder etwas Luft zum Atmen gab? Sah Moritz vielleicht durch ein Fenster, wie Bürgermeister Schultz mit seiner ledernen Peitsche auf und ab ging, dienstbeflissen und gleichzeitig gelangweilt? Oder hatte er Glück? Gab es Menschen, die ihm halfen und Fragen beantworteten? Dachte er noch, hoffte er noch, es könnte hier in diesem Kaff eine Zukunft für ihn geben? Oder war ihm vollkommen klar, dass das hier das Ende war?

Heute verstecken sich viele Häuser in Izbica hinter zwei Meter hohen Thujahecken; auch Blaufichte und Säulenzypresse sind hier Mode. Die Dachgiebel ragen heraus; bei den Eingangstoren geben Lücken in den Hecken Fenster und Hausecken frei. Die Leute haben sich hinter Immergrün verschanzt. Während ich vorbeigehe, kläffen mich kleine wütende Hunde durch schmiedeeiserne Tore an und laufen aufgeregt hin und her. Seit kurzem ist Izbica eine Stadt; Izbica wirkt aber wie ein loses Dorf.

Die »Rampe« beim Bahnhof ist ein vernachlässigter Ort. Zwei Haufen mit grobem Kies liegen auf dem dunkelgrauen Asphalt, als hätte jemand die Steine bestellt, aber nicht abgeholt. Dahinter wächst Schilf, ein ganzes Feld, und es gibt eine Reihe Straßenlampen. Wofür beleuchten sie heute die »Rampe« in der Nacht?

Die alten Gleise sind noch da; sie bilden lange stählerne Linien durch Moos, Grasbüschel, Kamillen und verblühte Königskerzen. Die Schwellen sind zugewachsen. Daneben sind neue Gleise verlegt und ein Stück weiter vorne, näher am Zentrum, gibt es auch einen richtigen Bahnsteig; alle zwei Stunden hält ein Regionalzug.

Eine Tafel, auf der steht, was hier geschah, fehlt; über die Geschichte ist Gras gewachsen.

Kam Moritz vielleicht bald nach seiner Ankunft an diesem merkwürdigen, kleinen Gebäude vorbei? Oder hörte er die Schreie? Es war das Gestapo-Gefängnis, und es war aus jüdischen Grabsteinen gebaut.

Die Idee dazu hatte Engels gehabt. SS-Oberscharführer Kurt Hans Josef Christian Engels. Geboren 1915 in Köln, aufgewachsen als Sohn eines Gastwirts. Ab 1929 in der Hitlerjugend, als junger Mann im Restaurant des Vaters beschäftigt. Ab 1932 in der Armee, dann Polizist. Ab 1936 Mitglied der Gestapo Köln, dann Mitglied der Schutzstaffel SS im Rang eines Hauptscharführers. Darauf nach Polen in den Distrikt Lublin versetzt, und diese Versetzung ins besetzte Polen und nach Galizien, ins »Generalgouvernement«, das erkannte Kurt Hans Josef Christian Engels sofort, war seine Aufstiegschance. Damit war er nicht allein. Viele, auch viele Frauen, erkannten »im Osten« die Aussicht auf eine Karriere, die ihnen »im Altreich« nicht möglich gewesen wäre.

Zunächst war er bei der Gestapo in der Kreishauptstadt Biała Podlaska, dann bei der Sicherheitspolizei in Zamość stationiert. Dort bekämpfte er den polnischen Widerstand. Dann, und das war kein Zufall, denn seine Kaltblütigkeit passte den Vorgesetzten, wurde er zum SS-Oberscharführer der Gestapo-Außenstelle in der Kreishauptmannschaft Krasnystaw befördert. »Dienststelle Verwaltung«, »Dienststelle Judenfrage« und auch »Dienststelle Widerstandskämpfer«.

Er erledigte, was zu erledigen war. Und dazu gehörte es auch, in Izbica das Gestapo-Gefängnis zu bauen, den »Bunker«. Männer, »die mit Pferdewagen die Grabsteine vom jüdischen Friedhof als Baumaterial holen, sie in Form schlagen und zu Wänden verbauen mussten«, gab es genug. Dass das Gefängnis aus Grabsteinen gebaut war, konnte mein Großvater nicht erkennen, denn Engels hatte sie hinter einer Putzschicht verschwinden lassen. Aber alle wussten, dass die Grabsteine dort verbaut waren. Und in Wegen und Fundamenten. Überall im Ort waren Grabsteine eingebaut.

Nach einiger Zeit entschied Engels, Izbica als Wohnsitz zu nehmen. Dieses Scheißloch als Wohnsitz? Das hatte niemand verlangt. Weshalb tat er sich das an?

Er sah das anders, praktischer. Er war schließlich zuständig für die »Judenfrage«, für die »Abwicklung der Aktion Reinhardt«. So war er näher dran, so hatte er die bessere Kontrolle. Der Amtssitz der Gestapo mit ihm selbst vor Ort, immer besetzt, das war effizient, und das System aus Spitzeln und Kollaborateuren hatte er bald aufgebaut. Alle hatten Angst vor ihm, alle hatten Hunger; zuerst kamen das Fressen, die eigene Haut, die eigenen Kinder.

Izbica war eines von über 300 Transitghettos im ganzen »Generalgouvernement« und Engels sein Herrscher. Fast zwei Millionen Menschen waren inzwischen in die Ghettos »verbracht« worden; dauernd kamen Züge an, dauernd fuhren Züge wieder ab. Menschen kamen und gingen. Auch in Izbica; da konnte Engels etwas bewirken. Da sah er sich, Izbica war Teil der »Endlösung der Judenfrage«, und das war seine Dienststelle.

Im Dezember 1941, nachdem die Typhus-Epidemien vom Herbst abgeebbt waren, holte er auch seine Frau, Friedel Engels, zu sich und die Kinder. In Deutschland, im »Altreich«, hatten die Bombenangriffe begonnen. Er wollte sie in Sicherheit wissen. Und Friedel wollte mit den beiden Kindern in

Ruhe leben und die »Vorteile der Besatzung« genießen. Ihr Mann, der SS-Oberscharführer, hatte mit seinem Amtssitz ein Quartier, das seinem Rang und seiner Aufgabe entsprach, das passte ihr, es war ein Haus aus Stein. Aber dann blieb sie doch die meiste Zeit im Nachbarort Zamość. Es war ein richtig hübsches Städtchen mit einem imposanten quadratischen Hauptplatz; es war größer als Izbica und sauberer. Dort gab es für sie einen gewöhnlichen Alltag.

Engels führte ihr die Deportierten vor, als wäre er »in einem Zoo«. Er zeigte ihr die Menschen, als wären sie »exotische Tiere«, berichtete Toivi Blatt, einer der wenigen Überlebenden, später. Fühlte sich Engels stark? Fand er, er tue das Richtige, ja, eigentlich nur seine Arbeit und zwar gut?

Die »Judenfrage« machte es ihm auch möglich, seiner Frau das eine oder andere zu schenken, sie ein wenig zu verwöhnen. Eine Brosche für den Mantelkragen. Eine Halskette und Ohrringe, auch mal ein Armband. Vielleicht sogar ein nettes Kleid? Wie muss ich mir das vorstellen? Woher hatte er die Sachen? Hortete er sie alle im Morskie Oko, im Meeresauge? Es waren lauter Dinge, die ihn nichts gekostet hatten; er freute sich. Lauter Dinge, die doch tatsächlich bei allen Kontrollen vor der »Abwanderung« nicht entdeckt worden waren!

Im Gestapo-Gefängnis, im »Bunker«, tobte er sich aus. Wer im Bunker landete wegen nichts anderem vielleicht als einem Gruß, der nicht den Regeln entsprach, war ihm ausgeliefert. Er folterte auch Polen, die er verdächtigte, im Widerstand zu sein; auch das gehörte schließlich immer noch zu seiner Dienstelle. Hinter dem Bau aus Grabsteinen bewahrte er alles auf, was er für die Insassen brauchte, »Seile, Äxte, Waffen aller Art«, für alle sichtbar und hörbar, mitten im Ort. Er habe nicht frühstücken können, lese ich über Kurt Engels, »bevor er nicht einen

Juden erschossen« hatte. Selbst andere SS-Männer fürchteten seine unberechenbare Gewalt.

Kam Moritz so ums Leben?

Das Töten geht weiter. Das Foltern geht weiter. Immer irgendwo auf der Welt. Auch in der Ukraine drehen russische Soldaten, das lese ich in der Zeitung, die lärmige Lüftung in einer Polizeistation ab, damit die Schreie draußen »besser hörbar« werden. Warum tun Menschen so etwas? Wann überschreiten sie rote Linien, die sie bis dahin eingehalten haben? Was braucht es dazu?

In Izbica hatten alle Angst vor Engels, dem »Schrecken von Izbica«, dem »Intensivtäter«, wie ihn die Überlebenden genannt haben. Er hieß Engels und war der »Teufel von Izbica«.

Motorräder

Es war Frühling, als Moritz in Izbica ankam. Erlebte er den Hochsommer, sogar den Spätherbst? Es gab vier Jahreszeiten wie bei uns heute, achtzig Jahre später. Winter, Frühling, Sommer, Herbst, wieder Winter. Vorfrühling, Hochsommer, Spätherbst, aber hier verschieben sich die Saisons gerade. Der Winter ist weniger kalt, die Straßen sind weniger eisig. Die Stürme sind heftiger mit warmen Winden, die an den Bäumen zerren, Äste brechen, an den Häusern rütteln und sogar Dächer abdecken.

Dann setzt der Frühling ein, zu früh, zu schnell. Er ist zu trocken und zu warm. Die Straßen sind jedoch alle asphaltiert, nicht wie damals in Izbica, und sie verwandeln sich darum bei Regenwetter nicht in Morast. Alles ist hier geputzt. Die Putzmaschine fährt wöchentlich fauchend und bürstend die Straße entlang. Die Müllmänner holen jeden Dienstag den Kehricht und bekommen dafür einen Lohn; es läuft alles nach Plan.

Natürlich war Kurt Hans Josef Christian Engels nicht allein. Bürgermeister Schultz zeigte sich offen. Am Marktplatz bewohnte er ein Haus, das der jüdischen Konditorfamilie Kleiner gehört hatte; es war aus Stein. Auch Kreishauptmann Schmidt war mit Interesse zugegen. Schmidt kam, wenn er es sich einrichten konnte, gerne persönlich zu den Deportationen in die Vernichtungslager. Sie setzten im März 1942 ein; was für ein »Spektakel«. Auch die beiden Angestellten der Zivilverwaltung, »Judenreferent« Rieger und »Wirtschaftsreferent« Bauer, waren interessiert. Sie organisierten für Schmidt die Zwangsarbeiten in der jüdischen Gerberei Altman, die nun für die Wehrmacht Lederwaren produzieren musste, und in der Ziegelei, dem größten Betrieb am Ort. Oder für landwirtschaftliche Meliorationsarbeiten und bei der Ernte im Umland, hier auch mit Frauen, oder beim Schneeräumen; vor allem der Winter 1940/41 war kalt, und es schneite oft.

Schultz, Schmidt, Rieger und Bauer wussten wie Friedel Engels »die Vorteile der Besatzung« auszunutzen. Sie trugen Pelzmäntel und Schmuck; woher sie sie hatten, kontrollierte niemand, wozu auch. Wie die SS-Männer zwangen sie Frauen zur Prostitution und vergewaltigten sie. Sie nahmen sie sich, wann immer es ging. Ein wenig verschämt vielleicht? Umso gieriger aber? Sicher jedoch nur bis die »Rassenschande« aufflog. Schließlich, das wussten sie nur zu gut, war das Gesetz »zum Schutze des deutschen Blutes und der deutschen Ehre« in Kraft; es stellte seit dem 15. September 1935 Sex und Ehe zwischen Juden und Nichtjuden unter Strafe.

Rieger und Bauer holten sich, was sie brauchten; die Frauen wurden erschossen. Schultz aber hatte für eine Frau eine Vorliebe, für die 19-jährige Fotolaborantin Käte Leschnitzer; sie stammte aus Breslau. Er vergewaltigte sie, doch er schützte sie auch. Im Fotogeschäft eines »volksdeutschen« Ehepaars in Krasnystaw vermittelte er ihr eine Stelle. Aber lief das Geschäft im September 1942 überhaupt noch? Wer kaufte denn dort Filme oder sogar eine Kamera? Gab es keine Lieferschwierigkeiten? Wer fotografierte etwas und weshalb? Und wer ließ im Labor dann Filme entwickeln und Bilder vergrößern? Waren es Wehrmachtssoldaten wie Max Kirnberger vielleicht, dessen Fotos aus Izbica erhalten sind?

Käte Leschnitzer konnte dort arbeiten und auf dem Küchenboden schlafen. Sie überlebte als eine der wenigen. Was dachte sie später über diese Zeit? Über Schultz, ihren Peiniger und Retter? Wie fühlte sie sich, wenn sie an die vielen anderen dachte?

Zudem hatte Engels einen Stellvertreter, Ludwig Klemm. Klemm war seine rechte Hand, eine rechte Hand, die mitzog bei allem, was Engels anpackte. Ludwig Klemm oder Ludwig Klim, Klimt, Klemp oder Klempt; in den Dokumenten gibt es alle Schreibweisen. Ein Foto zeigt ihn bleich mit buschigen schwarzen Augenbrauen, streng gezogenem Scheitel im dunklen, fettig wirkenden Haar, und über der Oberlippe liegt ein Hauch Unrasiertheit. Sein Blick ist nach unten gerichtet, die Augen beinahe geschlossen. Fast wirkt es, als sei er tot.

Konzentriert er sich gerade auf etwas, das tief in ihm verborgen liegt? Oder hat der Fotograf nur einen blöden Augenblick erwischt? Sein Gesicht hat etwas Maskenhaftes und gleichzeitig Kindliches; es ist ein Gesicht, an dem alles abprallt.

SS-Oberscharführer Engels und SS-Unterscharführer Klemm waren »unzertrennlich«. Sie überzogen Izbica mit Terror. In Uniform und Ledermantel gingen sie zusammen in den Straßen auf und ab oder fuhren auf ihren Motorrädern herum, immer bewaffnet. Tauchten sie auf, gerieten alle in Panik. Wer noch konnte, ergriff die Flucht. Passte ihnen jemand nicht, grüßte jemand nicht »ordnungsgemäß«, erschossen sie ihn, erschossen sie sie auf der Stelle, auch vom Motorrad aus. Wahllos überfielen sie Häuser, schlugen und töteten die Anwesenden, ganze Familien, die vielleicht gerade dabei waren, den Kindern eine Geschichte zu erzählen.

Kam Moritz so ums Leben?

Engels war ständig betrunken, »fast jeden Tag«, und dann »ließ er Männer am Platz antreten und schoss je nach Belieben 15, 20 oder mehr nieder.«

Kam Moritz so ums Leben? Es konnte jeden treffen. Und was geschah mit den Frauen?

Ludwig Klemm hatte bei der polnischen Bevölkerung die besseren Karten als Engels; er sprach Polnisch. Wie Moritz war Klemm in Odessa zur Welt gekommen, 1917, im gleichen Jahr wie mein Vater. Klemm und Engels hätten Moritz' Söhne sein können. Nach dem Ersten Weltkrieg zog Klemms Familie nach Zaliszcze, Polen; der Vater war Müller und betrieb die Mühle des Landkreises Chelm. Chelm? War es tatsächlich das Chelm, das ich mir vorstellte, wenn ich Singers Geschichten zuhörte? War es im Ernst das Chelm aus *Der Schnee in Chelm*? Als Kind hatte ich geglaubt, dass Chelm kein realer Ort sei, aber nein. In Chelm östlich von Lublin betrieb Klemms Vater eine Mühle. Und in Chelm kommen heute Frauen, Kinder und Männer an, die aus der Ukraine fliehen müssen.

Klemm lernte in Chelm Polnisch, da war er noch ein Kind. Später wurde er Kaufmann und 1938 in die polnische Armee eingezogen. Schon ein Jahr später wechselte er die Front. Er stellte sich in den Dienst der eben einmarschierten deutschen Besatzer und trat 1941 der Schutzstaffel SS bei. Nun war er ein SS-Mann. So wurde er zur Sicherheitspolizei in Zamość eingeteilt, ganz in der Nähe von Izbica. In der »Abteilung Juden, Kirche und Kommunisten« war er als Übersetzer nützlich und im Arbeitsamt von Zamość damit beschäftigt, Polen zu verhaften und zur Zwangsarbeit ins »Altreich« zu schicken. Ließ er sie nach Stuttgart »verbringen«?

Die Reichsbahn fuhr in zwei entgegengesetzte Richtungen.

Die einen Züge gingen von Stuttgart in den Osten, die anderen von Polen zurück. Konnte die Reichsbahn so Leerfahrten vermeiden? Die Polen schufteten in Stuttgart mit ihrem auf der rechten Brusttasche aufgenähten »P« in den Rüstungsfabriken, im Straßenbau und in der Landwirtschaft. Während sich in Izbica bald deutsche Juden mit Stern auf den Jacken drängten und die Häuser der Polen mit einem gut sichtbaren »P« gekennzeichnet waren, damit sie von der SS verschont blieben.

Ein P kann so vieles bedeuten.

Dann wurde Ludwig Klemm, Klim, Klimt, Klemp oder Klempt nach Izbica versetzt; seine Sprachkenntnisse waren jetzt dort nützlich, denn Engels sprach nur Deutsch.

Engels und Klemm hatten Izbica für sich. Sie waren zwei Rädchen in der großen Maschine der Vernichtung, gut geschmiert griffen ihre Zähne ineinander. Jeden Tag gewannen sie ihren Antrieb aus der Angst aller anderen. Würden sie es so genannt haben? Sie fühlten sich verantwortlich, dass alles gut lief. Während sie in Ausführung ihrer Dienstpflicht als lokale SS-Männer durch das Ghetto fuhren, »sprachen und lachten sie miteinander«. Die beiden verstanden sich wirklich gut.

Ob mein Großvater länger als nur ein paar Tage überlebte, wie mein Vater vermutete? Musste Moritz nur kurz leiden? Wahrscheinlich blieb er ein paar Wochen in Izbica. Von wo oder von wem bekam er zu essen? Wurde er bald krank? 1942 war das Jahr der Eskalation und des Endes. Izbica war »vollständig verwahrlost«, vollkommen überfüllt. Menschen, Ratten, Flöhe. Izbica war »die Hölle«. Nein, Izbica war eine von vielen Höllen.

Menschen kamen an und gingen wieder weg, wurden weggegangen. Zuerst wurden die eigentlichen Einwohner, die Männer, Frauen und Kinder von Izbica, in die Vernichtungslager deportiert. Dass Menschen gingen, war notwendig, denn anders konnten keine neuen Menschen kommen. Wer später ankam, traf auf geplünderte Wohnungen. Die Betten weg, die Tische, Stühle weg. Alle Töpfe und Pfannen, auch die verbeulten, weg. Die Gläser und Spiegel sowieso, das Bettzeug, die Kissen weg. Leere Zimmer, die Fenster eingeschlagen, die zerrissenen Vorhänge bauschte der Wind in die Zimmer, in denen es hallte, bis sich die Menschen darin drängten. Doch wer will schon im Freien übernachten.

Moritz, ein gebildeter Städter, der mit seinem Jackett, dem Hut, wenn er ihn denn noch hatte, mit den Lederschuhen nach Geld aussah, aber keines mehr hatte, der mit einem langen Mantel ankam, an den der gelbe Stern genäht war, traf auf tiefreligiöse Familien in dunklen, dicken Mänteln, auf denen der Stern am Rücken leuchtete. Beäugten sie ihn? Augenblicklich Misstrauen, Wut? Alle hatten Hunger, niemand frische Kleider. Ein halbes Brot war Glücksache. Oder *Chuzpe.* Oder Bestechung. Gab es Streit um Wasser und Seife? Auf Jiddisch, Deutsch, auf Polnisch, Tschechisch, Slowakisch, Französisch? Alle sprachen durcheinander im Kampf um Suppe oder einen besseren Platz, um Ruhe. Jiddisch war die verbindende Sprache in diesem Durcheinander, das ganz und gar kein *Chrüsimüsi* war. Aber wie viel half Jiddisch da noch? »Juden gegen Juden«; die Zerfleischung auf engstem Raum war beabsichtigt und beaufsichtigt.

Jede war sich selbst die Nächste, jeder war sich selbst der Nächste. Wieder zuerst die eigene Haut, die eigenen Kinder. Gab es nicht auch gegenseitige Unterstützung? Großzügigkeit und Zuspruch? Bestimmt. Ganz sicher gab es Menschen mit einem Herzen, *Mentschn*, die einander halfen. Doch wer überleben wollte, musste auch rücksichtslos, unsolidarisch werden. Musste selbst verrohen. Alle lebten auf Kosten der anderen. Wer etwas ergattern konnte, stopfte es sofort in sich hinein, so stelle ich mir vor, versteckte es, teilte es nur mit den nächsten Liebsten, wenn überhaupt. Mit der Zeit wurde Izbica zu einem Ort, der übersät war von kleinen Verstecken. Mit Gruben und winzigen Kammern hinter Wänden und dunklen Winkeln, in denen Lebensmittel und wertvolle Dinge steckten. Und in die sich verkroch, wer konnte. In fast jedem Haus gab es ein Versteck. Ein Loch unter dem Küchenboden. Eine Kiste hinter der Wand, die jemand von außen verschließen und einen Stuhl davor schieben musste. Wenn es in dem Haus noch einen Stuhl gab.

Und doch, gab es nicht auch Langeweile? Nachmittage, die nicht enden wollten? Stunden, die vorbeikrochen? Denn viel Zwangsarbeit gab es nicht.

Im Mai 1942 waren Bełżec und Sobibór dann beide »in Betrieb«, und die »Aktionen« konnten beginnen. Und ja, wer nach Bełżec oder Sobibór kam, war eine Entlastung für die, die in Izbica blieben.

Es war alles gut organisiert, wie immer. Zuerst bekam der »Judenrat« den Befehl, eine bestimmte Anzahl Menschen »bereitzustellen«. Er erfüllte, so wirkt es, widerstandslos die Forderung. Dass später alle Mitglieder des »Judenrats« ermordet würden, konnten sie noch nicht wissen. Vielleicht ahnten sie es. Aber dachten sie so weit? Jetzt hatten sie etwas mehr zu essen, steckten dafür im Dilemma. Es gab nur falsch und falsch. Sie versanken in Schuld, während sie die Listen zusammenstellten und versuchten, die eigene Haut, die eigenen Liebsten zu retten. Manche hofften, sich durch Arbeit retten zu können, durch Geschenke, mit Geld, mit Sex. Sie täuschten sich. Irgendwann halfen keine Anstrengungen und keine Beziehungen mehr.

Izbica war weder schwer bewacht noch von einem Zaun umgeben. Trotzdem verließ kaum jemand den Ort. Manchmal stahlen sich Kinder davon, um den Bauern im Umland etwas abzukaufen, um etwas einzutauschen oder zu verkaufen. Auch das war verboten.

Doch auf den Hügeln im Umland lagen »Polizeikräfte« auf der Lauer. Wer vor die Stadt trat, wegwollte und dabei auffiel, konnte erschossen werden. Wer versuchte, vor allem im Winter, im Wald zu überleben, scheiterte und kam freiwillig zurück. Ein Stacheldrahtzaun oder eine Mauer war nicht nötig. Polnische Profiteure der Verfolgung, die nach dem Krieg nichts gesehen haben wollten, verrieten alle.

Heute steht die Synagoge nicht mehr; eine Kirche gibt es auch nicht. Izbica ist ein Dorf ohne Gotteshaus. Ist es auch ein gottloser Ort? Fast alle Häuser wurden von jüdischen Familien bewohnt, bis Engels, Klemm, Schultz und ihre »Hilfswilligen« sie vertrieben. Heute besitzen polnische Familien die Grundstücke. Wurden sie nie aufgeschreckt von »Antragstellern«, die wie mein Vater ihre Häuser und Gärten zurückhaben wollten? Geld dafür einforderten? Einige wenige Überlebende kamen tatsächlich nach Kriegsende zurück. Sie wurden schnell wieder weggegangen.

An der Stelle, wo die große, weiße Synagoge war, steht jetzt ein zweistöckiges graues Haus; am Balkongeländer ragt eine schmutzige Satellitenschüssel in die Höhe. Neben dem Haus dämmert ein Gewächshaus vor sich hin; einige Dachfenster sind kaputt und mit durchsichtigen Plastikplanen abgedeckt.

Von dieser Ecke des Dorfs ist es nicht weit bis zum Marktplatz; nur ein kurzes Stück die Straße hinunter. Dass sich dort alle »besammeln« mussten, die für einen Transport in die Vernichtung ausgewählt worden waren, ist nicht mehr zu sehen. Der Platz ist möbliert für die Menschen von heute. Es gibt Abfalleimer, Parkbänke, Turngeräte, einen Kinderspielplatz und eine mobile Toilette.

Die erste »Aktion« fand am 24. März 1942 statt. Der Zug verließ den Bahnhof Izbica mit Bełżec als Ziel. Auf der Liste standen vor allem Izbicas ursprüngliche Einwohner; es musste Platz geschaffen werden für diejenigen, die noch aus dem Westen ankommen sollten. Die Sammelstelle war der Marktplatz. 2200 »Stück«. Es war eine für den Platz riesige Menschenmenge, ein Drittel aller inzwischen in Izbica eingepferchten Juden. Die einen kamen, weil sie sich nicht vorstellen konnten, sich dagegen aufzulehnen. Die anderen konnten sich etwas anderes vorstellen, wurden aber unter Schlägen und Schüssen hingetrieben. Sie hatten zu warten, bis der Güterzug bereit war, stundenlang.

Während ihnen mitgeteilt wurde, sie würden nun »zur Arbeit in die Ukraine« gebracht, immer weiter in den Osten also, umstellten »ukrainische Trawniki« ganz Izbica. Niemand sollte sich in die umliegenden Wälder entziehen können. Doch wer waren diese Ukrainer? Woher kamen sie so plötzlich und warum waren sie in Izbica?

Es waren ja Leute in der Ukraine gewesen, antijüdische, die meinen Großvater aus Odessa vertrieben hatten. Und nun war Izbica von »Ukrainern« umstellt? »Ukrainer« auf der Seite der Gestapo und der SS? Wer waren sie?

Kaum vierzig Kilometer entfernt betrieb die SS ein Lager für sowjetische Kriegsgefangene; die ehemalige Zuckerfabrik des Dorfs Trawniki hatte einen eigenen Bahnanschluss und eignete sich dafür. Doch dann wurde Trawniki vom Gefangenen- und Arbeitslager samt Exekutionsgräben zu einem Ausbildungslager erweitert. Man brauchte »Hilfswillige« für die »Judenfrage«. Unter den Ersten, die ausgebildet wurden, waren viele Ukrainer, aber auch Letten, Litauer und Polen, die der Wehrmacht in die Hände gefallen waren.

Die Männer aus Trawniki wurden »Ukrainer« genannt; sie bewachten die Ghettos und Konzentrationslager. Sie halfen da und dort bei allem, was es zu tun gab. In Bełżec, Sobibór und Treblinka betrieben sie die Gaskammern und die Leichenverbrennungen. Und in Izbica bewachten sie die »Aktionen«.

Zwei Wochen später fand die zweite »Aktion« statt, es war der 8. April 1942 und Moritz noch in Stuttgart. Da sich nicht die eingeforderten 1000 »Stück« auf dem Marktplatz versammelt hatten, durchkämmten Engels, Klemm und SS-Offiziere, die extra hinzukamen, das *Schtetl*. Sie hinterließen eine Spur der Verwüstung. Engels und seine »Hilfswilligen« setzten die Volksküche in Brand, den letzten Ort, wo Mahlzeiten ausgegeben wurden. Sie durchsuchten die Häuser und durchstöberten Winkel und Dachkammern, schauten hinter Spalten und Ritzen in den Wänden und spürten in ihren Verstecken zusammengekauerte Menschen auf. Im Kindergarten brachten sie an Ort und Stelle alle Kinder um, eines nach dem anderen wie bei jedem anderen Auftrag auch. An dem Tag starben mindestens sechzig Menschen. Dum-Dum-Geschosse, deren Spitzen so abgefeilt waren, dass sie im Körper aufpilzten, verursachten fürchterliche Wunden.

Am Abend hatten sie etwa 800 »Stück« gefasst, die sie verschleppen konnten. Ging der Zug nach Bełżec oder Sobibór? Es ist unklar. Die Züge fuhren einmal ins eine, einmal ins andere Lager. In beiden Lagern wurden die Menschen mit Motorabgasen umgebracht; von ihrer Ankunft bis zum Tod »vergingen nicht mehr als eineinhalb Stunden«. Manchmal dauerte es auch länger, aber es war alles effizient organisiert, von den Trawniki bewacht und ausgeführt, sie machten kein Federlesen.

Die Zeit lief vorwärts, es gab kein Zurück.

Früher waren wir den Jahreszeiten ausgeliefert, auf Gedeih und Verderb. Gemüse, Getreide und Früchte gediehen oder verdarben. Regnete es zu viel, verfaulten sie. War es zu trocken, wuchsen sie schon gar nicht. Himbeeren sind meine Lieblingsbeeren, ich könnte sie jetzt das ganze Jahr über kaufen. Gerade brummt eine Wespe durchs Zimmer, es ist Frühling. Ihr Brummen weckt in mir ein Bild des Herbsts aus dem Winterschlaf. Ich sehe einen Gartentisch vor mir mit einer Schale reifer Zwetschgen, über die sich die Wespen hermachen, lästig und aufdringlich. Die Jahreszeiten sind inzwischen alle gleichzeitig da.

Marktplatz

Für die dritte »Aktion« mussten sich am 12. Mai etwa 400 »Stück« auf dem Marktplatz »bereitstellen«. Diesmal traf es vor allem Menschen, die nicht arbeitsfähig waren. Zu alte, zu kranke, zu junge. War Moritz unter ihnen? *Wir wissen es nicht,* sagte mein Vater zu mir im Botanischen Garten in Zürich. Moritz, es steht in den Dokumenten, war am 29. April in Izbica angekommen, zu alt und zu angeschlagen schon, um zum Straßenbau oder zur Feldarbeit zu taugen. War er also dabei?

Zunächst mussten alle, die auf dem Marktplatz »bereitgestellt« wurden, in die Kreisstadt Krasnystaw marschieren, zwölf Kilometer zu Fuß. Auf Wegen, die durch die sanfte, hügelige Landschaft führten, gingen sie. Mussten sie gehen. Dort kam es noch einmal zu einer Selektion. Vielleicht gab es doch noch einige, die zur Arbeit nach Majdanek gebracht werden konnten. In denen also doch noch etwas von dem Saft steckte, der für Arbeit ausgepresst werden konnte? Alle anderen wurden in Güterzüge »verladen«. Vom 13. oder 14. Mai an fuhren drei Tage lang Züge weiter nach Sobibór mit insgesamt 6000 Menschen aus Krasnystaw, Izbica und anderen Orten der Gegend. Die vierte »Aktion« folgte drei Wochen später, am 8. Juni. Vor allem Alte und Kinder. Lebte Moritz noch, und war er diesmal dabei? Wie viele mit ihm? Wohin? Bełżec oder Sobibór?

Die Trawniki-Männer unterstützten Engels und Klemm dabei, die Menschen zum Bahnhof zu hetzen und dort über die »Rampe« in die Güterwagen zu drängen »wie Vieh«. Es gab aber kein Stroh, kein Wasser, »absolut nichts«; die Menschen standen in den Wagen so eng »wie Heringe«, lese ich und sehe Heringe, Menschen, vor mir, aufrecht, dicht, Körper an Körper stehend, und denke sofort, dass Heringe, tot, glitschig, doch eigentlich in Fässern liegen, wild durcheinander. War es so?

Nachdem alle Türen verschlossen waren, wartete der Zug noch stundenlang am Bahnhof die Abfahrt ab; jetzt gab es keinen Grund zur Eile mehr.

Kreishauptmann Schmidt und die Herren Schultz, Rieger und Bauer fanden sich bei den »Aktionen« ebenso oft ein wie andere Interessierte, Deutsche und Polen. Wer wollte, konnte jederzeit zuschauen, nichts war geheim. Wer wollte, wusste, was geschah.

Es kam vor, dass eine »Aktion« länger dauerte als vorgesehen. Bis in den späten Abend hinein. Dann wurde die »Rampe« am Bahnhof gleißend hell beleuchtet. Taghell war es, mitten in der Nacht. Leuchten die Straßenlampen, die heute dort stehen, auch so hell? Mitten in der Nacht? Ich fahre am späten Nachmittag wieder weg; es dämmert schon, und ich sehe sie nicht brennen.

Fünfte und sechste »Aktion«: 18. und 19. Oktober 1942. Im Hochsommer hatten die »Aktionen« eine Pause gemacht. War es für die Menschen, für Moritz, eine Verschnaufpause? Schliefen sie etwas besser? Doch dann ging es wieder los, mit 2500 »Stück«, vor allem aus Deutschland und Österreich deportierten Menschen. Die Zeit war unerbittlich vorwärtsgeschritten, jeden einzelnen Tag, jede einzelne Stunde, Minute, Sekunde hatte sie sich abgespult. Hatte Moritz vielleicht doch bis Oktober überlebt? Es ist unwahrscheinlich. Ich fand nichts in den Dokumenten, was darauf hinweisen würde.

Jedenfalls war die Oktober-Aktion eine groß angelegte Sache. Engels, Klemm, Rieger und Bauer und die »Hilfswilligen« wollten jetzt endgültig aufräumen. Kurt Engels ging hinter den Menschen her, die zum Bahnhof getrieben wurden. Sein Gewehr hatte er auf die Schulter des Vorsitzenden des »Judenrats« gestützt. Von dort aus schoss er im Gehen in die Menge vor ihm. Panik brach aus, schon »beim Verlad« starben Hunderte Menschen; die Straßen waren voller Toten. Alle, die in die Züge getrieben werden konnten, wurden nach Bełżec oder Sobibór »abtransportiert«. Die beiden »Aktionen« verschmolzen zum »Schwarzen Tag von Izbica«. Zum schwärzesten Tag aller schwarzen Tage von Izbica.

Izbica war bald »judenrein«, konnte Engels rapportieren. Das Glas heben und weiter »Tag und Nacht an den Sieg denken«, wie »Der Führer« verlangt hatte. Es brauchte nur noch zwei weitere »Aktionen«, um Ischbitze ganz und gar »judenrein« zu machen.

Ischbitze war gebrochen. Nach dem »Schwarzen Tag« gab es keinen einzigen hellen Tag mehr. Jeder weitere Tag wurde ein Tag der Durchsuchungen und Exekutionen. Auf dem jüdischen Friedhof mussten die Männer zwei lange Gruben für die Erschießungen ausheben. Die Menschen, Frauen, Männer und Kinder, mussten sich nackt ausziehen, bevor sie erschossen wurden. Ihre Kleider und das Letzte, was sich noch in ihren Taschen befand, wurden konfisziert. Was konnte das noch sein? Krimskrams, *Schmattes, Gschmöis?* Kleine Glücksbringer, gebrauchte Taschentücher, ein Bleistiftstummel? Ein Foto sogar, ein zusammengefalteter Brief? Ein Stein in Herzform?

Engels, Klemm, Rieger und Bauer zielten mit ihren Maschinenpistolen auf die Menschen, trafen aber nicht immer tödlich.

Das kümmerte sie nicht. Erde wurde auch auf Schwerverletzte geworfen und sie alle zugeschüttet.

Wann wuchsen dort erste Gräser? Bekamen die beiden Massengräber schnurstracks ein grünes Pflaster? So wie die Wunden der Überlebenden vernarben, vernarbt auch die Erde, das ist doch der Lauf der Zeit. Sie vernarbt mit Gras, Löwenzahn, mit Weiden, schnell wachsend, dann mit Buchen, Birken. Sie heilt, wächst zu, während die Jahreszeiten kommen und gehen. Nur undeutliche Spuren von dem, was einmal war, bleiben sichtbar. Ich stehe vor ihnen, als ich durch den Wald gehe, der einmal der jüdische Friedhof war und in dem es immer noch zwei Massengräber gibt.

Und wann wollten alle, die irgendwann lange nach diesen schwarzen Tagen wieder in Izbica wohnten, einfach spazieren gehen, nicht nachdenken? Einfach schnell den schmalen Trampelpfad über den Hügel des Friedhofs nehmen, über den Hügel, der langsam verwaldete? Es ist schließlich eine Abkürzung vom Zentrum in den Dorfteil mit der Ziegelfabrik. Wann wollten alle spazieren und sich nicht erinnern müssen?

Die siebte »Aktion« fand am 2. November 1942 statt; es war die finale »Aktion Erntefest«, und sie galt den Letzten, die noch in Izbica waren. An diesem Novembermorgen nieselte es und war kalt. Am Vorabend war schon der ganze »Judenrat« ermordet worden. Engels, Klemm, Rieger und Bauer fielen in die jüdische Krankenstation ein und erschossen die Letzten, die noch in den Betten lagen, mit Kopfschüssen; ruhig, gezielt, es war ihre Aufgabe. Der Pfleger konnte sich in einem Unterschlupf auf dem Dachboden der Synagoge verstecken. Engels war wie immer mit dem Revolver unterwegs, den er in dem Lederfutteral mit sich trug, das ihm jüdische Gerber hatten machen müssen. Am Bahnhof schoss er auch »beim Verlad« der letzten Menschen wahllos in die Menge. Wieder starben viele noch vor der Abfahrt.

Doch in den Zügen war nicht genug Platz für alle. Der eine Zug ging nach Bełżec; 1500 Menschen waren darin eingepfercht. Der andere Zug ging nach Sobibór mit 1750 Menschen. Er fuhr über Trawniki, wo er noch einmal mit rund 2000 Menschen »aufgefüllt« wurde. Ein dritter Zug ging nach Majdanek; wie viele wohl darin eingeschlossen waren?

Als die Wagen »aufgefüllt« waren und die Züge endlich abfuhren, blieben zwischen 1000 und 2000 »Stück« zurück, so genau weiß das niemand. Engels befahl, sie ins ehemalige Kino Morskie Oko, Meeresauge, einzusperren. War das Kino jetzt nicht mehr sein Depot? War der Saal also leer? Wohin waren alle gestohlenen Gegenstände denn nun gekommen? Hatte sie Engels verkauft?

Bis zum Überfall der Wehrmacht auf Polen hatte das Morskie Oko Spielfilme gezeigt. Der erste Film, der dort lief, hieß »Dibbuk«; er spielt in einem polnischen *Schtetl* wie Izbica, und es geht um die Liebe, den Tod und einen Geist. Alle Menschen waren in den Saal des Kinos geströmt, um zu staunen, mitzufiebern, mitzuleiden, sich mit dem Liebespaar im Film zu sehnen, sich vor dem Geist zu fürchten und um Tränen zu vergießen. In ihren schönsten Kleidern saßen sie im Meeresauge, in der Pause plauderten sie und kauften sich die *Rugelach,* die Konditor Kleiner in seinem Bauchladen feilbot. So stelle ich mir das vor.

Nun waren sie in dem fensterlosen Raum eingesperrt. Sie wussten nicht, wie lange sie eingesperrt bleiben würden. Es gibt widersprüchliche Aussagen dazu. Wahrscheinlich waren es zwei oder drei Tage. Zwei oder drei endlose Tage. Das Meeresauge war vollkommen überfüllt. Die »Ukrainer« brachten nur etwas zu trinken, wenn genug Bestechungsgeld zusammenkam.

Konnten die Eingesperrten liegen? Taten sie das abwechselnd? Was passierte, wenn jemand ohnmächtig wurde? Niemand durfte das Kino verlassen, nicht einmal, um zur Toilette zu gehen. Wo wäre die auch gewesen. Was taten die Menschen, wenn sie aufs Klo mussten? Wie roch es in dem Raum? Was sprachen sie miteinander? Schrien sie, zitterten sie? Hielten sie sich umschlungen? Wie viele von ihnen erstickten oder starben an Durst, Hunger, Erschöpfung, an einem Herzstillstand? Hatte niemand einen verrückten Plan, wie sie alle entkommen könnten? Erzählte jemand eine Geschichte, eine sinnlos schöne Geschichte über einen Schatz, der vom Himmel fiel und den sie ganz sicher einsammeln würden am nächsten Tag?

Zuletzt wurden die, die noch lebten, in Gruppen auf den Hügel zum jüdischen Friedhof geführt. Dort mussten sie singen und wurden erschossen.

Heute ist Izbica kein *Schtetl* mehr; es gibt nichts Jüdisches mehr. Izbica ist einfach ein polnisches Städtchen in der Nähe von Lublin; alle dürfen jederzeit die Brücke über das Flüsschen Wieprz nehmen. Eine stark befahrene Landstraße führt durch Izbica wie die Main Street durch eine amerikanische Kleinstadt. Pausenlos fahren Autos und schwere Lastwagen hindurch, und in den kleineren Straßen abseits des Lärms stehen sie geparkt vor breiten Rasenflächen. Durch das kurzgeschnittene Gras führen schmale Wege zu den ein- und zweistöckigen Häusern. Fast alle sind jetzt aus Stein.

Vor einem Haus, das noch nicht verputzt ist, sägen zwei Frauen die Äste einer alten Weide ab und haben ein Feuer angezündet. Sie tragen dicke Jacken, Mützen und Handschuhe, denn es ist kalt und trübfeucht. Sie schauen kurz auf, als ich vorbeigehe. Der beißende Rauch, der aus ihrem Feuer aufsteigt, zieht durch ganz Izbica.

Wenn es regnet, verwandeln sich die Straßen nicht mehr in Morast. Sie sind jetzt asphaltiert, manche auch gepflastert. Wie in allen kleinen Städten gibt es eine Schule und Läden. Das Morskie Oko gibt es nicht mehr. Nun nimmt ein Mehrzweckgebäude für kulturelle Veranstaltungen und die Feuerwehr seinen Platz ein; davor stehen mehrere Autos.

Ich gehe an dem Backsteinhaus vorbei, das der Konditorfamilie Kleiner gehörte und das Bürgermeister Schultz dann für sich in Besitz nahm. Es ist in die Jahre gekommen, aber nicht so schäbig wie andere Häuser. Ein paar Schritte weiter ist der Marktplatz.

Der Marktplatz ist kein Marktplatz mehr. Ich stehe vor dem Spielplatz und den Fitnessgeräten, die an diesem grauen Nachmittag in bunten Farben leuchten. Doch kein erwachsener Mensch turnt, und kein Kind spielt. Ein paar Tannen halten ihre Äste über den Platz, und drei Denkmäler sind den polnischen Helden mehrerer Kriege gewidmet. Es beginnt schon dunkel zu werden, als ich die Jahreszahlen lese. 1863, 1920, 1939, 1946; es sind wichtige Jahre in der polnischen Geschichte. An die lange Zeit, in der das *Schtetl* Ischbitze trotz Armut blühte, einen Markt, ein Gästehaus, einen Lesezirkel und sogar ein Kino hatte, erinnert kein Denkmal. An die kurze Zeit, in der Ischbitze eine Hölle unter vielen anderen Höllen war, erinnert auf dem Marktplatz kein Denkmal.

Auch wenn es düster ist an diesem Tag, deutet nichts darauf hin, dass sich hier *Dibukkim* herumtreiben. Dass sie sich in Winkeln und in Löchern unter den Böden oder in den neuen Thujahecken und Blaufichten verstecken und von dort aus die Menschen anfallen. Am Marktplatz gibt es einen Friseur und ein Restaurant, die Pizzeria Ibiza. Hinter Tüllvorhängen schimmert in ihrem Innern ein dünnes Licht. Der Eingang ist flankiert von rot-weißen polnischen Flaggen, von schwarzen Werbesonnenschirmen und großen Schildern für Perla Bier. Über dem Eingang hängt ein Schild: »Ibiza Pizza«.

Ibiza Pizza in Izbica.

Die Grabsteine, mit denen Engels das Gestapo-Gefängnis bauen ließ, wurden 2007, 62 Jahre nach Kriegsende, auf den Friedhof zurückgebracht; es sind nur noch Fragmente. Dort wurden die schönen Stücke an die Außenwand eines kleinen, freudlosen Gebäudes gemauert, das einmal im Jahr für die Predigt eines chassidischen Rabbis geöffnet wird; er reist nur dafür an. Die weniger schönen Stücke liegen auf einem Stapel daneben und sind Wind und Wetter ausgesetzt.

Das Gebäude gleicht dem »Bunker«.

Kaffeehaus

Engels hatte das Badehaus noch in ein Krematorium umbauen wollen, konnte das aber nicht mehr in die Tat umsetzen. Es war auch nicht mehr nötig. Engels und Klemm wurden im November 1942 abgezogen; der Winter stand vor der Tür. Für die allerletzten Zwangsarbeiter, die noch in Izbica geblieben waren, gab es nicht mehr viel zu tun, und im Frühjahr darauf, am 28. April 1943, wurden sie schließlich nach Sobibór deportiert und ermordet. Es war die eigentliche finale »Aktion«, und dafür war »Kriminalsekretär« Schlesinger zuständig. Er führte das natürlich »ordnungsgemäß« aus und zog nach dem Krieg nach Solingen im Rheinland, wo er »Kriminalobermeister« wurde.

Nach dieser letzten Deportation war die Anwesenheit der Deutschen »überflüssig«. Ihre Verwaltungsangelegenheit, die »Judenfrage«, war abgeschlossen, und darum wurde »die Dienststelle Izbica aufgelöst«.

Kurt Hans Josef Christian Engels wurde nach seiner Zeit in Izbica zur Bekämpfung der Partisanen nach Warschau versetzt. Kamen Friedel Engels und die Kinder mit? In Warschau bekämpfte er den Aufstand im Ghetto, wurde verwundet und kam schließlich über mehrere Lazarette nach Deutschland zurück. Am 17. August 1944 erhielt er für seine Verdienste das Eiserne Kreuz 2. Klasse. In der Ehe mit Friedel hing da der Haussegen schon länger schief.

Heute stehen alle Pflanzen im Beet, als hätten sie Tatendrang, so wirkt es. Alles grünt und blüht, hätte mein Vater ins Tagebuch geschrieben. Es lebt eine Zuversicht in diesem kleinen Streifen Grün, die noch gestern nicht so klar war. Ein reiches Leben beginnt sich hier zu entfalten. Geschah etwas in der letzten Nacht, das den Pflanzen diese Energie verlieh? Sie streben wohl einfach wie jedes Jahr dem Zenit ihres Lebens entgegen.

Moritz' Spur verlor sich in Izbica, von wo aus es nicht mehr weit bis Sobibór, Bełżec und Treblinka war. Sie verlor sich, wurde Rauch, Staub in der Luft, wirbelnd, schwebend, treibend nur kurz. Er wurde eine wimmelnde Wolke, eine Wolke, die ihrer Kompaktheit beraubt war. Er wurde zu Asche, Mineralien, Bakterien, zu Molekülen und feinsten Partikeln im Boden, *wir wissen es nicht,* sagte mein Vater im Botanischen Garten wieder.

Und gleichzeitig wurde er zu Schmerz, scharf, leise, konstant im Unterboden des Alltags. Alle, die nach ihm kamen, tragen ihn in sich. Sie bauen im kalten Licht des Tages ein neues Haus und versuchen, dieses Haus und alle Dinge und alle neuen Menschen darin festzuhalten. Mit den Händen und mit der Fotokamera. Besser zwei Mal, man weiß nie. Auch wenn es in dem Haus dann geistert.

Im Frühjahr 1942 war Izbica die letzte Station von etwa 26 000 Jüdinnen und Juden auf ihrem Weg in die Vernichtungslager. Von den 7500 aus Deutschland nach Izbica deportierten Menschen überlebten zwei. Mit der »Sonderaktion 1005« und der »Enterdungsaktion« in den reinen Vernichtungslagern, bei der die Leichen exhumiert, die Knochen zerkleinert und verbrannt, die Gebäude zerstört wurden, versuchten die SS-Männer noch, die Spuren zu vernichten. Doch etwas bleibt immer.

Entweder etwas von dem, was geschehen ist, oder etwas von den Versuchen zu verwischen, was geschehen ist.

In Jerusalem besuche ich das Museum zur Geschichte des Holocaust, Yad Vashem. Ich stehe vor den Fotografien, auf denen die Gebäude und Zäune von Sobibór, Bełżec und Treblinka zu sehen sind. In Sobibór kamen rund 250 000 Menschen um, in Bełżec über 430 000. Ich stehe vor den Bildern von Gruppen von Männern und Frauen mit frisch geschorenen Köpfen. Allein Treblinka kostete innerhalb eines Jahres fast einer Million Menschen das Leben, aber dort starb Moritz nicht. Weder in den Dokumenten noch in Yad Vashem finde ich einen Hinweis, der mir seine Ermordung in Treblinka beweisen würde. Denn niemand aus Izbica wurde nach Treblinka »verladen«.

Ich stehe vor einem Stück Bahngleis und vor akkurat gezeichneten Bauplänen. Ich stehe vor Vitrinen, in denen Relikte liegen, eine Uhr, ein paar vergilbte Notizen, Familienfotos, Schuhe. Auf Monitoren laufen Videos mit Interviews; die Kamera fokussiert auf die Gesichter. Vor den Oberkörpern tauchen von Zeit zu Zeit Hände auf, die etwas in die Luft zeichnen.

Die Überlebenden erzählen, sie sprechen Russisch, Ungarisch, Polnisch, Tschechisch, Deutsch. Sie sprechen wie mein Vater. In kurzen Sätzen. Einfach, ruhig, gefasst und immer noch fassungslos und glücklich und beschämt darüber, dass ausgerechnet sie unter dem Haufen von Toten hervorkriechen konnten. Dass ausgerechnet sie sich verstecken konnten. Dass ausgerechnet sie doch nicht verhungerten. »Ich wog noch 28 Kilogramm«, erzählt eine Frau, »meine Schwester 29. Wir mussten wieder gehen lernen.«

Ich stehe vor den Bildern und höre den Berichten zu, und was mich am heftigsten überfällt, sind zwei kurze Filme. Wer filmte damals? Wozu?

Der eine Film zeigt eine bis aufs Skelett abgemagerte junge Frau; sie ist fast kahl. Sie schleppt sich langsam und in Lumpen gehüllt eine Straße entlang und an einem toten Mann vorbei; er liegt verhungert am Straßenrand. Der andere Film zeigt Aufräumarbeiten in einem KZ. Ein Bagger schaufelt ganze Haufen von nackten Toten weg. Ich kann nur kurz hinschauen, dann wird mir schlecht. Der Anblick dieser Masse von Toten, die Würdelosigkeit im Umgang mit jedem einzelnen von ihnen und die absolute Magerkeit der Frau stehen für alles, was geschah.

Ob Moritz in Izbica selbst, in Bełżec oder in Sobibór ermordet wurde, ist ungeklärt. Spielt es noch eine Rolle? Eines Tages war er weg und kam nie wieder nach Hause. Mein Vater nahm an, dass er mit dem nächstmöglichen Transport aus Izbica deportiert wurde. Es könnte die dritte »Aktion« vom 12. bis 15. Mai 1942 nach Sobibór gewesen sein. Wahrscheinlicher ist die vierte »Aktion« vom 8. Juni nach Bełżec; viele alte Männer waren dabei gewesen.

Niemand des »Da 56-Transports«, der am 26. April 1942 Stuttgart verließ, überlebte.

Olonetzky, Moritz
Geburtstag: 1.5.1881, Geburtsort: Odessa, Russland
Todestag: 1942
Todesursache: Ermordung im K.Z. Lager Lublin
Grund der Verfolgung: Jude

Urheber der Verfolgung (möglichst genaue Bezeichnung der betreffenden Dienststelle oder betreffenden Amtsträgers): Gestapo Stuttgart
Landesbezirksstelle für Wiedergutmachung, Stuttgart-O

Eingang: 3. März 1950
Eingang bestätigt: 15. Juli 1950

Das finde ich in den Dokumenten. Zudem schrieb die Israelitische Kultusvereinigung Württemberg und Hohenzollern zwei Jahre später eine Deportationsbescheinigung.

»Hospitalstraße 36, Stuttgart-Nord, 3.7.1952:

Herr Moritz Olonetzky, geb. 1.5.1881 in Odessa, früher wohnhaft gewesen in Stuttgart, wurde am 26. April 1942 nach Izbica (Kreis Lublin) deportiert. Von diesem Transport ist u. W. niemand zurückgekehrt, und es wurde später bekannt, dass die Deportierten in Vernichtungslagern ums Leben gekommen sind. Gez. A. Warscher«

»Ich habe von meinem Vater nie wieder etwas nach seiner Deportation gehört«, gab mein Vater dem »Landesamt für die Wiedergutmachung« zu Protokoll. »Weder ich noch meine lebenden Geschwister wissen, wann mein Vater ums Leben gekommen ist.«

Sie sahen sich nie wieder.

Heute ist der jüdische Friedhof in Izbica ein lichter Wald. Wirkt er wie ein ruhender, bewachsener Körper, der den Tod in sich birgt, aber nichts mehr von seinem Schrecken hat? Eine hügelige Form aus sterblichen Überresten, die nicht einfach verfällt, sondern neues Leben schenkt? Dass hier tausend, vielleicht zweitausend Menschen in den beiden Massengräbern liegen, ist nur zu erkennen, wenn man genau hinschaut. Es sind zwei langgezogene, etwas flachere Rechtecke. Das eine liegt vor der kleinen Schlucht, die den Friedhof auf der einen Seite begrenzt. Das andere verläuft fast rechtwinklig dazu über den schmalen Trampelpfad durch den Wald. Auf den Rechtecken wachsen keine großen Bäume.

Ob Moritz dort liegt? *Ruht* er hier? Es ist unwahrscheinlich. Ich lege trotzdem einen Stein zwischen die trockenen Blätter. Soll er ihm Frieden bringen und Ruhe, soll er allen, die hier liegen, Frieden bringen und Ruhe.

Die Tafel, auf der stand, was an diesem Ort geschah, ist zerstört. Nur noch das Metallgestell ragt zwischen den Bäumen auf; es rostet ein wenig. Der Gedenkstein, den die »Stiftung zur Bewahrung des jüdischen Erbes« mit der deutschen Botschaft aufstellen ließ, erinnert mit einem Text an die Morde. Doch er ist voller Fehler; sie sind jetzt in Stein gemeißelt.

Als der Krieg vorüber war, setzten die polnischen Behörden Kurt Engels auf ihre Fahndungsliste, schlossen die Suche aber Ende Oktober 1946 vorzeitig ab. Ergebnislos.

Engels war unter falschem Namen abgetaucht. Er lebte als Christian Eigel in Mannheim. Fünf Jahre später traute er sich wieder mit seinem eigenen Namen ans Tageslicht. Er hatte sich frisch verliebt und verlobt, das heißt, er hatte sich von Friedel scheiden lassen oder sie von ihm, wer weiß. Vielleicht war ihr doch aufgegangen, dass ihr Gatte in Izbica nicht ganz so korrekt gehandelt hatte? Vielleicht brannten ihr jetzt die Broschen, Ohrringe und Armbänder auf der Haut, um es einmal so zu sagen? Vielleicht war auch er es gewesen, der sich scheiden lassen wollte. Vielleicht hatte sich auch nichts geändert, aber Friedel mahnte ihn an eine Zeit, die vergangen war, die er vergessen wollte. Nun wollte er in ein neues Leben aufbrechen.

Mit seiner neuen Frau zog er nach Bremen, bekam mit ihr einen Sohn und eröffnete 1955 in der Innenstadt von Hamburg das Café Engels. Kaffee und Kuchen, wer wollte das denn nicht in den Fünfzigerjahren. Das Café Engels lief. Bestimmt gab es ihm ein gutes Gefühl, zwischen den Tischen herumzugehen. Nicht mehr im Ledermantel, nein, natürlich nicht, sondern im

Anzug, vielleicht mit einer bunten Fliege am Hals und nach Rasierwasser duftend. Bestellungen aufzunehmen, nach dem Befinden der Gäste zu fragen, über das Wetter zu plaudern und dann mit dem Tablett und den dampfenden Kaffeetassen wieder an die Tische zu treten – wie einfach es war, die Wünsche der Gäste zu erfüllen. Bestimmt genoss er das.

Lag er nachts manchmal wach? Schreckte er auf, wenn es draußen ganz still und wirklich dunkel war? Mitten in der Nacht, wenn auch kleine Sorgen riesig werden, wenn seine Frau neben ihm tief schlief, er ihre langen Atemzüge hören konnte? Fühlte er sich dann vollkommen allein? Hatte er Herzrasen? Gab es dann manchmal einen gleißend hellen Moment, in dem ihm klar war, was er getan hatte?

Oder schlief er ganz einfach seelenruhig durch, schnarchend, was seine Frau auf die Palme trieb? Das Kaffeehaus gab schließlich viel zu tun, und abends war er todmüde. Träumte er? Was träumte er? Flackerten das morastige Izbica und die Erschossenen durch seinen Kopf? Standen bei ihm auch Skelette ums Bett, standen sie in der Ecke seines Zimmers und leuchteten aus dem Dunkeln heraus?

Und wenn es dann Tag wurde, der Morgen graute, wie schaffte er es, sich das Grauen vom Leib zu halten? Wie schaffte er es, aufzustehen, sich im Badezimmerspiegel beim Rasieren zuzusehen, damit er sich nicht in den Hals schnitt? Wie schaffte er es, sich anzuziehen, schnell einen Kaffee zu trinken, durch die Hamburger Straßen in sein Café zu schlendern und die Tür aufzuschließen? Wie schaffte er es, Stühle zurechtzurücken, Serviettenhalter hinzustellen, den Tresen glänzend sauber zu wischen und sich bereitzumachen für die ersten Gäste? Wie schaffte er das? Man muss doch nach vorne schauen!

Die polnischen Ermittlungsbehörden und die Polizei in Hamburg kamen ihm eines Tages doch auf die Spur. Gegen »Wirtschaftsreferent« Bauer und »Judenreferent« Rieger liefen schon Verfahren; die Schlinge zog sich langsam zu. Die alten Kameraden aus dem »Generalgouvernement« wollten ihn in dem Foto, das ihnen die Ermittler unter die Nase hielten, nicht erkennen. Tausende Männer hatten ja solche in der Sonne glänzende Glatzen und weiße Hemden! So konnte Engels eine Zeitlang neugierige Fragen abschütteln. Sollten sie erst einmal beweisen, dass er auch tatsächlich der Gesuchte war!

Die Strafverfolger standen vor der Aufgabe, ihm die Verbrechen nachzuweisen. Dokumente waren nicht so leicht zu finden, Beweise fehlten auch hier. Unterstützt wurden sie von Toivi Blatt, der in Ischbitze zur Welt gekommen war und sich als Junge um Engels Motorrad hatte kümmern müssen. Mit seiner Familie wurde er nach Sobibór deportiert. Er musste mit ansehen, wie seine Eltern und Geschwister in die Gaskammer kamen. Er selbst beteiligte sich im Oktober 1943 am Aufstand in Sobibór und überlebte.

Nach dem Krieg heftete er sich an Engels' Fersen und machte sich mit den deutschen Behörden auf die Suche nach weiteren Zeugen. Sie fanden fünfzehn Überlebende. Ende Oktober 1958 sagte endlich der erste als Zeuge aus, Feliks Rauff, der in der Nähe der »Rampe« in einem Haus gewohnt hatte und inzwischen in Israel lebte. Im Dezember dann Toivi Blatt selbst, der in die Gegend von Izbica zurückgekommen war.

Ihre Aussagen genügten. Am 26. Dezember 1958 wurde Engels in Hamburg verhaftet. Und irgendwann in diesen Tagen am Ende des Jahres musste er dann doch zugeben, dass er, ja, in Izbica gewesen sei. Von der Verfolgung der Juden habe er aber nichts mitbekommen, nein. Diese habe nicht in seinen Arbeitsbereich gehört, nein. Und dass man nun »die besten Deutschen« verfolge, das sei ein Skandal, beklagte er sich, er habe schließlich das Eiserne Kreuz erhalten.

In der Silvesternacht nahm er sich noch vor Prozessbeginn das Leben; er hatte Gift in seinen Mantel eingenäht und in die Zelle geschmuggelt. Feliks Rauffs und Toivi Blatts Zeugenaussagen hielt er für »Phantasiedarstellungen. Ich habe mich an meine dienstlichen Vorschriften halten müssen.« Er sei »ein aufrechter deutscher Mann«, schrieb er in seinem Abschiedsbrief an den Untersuchungsrichter.

Ob seine Frau das Café weiterführte? Wie fühlte sie sich? Was dachte sie?

Ludwig Klemm, Klim, Klimt, Klemp oder Klempt duckte sich länger als Engels ins Unterholz. Er tauchte nach Kriegsende ab, wechselte den Namen zu Ludwig Jantz. Von seiner ersten Frau war er inzwischen auch geschieden, aber sie half ihm, sich vor den Strafermittlern zu verbergen. Er lebte zuerst unbehelligt in Thüringen, dann in Düsseldorf und später im idyllischen Allendorf, da war er schon im Pensionsalter. Er hatte zwei weitere Male geheiratet und führte ein unauffälliges Leben, machte Ausflüge. Er war nett und bescheiden, fanden die Nachbarn.

Über 22 Jahre dauerte es, davon sechs Jahre mit zielgerichteten Nachforschungen der Strafverfolger, bis Klemm zum ersten Mal wirklich einvernommen werden konnte. Die Allendorfer fielen aus allen Wolken. Doch er konnte nicht länger abstreiten, der Ludwig Klemm zu sein, der gesucht wurde. Es gab zu viele Zeugen, die gegen ihn aussagten. Im Januar 1979 wurde er verhaftet. Im Untersuchungsgefängnis Limburg erhängte er sich mit den Bettlaken; es war der 6. Mai 1979.

An diesem Tag schlief ich bestimmt länger als sonst; es war ein Sonntag.

Silberbesteck

Ich träume. Meine schwarze Katze springt in einen riesigen Whirlpool, taucht ab und schwimmt mit kräftigen Bewegungen durchs aufgewühlte, strudelnde Wasser ans andere Ende des Pools. Dort taucht sie auf, klettert hinaus und schaut mich an, tropfnass, ernst und mit Energie. Sie ist weder wasserscheu noch ängstlich, sie ist stark, geschmeidig, voller Leben.

Ich saß neben meinem Vater auf der Parkbank im Botanischen Garten. Die Wörter und Sätze kamen immer noch aus seinem Mund wie ein Strom und flossen durch die Luft, die würzig war und mild. Die ersten Astern wiegten ihre Köpfe im Wind. Mit leicht geöffneten Lippen hörte ich zu, atmete flach und folgte mit den Augen dem Strom bis zu den Astern und weiter über die Beete und sauberen Kieswege hinweg bis zu den alten Bäumen am Rand des Gartens.

Was in Izbica geschehen war, erzählte er mir nicht. Er wusste wahrscheinlich nichts darüber. Oder nichts Genaues. Er sagte mir, dass mein Großvater irgendwann *umgekommen* sei. *Erschossen vielleicht. Vergast vielleicht. Wir wissen es nicht genau.*

Mein Vater erzählte. Endlich. *Dein Großvater hat mit Tabak gehandelt. Was hätte er für eine Freude an dir gehabt.* Das wusste ich schon. Das waren die einzigen Sätze zu meinem Großvater, die er aussprach, als er alles andere noch verschwieg. Wieso wiederholte er das immer? Die Sonne stand über den Bäumen des Botanischen Gartens. Ich konnte von weitem Leute sehen, die zu zweit oder in kleinen Gruppen die Beete entlangschlenderten, sich vorbeugten, etwas lasen, mit dem Finger auf Blüten zeigten, weitergingen. Gleichzeitig sah ich ein weites, fürchterlich aufgewühltes Feld vor mir. Ich hatte Angst, es zu betreten. Bis zu diesem Tag hatte er nicht darüber gesprochen. *Wenn du alt genug bist, erzähle ich dir das einmal.* Und nun war ich offenbar alt genug.

Er machte kurze Sätze. *Ich bin dann nach Wuppertal gegangen.* Zum Beispiel. Mit *dann* meinte er *nach dem Arbeitslager*. Aber jetzt weiß ich, es steht in den Dokumenten schwarz auf vergilbtem Weiß, das stimmt nur halb. Er war nicht allein. Er war mit seiner Frau unterwegs. Er hätte sagen müssen: *Wir sind dann nach Wuppertal gegangen.* Warum sagte er das nicht? *Zu der Zeit war dein Großvater wahrscheinlich schon tot.* Er war schon tot, das steht in den Dokumenten. *Sie haben alles fortgenommen.* Das stimmt. Alles, bis auf ein einziges Foto. Es hat den Weg zu mir gefunden.

So vieles erzählte er nicht.

Die Liste mit den Dingen, die *fortgenommen* worden waren, finde ich in den Dokumenten.

»4. September 1958. In der Rückerstattungssache der Erben nach Moritz Olonetzky, früher Stuttgart, Hospitalstraße, gegen das Deutsche Reich wird im Nachgang zu dem Schriftsatz der Oberfinanzdirektion vom 6.8.1958 mitgeteilt, dass der Erblasser nach einer Auskunft der Israelitischen Kultusvereinigung Stuttgart am 26.4.1942 von Stuttgart aus unmittelbar nach Izbica deportiert worden ist.

Es kann mithin davon ausgegangen werden, dass sein Hausrat, soweit er im Zeitpunkt der Deportation noch vorhanden war, zu Gunsten des Deutschen Reiches eingezogen wurde. Bezüglich des Umfangs des eingezogenen Hausrats sind die Antragsteller beweispflichtig.«

Mein Vater stellte 1950 die ersten Anträge für Entschädigung. Er wusste noch nicht, dass er über zwanzig Jahre damit beschäftigt sein würde. Die Korrespondenz stapelte sich; er musste jeden Antrag einzeln stellen. »Schaden an Eigentum« war ein Bereich für sich. Ein anderer war »Schaden an Freiheit«. Ein dritter »Schaden an Körper oder Gesundheit«.

Um dem »Landesamt für die Wiedergutmachung« Stuttgart zum »Schaden an Eigentum« wie gefordert antworten zu können, musste er sich mit seiner Schwester Paula zusammensetzen und sich erinnern. Sechzehn Jahre waren vergangen, seit die Wohnung in der Gartenstraße 17 ihr Zuhause gewesen war. Wie fühlten sie sich, als sie in Gedanken durch jedes Zimmer gingen? Sich die Betten vergegenwärtigten, den Salon, die Küche und die gemeinsamen Essen? Sahen sie das Sofa wieder vor sich und die Kommode? Öffneten sie im Geist die Schubladen und die Schränke? Was sahen sie vor sich? Wen sahen sie vor sich?

Manche konnten ihren Anträgen Fotos beilegen, die bewiesen, welche Möbel einmal in ihrer Wohnung gestanden hatten. Aus welchem Geschirr sie einmal gegessen hatten. Und welche Bilder an den Wänden platziert gewesen waren.

Mein Vater und seine Geschwister konnten das nicht. Die Quittung der »Pfandleihanstalt Stuttgart-Süd« vom 2. Juni 1939 hatten sie dem Antrag beigelegt. Wo hatten sie die nur her? War diese Quittung nicht im Feuersturm mit allem anderen zusammen zu Asche verbrannt oder zu Moder, Mineralien, zu Molekülen in der Erde Stuttgarts geworden?

Sie stellten eine Liste zusammen; sie ist der Anhang zu einem Schreiben an das »Landesamt für die Wiedergutmachung« vom 16. Oktober 1957:

Schlafzimmer: Mahagoni
1 Spiegelschrank
1 Waschtisch
2 Nachttische
2 Betten

Wohnzimmer: Eiche
1 Tisch
12 Stühle (lederbezogen)
1 Kredenz
1 Buffet

Salon: Mahagoni
2 Sessel
1 Sofa
1 Rauchtisch
1 Vitrine
1 Klavier
1 Teppich etwa 3x4 (kann nicht näher beschrieben werden)

Kinderzimmer
2 große Holzbetten
1 Reformbett
1 Kinderbett
1 Chaiselongue
1 Teppich
1 Schreibtisch Eiche, mit Stuhl

Küche

1 Buffet
1 Tisch
4 Stühle
1 komplette Wäscheausstattung
1 Speiseservice 12tlg., Rosenthal mit doppeltem Goldrand
1 Speiseservice 12tlg.
2 Kaffeeservice je 12tlg. Silber
1 Leuchter
1 Schachgarnitur mit eingelassenem Schachbrett, rot gestrichen mit 4 Stühlen

Leib-, Bett- und Tischwäsche usw.

Zudem 200 Stück Bücher, fünf Ölbilder, eine Standuhr, ein großer Teppich (Afghan), mehrere Beleuchtungskörper und die Einrichtung einer Glasveranda.

Mit den Anwälten ergänzte mein Vater den geschätzten Wert des Hausrats. »Vor seiner Verschleppung nach dem Osten«, heißt es in diesem Schreiben, »hatte der Vater des Antragstellers eine komplette 4-Zimmerwohnung im Hause Gartenstraße 17 bestehend aus 1 Herrenzimmer RM 1000, 1 Schlafzimmer (doppelt) RM 800, 1 Kinderzimmer mit 2 Betten und 1 Couch RM 500, 1 Wohnzimmer RM 700, Einrichtung einer Glasveranda RM 300, 1 großer Perserteppich (Afghan), 2 kleine Perserteppiche, 1 Brücke, 1 Teppich, 1 Plüschteppich, 1 Wollplüsch zusammen RM 3000, 4–5 Ölgemälde RM 600, 1 große Standuhr RM 150. Beleuchtungskörper zusammen RM 500, 1 eichener Schreibtisch RM 50, 200 St. Bücher RM 500. Gesamtwert: RM 8100.

Zudem 2 große Schabbesleuchter RM 300, 1 schwergoldenes Zigarettenetui RM 500, 1 große goldene Damenkette 18 karat mit Medaillon RM 200, 1 Ring mit Monogramm, Gold 14 karat RM 80, 1 Perlenanhänger RM 20, 12 mal Silberbesteck komplett RM 300, insgesamt RM 1400.«

Das also hatte Moritz alles »im Stich gelassen«?

Erinnerten sich mein Vater und meine Tante richtig, hatten sie auch nichts vergessen? Bestimmt hatten sie einiges vergessen, aber darauf kam es jetzt nicht an. Und warum gaben sie den Wert all dieser Dinge in Reichsmark an? Schon im Juni 1948 war in den drei westlichen Besatzungszonen die Deutsche Mark eingeführt worden. 1942 kostete ein Kilogramm Brot 0,37 Reichsmark, 1957 kostete es dann 0,72 Deutsche Mark.

Moritz hatte 1942 zusammengenommen RM 9500 »im Stich gelassen« oder 25 676 Kilogramm Brot, fast 26 Tonnen Brot. 1957 dann wurde der Wert des Hausrats »gemäß § 11 Abs. 1 BEG im Verhältnis 10:2 in Deutsche Mark« umgerechnet und mit 1900 DM beziffert. Dann hatte er noch 1,3 Tonnen Brot »im Stich gelassen«.

Asche

Seit wann stellten Menschen Dinge nicht nur her, um sie zu brauchen, sondern auch aus purer Freude? Oder um mit ihnen zu prahlen? Um eine Schutzmauer um sich zu bauen und sich dahinter zu verbergen? Oder, etwas freundlicher, um durch sie ein gutes Gefühl zu bekommen? Der wachsende Berg aus Gegenständen um jeden von uns! Manche Dinge sind schon da, wenn wir zur Welt kommen, und viele lassen wir zurück, wenn wir sterben.

Der Ring, den mein Urgroßvater Jean, der Goldschmied, für meine Urgroßmutter Judith, die Geschäftstüchtige, machte und in den er bei jeder Geburt eines Kindes einen winzigen Brillanten einsetzte, passte auch meiner Großmutter Thérèse. Dann passte er meiner Mutter, und nun steckt er an meinem Finger, ohne dass er je hätte verkleinert oder vergrößert werden müssen. Doch die meisten Dinge überdauern uns nicht. Sie begleiten uns nur eine Zeitlang. Ich kaufe sie, brauche sie, ich liebe sie. Ich verbrauche sie, bis sie weggebraucht sind und zerfallen, bis sie vielleicht aus Versehen kaputt gehen und nicht mehr geflickt werden können. Oder ich verliere sie, verschwende sie, trenne mich von ihnen, obwohl sie noch gut und brauchbar wären. Ich bringe sie ins *Brockenhaus,* wie der Trödler, *Schmattesladen,* in der Schweiz genannt wird. Mache sie zu einem Brocken unter Brocken.

Dinge sind Zeichen. Sie erzählen etwas. Sie erklären mir, woher ich komme, wer ich bin und wer ich vielleicht sein möchte. Sie zeigen das auch anderen Menschen, die meine Dinge sehen und sie lesen können. »4. September 1958. Es kann mithin davon ausgegangen werden, dass sein Hausrat, soweit er im Zeitpunkt der Deportation noch vorhanden war, zu Gunsten des Deutschen Reiches eingezogen wurde.« Der, dem alles genommen wird, verliert eine Sprache. Für Moritz und meine Tante Anna hatte das Ende der Fünfzigerjahre keine Bedeutung mehr; beide waren tot. Aber für meine Tante Paula, meine Onkel Efrem und Avram und für meinen Vater hatte es eine Bedeutung. Und auch für uns Nachgeborene.

Wohin sind alle diese Dinge aus dem Haushalt meines Großvaters denn gekommen? Wer kaufte sie zu einem Schleuderpreis, als Moritz sie loswerden musste? Wer konfiszierte sie, als er fast nichts mehr besaß und sich auf den Killesberg aufmachen musste zur »Verschickung in den Osten«?

Wer verscherbelte oder versteigerte sie dann und holte möglichst viel aus ihnen heraus? Wer versilberte das Silberbesteck, verkaufte es also? Wer behielt es gleich selbst? In welchen Wohnzimmern standen dann das Sofa, die Kredenz, die Chaiselongue, der Rauchtisch? Wer spielte auf dem Klavier? Wer trank Kaffee aus diesen Tassen, wer aß von diesen Tellern? Wer schlief in dieser Bettwäsche? An welchen Hals schmiegte sich jetzt die Goldkette mit dem Medaillon? Wer spielt heute Schach?

Vielleicht waren alle diese Dinge schon bald nirgends mehr. Stuttgart und seine Umgebung wurden bombardiert; 1940 hatte es schon begonnen und bis Kriegsende nicht aufgehört. Die Innenstadt lag irgendwann in Schutt und Asche, und auch der Park auf dem Killesberg war von Bombentrichtern übersät. *Es war alles kaputt. Überall Trümmer,* erzählte mein Vater. Wahrscheinlich waren alle diese Dinge nur noch Asche, Staub in der Luft, grau wirbelnd, treibend, sichtbar nur kurz. Oder geschmolzen, zersplittert, verkohlt. Und dann nur noch Mineralien, Bakterien, Moleküle in der Erde Deutschlands, gebunden in feinsten Partikeln im Boden und zugeschüttet.

Die Trümmerhügel bildeten bald eine Landschaft, die das zersprungene Sonntagsgeschirr aufbewahrte, die zerschlagenen Möbel, die Souvenirs, die zerfallenen Dinge und Menschen auf ewig. Die alle mit den einstürzenden Häusern in Stücke gerissenen Leben in sich einschloss. Die alle geplatzten Gedanken und abgerissenen Schreie in sich verbarg. Die jetzt stumm war und sanft, aber prall gefüllt.

Eine Landschaft mit Weißdorn in den Senken, die wie die Hautfalten oder Achselhöhlen eines riesigen Körpers sind. Auf seinen Rundungen kniehohes Gebüsch, zartes Gras wie frischer Flaum. Idyllisch sind heute die Wege, die auf ihm herumführen. An erhöhten Stellen hat man eine nette Aussicht, und es gibt Feuerstellen mit Asche und Holzkohlestückchen, mit Papierschnipseln und kleinen Fetzen Aluminiumfolie.

Über der Pergola blüht die Glyzinie. Von der einen Seite klettert sie über die Einfahrt der Garage. Von der anderen kommen ihr Hopfen, Efeu und das Geißblatt entgegen. Wie schnell der Hopfen hochwächst; jedes Jahr ist es ein kleines Wunder. Während die Glyzinie über den Winter kahl wird, aber bleibt und jedes Jahr ein großes Stück weiterwächst, muss der Hopfen handbreit über der Erde zurückgestutzt werden. Im Frühling treibt er mit voller Kraft wieder aus.

Die Blütentrauben der Glyzinie hängen jetzt üppig herunter, schon fallen die ersten Blütenblätter aus ihrem hellgrünen

Laub zu Boden. Blauregen ist der passende Name. Es regnet in Blau.

Wie viele Blau gibt es? Blau wie die Blüten des Blauregens, wie Leinblümchen. Blau wie der See und der Himmel über ihm. Blau wie das Zwiebelmuster des Sonntagsgeschirrs. Blau wie die Stunde vor dem Einnachten. Blau wie der Saphir meiner Mutter. Blau wie blaumachen. Blau wie unser Planet, die große blaue Murmel.

Am 25. April 1958 erhob die Oberfinanzdirektion Stuttgart »vorsorglich Widerspruch« gegen den Rückerstattungsantrag »wegen Schadens an Eigentum«:

»Wie nämlich die Erfahrung gelehrt hat«, hieß es in dem Schreiben, »waren Juden auf Grund der Wohnraumbeschränkung, denen sie allgemein unterlagen, schon aus Gründen von Raumnot gezwungen, nach und nach Teile ihres Hausrats zu veräußern, so dass sie in den späteren Jahren häufig nur über den nötigsten Hausrat verfügten.

Die Frage, welcher Hausrat bei der Deportation noch vorhanden war, hängt daher beim Fehlen entsprechender Beweise hauptsächlich von der weiteren Frage ab, ob und inwieweit der Deportierte vor der Deportation Wohnungsveränderungen unterworfen war.

Der Erblasser war früher in dem Hause Gartenstraße 17 wohnhaft gewesen und musste später in das Gebäude Hospitalstraße 34 umziehen. Die Herren Antragstellervertreter mögen sich hierzu äußern.«

Und überhaupt. Wer sagte eigentlich, dass Moritz wirklich tot war? Die Deportationsliste, die Deportationsbescheinigung reichten nicht aus; es gab keinen Totenschein. Vielleicht tauchte

Moritz ja plötzlich wieder auf? 77 Jahre alt, aber quicklebendig und so hartgesotten und starrköpfig wie eh und je? Vielleicht waren auch die ganzen Betten, Tische, das Geschirr und die Bettwäsche gar nicht wegverkauft oder weggebombt und verschwunden, sondern kamen auch wieder zum Vorschein, mussten also gar nicht entschädigt werden?

Wer sagte also, dass die Antragsteller überhaupt berechtigt waren, Ansprüche zu stellen? Wer sagte das? »Liegen Nachrichten seit dem 8. Mai 1945 vor?« Nein. »Die Antragsteller sind beweispflichtig.«

Bevor also über Möbel und Geschirr gesprochen werden konnte, musste Moritz gefunden oder für tot erklärt werden.

»Amtsgericht Stuttgart, Abteilung Todeserkl., 23. Juli 1952.

An die Herren Rechtsanwälte. Da vom Standesamt Stuttgart kein Auszug aus dem Familienregister zu erhalten ist, wird gebeten, zu obigem Verfahren noch die Geburtsurkunde des Antragstellers und die Heiratsurkunde des Vermissten vorzulegen, ferner die Namen der weiteren Kinder des Verschollenen, deren Geburtstag und Geburtsort anzugeben. Welchen Beruf hatte der Verschollene? Justizinspektor«

Mein Vater schrieb an das Amtsgericht: »Mein Vater, Moritz Olonetzky, geboren am 1. Mai 1881 in Odessa, war von etwa 1906 an in Stuttgart wohnhaft und wurde von hier aus im Jahre 1942 in ein Lager in oder bei Lublin deportiert.

Ich habe von meinem Vater nie wieder etwas nach seiner Deportation gehört. Weder ich noch meine lebenden Geschwister wissen, wann mein Vater ums Leben gekommen ist.

Ich stelle den Antrag, den Todeszeitpunkt meines am 1. Mai 1881 geborenen Vaters Moritz Olonetzky ohne öffentliche Aufforderung durch gerichtliche Entscheidung auf den 31. Dezember 1942 festzusetzen.«

Das Amt war damit nicht einverstanden; es brauchte eine öffentliche Aufforderung. »Als Sohn des Erblassers beantragte Herr Emil Benjamin Olonetzky, geb. 7. April 1917, Entschädigung wegen der von diesem angeblich erlittenen Schädigungen mit der Begründung, sein Vater habe den Judenstern ab 19. September 1941 tragen müssen, sei am 26. April 1942 von seinem letzten Wohnsitz in Stuttgart nach dem KL Izbica deportiert worden und seitdem verschollen.

Eine Entscheidung über den Antrag ist noch nicht ergangen, doch muss davon ausgegangen werden, dass der Erblasser wegen seiner Zugehörigkeit zur jüdischen Rasse geschädigt worden ist und somit Verfolgter im Sinne des § 1 BEG ist.«

Deshalb wurde im Juli 1952 folgendes Aufgebot erlassen:

»Emile Benny Olonetzky, Graphiker in Zürich / Schweiz, Holbeinstraße 22, vertreten durch Rechtsanwälte Dres. Ostertag, Ulmer, Werner und Seyfarth, Stuttgart, Charlottenstraße, hat die Todeserklärung seines Vaters Moritz Olonetzky, geb. am 1. Mai 1881 in Odessa, Zigarettenfabrikant, später Generalvertreter, wohnh. in Stuttgart, am 26. April 1942 nach Izbica (Kreis Lublin) deportiert und seitdem verschollen, beantragt.

Der Verschollene wird aufgefordert, sich bis spätestens Dienstag, den 15. 9. 1953 vor dem Amtsgericht Stuttgart, Archivstraße 15, Erdgeschoss, Zimmer 180, zu melden, widrigenfalls er für tot erklärt werden kann. Alle, die Auskunft über den Verschollenen geben können, werden aufgefordert, dies dem Gericht bis spätestens zum Ende der vorbezeichneten Aufgebotsfrist anzuzeigen. Amtsgericht Stuttgart, Oberamtsrichter, gez. Stahl

Kosten der Veröffentlichung des Aufgebots: DM 2.50.«

Da muss ich das erste Mal, seit ich in den Dokumenten lese, furchtbar lachen. Der Verschollene hat sich in Zimmer 180, Erdgeschoss, zu melden! Wie in Mani Matters Lied: *Är isch vom Amt ufbotte gsy, am Fritig vor de Nüne / By Schtraf, im Unterlassigsfall, im Houptgebäud, Block zwo / Im Büro 146 persönlich go z'erschiine!* Widrigenfalls! Er hat sich nicht fristgerecht gemeldet!

Und doch, was sollte der Amtsschimmel denn sonst tun. »Auf Erbschein kann nicht verzichtet werden.«

Erschien das Aufgebot in mehreren Tageszeitungen? War es am Amtsgebäude neben dem Haupteingang in einer Vitrine aufgehängt?

Mein Vater erzählte mir nie davon, wie es war, seinen Vater zu suchen. Wie es war, ihn nicht zu finden. Und wie es war zu warten, ob Moritz sich melden oder sogar ganz unvermutet wieder erscheinen würde. Nicht als *Dibbuk*, sondern als lebendiger Mensch aus Fleisch und Blut.

Doch Moritz blieb verschwunden. Rauch, Asche, Staub in der Luft, grau wirbelnd. In alle Winde zerstreut, treibend, sichtbar nur kurz. Oder Moder, Mineralien, Bakterien, Moleküle in der Erde Polens, gebunden in feinsten Partikeln im Boden, zugeschüttet, versteckt, *wir wissen es nicht.*

Am 8. Januar 1954 erklärte das Amtsgericht Stuttgart Moritz für tot. »Der Verschollene hat sich nicht fristgerecht gemeldet. Als Todeszeitpunkt wird der 31. Dezember 1945, 24 Uhr, festgestellt. Gerichtskosten werden keine erhoben. Der Beschluss ist rechtskräftig«, heißt es in der Bestätigung vom 5. März 1954.

Nun war Moritz offiziell tot. Doch das Verfahren zog sich weiter hin. Wie immer.

Mein Vater, meine Tante Paula, meine Onkel Efrem und Avram, alle mussten mehrere Anträge parallel stellen und weiterverfolgen.

»Schaden an Leben nach dem Ehegatten bzw. Kindern bzw. Eltern oder Großeltern, hier: Vater«

»Schaden an Freiheit«

»Schaden an Körper und Gesundheit«

»Schaden an Eigentum«

»Schaden an Ausbildung«

»Schaden an beruflichem Fortkommen«

»Schaden an Angestelltenversicherung«

»Schaden an Krankenversicherung«

»Schaden wegen Bußen und Sonderabgaben«

Schaden und Schaden und Schaden und gleichzeitig in einem neuen Land ankommen. Also eine vollkommen fremde Sprache hören. Diese Sprache langsam lernen. Arbeit finden, Betten kaufen, Geschirr kaufen. Ein Sofa kaufen. Wieder in einer Wohnung auf einem Stuhl sitzen. Im Bett liegen und zu schlafen versuchen. Schlecht träumen, wieder zu lieben versuchen. Durch neue Straßen gehen und einkaufen. Also wieder kochen, essen und beim Essen dann Witze erzählen. *Geht der Teufel in Lublin ins Café Treblinka und bestellt einen großen Braunen …*, kennt ihr den? Wieder lachen, am Strand spazieren, im Botanischen Garten ausruhen, Freunde finden. Freude wiederfinden.

Und dann zurückdenken müssen? Die Zeit zurückspulen? So etwas beweisen müssen? Der Blick nach vorn war jetzt wichtig und trotz allem einfacher. Doch wer Ansprüche hat, muss erklären können, weshalb er sie hat.

»Der Erblasser musste diese Wohnungseinrichtung anlässlich seiner Deportation nach Polen im Stich lassen. Es wird daher Entschädigung nach § 51 BEG beantragt.« Was mag es meine Tante Paula und meinen Vater gekostet haben, sich zusammenzunehmen und sich zu vergegenwärtigen, was zehn und mehr Jahre zurücklag, damit sie im Sinne des Bundesentschädigungsgesetzes (BEG) antworten konnten. Sie versuchten, die Existenz von Gegenständen zu beweisen, an die sie sich nicht mehr sicher erinnerten. Oder an die sie sich ganz genau erinnerten. Viele wollten das nicht und konnten es nicht.

Was bedeutete das denn: »Landesamt für die Wiedergutmachung«. Wer saß dort? Worauf stützten die sich? Nichts war einfach wieder gut.

Fragebögen

Als Kind hatte ich einen Elefanten aus Holz. Seine Oberfläche war zwar fein geschliffen, doch er war beinhart. Ein Kuscheltier war er nicht.

Seine Beine konnte ich ausdrehen und den Rüssel hochklappen. Dann streckte ich ihn in die Luft meines Zimmers hoch, und schon war er ein kleines Flugzeug. Ich flog mit ihm durchs Zimmer und dann durchs Fenster hinaus und über den See hinweg. Hinter dem See gewann ich an Höhe und flog über die schneebedeckten Berge, die ich durchs Fenster sehen konnte, und dann flog ich in die weite Welt hinaus. Die Welt war schön, stellte ich mir vor.

Den Elefanten habe ich noch.

Das erste Gesetz zur Entschädigung der Opfer des Nationalsozialismus arbeiteten die Amerikaner aus; das Militärregierungsgesetz Nr. 59 trat im November 1947 in Kraft, »Landesämter für die Wiedergutmachung« wurden eingerichtet. Knapp zwei Jahre später, im Mai 1949, folgten die Militärregierungen der britischen und französischen Besatzungszonen, nicht aber die der Russen. Im ersten Deutschen Bundestag, der ab September 1949 tagte, blieben die Verhandlungen darüber jedoch stecken. Jahrelang. Es gab, so lese ich, »erhebliche Widerstände«, die Vermögen und Gegenstände zurückzugeben, sowohl bei den Behörden wie bei »Privatpersonen«.

Die Rückgabe des Silberbestecks, das ohnehin meistens

eingeschmolzen worden war, oder des Schmucks wurde als »Holschuld« bezeichnet, lese ich. Niemand hatte offenbar den Eindruck, in einer »Bringschuld« zu stehen; zurückbringen war nicht vorgesehen. Und überhaupt! Entschädigung für eine Haft, die fünfzehn Jahre zurücklag! Wer sagte denn, dass die Ansprüche berechtigt waren? Sollten die Antragsteller zuerst einmal beweisen, dass sie im Arbeitslager oder im »KL« gewesen waren und was sie berechtigte, die Uhr, das Bild, die Brosche zurückzufordern. Erbstücke aus einer Geschichte, die mehrere Generationen zurückging. Das konnte ja jeder behaupten.

Niemand wollte diesen heißen Brei anrühren, geschweige denn auslöffeln. Und sowieso: Hatte man sich nicht längst satt gegessen? Es klebten doch nur noch Reste am Tellerrand, und wer, bitte schön, wollte oder sollte diese Krümel noch zurückhaben wollen? So stelle ich mir das vor. Es eilte alles überhaupt nicht. 1948 wurde in London die United Restitution Organization gegründet. Sie eröffnete in Deutschland und Österreich Büros und unterstützte die Antragsteller, die wegen ihrer Armut oder ihrer Sprachkenntnisse nicht in der Lage waren, um Entschädigung zu kämpfen. Sie unterstützte auch meine Tante Paula und meinen Onkel Efrem.

Da die meisten Antragsteller keine Dokumente mehr hatten, um ihre Ansprüche zu beweisen, richtete die United Restitution Organization auch eine Nachforschungsstelle ein. 1951 schaltete sich von New York aus zudem die Conference on Jewish Material Claims against Germany ein, ein Dachverband aus 23 jüdischen Organisationen, der sich um Entschädigung und Rückgabe bemühte. Die Alliierten übten politischen Druck aus, und im Juli 1957 konnte das Bundesentschädigungsgesetz (BEG) endlich in Kraft gesetzt werden, rückwirkend auf Oktober 1953.

Das Gesetz musste ohne rechtliches Vorbild entworfen werden und bildete jetzt die Grundlage für die Einforderung der Entschädigungen. Auf diese Paragraphen bezogen sich Scharen von Anwälten und Beamten, auch wenn sie nicht alle Opfer einbezogen, die Roma nicht, die Sinti nicht, die Homosexuellen nicht. Und die psychisch Kranken und die körperlich Behinderten auch nicht, obwohl sie durch die »Aktion Gnadentod« und in Konzentrationslagern zu Tausenden umgekommen waren.

Zuerst hatten es die Ämter für die »Wiedergutmachung« und die Oberfinanzdirektionen der Länder ziemlich eilig. Sagten sie. Wer einen Antrag stellen wollte, musste das bis spätestens 1. Oktober 1957 tun. Rundherum ging der Wiederaufbau voran. Alle wollten in die Zukunft blicken. Und jetzt Entschädigung bezahlen für Vermögen, Möbel oder Schmuck, die doch nicht wiederzufinden waren?

Als klar wurde, dass diese Frist zur Antragstellung zu kurz war, wurde sie bis Dezember 1969 verlängert.

Die ersten Anträge bereitete mein Vater 1949 vor und reichte sie 1950 beim »Landesamt für die Wiedergutmachung« in Stuttgart ein; da war ich noch lange nicht geboren. Die letzten waren 1974 in Arbeit; da war ich zwölf Jahre alt, ein hochgeschossener Teenager und mit der Schule und dem ersten Liebeskummer beschäftigt. Ich hatte keine Ahnung, dass immer noch amtliche Briefe hin- und hergingen, mit Einschreiben und ohne, mit »Eilt sehr!« und ohne. Vor allem ohne »Eilt sehr!«.

Die Verfahren zogen sich hin. Die Zeit verging einfach gleichgültig. Sie rann durch die Finger oder tröpfelte auch nur. Briefe mit Stempeln und Unterschriften gingen hin und her, vom Amt zu den Anwälten und von den Anwälten und meinem Vater ans

Amt zurück und darauf vom Amt zu einem anderen Amt und von dort wieder an die Anwälte und zu meinem Vater zurück.

Moritz war nun tatsächlich tot, das war amtlich bescheinigt, aber so einfach blieb es nicht. Mein Vater und seine Geschwister wurden aufgefordert, weitere Fragebögen und Formulare für den »Schaden an Eigentum« auszufüllen. Doch »im Interesse einer reibungslosen und schnellen Durchführung des Erfüllungsverfahrens kann auf eine Überprüfung der ausgefüllten Fragebogen durch Sie leider nicht verzichtet werden«, bat die Oberfinanzdirektion die Rechtsanwälte. »Eine solche Überprüfung ist aber nur dann möglich, wenn Ihnen sämtliche ausgefüllten Fragebogen einer Rückerstattungssache gleichzeitig vorliegen.« Gleichzeitig.

Die Anwälte sollten bitte die Fragebögen erst an die Oberfinanzdirektion zurückschicken, wenn sie sich »von der vollständigen und richtigen Beantwortung überzeugt haben bzw. wenn die Fragebogen erforderlichenfalls ergänzt und berichtigt worden sind. Hochachtungsvoll – Im Auftrag – Zeigemann«. Das Schreiben enthielt folgende Anlagen: »Vier Fragebögen, eine Anleitung zur richtigen Ausfüllung des Fragebogens, vier Begleitschreiben«. Fragebögen. In vierfacher Ausführung. Alle Geschwister hatten sie auszufüllen, drei in Israel, einer in der Schweiz. Schon 1938 saßen alle jüdischen Familien vor Fragebögen und meldeten ihre Vermögen an; das wurde kontrolliert. Und nun wieder. Nur diesmal anders?

Das korrekte Ausfüllen der Fragebögen reichte jedoch nicht. Danach wurden weitere Beweise eingefordert. Das »Amt für öffentliche Ordnung« der Stadt Stuttgart hatte zwar schon am 27.3.1950 meinem Vater bestätigt, »dass sämtliche frühere Akten des Amts für öffentliche Ordnung durch Kriegsereignisse vernichtet wurden. Gezeichnet Graf, Stadtassistent«. Doch das »Landesamt für die Wiedergutmachung« verlangte ungerührt weitere Dokumente und Beweise. »Nur die Geburtsurkunde von Emil Olonetzky kann vorgelegt werden«, schrieb der Rechtsanwalt, Dr. Ostertag, etwa am 2. März 1953. »Der Antragsteller hat keine Urkunden im Besitz. Ich bin genötigt, nochmals um Fristverlängerung zur Einreichung der Unterlagen zu bitten.«

Fristverlängerung. Vertagung. Verschleppung. Die Ausdehnung der Verfahren gehörte dazu. »Wir bitten um Vorlage von Beweisen für diese Behauptungen und um Angabe der genauen Anschrift.« Und jeder einzelne Antrag wurde zuerst abgewiesen. »Die Ansprüche des Antragstellers waren daher gemäß § 2 BEG abzulehnen.« Mein Vater und seine Geschwister mussten mit Hilfe der United Restitution Organization oder der Anwälte Rekurse einlegen. Immer wieder. So ging es jahrelang hin und her, und jeder Antrag auf Entschädigung wurde heruntergehandelt und endete mit einem Vergleich, auch beim Antrag »wegen Schadens an Eigentum«. Es eilte nicht sehr.

»An das Amtsgericht, Schlichter für die Wiedergutmachung Stuttgart, 30. Juli 1959. Die Erben sind bereit, sich wegen des im Zeitpunkt der Deportation im Hause Hospitalstraße 36 A noch vorhanden gewesenen Hausrats auf DM 1000 zu vergleichen«, schrieben die Rechtsanwälte schließlich neun Jahre nach Einreichen des ersten Antrags.

Waren sie alle, die Erben, entmutigt, erschöpft?

»Die Parteien schließen folgenden Vergleich: Die Parteien sind sich darüber einig, dass das Deutsche Reich verpflichtet ist, Schadensersatz zu leisten wegen Entziehung A) von Wertsachen lt. Ablieferungsbescheinigung der Städt. Pfandleihanstalt Stuttgart A. Nr. 1660 in Höhe von DM 117 (in Worten: Einhundertsiebzehn Deutsche Mark). B) von Hausrat, der im

Zeitpunkt der Deportierung am 26. 4. 1942 im Hause Hospitalstraße 36 A in Stuttgart war, in Höhe von DM 1000 (in Worten: Eintausend Deutsche Mark).«

1000 DM und 117 DM, in Worten: Eintausendeinhundertundsiebzehn Deutsche Mark, wurden überwiesen. Die Summe wurde auf die vier Erben aufgeteilt.

»Mit diesem Vergleich«, heißt es endlich am 15. Juli 1960, noch einmal ein Jahr später, in einem Schreiben an meinen Vater, »sind alle Rückerstattungsansprüche der Antragsteller aus den oben erwähnten Entziehungen erledigt.«

Aber dann ging es weiter. Wer meint, das Ende sei das Ende, irrt. Zwei Jahre waren vergangen, der Vergleich geschlossen, da richtete mein Vater mit Rechtsanwalt Rissmüller erneut ein Schreiben an das »Landesamt für die Wiedergutmachung«:

»Die Anmeldung auf Entschädigung für die Beschlagnahme des bei der Deportation vorhanden gewesenen Hausrats nehmen wir zurück. Insoweit ist vor dem Schlichter für die Wiedergutmachung Stuttgart in der Sache BRS 188 ein Vergleich geschlossen worden.

Nicht zurückgenommen wird aber die Anmeldung wegen Schadens an Eigentum und Vermögen, insbesondere auch hinsichtlich des Verlusts der Wohnungseinrichtung, welche der Erblasser schon vor der Deportation verloren hatte. Vor der Deportation wohnte er in dem Haus Hospitalstraße 36 A, in welches viele Juden eingewiesen worden waren. Vorher hatte der Erblasser eine 4-Zimmerwohnung in Stuttgart, Gartenstraße 17, besessen. Den weitaus größten Teil seiner Einrichtungsgegenstände konnte er nicht nach der Hospitalstraße mitnehmen, als er diese Wohnung zwangsweise aufgeben musste.

Es ist uns bekannt, dass das Landesamt wegen des Hausrats, den der Erblasser bei der zwangsweisen Einweisung in das Haus Hospitalstraße 36 A nicht mitnehmen konnte, einen Preisgabeschaden nicht anerkennen wird, sondern den Verlust des Vermögensschadens im Sinne von § 56 BEG behandeln wird. Wir halten gleichwohl den Anspruch für Schaden am Eigentum als auch für Schaden am Vermögen aufrecht. Rechtsanwalt Rissmüller, 15. November 1962«.

Die Antwort des »Landesamts für die Wiedergutmachung« traf in rekordschnellen acht Tagen ein: »23.11.1962, an die Herren Rechtsanwälte – Zustellung erfolgt.

Bescheid wegen Schadens an Eigentum, hier: Imstichlassen von Hausrat, hat das Landesamt für die Wiedergutmachung Stuttgart entschieden. Der Antrag ist teilweise begründet.

Soweit allerdings Imstichlassen des Hausrats geltend gemacht worden ist, ist der Antrag nicht begründet, weil der Erblasser, als er seine 4-Zimmerwohnung in Stuttgart, Gartenstraße 17, aufgeben und in das Haus Hospitalstraße 36 A umziehen musste, seinen Hausrat, wie aus zahlreichen gleichgelagerten Fällen bekannt geworden ist, veräußert hat, soweit er ihn nicht hat mitnehmen können, was allerdings infolge der Raumnot nur zu einem ziemlich kleinen Teil möglich gewesen ist.

Dagegen liegt ein Verschleuderungsschaden im Sinne des § 56 Abs. 1 BEG vor, dessen Höhe gemäß § 191 Abs. 2 BEG geschätzt werden muss. Die Bevollmächtigten haben den Gesamtwert des Hausrats mit Reichsmark 8100 angegeben. Da die dort im Einzelnen angegebenen Werte im Allgemeinen als angemessen erscheinen, so wird von einem Gesamtwert von RM 8000 ausgegangen.«

Das Amt ging also nicht vom in der Liste aufgeführten Wert von RM 9500 aus.

»Davon«, so heißt es in dem Abschlussbescheid weiter und

gemeint sind RM 8000, »wurde durch die Oberfinanzdirektion Stuttgart in dem Rückerstattungsverfahren BRS 188 der Teil in Höhe von DM 1000 ersetzt, den der Erblasser in das Haus Hospitalstraße 36 A mitgenommen hat und der dort bei seiner Deportation beschlagnahmt worden ist.«

Das stimmte.

»Von dem restlichen Hausrat im Wert von RM 7000 ist der Verschleuderungserlös in Höhe von mindestens 20 %, also von RM 1400, abzusetzen. Bei dem dann sich ergebenden Schaden von RM 5600 ist zu berücksichtigen, dass wohl annähernd die Hälfte des Hausrats an dem Erblasser bekannte Personen veräußert worden ist. Nach § 56 BEG kann aber nur der an unbekannte Personen verschleuderte Hausrat entschädigt werden (vgl. Urteil vom 7.7.1956).

Dieser Schaden von rund RM 3000 wird gemäß § 11 Abs. 1 BEG im Verhältnis 10:2 in Deutsche Mark umgerechnet, so dass sich eine Entschädigung in Höhe von DM 600 (in Worten: Sechshundert Deutsche Mark) ergibt. Soweit die Antragsteller eine höhere Entschädigung begehren, musste der Antrag zurückgewiesen werden.

Anl. 4 Mehrfachanfertigungen«.

Anders gesagt: Moritz hatte 1942 zusammengenommen RM 9500 »im Stich gelassen«. Oder fast 26 Tonnen Brot. Zwanzig Jahre später bekamen mein Vater und seine Geschwister eine Entschädigung von 600 DM. Oder 638 Kilogramm Brot, denn 1962 kostete ein Kilogramm Brot 94 Pfennig.

In Broten betrachtet, machte die Entschädigung knapp 2,5 Prozent jener Menge aus, die Moritz »im Stich gelassen« hatte.

Und dann: »An die Herren Rechtsanwälte, Stuttgart, Charlottenstraße 15 A. Da wir uns gegen eine doppelte Wiedergutmachung für denselben Anspruch sichern müssen und ferner Leistungen, die von anderen Stellen als den Wiedergutmachungsämtern auf den Entschädigungsanspruch gezahlt worden sind, in Anrechnung zu bringen sind, bitten wir um Beantwortung der nachstehend bezeichneten Fragen.

Wir weisen darauf hin, dass bei wissentlich oder grobfahrlässig unrichtigen oder irreführenden Angaben die Entschädigung ganz oder teilweise versagt werden kann.«

Es sind nur Dinge, man soll nicht an Dingen hängen.

Auf der anderen Straßenseite steht ein gemütliches, großes Wohnhaus mit einem alten Garten. Das Haus ist nicht besonders schön, doch eine riesige Blutbuche hält ihre Äste über das Dach und weit über die Kreuzung hinaus. Der Garten ist ein verwunschener Ort mitten in der Stadt. Es gibt eine Linde, deren Duft im Frühsommer das Viertel parfümiert. Eine große Magnolie blüht hinter dem Haus, und zwei alte Akazien stehen davor, deren Blüten weiß auf die Straße regnen.

Die Bäume und Büsche wurden gepflanzt, als das Haus gebaut wurde, vor fast hundert Jahren. Sie haben viele Jahreszeiten überdauert, ihre Stämme sind dick, die Äste verholzt. Die Wurzeln der Schwertlilien bedecken jetzt ein ganzes Beet vor der Veranda, und daneben steht ein knorriger japanischer Ahorn, der im Herbst feuerrot leuchtet. Durch den Garten sind die Wetter gezogen, eines nach dem anderen. Er trägt alles Staunen im Frühling, alle Gespräche in lauen Sommernächten, das Rechen des Laubs im Herbst und jedes wiederkehrende Schneeschaufeln in seinem Dickicht. Er

birgt alle Tode, die in ihm gestorben sind, und alle Neuanfänge.
Die Besitzer haben das Haus verkauft, bald wird es abgerissen, und der Garten wird verschwinden.

Altar

Na, komm schon, sagen manche, das ist doch alles lange her! Seither ist so viel passiert und viel Ähnliches, in Vietnam, in Jugoslawien, in Ruanda, in Syrien, in der Ukraine, das weißt du doch genau. Wieder schweres Geschütz, Druckwellen, Feuerstürme. Menschen fallen, Häuser fallen, Glas splittert. Wieder Frieren, Hunger, Angst, wieder Todeslisten. Wieder Terror gegen Menschen, die anders denken, fühlen, keinen Krieg wollen, während die Befehle aus überheizten Räumen mit dicken Teppichen kommen.

Die Befehle werden an Schreibtischen unterzeichnet, schwungvoll. Damit Füße, die in Stiefeln stecken, marschieren und Beine, die in Hosen stecken, marschieren und Arme, die in Uniformärmeln stecken, hin und her schwingen im Gleichschritt. Und damit Köpfe, die unter Helmen verborgen sind, möglichst nichts denken, sondern nur nach vorne schauen. In den Räumen mit den dicken Teppichen fällt kein lautes Wort. Leise zu sprechen genügt vollkommen. Und später, viel später, wird man wieder sagen, dass die Zeit die Wunden heilt. Dass die Vergebung kommen muss und das Vergessen. Man muss doch nach vorne schauen!

Und hör endlich auf, dich zu entschuldigen, dass du auf der Welt bist, es geht allen auf die Nerven. Das bekomme ich manchmal an den Kopf geworfen. Zack. Von Menschen, die mich lieben, und ich weiß, es ärgert sie wirklich, wenn ich zusammenzucke und mich ducke, statt zu leben, aufrecht, statt mich zu wehren, wenn es sein muss. Auch in Tel Aviv, wo meine Cousine lebt, geht das vielen auf die Nerven. Immer diese Geschichten von der *Shoah* und ihren Folgen, hör auf damit. Zieh endlich einen Strich unter die ganze Sache! Es gibt genug neue Fragen, Ängste, Verletzungen, ungelöste Konflikte.

Einen Strich ziehen?

Die Skelette hatten mir aus ihrer dunklen Ecke heraus bedeutet, dass etwas Unaussprechbares geschehen war. Und dass jederzeit wieder etwas geschehen konnte, das alles in Frage stellte. *Du weißt nie.* Aber ich tat so, als sei da nichts, weil alle so taten, als sei da nichts. Und gleichzeitig versuchte ich, nicht aufzufallen, unter dem Radar derjenigen zu fliegen, die einen bedrohen könnten. Der Lehrer, der die *fremden Fötzel* verachtete, erwischte mich trotzdem immer wieder. Aber wie mein Vater jederzeit sprung- und zornbereit durch den Alltag stürmen? Das ging nicht; ich hatte zu große Angst. Ich schwieg. Ich trug das Schweigen weiter.

Doch wie andere mit der gleichen Geschichte im Rücken reiste ich irgendwann an die Orte, an denen der Großvater, Vater, die Onkel und Tanten gelebt haben. Von denen aus sie fliehen mussten oder von denen aus sie deportiert wurden. Ich stand in neuen Straßen, vor neuen Häusern. Wie andere ging ich ihren Spuren nach. Wir Nachgeborenen fassen uns ein Herz und brechen auf, gehen den Weg zurück.

Ich fuhr nach Karelien im Norden von Russland, sog dort die waldwürzige Luft in die Lungen und suchte nach Hinweisen auf unsere Familie. Sie stammt ursprünglich aus Olonets. Darum heißen wir so. Einer meiner Vorfahren oder vielleicht auch eine ganze Familie meiner Vorfahrinnen brach einst vor langer, langer Zeit im hohen Norden auf und wanderte in den

Süden ans Schwarze Meer. Wann? Ich weiß es nicht. In Odessa aber, das könnten sie damals gewusst haben, gab es eine große jüdische Gemeinde. Und als sie den Süden endlich erreicht hatten, gaben die, die schon in Odessa lebten, denen, die aus Olonets ankamen und noch gar keine Familiennamen trugen, einen Namen; fortan waren sie die Olonetzkys.

Warum aber waren sie aus Olonets weggegangen? War es ihnen dort zu kalt, zu unwirtlich? Zählten sie zu einer so kleinen Minderheit, waren sie so arm und ausgegrenzt vom Leben der anderen im Ort? Sahen sie inmitten der unendlichen Wälder, von denen Olonets umgeben ist, keine Zukunft für sich? Oder wurden sie verfolgt, waren sie gezwungen, »umzusiedeln«, wie es später genannt werden würde? Und wie überstanden sie die lange Reise nach Odessa? Es waren über zweitausend Kilometer zu wandern, zu reiten, mit einem Eselskarren, einer Kutsche zu fahren, bis sie einen vollkommen anderen Horizont sehen und die Wellen des Schwarzen Meers hören konnten. *Odessa, die Stadt mit der berühmtesten Treppe der Welt,* hatte da noch keine berühmte Treppe bis hinunter zum Hafen.

Als ich in Olonets ankam, hoffte ich, ich würde einen Zipfel zu fassen bekommen, an dem ich die ganze Geschichte ans Licht ziehen konnte. Es war Hochsommer, und Valentina, bei der ich wohnte, hatte die Heidelbeeren schon zu dunkelblauer Marmelade verkocht. Auf dem Frühstückstisch standen ein Topf des süßen Dunkelblaus, eine Schale mit harten Eiern und geblümte Tellerchen, auf denen frische Blinys und Zitronenschnitze lagen. Valentinas winziges schneeweißes Kätzchen hockte unter dem Sofa und starrte mich mit seinen wasserblauen Augen unverwandt an.

Kam mir in der kleinen Stadt nun etwas bekannt, ja verwandt vor? Klang etwas an? Nein. Gab es jüdisches Leben? Nein. Hatte es je eine jüdische Gemeinde gegeben? Vielleicht.

Ich ging durch die Straßen und überquerte die Holzbrücke über die beiden Flüsschen Olonka und Megrega, die dort zusammenfließen, wo die orthodoxe Kathedrale steht; ihre grünen Zwiebeldächer leuchteten in der nordischen Sommersonne. In meiner Tasche steckte ein Zettel, auf dem in Russisch stand: *Ich heiße Nadine Olonetzky. Ich komme aus der Schweiz. Wenn Sie mir etwas zeigen wollen, wäre das schön. Leider spreche ich kein Russisch. Vielen Dank!* Den Zettel hielt ich allen unter die Nase. So traf ich Lyudmila, eine Lehrerin, die von da an mitkam und übersetzte. Ich fragte mit ihr alle, die wir antrafen, ob sie etwas wüssten. Die lachten nur ungläubig. Da hieß doch tatsächlich eine wie ihre Stadt!

Es zeigte sich kein Zipfel, an dem ich ziehen konnte. Die uralten, windschiefen Holzhäuser hockten weiter unter Birken und Fichten, und der Supermarkt, das Hotel und die Plattenbauten waren so heruntergekommen gewöhnlich wie an vielen anderen Orten auch. Und am Abend streiften Rudel von hungrigen Hunden durch die Straßen.

Schon über die Eltern meines Großvaters Moritz und meiner Großmutter Malka weiß ich nichts, nicht einmal die Namen, und weiter zurück weiß ich gar nichts. Es gibt nicht einmal eine dünne Spur, der ich folgen könnte.

So gerne hätte ich auch Odessa noch gesehen. Eines Tages werde ich das tun, hinreisen. Dort sein. Fremd sein.

Ich fuhr nach Stuttgart, wo kein Haus mehr steht, das Moritz und Malka, meinem Vater und seinen Geschwistern einmal ein Zuhause gewesen war, und ging an den Nordbahnhof. Die Schienen sind noch da, wenn sie auch nach fünfzig Metern enden. Der Wind streicht über den Schotter, es ist still. Lange lag hier Abfall, die Bahnschienen waren unter einem Haufen Müll begraben. Das Gelände sollte überbaut werden; es gab ein

Projekt für dieses Niemandsland oder Allerleiland des Vergessens.

Doch dann räumten ein paar Leute auf; es waren *Mentschn*. Sie ließen zwei lange Betonwände bauen, eine für Informationen und eine für die Namen. Leopold Blum. Salomon Blum. Thekla Blum. Moses Blumenstiel. Benno Blumenthal. Und immer weiter im ABC bis Moritz Olonetzky und weiter mit Cilly Oppenheim, Lothar Oppenheim, Melanie Oppenheim und bis Hannchen Stein, Julius Stein, Helena Stein, Karoline Stein. Gleich ganze Familien? Julius Ullmann. Leonore Ullmann. Lilly Ullmann. Und Elise Wertheimer. Emmanuel Wertheimer. Gala Wertheimer. Und noch weiter im ABC.

Mehr als 2600 Namen ließen sie in die Mauer gravieren und eröffneten über sechzig Jahre nach Abfahrt der Züge das *Zeichen der Erinnerung*.

Lange stand ich vor der Wand. Lange stand ich vor Moritz' Namen. Ich legte einen Stein auf den Boden vor seinem Namen. Las ich seinen Namen, las ich auch meinen Namen.

Daraufhin wollte ich einen *Stolperstein* für ihn setzen, ihm eine Art Grabstätte geben. Doch nachdem die Dokumente ans Licht gekommen waren, war klar, dass auch mein Vater einen Stein bekommen musste. Und auch meine Tanten und Onkel.

Nun gibt es neue Häuser in Stuttgart und neue Straßennamen. An ihrer letzten freiwilligen Adresse in der ehemaligen Gartenstraße 17, die heute Fritz-Elsas-Straße heißt, sind die *Stolpersteine* inzwischen im Gehweg eingelassen. Sie sind schlicht, feierlich, unaufdringlich. Wer die Namen lesen will, muss sich verbeugen. Ihre Namen haben jetzt einen Ort; sie gehen nicht ganz vergessen.

Auf dem Stuttgarter Pragfriedhof stand ich vor dem Grab, in dem Moritz nicht liegt. Nur Malka liegt dort. Sie *ruht* dort, das steht auf dem Stein. Und dass Moritz 1942 *umgekommen* war. Wer die Inschrift für Moritz wohl in Auftrag gab? Mein Vater vielleicht? Seine Geschwister, sie alle zusammen?

Wo *ruht* Moritz? Ruht er überhaupt?

Dann fuhr ich nach Izbica in Polen. Lange zögerte ich diese Reise hinaus; ich drückte mich davor. Was fürchtete ich, was erwartete ich denn? Dass mich das Grauen, das dort unter Engels geherrscht hatte, mit voller Wucht überfallen würde? Dass es mich auf dem Marktplatz oder auf dem Friedhof beim Massengrab auf der Stelle umstülpen würde? Dass meine Haut, die Kleider und dicken Stiefel augenblicklich in mein Inneres gekrempelt wären und mir keinen Schutz mehr böten? Dass mein rohes Fleisch mit meinem pochenden blutroten Herzen und meiner zitternden Seele, die sonst gemütlich im Brustkorb beieinander hocken und miteinander flüstern, nun der eiskalten Novemberluft ausgesetzt wären? Dass also herauskäme, womit ich schon immer gelebt hatte? Der Schmerz, die Wut. Die Fassungslosigkeit?

Ich hatte Angst, das nicht ertragen zu können.

Ach was, *Schmonzes,* Blödsinn, fauchte ich mich an. Wer Izbica überlebt hatte, musste damit leben, was ihm, was ihr dort widerfahren war. Ich konnte hinfahren und wieder wegfahren. Ich konnte hinsehen. Das, was in Izbica noch sichtbar und fassbar war, würde mir nicht nur etwas darüber erzählen, was geschehen war. Es würde auch Licht auf das werfen, was in mir unter der dicken Schicht Schweigen im Dunkeln lag, was *unvorstellbar* war, wie mir mein Vater erklärt hatte. Was, wie ich spürte, immer noch von Zeit zu Zeit als Skelett in der Ecke meines Zimmers stand. Ich war stark genug, hinzusehen, sagte ich mir. Nicht nur groß genug. Oder alt genug.

Ich fuhr also nach Warschau, dann nach Lublin und von dort nach Izbica. Und dort merkte ich erst, dass ich in jener Gegend angekommen war, wo auch Chelm liegt und von wo die Chelmer Narren herkommen. Und Zlateh, die Geiß.

Mein Vater reiste nie nach Olonets. Nie nach Polen. Und nie nach Odessa. Es wäre irgendwann möglich geworden. Aber er ging nicht. Wollte er nicht wissen, wo die Familie ursprünglich herkam? Wollte er meinem Bruder und mir nie zeigen, wo sein Vater herkam? Odessa war schön. Und wollte er nie wissen, wo sein Vater *umgekommen* war?

Er hatte die viel größere Angst als ich. Er wäre nicht stark genug gewesen, vermute ich. Das wäre für ihn nicht menschenmöglich gewesen.

Auch andere Nachgeborene reisen nach Polen. Sie treffen auf neue Dörfer, auf winzige Spuren oder auch auf nichts. Sie bringen von dort vielleicht etwas Erde mit. Vom Ort des Massengrabs zum Beispiel. Vom Ort, wo das Haus gestanden hat. Wie morbid! Wie hilflos. Sie bewahren die Erdkrümel in einem Einweckglas auf und stellen es auf den Sims des Kamins oder ins Büchergestell. Dort stehen noch andere Dinge. Ein Kerzenständer, gerahmte Fotos, einige Steine. Es sind alles Reliquien, und das Cheminée ist ihr Altar. Oder sie legen ein dürres Ästchen vom uralten Apfelbaum dazu, der noch dort steht, wo das Haus einmal war. Sie haben es auf der Reise abgebrochen und sorgfältig in der Tasche verstaut.

Der Baum lebt noch. Ungerührt blüht er doch jedes Jahr wieder! Nein, hartnäckig, zum Trotz, aus Optimismus und voller Hoffnung blüht er jedes Jahr wieder von neuem. Nein, er blüht, weil er blüht. Weil es seine Natur ist, das ist alles.

Radio

Auf der Parkbank im Botanischen Garten erzählte mir mein Vater auch, dass er von seiner Schwester Anna oder Chana noch eine Nachricht aus dem Warschauer Ghetto erhalten habe.

Von Anna war nie die Rede gewesen, ich kannte nicht die kleinste Geschichte über sie. Nun hörte ich das erste Mal von ihr. Wie Anna ausgesehen oder was er an ihr besonders geliebt hatte, erzählte mir mein Vater nicht. Er beschrieb mir nur den vermeintlichen Ort ihres Verschwindens, das Warschauer Ghetto; das Wort hatte einen dunklen Klang. *Es war das letzte Lebenszeichen von ihr,* sagte er.

Das stimmte nicht. Doch das erfuhr ich erst, als ich in den Dokumenten las. Ob er auf der Parkbank auch die Namen Herbert und Michael nannte, daran kann ich mich nicht erinnern. Auch sie begegnen mir erst in den Dokumenten.

Anna war fünf Jahre älter gewesen als mein Vater, hatte früh geheiratet und war zu Herbert Berkheim nach Berlin gezogen. 1938 kam ihr Sohn Michael zur Welt. Wer Anna gewesen war, kann ich mir nicht vorstellen. Es gibt kein Porträt von ihr, keines von Herbert oder Michael. Es gibt keine Gegenstände, die ihnen gehört hatten. Es gibt nichts, was mir erzählen würde, was meine Tante Anna dachte. Welche Vorlieben und Interessen sie hatte. Was sie gerne kochte oder las. Ob sie Sinn für Humor hatte oder ein Instrument spielte. Klavier vielleicht?

Das hätte in der Wohnung bleiben müssen, als sie deportiert wurde. Vielleicht besaß sie eine Geige? Die hätte sie mitnehmen können, als sie am 1. November 1941 in ihrem Zuhause in der Fischerstraße 5 b in Berlin verhaftet wurde. Bloß jetzt keine Witze; über Instrumente steht nichts in den Dokumenten.

Zu Anna, ihrem Mann und ihrem Sohn ist nicht viel erhalten. »Die Akte«, schrieb der »Haupttreuhänder für Rückerstattungsvermögen von der Aktenverwahrungsstelle Berlin« im September 1959 meinem Vater, »die Akte, die bei dem früheren Oberfinanzpräsidenten Berlin-Brandenburg unter dem Aktenzeichen 05205-IV/2699 über die Erfassung und Verwertung des Vermögens des eingangs genannten Herbert Berkheim geführt wurde, ist – wahrscheinlich infolge Vernichtung durch Kriegseinwirkung – Einstampfung – nicht mehr vorhanden.«

In dem Schreiben ist das Wort »Einstampfung« durchgestrichen. »Erhalten geblieben ist nur eine Übersicht über die im Zuge der Vermögensverwertung von der damaligen Oberfinanzkasse Berlin-Brandenburg vereinnahmten und verausgabten Beträge. Die erhalten gebliebene Unterlage wird in der Anlage mit der Bitte um Rückgabe nach Einsichtnahme übersandt.«

Er verwendet das Wort »Vermögensverwertung«. Nicht Zwangsversteigerung. Oder Verschleuderung. Oder Enteignung. Oder Diebstahl.

Mein Vater hatte 1955 begonnen, als Vertreter seiner Geschwister auch für Anna und ihre Familie Entschädigung einzufordern. »Unsere Schwester Anna, verehelichte Berkheim«, schrieb er nach Berlin, »ist zusammen mit ihrem Mann Herbert und ihrem einzigen Kind Michael von Berlin aus deportiert worden. Sie schrieb noch im Jahre 1940 aus dem Ghetto Warschau. Seither ist sie mit Mann und Kind verschollen.«

1940 konnte nicht stimmen. Täuschte die Erinnerung meinen Vater?

Im Oktober 1955 erhielt er ein Schreiben der jüdischen Gemeinde zu Berlin.

»Betrifft: Herbert Berkheim, geboren 14.12.1915 in Berlin, Anna Berkheim, geb. Olonetzky, geboren 2.6.1912 in Stuttgart, Michael Berkheim, geboren 17.10.1938 in Berlin.

Alle drei zuletzt wohnhaft gewesen Berlin C2, Fischerstraße 5 b bei Fruchter.

Unseren Ermittlungen zufolge sind die Obgenannten mit dem Transport am 1.11.1941 nach Łódź deportiert worden. Die Obgenannten haben sich bis zum heutigen Tag hier nicht zurückgemeldet. Wir bedauern sehr, Ihnen einen günstigeren Bescheid nicht geben zu können.«

Darauf zog sich das Verfahren hin. Das zuständige »Landesamt für die Wiedergutmachung« Berlin forderte Beweise ein, eidesstattliche Aussagen, die beglaubigt werden mussten.

Wussten mein Vater und seine Geschwister zu wenig? Suchten sie zu wenig? Half das Rote Kreuz nicht bei der Ermittlung? Im März 1960 bekamen die Anwälte meines Vaters jedenfalls ein weiteres Schreiben, in dem das »Landesamt für die Wiedergutmachung« in Berlin moniert, für die Rückerstattung von Gold, Silber, Schmuck, Hausrat und eines Radios fehle es »noch immer an jeder näheren Begründung der Ansprüche einschließlich der Vorlage von Beweismitteln gemäß unserer Verfügung vom 19.9.1959«. Vier Jahre waren vergangen.

Außerdem, heißt es weiter, »weisen wir Sie nochmals darauf hin, dass auch die Wohnsitzvoraussetzungen des Art. 27, Abs. 3 REAO nachgewiesen werden müssen, da es sich um eine sogenannte Ostsektorenentziehung in den vorliegenden Verfahren handelt«.

Dass die Wohnung der Berkheims nun im von den Russen kontrollierten Sektor Berlins lag, machte die Beweisführung nicht einfacher.

Sie gelingt meinem Vater und seinen Geschwistern in den fünf Jahren seiner Bemühungen nicht; ich finde dazu keine Dokumente. Und daher ist die abschließende Antwort schließlich eine Rückweisung. »Die Antragsteller«, heißt es darin, »machen als angebliche Erben nach Herbert und Anna Berkheim rückerstattungsrechtliche Schadenersatzansprüche wegen der Entziehung folgender Vermögenswerte geltend: Gold, Silber, Schmuck, Radio, Hausrat.

Die Geschädigten wohnten in Berlin C2, Fischerstraße 5 b. Aus den OFP-Akten – Vermögensübersicht – IV/2699 ist eine Entziehung von Hausraterlös in der Höhe von RM 18 ersichtlich. Im Übrigen fehlen Angaben über die Art und Weise und den Umfang der Entziehungsvorgänge.

Die Ansprüche mussten nach Art. 56, Abs. 2 REAO zurückgewiesen werden, da trotz Aufforderung die Wohnsitzvoraussetzungen der Art. 27, Abs. 3 REAO nicht nachgewiesen werden können. Demzufolge sind Rückerstattungsansprüche nicht gegeben. Gez. Schulz«.

An Jom Kippur 1939, am Versöhnungstag, waren bei allen Juden auch noch die Radios beschlagnahmt worden. Aber weshalb nur? Sollten nicht alle den Ansprachen »Des Führers« lauschen?

Als Anna, Herbert und ihr dreijähriger Sohn Michael am 1. November 1941 in ihrem Zuhause in Berlin, Fischerstraße 5 b, verhaftet wurden, hatten sie kein Radio mehr und auch keinen Gold- und Silberschmuck. Und der Hausrat? Kam der erst unter den Hammer oder in fremde Hände, als sie ins Ghetto Łódź deportiert worden waren? Dass sie nach Łódź kamen, steht auch in der »Transportliste« der Gestapo Berlin.

Danach wurden sie nach Chelmno verschleppt, und Anna oder Chana, Herbert und Michael starben am 14. Mai 1942 in der Gaskammer. Das ist in der »Central Database of Shoah Victims' Names« der Internationalen Gedenkstätte Yad Vashem festgehalten.

Vom Warschauer Ghetto steht nichts.

Am 12. Dezember 1959 wurden sie vom zuständigen Amtsgericht in Berlin rückwirkend auf den 31. Dezember 1945 für tot erklärt. Was wussten mein Vater und seine Geschwister über ihre Ermordung? Erhielten sie doch noch eine Entschädigung »wegen Schadens an Leben« für den Tod ihrer Schwester? Und etwas »wegen Schadens an Eigentum« für den Gold- und Silberschmuck, das Radio und den Hausrat? Dazu finde ich keine Akten. Und er erzählte mir nie etwas dazu.

Im Sommer, nachdem Anna oder Chana, Herbert und Michael in Chelmno starben, wurden dort zum ersten Mal die Leichen verbrannt, ihre Knochen zertrümmert und geprüft, ob die Spuren der Vernichtung vernichtet werden konnten. Diese Erfahrung war später für andere Konzentrationslager nützlich.

Der Garten um unser Haus hat erst ein paar wenige Jahreszeiten hinter sich. Noch sind nicht so viele Sturmnächte durch ihn hindurchgezogen wie durch den Garten auf der anderen Straßenseite. Noch haben nicht so viele Hitzetage auf ihm gelastet, sind die Pflanzen noch nicht so oft von einem Starkregen vollkommen durchnässt und zerzaust worden. Noch haben nicht so oft Tautropfen im Beet geglitzert und später im Jahr der Raureif.

Manchmal kommt ein Igel vorbei. Er tritt aus dem Dickicht des verwunschenen Gartens auf der anderen Straßenseite heraus, marschiert mutig über die Kreuzung und will zu uns. Über die kniehohe Mauer, die unseren Garten zur Straße hin abschließt, kann er aber alleine nicht klettern. Wenn Menschen vorbeikommen, setzen sie sich auf die Mauer, ruhen sich aus und plaudern ein wenig. Der Igel steht vor ihr und wirkt verwirrt.

Seele

Ich bin von zehntausend Dingen umgeben. Ich bin eine wimmelnde Wolke im Zentrum einer weiteren wimmelnden Wolke aus Gegenständen. Sie umgibt mich wie der Wall die mittelalterliche Burg. Es sind Dinge, die ich brauche, und Dinge, die ich nicht brauche und die in der Wohnung herumstehen, im Keller oder in der Garage lagern und dort verschimmeln.

Wie viele Kleider, Hosen und Jacken hängen in meinem Schrank, wie viele verlassen ihn nie? Formen sie mich zu der, die ich bin oder sein möchte? Und erst die Schuhe! Es sind fast dreißig Paar, die Pantoffeln, *Finkli*, die Bergschuhe, Turnschuhe, Gartenschuhe und Langlaufschuhe eingerechnet. Dabei hätte ich ja rein theoretisch 300 Paar Schuhe oder wie die schreckliche Imelda Marcos 3000, aber da reiße ich mich zusammen.

Und dann die Stühle, Tische, die beiden Sofas, die Betten und das ganze Bettzeug. Die Töpfe und Pfannen, schließlich koche ich gern. Die Teller, Schüsseln und Platten, die Schöpflöffel, Messer und Gabeln, die Wasser-, Wein- und Schnapsgläser. Weiter die Blumenvasen und die Blumentöpfe aus gebranntem Ton. Und, wichtig, die Steine und Muscheln, die ich in den Bergen und auf Reisen sammle, meine Souvenirs.

Krimskrams, *Schmattes, Gschmöis.* Lauter Dinge, die mich mit der Welt verbinden. Lauter Dinge, die für Taten und Erlebnisse stehen, für Vorhaben und für Hoffnungen. Die mir meine Vergangenheit und Herkunft vor Augen führen und auch meine

Pläne und Ideen. Lauter Dinge, die in der Zeitachse rückwärts und vorwärts weisen können. Lauter Dinge, die mich schützen in einer Welt, in der es gefährlich werden kann.

Mein Pyjama zum Beispiel. Er hat ein langes Leben hinter sich. Er hat mehrere Löcher, kleine und große, am Rücken und unter den Armen, aber ich kann mich einfach nicht von ihm trennen. Noch nicht! Er ist so schön weich! Er hat so viele Nächte mit mir verbracht. Ich berühre seinen Stoff, spüre ihn auf der Haut, wenn ich mir das löchrige Oberteil über den Kopf und die Brust ziehe. Er umfasst mich, schützt mich, geht mit allen meinen Bewegungen mit. Er lebt! Im Bett ist er mir näher als alles andere, meistens.

Tot ist er erst, wenn er aufgebraucht ist, wenn er mir nicht mehr antwortet auf meine Sehnsüchte. Und auch meine Tasse, an ihrem Rand ist ein Splitter abgeplatzt. Jeden Tag braue ich mir Tee, trinke die Hälfte in kleinen Schlucken und vergesse ihn dann. Stundenlang steht die Tasse mit der kalten, dunkler werdenden Brühe herum. Am Bett, auf dem Esstisch, in der Küche, beim Computer. Ich denke, diesmal ist es anders, diesmal sehe ich sie, erinnere ich mich und trinke sie rechtzeitig leer. Wenn der Tee noch warm, wenigstens lauwarm ist und goldbraun schimmert.

Aber Dinge rufen nicht. Sie sind anwesend, zeigen sich, auch wenn sie niemand wahrnimmt. In ein frühes Fotoalbum schrieb mein Vater: *Auch Möbel haben eine Seele!*

Im Garten lösen sich die Jahreszeiten ab. Sie sind nie ganz gleich und doch so ähnlich, dass mich ihr stetes Wiederkommen beruhigt. Nach dem Winter folgt der Frühling, und auch wenn der Winter eine anhaltend trübe Mischung aus Spätherbst und Vorfrühling war, hat der Frühling seine besondere Frische und Kraft. Im Garten stoßen die Grüntöne aus den gestutzten Stauden und aus der Erde und lösen die verschiedenen Braun und Grau ab. Zuerst tragen sie einen Stich ins Gelbe, leuchten frivol. Dann dunkeln sie nach, während die Stängel und Blätter sprießen und größer werden.

Der Eisenhut hat dieses Jahr vier neue Schösslinge getrieben. Er ist stärker als das Jahr zuvor und wird wunderbar blühen in seinem dunklen Blau.

Am *Shoah*-Gedenktag, es ist ein Tag Ende April, mache ich einen Ausflug. Ich bin in Israel, und das Ziel ist ein bekannter Wasserfall auf dem Golan, der in einen Badeteich stürzt. Die Sonne scheint, die Hügel sind frischgrün, es weht eine Brise. Alles wirkt friedlich an diesem Frühlingstag, doch auf dem Weg zum Wasserfall ist von weitem Geschützdonner zu hören. Niemand sagt etwas dazu.

Am Wasserfall wimmelt es von jungen, ultraorthodoxen Männern; sie sind gut gelaunt. Sie trauern nicht an diesem nationalen Feiertag. Um die Toten der *Shoah* trauern sie an ihren traditionellen Trauertagen. Heute dürfen sie fröhlich sein. Alle reden laut durcheinander und lachen. Sie springen ins Wasser, ihre *Tallit* sind klatschnass, die *Pejes* kleben an ihren leuchtenden Gesichtern. Frauen gibt es nur zwei, und ich fühle mich fremd; niemand in unserer Familie war so religiös. Soweit ich weiß. Sie wurden verfolgt, weil sie Juden waren, das war Grund genug. Das hatte schon lange Tradition; tiefe Religiosität brauchte es gar nicht mehr.

In Israel sind Juden keine Minderheit. Die einen sind religiös, die anderen nicht. Die einen leben in ihrer Welt, versunken oder auch verschanzt hinter Mauern und Geboten; sie bleiben auch für mich entrückt. Vom Staat profitieren sie, sind jedoch nicht an ihm oder der zionistischen Idee interessiert. Die anderen sind weltoffen, hedonistisch, kritisch. Dritte sind militant, aggressiv und ja, rassistisch; sie schockieren mich. Manche sind herzlich und voller Humor, andere treten ziemlich forsch auf und halten sich nicht mit Höflichkeitsfloskeln auf. Aber sie alle sind hier auch selbstbewusst zu Hause. Das zu sehen ist schön. Nach all den Pogromen, Fluchtbewegungen, Neuanfängen.

Und doch, auf Schritt und Tritt stoße ich auf Widersprüche, Selbsttäuschungen, blinde Flecken in der Wahrnehmung des Alltags. Auf neue Fragen, auf das, was ich alles nicht weiß. Und ich komme mir auch vollkommen einfältig vor in meinem Wunsch, es möge hier Frieden und Raum für alle geben. *Unterbelichtet* bin ich und unscharf und genauso weit davon entfernt wie anscheinend alle anderen, eine Idee zu haben, wie das Zusammenleben hier gehen könnte.

Einwanderer und Geflohene wie meine Tante Paula und meine Onkel Efrem und Avram, die Mitte der Dreißigerjahre Palästina erreichten, kommen immer noch jeden Tag an. Aus Äthiopien, Russland, der Ukraine. Im Flugzeug, Auto, per Bus oder nach einer langen Schiffsreise betreten sie *Eretz Israel*. Ankommen ist immer ein Schock.

Auch für Paula, Efrem und Avram war alles viel fremder, als sie es je für möglich gehalten hatten. Die Hitze, der drückende Sommer, die Feuchtigkeit im Winter, die schlechten Straßen, mies gebauten Wohnungen, das fremde Essen. Die Sprache, vor allem auch die Sprache. Dieses ganze unterentwickelte Land. Es war ihre Chance, etwas aufzubauen, aber auch eine Zumutung.

Als sie in Palästina ankamen und im Hafen von Jaffa an Land gingen, trafen sie auf Menschen, die hier schon lebten. Jaffa war umgeben von einer riesigen Plantage von Orangenbäumen. Die süßen Jaffa-Orangen! Nun ist alles zugebaut. Dass hier schon

Menschen lebten und arbeiteten, dass sie Häuser bauten, Läden betrieben und einkauften, in ihren Küchen kochten und an Tischrunden aßen, dass sie sich liebten und sich stritten, Kinder bekamen und sie aufzogen, ist eine Tatsache. Das schleckt keine Geiß weg, schon gar keine Geiß wie Zlateh aus Isaac B. Singers Kinderbuch. Zlateh ist eine Geiß der Liebe.

Die Schikanen und Verfolgungen nahmen in Deutschland weiter zu, das erfuhren Paula, Efrem und Avram sicher noch. Dann überfielen die Nazis Polen. Die Schrecken des Kriegs waren weit weg von Palästina. Gleichzeitig waren sie immer präsent, immer nah. Irgendwann blieben die Nachrichten aus.

Wo war ihr Vater Moritz? Wo war ihre Schwester Anna? Was machte ihr Bruder Beny? Sie hatten ein schlechtes Gewissen, bestimmt hatten sie ein schlechtes Gewissen, früh genug abgehauen zu sein. Und von dort, wo sie jetzt lebten, nicht mehr unternommen zu haben, um ihre Familie zu retten. Später machten sie meinem Vater Vorwürfe, dass er nicht auch geflohen war, früh genug, und ihren Vater nicht besser geschützt oder mitgenommen hatte. Ihren Vater, den sie doch alle auch gefürchtet hatten, so hart, wie der hatte sein können.

Das erzählten sie mir aber nie. Das erfahre ich erst von meiner Cousine in Tel Aviv.

Wenn Paula und Efrem uns in Zürich besuchten, sprachen sie nie darüber. Ich wusste nicht, wie schwer die erste Zeit in Palästina für sie gewesen war. Auch für meinen Onkel Avram, den ich nie kennenlernte. Keine Arbeit, die falsche Arbeit, ein schlechtes Haus, kein Geld. Heimweh. Solches Heimweh nach dem kühleren Wetter, dem anderen Essen, der Sprache. Ja, Deutsch war ja auch ihre Sprache.

Ich dachte nie darüber nach. Für mich kamen sie aus einem

warmen Land weit weg. Aus einem Land, wo die Datteln wuchsen, die sie mitbrachten, und wo die Halva herkam, mit der wir uns den Bauch vollschlugen. Es war das Land, das ihr Zuhause war. Irgendwann begriff ich, dass es auch das Land war, das ihren Neuanfang bedeutet hatte. Es war das Land für ihr Leben danach, für ihr Überleben, so unklar mir war, wie es dazu hatte kommen können.

Im Fotoalbum treffe ich sie nun wieder an. Paula in Rock und Bluse, mit onduliertem Haar und lächelnd. Efrem in Hemd und Anzughose, mit der Leica in der Hand, den Riemen um den Hals, den Kopf schief gelegt und mit ernstem Gesicht. Avram fehlt.

Beim Wasserfall auf dem Golan übertönen das Rauschen und die fröhlichen Stimmen das Donnern der Geschütze.

Hand

Im Garten ist immer etwas im Wandel. Vielleicht nur etwas Kleines, das im Lauf eines Tages gar nicht auffällt. Nach einer Woche sehe ich plötzlich, was die Pflanzen so getan haben. Den lieben langen Tag lang. Sie spüren die Sonne und ihr Fehlen. Zum Beispiel. Sie spüren auch den vorüberziehenden Schatten einer Wolke oder eines Menschen, der sich über sie beugt; kurz wird es dunkler und kühler für sie. Spüren sie auch die Aufmerksamkeit, die Liebe, mit der ich sie betrachte? Wahrscheinlich ist sie ihnen gleichgültig.
Doch sie kennen die Insekten, die von ihnen leben, und die Käfer, die an ihnen nagen und sie gefährden. Den Käfern antworten sie. Sie verströmen einen Duft, der sie verjagen soll, und sagen damit den Pflanzen, die um sie herum wachsen, dass es Zeit ist, sich in Acht zu nehmen. Dass es Zeit ist, auch einen Warnduft auszuschütten.
Die intensivsten Düfte steigen von verletzten Pflanzen auf, aus frischgeschnittenem Gras und aus abgesägten Ästen oder einem gefällten Baum. Wie gut das duftet, denken wir, und atmen tief ein.

Unauffällig habe ich mich Richtung Schweizer Grenze bewegt, erklärte mir mein Vater im Botanischen Garten; ich war immer noch auf der Parkbank festgenagelt. Er war auf der Flucht und inzwischen im Elsass unterwegs. Wo sein Vater war und ob er noch lebte, konnte er nicht wissen. Und nach ihm suchen konnte er auch nicht, denn von Mülhausen aus suchte er etwas für sich selbst, eine Stelle, an der die Grenze keinen Zaun hatte. Und weniger streng bewacht wurde.

Wie viel Energie er immer hatte! Echt anstrengend war das manchmal, diese Unternehmungslust und Sportlichkeit, wirklich nervtötend. Es gab Tage, an denen ich am liebsten im Pyjama zu Hause geblieben wäre. *Blööterle*, trödeln, etwas basteln, träumen, lesen. Dem Schnurren der Katze zuhören, über ihr weiches Fell streicheln. Essen und schlafen. Und dann kam er ins Zimmer gestürmt, schon komplett angezogen und gut gelaunt. Er zwang uns, wandern zu gehen. Immer mussten wir alle zusammen wandern, zusammen Skifahren, zusammen ausfliegen.

Als ich die erste Menstruation bekam, ich war elf, schaute er mich lange an. In seinem Gesicht zeigte sich ein erschrecktes Staunen, und dann sagte er: *Das ist keine Krankheit, du kommst mit.* Dass es keine Krankheit war, damit hatte er natürlich vollkommen recht. Aber wir marschierten dann fünfundzwanzig Kilometer durch die Gegend, und mein Bauch tat weh. War er jetzt so hart zu mir wie sein Vater zu ihm? Wollte er mich abhärten? Oder fürchtete er das Zeichen, das dieses Blut ja war? Ich wurde erwachsen, ich kam ihm langsam abhanden. Fürchtete er das?

Wie viele Rot gibt es? Rot wie der gestrickte Winterpullover für die Tage im Schnee. Rot wie die Lampe in der Dunkelkammer. Rot wie Spornblumen, wie Lippenstift. Rot wie der nigelnagelneue Schweizer Pass. Rot wie der rote Faden, wie die rote Linie. Rot wie Blut.

Wir saßen nebeneinander auf der Parkbank im Botanischen Garten. Ich schaute ihn immer wieder von der Seite her an, während er in den Garten hinausredete. Die Periode hatte ich nun schon seit vier Jahren, und er hatte sich daran gewöhnt. Doch wir mussten uns jetzt verabreden. Zwei Jahre zuvor hatte er unsere Familie verlassen.

Er war gegangen, ohne Ankündigung, Erklärung, also scheinbar ohne Grund, ohne ein Wort. Es schneite an dem Tag. Weihnachten war vorüber, wir waren noch in den Bergen, also dort, wo wir immer hinfuhren, bei Serneus. Kerzen, Christbaum, der Chanukkaleuchter mit dem *Schammes*, der neunten Kerze, mit der alle anderen angezündet werden konnten, und der Duft nach Harz, wie immer. Geschenke, das Essen wie immer. Am Weihnachtstag, es war ein ruhiger Tag wie immer, stand ich vor dem Chalet *Bergfrieden*, das in den Schwarzweißfotos eine dunkle, durch die Fenster und Balkone strukturierte Fläche ist.

Ich muss arbeiten, sagte mein Vater. Das war ein wenig seltsam, aber noch kein Grund, misstrauisch zu werden. Arbeit an Feiertagen, das kam vor. Vor allem bei jemandem, der immer wieder sagte: *Meine Arbeit ist mein Hobby.* Die Graphik, das Büro, das war nicht nur eine *Maloche* für Geld, das war eine Leidenschaft. Was er nicht sagte: Da, wo meine Leidenschaft ist, ist auch meine Geliebte. Meine Mutter schwieg.

Ich stand also im Pullover in der Kälte, er stieg ins Auto. Ich stand auf der Straße vor dem Chalet, er fuhr los und die Straße hinab. Ich stand immer noch vor dem *Bergfrieden,* er winkte aus dem Fenster. Das Letzte, was ich von ihm sah, waren sein Unterarm und die linke winkende Hand. Ich war dreizehn. Er war weg und kam nie wieder nach Hause.

Dort zeigte der Teppich ein dunkles Rechteck und einen Kreis. Das Bett war weg und eine Ständerlampe, seine Kleider, ein paar Bücher und ein Koffer. Natürlich, es hatte oft Streit gegeben in den letzten Monaten, und mein Vater hatte am Frühstück ein hartes Gesicht, meine Mutter manchmal Tränen in den Augen. Aber Trennung? Scheidung? Das war für mich *unvorstellbar* gewesen.

Meine Mutter holte das Tagebuch hervor, in das sie so lange nichts mehr gezeichnet hatte, und schrieb: *Am 25. Dezember fuhr Papa weg. Wir drei machten Ferien im Bergfrieden, fuhren Ski (du hast Rennhosen bekommen!). Wir sind nur einmal auswärts essen gegangen. An Silvester tranken wir ein bisschen Champagner und waren recht nachdenklich.* Sie wählte das Wir und das Du.

Ein Jahr später: *Erste Weihnacht ohne Papa. Gute Noten in der Schule, besonders in Französisch.* Mein Vater schrieb nur noch einmal ins Buch, an meinem darauffolgenden Geburtstag. Sicher lag Schnee. Er wünschte sich *wieder Frieden in der Familie.* Danach brechen alle Einträge ab; es folgen lauter weiße Seiten, eine ausgedehnte weiße Landschaft.

Zu Ende ist aber nicht zu Ende, es geht immer weiter, nur anders. Die Fäden verlieren sich nicht.

Wunden

Ich habe immer wieder gearbeitet. Alles Mögliche, erzählte er im Botanischen Garten weiter. Er redete, und mein Blick schweifte über die Köpfe der Blumen, die nach Gattungen geordnet und sauber mit lateinischen Namen beschriftet in den Beeten standen. Familien, sauber beschriftet. Mein Blick streifte die Buchen und Linden im Hintergrund, ich sah das Blaugrau des Himmels. Und dann, plötzlich, aus dieser unauffälligen Heiterkeit des Himmels heraus, packte mich Seekrankheit.

Die Parkbank bewegte sich auf und ab, der Boden schlingerte, die Bäume, wie entwurzelt, stiegen in die Luft. Das Beet vor meinen Augen schwankte und wurde zu einem in die Höhe gezogenen, welligen Streifenmuster in Rostrot und Olivgrün. Alles spielte mir mit seinem Schlingern einen Streich. Nichts davon kam mir über die Lippen. Ich blieb stumm sitzen und tat so, als wäre alles wie immer, alles in Ordnung. Denn gleichzeitig sah ich etwas. Es war etwas aufgegangen, was bei uns das hundertste Zimmer gewesen war. Dieses Zimmer zu betreten war so lange unmöglich gewesen. Es war mit dem Satz *Wenn du alt genug bist, erzähle ich dir das einmal* verschlossen gewesen.

Nun hatte sich die Tür einen Spaltbreit geöffnet.

Das Zimmer war voll, das sah ich mit einem Blick. Voller Bruchstücke, Trümmer. Sie warfen sofort neue Fragen auf, ja, alle Trümmer waren von einer Schicht aus Fragen überzogen. Eine Schicht aus Fragen, so januarkalt wie frischer Schnee, nur ohne seine Poesie. Doch zu viele Fragen, das war klar, würden meinen Vater auf diese Trümmer schleudern. Auf die Trümmer, die er hinter sich gelassen oder einfach gut in sich verschlossen hatte. Ich wollte ihn nicht auf sie stoßen, ihn nicht fallen und weiter weinen sehen.

Es war etwas geschehen, früher, in jener Zeit, in der ich *noch als Stern in der Milchstraße herumgesaust* war. Es war etwas geschehen, was alles Vorstellbare gesprengt hatte.

Aber vor Trümmern stand auch ich jetzt. Mein Vater war ausgezogen. Meine Eltern hatten sich scheiden lassen und sprachen nicht mehr miteinander.

An welche seiner Sätze kann ich mich wirklich erinnern? Ich misstraue meinen Erinnerungen mit jedem Jahr mehr. Warum bloß habe ich nicht nachgefragt? Was hatte er auf seinem langen Weg alles getan und gesehen? Was hatte er wirklich erlebt? Wo war ihm wer zur Seite gestanden? Hatte er vielleicht Dinge getan, für die er sich später schämte? Was sagte er genau? Verstand ich ihn richtig? Erinnere ich mich richtig? Erinnerte er sich richtig? Warum erzählten meine Tanten, meine Mutter, meine Onkel nichts. Warum haben alle so eisern geschwiegen?

Inzwischen verblasst auch das, was mir mein Vater erzählte, immer mehr, wird langsam unsichtbar. Wird zugedeckt, wächst zu. Gras, Blumen, Büsche. Einiges bleibt sichtbar. Alles zusammen bildet die Wirklichkeit, es ist eine Landschaft voller Geheimnisse. Der Wind streicht unaufhörlich über sie. Sie ist grasbedeckt oder nur festgetreten und an manchen Stellen leicht staubig. Sie ist die Oberfläche. Auch Bäume wachsen aus ihr heraus, ganze Bäume. Was unter der Grasnarbe und unter der festgestampften, nackten Erde liegt, ist vergangen.

Im letzten Sommer habe ich eine kleine Rosskastanie im Beet entdeckt. Sie hat sich selbst ausgesät, sie hat sich ihren Platz ausgesucht und sich inzwischen fest eingewurzelt. Sie fühlt sich wohl. Ob sie bleiben kann, wird bald eine Frage werden, denn sie hat sich hinter die Zierkirsche gesetzt. Wächst sie, wie sie wachsen will, wird sie die Kirsche irgendwann bedrängen. Der krautige Kerzenknöterich breitet sich auch zu sehr aus, der schießt wieder ins Kraut. Dem müsste ich Grenzen setzen, doch seine Wurzeln und seine Widerstandskraft sind wirklich stark, und die Bienen lieben seine roten, ährigen Blüten.

Mein Vater sagte nicht viel. Andere sagten noch weniger. Warum schwieg er so lange? Es gab doch Wörter, es gab doch Buchstaben. Er hätte die Buchstaben nehmen und aneinanderreihen, Wörter bilden können. Er hätte diese Wörter aufschreiben oder laut sagen können. Doch er schwieg. Fiel es ihm leicht zu schweigen? So lange zu schweigen? Oder standen ihm die Wörter die ganze Zeit auf der Zunge und wollten hinausschlüpfen?

Er erzählte anderen davon, Freunden vielleicht, meiner Mutter sicher. Warum schwiegen die? Hatte es ihnen die Sprache verschlagen, gab es gar keine Sprache dafür? Oder wollte niemand zuhören? Genug jetzt! Sehen wir nach vorn! Sagten alle das Gleiche? Die Zeit heilt alle Wunden!

Ja, es gab die, die sprechen konnten. Oder schreiben wie Primo Levi oder Charlotte Delbo. Viele konnten das nicht. Überlebende und Soldaten, die aus dem Krieg zurückkehren, sind oft ohne Sprache für das, was sie erlebten, das weiß doch jeder. Das ist gut erforscht, dazu gibt es Arbeitspapiere, Bücher, Weiterbildungen für Psychologinnen und die Supervision.

Versteinert bleiben sie. Stumm sitzen sie da, immer noch geschockt und voller Scham und Schuld, überlebt zu haben. Und gleichzeitig glücklich, entronnen zu sein. Und doch nicht in der Lage, die Grausamkeiten zu vergessen, die sie erlebten, überlebten. Oder anderen antaten, antun mussten. Außer nachts, wenn sie schlaflos im Bett liegen. Wenn die *Dibbukim* um ihre Betten stehen oder sich an sie klammern.

Doch es gab auch Menschen, die zuhörten, zuhören konnten. *Mentschn* wie Doktor Fliess, der sich in Zürich um *die Emigranten* kümmerte, wie mein Vater sich und die anderen Geflohenen nannte. Er hörte denen zu, die nach Monaten und Jahren wie angeworfen und aus heiterem Himmel Panik bekamen, ausgerechnet in dem Moment, in dem sie das Haus verlassen und zur Arbeit gehen wollten. Oder sollten. Er hörte denen zu, die einfach so, ohne ersichtlichen Anlass, am ganzen Leib zu zittern begannen, in kalten Schweiß ausbrachen und nicht mehr unterdrücken konnten, was aus ihrem Innern hervorquoll. Er hörte zu.

Mehr als zwanzig Jahre ging mein Vater zu ihm. Doktor Fliess hörte zu, auch wenn ihn vielleicht am frühen Nachmittag nach einem etwas zu üppigen Mittagessen bleierne Müdigkeit befallen hatte. Er hörte zu, auch wenn mein Vater im Lehnstuhl gegenüber wieder nur stockend sprach und schon wieder vom Gleichen erzählte, einfach nicht darüber hinwegkam. Runde um Runde hörte er zu. Oder wenn mein Vater wieder um den heißen Brei herumschwadronierte, nicht zur Sache kommen wollte oder konnte, sich wieder einmal selbst belog, hörte Doktor Fliess zu.

Vielleicht packte den kugelrunden Doktor Fliess manchmal ein heiliger Zorn, eine fürchterliche Ungeduld und sofort auch ein schlechtes Gewissen, was er aber in der nächsten Sitzung mit seinen Doktorenkollegen besprechen wollte; das nahm er sich bestimmt dann vor.

Ich wusste, dass mein Vater zu Doktor Fliess ging. Hatte er mir das erzählt? Und einmal nahm er mich sogar mit zu ihm. Weshalb? Waren die Skelette, die mein Zimmer bevölkerten, vielleicht der Grund? Hatte ich doch von ihnen berichtet? Ich kann mich nicht erinnern, ich kann mich an kein Gespräch mit Doktor Fliess erinnern, und ich wäre dafür auch viel zu jung gewesen, viel zu klein. Doktor Fliess ist mir nur als hoch aufragender, birnenförmiger Schatten im Gedächtnis. Als unscharfer Schatten im gemütlichen, auch unscharf schattenhaften Raum einer Wohnung in Zürich.

Doch Doktor Fliess' Raum mit den Lehnstühlen, so stelle ich mir heute vor, war der Raum, in dem mein Vater als glücklicher und unglücklicher, als erschütterter, schuldbeladener, als heilfroher, lebenshungriger Überlebender sprechen konnte. Er bot genug Schutz. In diesem Raum versuchte mein Vater, das Unerträgliche tragbar zu machen. Wie tief konnte er in sich hineingehen, wie die Bilder sichten, die er dort antraf? Doktor Fliess hörte zu, und er wusste, dass es, auch wenn er müde war vom Mittagessen und nicht ganz dabei, richtig war, was er tat. Und wenn er wieder das Gleiche erzählt bekam und sah, dass er nicht viel ändern konnte und einfach ein unerträglicher Rest blieb, erzählte er manchmal einen Witz. *Kommt der Rebbe zum Psychiater und sagt …*, dann konnten beide lachen, bis die Tränen kamen.

Hatte mein Vater mit Doktor Fliess den Satz *Wenn du alt genug bist, erzähle ich dir das einmal* abgesprochen?

Wer nicht darüber sprechen kann, kommt anders weiter. Das ist das Leben. Zwar steigen die Erinnerungen manchmal hoch oder sogar quälend oft, aber alles *verarbeiten,* wie das die Psychologen nennen? Den einen gelingt es vielleicht. Bis zu einem gewissen Punkt. Und allen, die mir sagen, wenn etwas nicht verarbeitet sei, wiederhole es sich, kann ich nur antworten, dass das stimmt. Theoretisch und auch praktisch, ich habe es erlebt. Doch nicht jedem Menschen ist es möglich. Nicht alles kann verarbeitet werden.

Es war einfach nicht möglich, über die Verschollenen und Toten hinwegzukommen. Über die Haufen von Trümmern, die Haufen von gestohlenen Dingen, über die viele gestohlene Zeit. Über die vielen offenen Fragen, Enden. Das blieb einfach.

Wer weiterleben will, muss auch vergessen, wenigstens für die Arbeit, für die Abendessen und die Ausflüge mit der wiedergefundenen oder der neugegründeten Familie und sich dem zuwenden, was jetzt vor seiner Nase liegt. Neue Gerüche. Neue Landschaften. Ein Garten zum Beispiel, beruhigend, gepflegt oder auch struppig, aber auf jeden Fall anders.

Wer weiterleben will, muss auch weitergehen können.

Auf der Parkbank im Botanischen Garten begann ich zu ahnen, wie viel *Massel* es gebraucht hatte, damit ich zur Welt kommen konnte. Nur, war ich auch eine würdige Entschädigung für die Toten, die Verlorenen?

Schreibmaschine

Mein Vater hatte ans Gymnasium und an die Kunstakademie gehen und dann Graphiker werden wollen. Das aber, lese ich in seiner eidesstattlichen Zeugenaussage vom Oktober 1957, wurde »mit Rücksicht darauf, dass ich Jude bin, abgelehnt«. Mit Rücksicht. Warum in aller Welt formuliert er das so affektiert? Da hatte doch irgendein Beamter von irgendeinem Amt irgendeine Weisung von oben nach unten weitergegeben, rücksichtslos und ohne Widerstand einfach getan, was zu den Aufgaben seiner Dienststelle gehörte.

»Ich musste deshalb bei Bamberger & Hertz in Stuttgart als Dekorateur in die Lehre gehen. Ich durfte nebenher auch nicht die Kunstgewerbeschule besuchen, auch an keinen Kursen teilnehmen.«

Er begann also 1934 die Lehre als Dekorateur für Knaben- und Herrenkonfektion. Was blieb ihm anderes übrig? Kleidete er männliche Puppen, kleine und große, aus und wieder ein? Stellte er sie neu hin? Verschob er sie, richtete er sie aus? Schrieb er Preisschilder, und platzierte er sie sorgfältig im frischgeputzten Schaufenster? Und legte er Pullover und Hosen auf die zarte Landschaft aus farbigen Seidenpapieren, und drapierte er sie? Langweilte er sich manchmal? Viel später, das lese ich in den Dokumenten, erklärte er dem »Landesamt für die Wiedergutmachung«, dass er bei Bamberger & Hertz auch graphische Arbeiten für Plakate und Inserate machen und Pläne für die Schaufenster zeichnen konnte.

Machte ihm die Arbeit also Spaß? Hatte er einen netten Chef, fühlte er sich geschätzt? Hatte er den Traum, Graphiker zu werden, begraben oder nur tief in seinem Innern verborgen? Aufbewahrt für eine Zeit, in der er den Traum aus seinem Versteck holen konnte?

Ich kann mir nicht vorstellen, nicht wirklich, was es bedeutet, wenn einem Beamte die Ausbildung verwehren.

Es waren Beamte, die in ihren stillen, überheizten Büros saßen, Befehle in Briefe gossen und auf ihren schweren Schreibmaschinen mit Durchschlag ins Reine tippten. Das war die Arbeit, das reichte. Sie drehten das Papier samt Durchschlag aus der Schreibmaschine und zogen dabei am oberen Rand. Vielleicht trugen sie noch weiße Ärmelschoner; die Unterarme wischten ja ständig über den Tisch und konnten Tintenklekse abbekommen.

Dann unterschrieben sie mit i. V. oder auch selbst und ohne i. V., falteten das Papier sorgfältig zusammen, steckten es in den beschrifteten Umschlag, klebten ihn zu und legten ihn zum Versand auf das Tischchen neben der Bürotür. Dort stapelten sich die Briefe im Lauf des Tages, stelle ich mir vor. So verhinderten die Beamten leise, effizient und ohne Anstrengung eine Ausbildung, zwei Ausbildungen, tausend Ausbildungen und auch große oder kleine Pläne, Träume.

Der »Reichsparteitag der Freiheit« in Nürnberg brachte im September 1935 verschiedene neue Gesetze. Die Allgemeine Wehrpflicht etwa und das »Reichsflaggengesetz«, das die neue Nationalflagge in Rot, Schwarz und Weiß mit Hakenkreuz bestimmte. Wie stark dieses Zeichen war! »Wir haben die alten Fahnen in neuer Form dem deutschen Volke gegeben«, erklärte »Der Führer« und nutzte jeden Anlass für ein Fahnenmeer.

Ämter, Rathäuser, Kirchen, Schulen, ganze Städte wurden beflaggt. Doch das Hissen der Flagge war nur den richtigen Deutschen vorbehalten, »kein Jude soll je unsere Fahnen berühren«. Ihnen waren nur die »jüdischen Farben« gestattet.

Doch was waren jüdische Farben? Blau und Weiß vielleicht? Oder Gelb und Schwarz? Den »Judenstern« gab es noch nicht.

Nach Abschluss der Lehre blieb mein Vater zuerst bei Bamberger & Hertz. Doch, so steht es in den Dokumenten, »aus Gründen der Rasse musste er seine Stellung als unselbständig Beschäftigter im September 1936 aufgeben. Er musste sie aufgeben, weil die Inhaber der Fa. Bamberger & Hertz Juden waren und die Firma arisiert wurde. Herr Olonetzky verlor also aus Verfolgungsgründen seinen Arbeitsplatz.«

Später, am 7. Januar 1954, werden die Beamten des »Landesamts für die Wiedergutmachung« erklären, mein Großvater sei gar nicht in der Lage gewesen, meinem Vater das Gymnasium und die Kunstgewerbeschule zu bezahlen. Es waren vielleicht dieselben Beamten, die auch die früheren Briefe geschrieben hatten und die jetzt auf einer neuen Stelle im »Landesamt für die Wiedergutmachung« saßen. Oder es waren neue, andere Beamte. Auf jeden Fall erklärten sie, mein Großvater Moritz sei da schon »verarmt« gewesen.

»Es kann als erwiesen angesehen werden«, stand in dem Schreiben, »dass für den Antragsteller der Besuch der Mittelschule oder Oberschule nie vorgesehen war. Auch ist anzunehmen, dass sein Vater nicht in der Lage gewesen ist, die Kosten einer solchen Ausbildung zu bezahlen. Der Antragsteller hatte noch vier Geschwister, siehe Akte II Ziffer 4. Außerdem war seine Mutter bereits im Jahre 1921 gestorben, siehe Akten des Wohlfahrtsamtes Stuttgart.

Am 10. 4. 1938 hat der Vater des Antragstellers an das Wohlfahrtsamt ein Unterstützungsgesuch zur Übernahme der Kosten für den Aufenthalt im Katharinenhospital gestellt. Er war also im Jahre 1938 verarmt, dass Verfolgungsmaßnahmen wesentlich dazu beigetragen haben, ist unwahrscheinlich.«

Das schrieben sie neun Jahre nach Kriegsende, siebzehn Jahre nachdem Moritz seine Arbeit bei Isidor Schlesinger verloren hatte und zwanzig Jahre nachdem sie meinem Vater die Ausbildung verwehrt hatten. Fiel es ihnen leicht, sich an diese Zeit zu erinnern? Sie erinnerten sich bestimmt an diese Zeit; sie waren ja doch alle Opfer geworden, irgendwie.

Sehen

Nun sind die Schilfgräser schon groß. Der Eisenhut ist ausgewachsen, die Schafgarben und die Wilden Malven auch, und der Knöterich ist schon ein Monsterbusch, der die anderen bedrängt. Aber alle warten noch zu mit Aufblühen. Nur unter der schmalen Säulenulme, die die Stadt in der Straße vor kurzem gepflanzt hat, blüht schon der Mohn. Seine Blütenknospen sind aufgeplatzt und haben die krepppapierartigen Blütenblätter freigegeben. In Rot, Weiß und Violett haben sie sich wie im Zeitraffer entfaltet. Es ist ein dichtes Beet unter dem Baum, dessen Stamm mit weißer Farbe getüncht ist, und so üppig, dass ich beobachte, wie Leute stehen bleiben, staunen und mit ihren Handys Fotos schießen.

Als mein Onkel Efrem, Ephraim, Froim oder Fritz im Oktober 1934 in Jaffa von Bord eines Schiffs der Lloyd Triestino ging, begann sein neues Leben. Noch war er kein professioneller Fotograf. Wie fühlte er sich, als er die ersten Schritte an Land machte? Schwankte der Boden ein wenig nach den Tagen auf See? War die Ankunft für ihn eine Erleichterung oder ein Schock? Packte ihn Verlorenheit und Angst? Was ging ihm durch den Kopf, als er die Fassaden der alten Steinhäuser und die gelblich-beige gepflasterten Straßen sah? Leuchtete der Himmel in sattem Blau? Leuchtete es Orange aus den Orangenhainen, die die Stadt noch umgaben? War es heiß? Sah er nun die »jüdischen Farben«? Die Flaggen in Weiß und Blau?

Die Arbeit als Mechaniker bei den Agfa-Camerawerken hatte er im Juni davor verloren. Danach verbrachte er einige Zeit »ungemeldet im landwirtschaftlichen Zentrum in Eltingen«, wo er sich auf die Emigration vorbereitete. Er lernte, was in Palästina nützlich sein konnte, Landwirtschaft, Handwerk, Gartenbau, Ivrit, das moderne Hebräisch. Dann erhielt er von der britischen Mandatsregierung für Palästina ein Einreisezertifikat und fuhr mit dem Zug, 3. Klasse, nach Italien und ging in Triest an Bord des Schiffs, das ihn nach Jaffa brachte.

Und nun war er angekommen in *Eretz Israel.* Konnte er sich hier niederlassen, sesshaft werden? Auch ihm war in Deutschland ein Studium an der Kunstakademie verwehrt worden. Woher hatten eigentlich er und mein Vater ihre Leidenschaft für Bilder, ihr Talent? Hatte Malka ihnen das vererbt? Die Kamera gehörte schon zu Efrem, ganz selbstverständlich, aber noch konnte er nicht mit ihr arbeiten.

Zuerst fand er eine Stelle als Werkzeugmacher in den Jaffa Iron Works Ltd.; er blieb etwa ein halbes Jahr, bis 28. Juni 1935. Wer half ihm, sich zurechtzufinden? Wo wohnte er? War es feucht und fremd in dem Haus? Wonach roch es in dem neuen Land? War es ihm manchmal einfach viel zu heiß? Und machte er sich Sorgen um seinen Vater, um Anna, seine andere Schwester, und um seinen jüngsten Bruder Beny? Vermisste er alte Freunde, hatte er vielleicht eine Geliebte zurückgelassen? Fand er Schlaf? Und wie war sein Kontakt mit Paula?

Viel später, als er sich auch um Entschädigung bemühte, beschrieb er in einer eidesstattlichen Aussage die schwere körperliche Arbeit und die Akklimatisierungsschwierigkeiten. Er litt unter Magen-Darm-Beschwerden, Rücken- und Halswirbelschmerzen. Später kamen Herzprobleme dazu. Es war nicht einfach, aber es gab kein Zurück.

Es wird immer ein Gras geben, das anfängt zu wachsen, erste Schösslinge, die sich anschicken, einen Wald zu gründen. Oder einen wilden Garten.

Ich war im Untergrund, hatte er erzählt, als ich ein Kind war, und unter *Untergrund* konnte ich mir nichts Genaues vorstellen. Ich getraute mich auch nicht nachzufragen. Es klang zu dunkel. Es klang nach Abenteuer, Mut und nach etwas Verbotenem. Ich verstand nicht, weshalb der *Untergrund* überhaupt notwendig gewesen war.

Efrem trat bald nach seiner Ankunft der Haganah bei. Diese paramilitärische Untergrundorganisation hatte eine Vereinigung abgelöst, die Ende des 19. Jahrhunderts als Antwort auf die Pogrome in Russland gegründet worden war. Es waren jene Pogrome, die meinen Großvater Moritz, Efrems Vater, zur Flucht aus Odessa gezwungen hatten.

Die Haganah war auch eine Antwort auf die Unruhen und ein Pogrom in der Altstadt von Jerusalem im April 1920. Gewalt zwischen den jüdischen Einwanderern und den arabischen Ansässigen erschütterten das Land immer wieder.

Und Efrem? Wie sah sein Alltag aus? Bekam er noch Nachrichten aus Deutschland? Suchten ihn Fragen heim, Ungewissheiten? Oder fühlte er sich stark? Für ihn hatte der Kampf um das fruchtbare Land, die Städte, das Wasser, die Bürgerrechte begonnen. Um einen Ort, an dem er sich und mit ihm so viele andere auch in Ruhe etwas Neues und diesmal Bleibendes aufbauen wollten.

Er nahm den Namen Ilani an. So suchte und fand er auch eine neue Identität, stelle ich mir vor. Es war eine Identität, die mit dem Aufbau dieses neuen Lebens übereinstimmte. Sie war nicht von religiösen Ritualen bestimmt, sie gehörte zur sozialen Utopie. Ein blühendes Land für alle. Frieden für alle. Das war der Traum. Und Orangen- und Olivenhaine, Zuckerrüben-, Weizen- und Maisfelder. Und die Verlegung von Wasserrohren und Eisenbahngleisen. Und der Bau von Strommasten und Straßen bis in die Negevwüste. Und junge Einwanderer mit Gewehr, die hinter steinernen Schutzwällen einen Kibbuz bewachen. So wird er es fotografieren, später, als er ein echter Fotograf geworden war, in den Fünfzigerjahren.

Vorerst arbeitete er jedoch als Polizist. Mein Onkel, ein Polizist! Lange Jahre, von August 1935 bis Januar 1947, war er, so lese ich in den Dokumenten, ein Polizist der britischen Mandatsregierung, der »Palestine Police Force«, wie es in den Dokumenten heißt. Zuerst war er in Jerusalem und Umgebung stationiert, von 1943 bis 1947 wegen seiner anhaltenden Rückenprobleme zum Bürodienst eingeteilt.

Saß er dann also auch an einem schweren Schreibtisch und hatte eine Schreibmaschine vor sich? Bestimmt tippte er Rapporte und Berichte, stempelte sie, versah sie mit Unterschrift i. V. oder auch nicht und steckte die Papiere in Umschläge, die dann verschickt wurden. War es stickig und still in seinem Büro? Surrte ein Ventilator? Waren die Fensterläden vielleicht geschlossen gegen die Sommerhitze? Und wie war es im Winter, wenn es in Jerusalem empfindlich kalt werden kann?

Fotografierte er in seiner Freizeit schon?

Als Polizist war er anfangs auf Streife. Was erlebte er da? Er wurde als Vertreter der britischen Mandatsregierung wahrgenommen. Schlichtete er Konflikte, sah er Terrorakte, Morde, Schwerverletzte? Regelte er den Verkehr und verhalf seine Präsenz zu Ruhe und Ordnung? Spionierte er bestimmte Menschen aus, während er unterwegs war, und leitete er das, was er aufgeschnappt hatte, dann weiter? Was tippte er in seine Berichte? Und war das überhaupt nützlich? Ich kann mir nicht vorstellen, wie er sich verhalten hat. Ich sehe ihn immer nur als Fotografen, als Onkel, der am Tisch sitzt, *mein Schätzchen* sagt und mit uns isst.

Während dieser ersten Jahre in Palästina begann Efrem tatsächlich als Fotograf wahrgenommen zu werden. Er bekam erste Aufträge. Der Keren Kayemeth LeIsrael, der Jüdische Nationalfonds, der am Aufbau der Landwirtschaft arbeitete und noch heute neu Eingewanderten hilft, beauftragte ihn. Und ab 1946 auch die Haganah. Er musste den Alltag dokumentieren, der aus den Vorbereitungen zur Unabhängigkeit bestand.

Was sah mein Onkel Efrem, was nahm er auf?

Die Landnahme, die Gewehre, die idealistischen Ideen und Sehnsüchte, wie das neue Leben aussehen sollte, waren alles andere als harmlos. Sie waren verständlich, stark und mutig, ja, doch sie hatten eine dunkle Kehrseite. Die arabischen Dörfer wurden zerstört, das schleckt keine Zlateh weg, und die Mitglieder der Haganah waren daran auch beteiligt. Viele, sehr viele Menschen verloren alles, was sie sich aufgebaut hatten, und sagten vielleicht später die gleichen Sätze wie wir. *Nichts blieb, außer einer kleinen Fotografie.* Dort, wo die Dörfer gewesen waren, wurden Wälder gepflanzt oder neue Dörfer gebaut. Efrem fotografierte auf den Baustellen, und er fotografierte die Aufforstung.

Suchte er für seine Bilder jeweils lange nach dem passenden Standort, nach dem richtigen Licht? Stand er also frühmorgens auf, war er gut vorbereitet? Oder war er gegen Abend unterwegs und arbeitete dann in die Nacht hinein? Überlegte er sich Perspektiven und Ausschnitte oder reagierte er schnell und intuitiv auf das Geschehen? Lag er auf der Lauer nach einem Bild? Pirschte er sich an Menschen und Situationen an? Und wenn er durch den Sucher schaute: Verglich er das, was er sah, mit dem, was in seinem Inneren als Gefühl oder Ziel, als gelungenes Bild oder Trophäe schon angelegt war?

Mit seiner Kamera in Händen machte er kleine und große Schritte, so stelle ich mir vor; er streckte und bückte sich, er rannte und blieb abrupt stehen. Er hob die Kamera vor sein Auge, sah durch den Ausschnitt, fokussierte auf etwas, zögerte vielleicht und drückte dann impulsiv den Auslöser. Seine Bewegungen waren zielgerichtet und gleichzeitig zweifelnd. Sie verrieten die Fragen, die sich Fotografinnen und Fotografen stellen. Ob der eingenommene Standpunkt der richtige ist, ob von zwei Metern weiter links nicht das bessere Bild entstehen würde oder ob es nicht das Beste wäre, mehrere Perspektiven zu sammeln und erst dann auszuwählen.

Das alles hieß, sich in der neuen Welt zu bewegen. Sie zu betrachten und gleichzeitig in Ausschnitten festzuhalten. Sie zu deuten und in einen flachen Gegenstand zu verwandeln, der verschickt werden konnte. Mit diesem flachen Gegenstand, dem Bild, von ihr zu erzählen.

1947 verließ Efrem die Polizei und machte sich als Pressefotograf selbständig. Von da an dokumentierte er den Aufbau des Staates Israel offiziell. Für die Agenturen Czecho-Press und UPI-Acme Newspictures, ab 1948 für die Agentur United Press International, für »Look«, »Life« und für die »Times of Israel«. 1951 wurde er zudem offizieller Fotograf für die State of Israel Bonds, wie die Development Corporation for Israel auch genannt wird. Und dann fotografierte er auch für den Auslandsgeheimdienst Mossad und den Inlandsgeheimdienst Schin Bet. Was fotografierte er für die Geheimdienste genau? Land und

Leute, Arbeit und Anstrengung, Zuversicht und Hoffnung? Verdächtige Menschen und feindliche Bauten?

Heute liegen einige seiner frühen Aufnahmen im Archiv des Israel Museum in Jerusalem. In einem Bild sehe ich Chaim Weizmann, den ersten Staatspräsidenten, und seine Frau Vera inmitten ihrer Entourage bei einem Militärmanöver; es ist das Jahr 1949. Dann eine junge Frau, die eine gestreifte Matratze über den Hof eines »Transit Camps« schleppt; im Himmel stehen weiß gebauschte Wolken. Die Frau lächelt. Noch ist sie in einem Lager, nicht in einem in Deutschland oder Polen, sondern in einem in Palästina; wo genau, ist unklar.

In einem anderen Bild sind nur die Beine eines Paars abgebildet. Die Frau in Rock und Stiefeln, der Mann in Pluderhosen mit Halbschuhen. Beide tragen dicke Socken, ihre Schuhe sind erdverkrustet. Sie stehen auf einem steinigen Boden. Kamen die beiden gerade von der Feldarbeit? Dann begegne ich den Erntearbeiten auf Weizen- und Maisfeldern, der Eröffnung der Straße von Be'er Scheva nach Sodom. Ich sehe Betende an der Western Wall, der Klagemauer. Und einen Muezzin, der im Studio des »Israel Radio« sein Gebet singt. Dieses Bild entstand in den frühen Fünfzigerjahren. Es sind schwarzweiße, sozial engagierte Dokumentaraufnahmen.

Efrem fotografierte die Menschen, den Aufbruch, die viele Arbeit, das steht fest. Bäuerinnen und Arbeiter, das Leben in den Kibbuzim. Auch die arabischen Aufstände und Konflikte, die Trümmer nach Gewaltausbrüchen. Soldaten und Soldatinnen. Politiker am Rednerpult und bei Besichtigungen; der Aufbau des Landes ging voran. Mein Onkel wurde damit nicht so berühmt wie andere Fotografen aus dieser Zeit. Doch auch seine Bilder zählen zu jenen Aufnahmen, die »das historische Bildgedächtnis Israels maßgeblich prägten«, wie das Jüdische Museum München 2010 eine Ausstellung mit seinen Fotografien ankündigte.

War Efrem mit seiner Kamera ein kritischer Beobachter? Er war doch auch Teil des Geschehens. Er hatte nicht die Distanz eines Außenstehenden, und er wollte wie alle anderen das Land aufbauen. Was dachte er also über die Vertreibungen und Zerstörungen? War er nicht wie viele Fotografen der Meinung, er sei es allen Opfern eines Konflikts schuldig, von ihnen zu berichten? Was sah er, wie sah er sich selbst?

Inzwischen kenne ich neue Luftaufnahmen, in denen die Überreste von Gehöften und Dörfern im Negev zu erkennen sind; verstreute Trümmer werfen Schatten auf den Wüstenboden. Baumreihen bilden auf dem Land ehemaliger Dörfer gepunktete Linien. In den Fotografien bilden sie Ornamente von großer Schönheit und Trauer; auch aus diesen Bildern springt der Schmerz wie der Geist aus der Flasche.

Im Oktober 1948, während der Eroberung der Wüste, machte die israelische Armee beduinische Höfe und Siedlungen dem Erdboden gleich. Es kam zu Massakern und Vertreibungen, viele flohen, mussten fliehen; es kam zur *Nakba*, zur *Katastrophe*, zum *Unglück*. Für die Vertreibungen verwendete die Armee das Wort »Evakuierung«.

Aus der Vogelperspektive wird der Negev zu einer Fläche voller abstrakter Zeichen. Kreisförmige Flecken deuten auf vormalige Stallungen für Kamele oder Ziegen. Urin und Kot haben den Boden bis in tiefe Schichten eingefärbt; es ist ein dunkles Braun im beigen Wüstenboden. Die Rechtecke der Grundrisse von Häusern und Einfriedungen, die gräulichen Linien und die Furchen von Gräben und einstigen Wegen erzählen von einem Alltag, den es nicht mehr gibt. Es war ein Alltag wie jeder andere auch. Voller Arbeit und Mühe, voller Glück und bedeutsamer Vorhaben. Voller Hoffnung auf ein Morgen und Übermorgen. Wer sonst würde Tiere halten, Häuser bauen, Kinder bekommen.

Seither lief die Zeit, sie raste oder sie schleppte sich auch nur dahin. Es vergingen viele Tage, Nächte, Wochen und Monate. Dort, wo die Ställe und Höfe standen, sind jetzt Sperrgebiete für Schießübungen. Der Kot der Kamele ist immer noch sichtbar; das zeigen diese Bilder.

Sie führen die wirkliche Welt vor Augen, in der alles, was dort geschah, eingeschrieben bleibt. Die Gewohnheiten und Bedürfnisse der Tiere. Die Tätigkeiten der Menschen, ihr Graben und Aufhäufen, ihr Planieren und Einfrieden, ihr Aufbauen und Einreißen. Vor allem ihr Verheeren und Zerstören. Die Zerstörung bleibt sichtbar. Auch wenn fast nichts mehr davon zu sehen ist, zeigt sie sich in der Oberfläche der Erde wie die Narben in der Haut der Körper.

Efrem konnte nicht nur den Aufbau des Landes fotografiert haben, sondern auch die Zerstörungen, die damit einhergingen. Nur wusste ich das als Kind nicht. Ich sah die Datteln und die Halva, die Talismane mit den Thorasprüchen, die auch er mitbrachte. *Mein Schätzchen,* sagte er und zeigte mir Fotos von Jerusalem und vom Negev. Ich durfte seine Kameras und den Belichtungsmesser in der Hand halten und einen Blick in seine Taschen und in die kleinen Döschen mit den verschiedenfarbigen Pillen werfen, die er jeden Tag schlucken musste. Was ihm nicht alles fehlte, was er nicht alles brauchte, du meine Güte!

Trotzdem aß er, was auf den Teller kam, und dazu noch Unmengen von gesalzenen Erdnüssen. *Nu, nebbich?* Na und?! Ich beobachtete seinen Gang und seinen schiefen Hals und freute mich, wenn er sich vor Lachen schüttelte. Von seinen Pfefferminzbonbons bekam ich ein Loch in einem Zahn, und mein Vater war außer sich und beschimpfte ihn aufs Übelste. Und immer saß eine klobige Brille auf seiner Nase. Efrem war weitsichtig, und seine Augen erschienen viel größer, als sie in Wirklichkeit waren.

Es ist erst Frühsommer und schon zu trocken. Der Eisenhut, der Knöterich und die Spornblumen zeigen Anzeichen von Dürre. Sie warten auf Regen. Die oberste Schicht der Erde ist staubig, und ein ungewöhnlich warmer und starker Wind fährt zwischen die Stängel und Blätter. Es raschelt wie im Süden. Ist der Wind, der südlich der Alpen weht, nach Norden gezogen?

Irgendwann war die Fotografie auch mein Beruf. Ich schrieb über Fotografie und ich stellte Fotografien zu Büchern zusammen; es hat sich einfach so ergeben, ganz natürlich. Es war mir in die Wiege gelegt worden.

Wie sehr mich die Kamera und das fotografische Sehen beeinflusst hatten, wurde mir erst mit der Zeit klar. Ich nehme eine bestimmte Perspektive ein, ich fokussiere auf etwas; ich halte etwas fest und liefere eine Ansicht, zwei Ansichten oder drei Ansichten. Ich fotografiere ohne Kamera, ich schreibe.

Zuerst schrieb ich über Bilder von Fotografinnen und Fotografen, die in die weite, schreckliche und schöne Welt hinausgezogen und wieder nach Hause gekommen waren. Dann über die Bilder von Künstlerinnen und Künstlern, für die der Fotoapparat ein Arbeitsinstrument unter vielen ist, ein Werkzeug wie der Stift, der Pinsel, der Computer.

Die Bilder waren um die halbe oder um die ganze Welt gereist. Berge und Landschaften, Menschen und Dinge, Erkennbares und Abstraktes, harmlose und katastrophale Ereignisse waren stundenlang in Autos, Zügen und Flugzeugen gereist oder elektronisch durch die Luft geflogen und dann bei mir angekommen. Als Print aus Papier und lichtempfindlicher Emulsion, als Datei auf dem Computer.

Alle Bilder zogen mich magisch an. Ich hüllte mich in sie ein wie in die Jacke im Winter und machte mich auf, die Welt und das Leben zu entdecken. Auch heute noch. Wenn ich die im viereckigen Format gefassten Formen und Farben betrachte, sehe ich Gefühle und Gedanken, Träume und Wirklichkeiten. Auch wenn sie nur die Lichtspur sind dessen, was einmal vor der Linse war, sprechen sie zu mir; sie bedeuten nicht die Oberflächen. Sie sind die Reflexion im Wortsinn. Vergangenheit und Gegenwart, Räumlichkeit und Fläche, Ereignis und Projektion, die Reflexion des Lichts und die Reflexion des Geschehenen kommen in einem Gegenstand, dem Bild, zusammen. Sie verschmelzen in einem Ding, das reisen kann, das herumgezeigt werden kann. Das Leben in allen seinen Schattierungen und die Spuren, die es hinterlässt, reisen in diesem Ding von einem Ort zum anderen.

Und gerade weil Fotografien nur einen kurzen Augenblick, eine bestimmte Perspektive zeigen und kein Beweis sind, erzählen sie mir auch, wer das Leben auf welche Weise sieht. Sie erzählen mir, wie erzählt werden kann.

Erst spät begann ich, selbst zu reisen. Bis dahin war es ein langer Weg. Was, wenn bei meiner Rückkehr nichts mehr so war, wie ich es zurückgelassen hatte? Wenn die Wohnung weg war und alles in Trümmern lag? Was, wenn ich in großen Landschaften verlorenging, irgendwie einfach verschwand? Ich musste aufpassen, dass mir niemand und nichts abhandenkam! Dass ich mir selbst nicht abhandenkam. Ich musste einen Talisman mit auf die Reise nehmen oder meinen Liebsten einen mitgeben, das war das Mindeste. Ich musste etwas Magisches in die Waagschale werfen, dem Foto an der Wand zum Abschied sagen: Hüte meine Wohnung! Und mir gut zureden *wie ämene chranke Ross,* wie einem kranken Pferd, sagte meine Mutter dazu. Mir also sagen, dass ich wieder einmal von den alten *Dibbukim* heimgesucht worden war, diesen Miesepetern. Du weißt doch, woher das kommt!, sagte ich dann zu mir selbst.

Das fotografische Sehen wies mir den Weg in die Welt. Und die Wörter. Dass es möglich ist, überall etwas aufzuschreiben. Dass auch die Wörter wie die Bilder um die halbe und die ganze Welt reisen können.

Scherben

Wann hörte ich zum ersten Mal, dass mein Vater *im Arbeitslager* war?

Wir saßen immer noch im Botanischen Garten. Er sprach lange, ich unterbrach ihn nicht. Es war die kürzeste Kurzfassung, die er mir zumutete. Doch das meiste, was ich heute weiß, las ich in den Dokumenten.

Nach Abschluss der Lehre arbeitete mein Vater »bis September 1936 als Dekorateur im Angestelltenverhältnis« weiter. Dann fuhr er nach Mailand. »Ich hoffte, dort die berufliche Ausbildung nachholen zu können, die mir in Deutschland wegen der Verfolgung versagt blieb.« So steht es in den Dokumenten. Er schrieb sich an der Accademia di Belle Arti di Brera ein, malte, zeichnete eifrig und, so stelle ich mir vor, flirtete mit allen Frauen.

Schnell lernte er Italienisch; das erzählte er mir. Und wahrscheinlich stromerte er jeden Abend durch die Straßen, auch das stelle ich mir so vor. Aber schon nach neun Monaten brach er den Aufenthalt ab und kehrte nach Deutschland zurück. *Ich wollte meinen Vater nicht allein lassen,* sagte er zu mir, als wir auf der Parkbank im Botanischen Garten saßen. Er hatte in Mailand nicht Fuß fassen können; es war einfach nicht zu schaffen ohne Arbeit, ohne Geld. Mussolini-Italien war keine Zuflucht. Das steht auch in den Dokumenten.

Sofort nach der Rückkehr meines Vaters nach Stuttgart, von der die Gestapo längst wusste, weil sie seine Briefe an Moritz abgefangen hatte, kam wieder ein amtlicher Brief. Bestimmt war auch dieser Brief auf einer schweren Schreibmaschine geschrieben worden, die, so stelle ich mir vor, akkurat mittig auf einem massiven hölzernen Schreibpult platziert war. Der Gestapo-Mann saß auf einem soliden Drehstuhl und tippte. Vielleicht war der Brief mit eisernem Willen getippt worden oder auch nur mit stumpfer Langeweile, aber darin hieß es, »dass ich in ein Konzentrationslager eingewiesen würde«. So gab es mein Vater in seiner »eidesstattlichen Versicherung« wieder.

Doch stattdessen, er war jung und kräftig, wurde er, es war im Sommer 1937, an verschiedene Firmen im Straßenbau in Stuttgart-Vaihingen »verliehen«. Er begann zu hacken, graben, zu schaufeln, schleppen und dann zu schottern, auch abzutragen, wegzuschieben, umzuschichten, abzukratzen, zusammenzukehren, aufzuwischen, einfach alles zu tun, was so anfiel im Straßenbau. Er begann, »Erde zu graben, Steine zu klopfen«, wie er später erklären würde. Die Bezeichnung dafür lautete wie bei seinem Vater »Dienstverpflichtung«.

Die Tage folgten einander, sie waren von frühmorgens bis spät am Abend gefüllt mit Arbeit. Die Tage bildeten Wochen und dann Monate, bis in der Nacht vom 9. November 1938 plötzlich Glas splitterte. Überall. Fenster krachten in Geschäfte und auf Straßenpflaster. Auch die Schaufenster von Bamberger & Hertz platzten und splitterten auf Knabenpullover, Krawatten, Anzüge. Türen gaben unter Schlägen nach, Treppen zitterten und dröhnten unter Stiefelfüßen. Ein Schlagen und Plündern, Zertrümmern und Anzünden entlud sich, befohlen aus Amtszimmern heraus. Ein Schlagen und Plündern, das alle mitriss, die Schlagenden, die Erschlagenen.

Weshalb waren die Schlagenden so wütend? Waren sie überhaupt wütend?

Schnell stand die Synagoge in der Hospitalstraße in Vollbrand. Sie leuchtete in der Nacht wie eine teuflische Lampe; unheimlich drang das Licht, das aus Feuer war, aus ihrem Innern. Rauch stieg auf. Wie überall im Land. Überall brannten die Synagogen und leuchteten, glühten. Überall im Land klirrten, splitterten Schaufenster. Überall Feuer, Scherben, Trümmer, Rauch. »In Stuttgart war es gegen 3 Uhr in der Frühe, als sich der mondbeschienene Himmel im Flammenschein rötete. Die Synagoge in der Hospitalstraße brannte lichterloh«, schrieb der »NS-Kurier« am nächsten Tag. Und weiter: »Mit der gewohnten Schnelligkeit ging die rasch an den Brandplatz geeilte Feuerwehr an die Arbeit, und aus vielen Strahlrohren ergossen sich die Wassermassen auf die benachbarten Gebäude.«

Denn überall im Land hatten die Feuerwehrmänner den gleichen Auftrag. Nur die Nachbarhäuser zu schützen.

Die Stuttgarter Synagoge war aus Holz gebaut und mit Mauerwerk verkleidet. Sie brannte wirklich gut, was »mit Freude« zur Kenntnis genommen wurde. »Noch stand der Feuerschein am Himmel des Stuttgarter Talkessels, da klirrte es durchdringend da und dort in den Straßen. Vielleicht ist es erst am gestrigen Tag manchem gedankenlosen Volksgenossen zum Bewusstsein gekommen, wie viele Juden auch in Stuttgart noch in aller Ruhe und unter dem Schutz des nationalsozialistischen Staates ihre Geschäfte ausüben konnten.«

Endlich schlug »die empörte Volksmenge« Schaufenster ein, endlich konnte der »NS-Kurier« schreiben: »Der gerechte Volkszorn übt Vergeltung.« Überall im Land, sechs lange Tage lang und nicht nur eine einzige »Reichskristallnacht«.

Wie wurde es schließlich Tag? War es ein trüber Novembermorgen? Regnete es vielleicht? Zeigte sich also in der ersten Dämmerung, dass das Feuer erloschen war? Nein, so war es nicht. Der *Schammes* der Synagoge, »der treue christliche Hausmeister«, lese ich, hatte zwar einige Thorarollen retten können, doch die Bibliothek brannte noch. So vieles brannte noch »bis in die Mittagsstunden« zu Asche, Staub. Die Straßen waren übersät mit Scherben, mit Splittern, mit Trümmern. Überall in der Stadt rauchiger Gestank. Überall Schutt, leere Schaufenster. Lagen Verletzte auf der Straße? Tote? Immer noch glimmten Feuernester in der Asche. Immer noch fielen Trümmer ins Innere der Synagoge, schwarz verkohltes Holz.

Wie viele Schwarz gibt es? Schwarz wie Trauerkleidung, wie die Rabenkrähen, die im Garten landen. Schwarz wie das Fell meiner Lieblingskatze. Schwarz wie die Dunkelkammer, bevor das rote Licht aufflammt. Schwarz wie das Schwarze Meer? Schwarz wie Pech. Schwarz wie schwarzer Humor.

Als das Feuer endlich erloschen war, standen von der Synagoge noch die Außenmauern. Eine der Kuppeln war eingestürzt, die andere hing im Leeren. Das konnte nicht so bleiben. Das musste aufgeräumt werden, irgendwer musste das wegschaffen, aufputzen, herrichten. »Da Mangel an Bauarbeitern herrschte, wurden 15 junge Juden aus Konzentrationslagern zu den Abbrucharbeiten geholt«, lese ich weiter. Das stimmt nicht ganz; in dem Buch über Stuttgart, in dem das steht, gibt es auch Verkürzungen und Zuspitzungen. Mein Vater war unter den Arbeitern, doch er wohnte noch in der Gartenstraße. Nach den Novemberpogromen wurde er verhaftet und zu »Aufräumungsarbeiten auf dem Gelände der durch Feuer zerstörten Synagoge« eingezogen. Das steht in seiner eidesstattlichen Aussage vom Oktober 1957; er war im Straßenbau in

Stuttgart-Vaihingen »eingesetzt« gewesen, er kannte sich schon aus.

Erzählte er mir, dass er die zerstörte Synagoge aufräumen musste? Ich erinnere mich nicht daran.

Doch er musste hämmern, schaufeln, Schubkarren schieben, sie ausleeren, zurück zu den Schutthaufen gehen, Steine klopfen, wieder Schutt schaufeln, Schubkarren schieben. Wieder folgten die Tage einander, sie waren gefüllt mit dieser Arbeit, von frühmorgens bis spät am Abend, bis ein Stein seinen Fuß zertrümmerte. »Zuletzt war der Antragsteller als Bauarbeiter für eine Firma tätig, welche die Aufräumarbeiten für die Reste der jüdischen Synagoge in Stuttgart, welche in der Nacht vom 8. zum 9. November 1938 in Brand gesetzt worden war, vornahm«, lese ich in den Dokumenten. »Bei dieser Arbeit erlitt er durch einen herabstürzenden Stein eine Fußverletzung.«

Es war die Nacht vom 9. auf den 10. November, als in Stuttgart die Synagoge brannte. Wie im ganzen Land.

Die Quadersteine der Synagoge verkaufte die Gestapo an die Bauern aus der Umgebung. Im Remstal wurden sie in die Mauern der Weinberge eingebaut.

> Der Regen will nicht kommen. Frühmorgens, wenn die Sonne noch im Osten hinter den Dächern steht, stehe ich mit der Gießkanne vor dem Beet und halte den Blumen die Brause an die Füße. Warten. Weitergehen zum Knöterich, dem durstigsten von allen. Warten. Und weitergehen, die Brause dem Rosmarin zwischen die Zweige stecken. Und warten und weitergehen und warten.

Danach wollten alle, die noch nicht geflohen oder ausgewandert waren, Deutschland verlassen. Oder nannten sie die Flucht vielleicht anders? Weniger endgültig? Auf Besuch fahren vielleicht?

Nur wie? Wohin? Und mit welchem Geld?

»Der Führer« spottete in seiner Rede vom 30. Januar 1939 im Reichstag, »wie die ganze Welt der Demokratie vor Mitleid trieft«, dann aber doch nichts tut, um die »auswanderungswilligen Juden« aufzunehmen. Oder fast nichts. Oder ganz einfach zu wenig.

Der Leiter der »Jüdischen Mittelstelle« in Stuttgart bemühte sich in diesen Monaten, die Unterstützung der Bedürftigen wieder in Gang zu bringen. Auf der Marmorplatte einer alten Waschkommode schrieb er Briefe, lese ich; die Akten legte er in einen ehemaligen Kleiderschrank. »Wir befanden uns in einer ausweglosen Lage«, hielt er später fest. »Auf der einen Seite wurde von uns verlangt, die Auswanderung zu beschleunigen, während uns von anderen Stellen fast unüberwindliche Hindernisse in den Weg geworfen wurden. Außerdem waren ja die meisten Männer noch in den Gefängnissen und Konzentrationslagern festgehalten.

Meine Hauptaufgabe sah ich in der Befreiung unschuldig Verhafteter. Für jeden einzelnen reichten wir ein Gesuch ein. Die Verhaftungen, Denunziationen, Hausdurchsuchungen und Konfiskationen nahmen kein Ende. Unsere Stelle wurde ein Sammelpunkt des Jammers und der Verzweiflung. Jeder suchte Hilfe bei uns, jeder wollte auswandern, aber die Möglichkeiten dazu schrumpften immer mehr zusammen.«

Mehretagenbetten

Mein Vater, so steht es in den Dokumenten, war »bis Mitte Januar 1939 arbeitsunfähig«. Er konnte auch nicht »auswandern«. Und kaum war der Fuß ausgeheilt, arbeitete er wieder als Hilfs- und Bauarbeiter bei der Firma Erich Schumm in Stuttgart-Untertürkheim; wo er wohnte, ist nicht festgehalten.

Vierzehn Stunden am Tag, sagte er zu mir, als ich auf der Parkbank im Botanischen Garten klebte. Vierzehn Stunden graben, umschichten, flachklopfen und schottern, einfach alles, was im Straßenbau so anfiel. Und sich einreden, draußen zu arbeiten sei gut? Rissen er und die anderen »Erdarbeiter« Witze? Dass sie, wenn es noch lang so weiterginge, richtig schöne Muskeln bekommen würden oder, wie er viel später lernen würde, richtig schöne *Müüs?* Sagte er sich, es hätte ihn auch schwerer treffen können?

In den Dokumenten lese ich, er gibt es unter Eid zu Protokoll, dass er »wiederholt Aufforderungen von der Polizei, unterschrieben von einem Herrn Kaupp« bekommen hat. »Dass ich auswandern sollte«, wurde ihm nahegelegt. »Mit der Androhung, in ein Konzentrationslager zu kommen, wenn ich nicht auswandern würde. Da ich keine Beziehungen zum Ausland hatte, sollte ich schließlich Ende 1939 in ein Konzentrationslager kommen.« Eigentlich hatte er ja »Beziehungen zum Ausland«, seine Geschwister lebten in Palästina. Weshalb sagte er das nicht? Und warum floh er nicht?

Die Sturmabteilung SA der NSDAP betrieb ihre ersten Konzentrationslager schon 1933. Zuerst nahm sie politisch Andersdenkende in »Schutzhaft«, überdies brauchte sie dringend Zwangsarbeiter. In der Rüstung und im Straßenbau war »Schutzhaft« nützlich und wirtschaftlich; sie war zwei Fliegen mit einer Klappe.

Die meisten der ersten »KL« entstanden rasch und waren noch etwas improvisiert in Scheunen, Kellern oder in ehemaligen Gaststätten untergebracht. Stetig kamen weitere Lager hinzu. 1939, mit dem Überfall auf Polen, stieg ihre Anzahl und die Zahl der Inhaftierten sprunghaft an. Nun konnte es losgehen, das war Teil des Plans.

Auschwitz ist zum Synonym für die *Shoah*, die *Katastrophe*, das *Unglück*, geworden. Auschwitz steht über allen Lagern, Auschwitz meint alle Lager. Doch Deutschland selbst und die besetzten Gebiete in Osteuropa, das »Warthegau«, das »Generalgouvernement«, waren mit über tausend Lagern übersät. Mit Lagern wie Izbica, das 1941 von der Schutzstaffel SS zum Transitlager und »KL« erklärt wurde und das nur eines von etwa 300 Lagern im »Generalgouvernement« war. Izbica kennt fast niemand, über Izbica spricht niemand, und von Izbica möchte ich darum erzählen.

1942 waren auch die reinen Vernichtungslager wie Chelmno, Bełżec, Sobibór und Treblinka bereit; sie alle unterstanden der SS schon seit 1934. Es war alles von langer Hand vorbereitet. Jede und jeder hatte in diesem Räderwerk einen eigenen kleinen Bereich und Arbeitsauftrag.

Warum war Izbica als »KL« geeignet? Weil das *Schtetl* schon zu über 95 Prozent von jüdischen Familien bewohnt war? Weil es einen Bahnhof hatte? Weil es von Hügeln umgeben war? Weil es aus den Augen und aus dem Sinn in Deutschland selbst war? Dachau, Buchenwald, Ravensbrück und noch ein paar andere Lager lagen ja vor der Haustür. Weshalb also die Maschine der Vernichtung so weit in den Osten auslagern? Da hätten sie sich die langen Zugfahrten doch sparen können. Aber das »Generalgouvernement« sollte der »Lebensraum im Osten« werden, »judenrein« natürlich.

Mein Vater wurde, er war immer noch kräftig, im Januar 1940 nicht in ein »KL« und auch nicht in ein KZ »verbracht«, sondern ins Arbeitslager Schlosshof bei Bielefeld. Als ich auf der Parkbank im Botanischen Garten saß, hörte ich das zum ersten Mal. *Ich war in einem Arbeitslager,* sagte mein Vater. »Von diesem Lager aus mussten die jüdischen Insassen Zwangsarbeiten verrichten.« Das steht in den Dokumenten. Wie fühlte er sich als »Erdarbeiter«, draußen bei Wind und Wetter? Im Schnee, Regen, in der Hitze eines Sommernachmittags? Dachte er, es gebe keinen Ausweg, das hier sei das Ende? Hatte er eine Hose und ein Hemd bekommen, sahen alle gleich aus? Was bekamen sie zu essen nach einem langen Tag? Suppe? Brot? Eine Wurst vielleicht? Aus Schweinefleisch vielleicht? Das wäre ihm egal gewesen, vollkommen *wurscht.* Doch darüber erzählte er mir nie etwas.

»Im Jahre 1940 hat er im Konzentrationslager in Deutschland eine Lungenentzündung durchgemacht«, wird die Fremdenpolizei des Kantons Zürich viel später notieren; mein Vater bemühte sich da schon um die Einbürgerung in die Schweiz. Dass er sich im Lager eine Lungenentzündung eingefangen hatte, erzählte er mir auch. Und dass die *Lagerärztin* ihm schließlich half, aus dem Schlosshof wegzukommen.

Bis März 1941 wurde er jedoch weiter an umliegende Firmen und Bauunternehmen »verliehen«. Er musste also wieder graben, schaufeln, wieder schleppen und zusammenkehren, wieder alles tun, was so anfiel im Straßenbau. Und dann musste er auch Kehrichteimer, schwere und stinkende, in die Wagen der Müllabfuhr der Stadt Bielefeld kippen; er wurde überall »eingesetzt«.

Dachte mein Vater nie daran, den Gestapo-Männern an die Gurgel zu springen? Die SS-Männer zu treten, ihnen ins Gesicht zu schlagen, sich ihre Pistole zu holen und sie zu erschießen? Dachte er nie daran, sich zu wehren, sich aufzulehnen, sich das nicht gefallen zu lassen, dachte er das nie? Phantasierte er nie von Rache?

Zehn Jahre später schrieb ein Beamter des »Landesamts für die Wiedergutmachung« einen weiteren Brief. »Stuttgart, 7. Mai 1951. An die Polizeidirektion Bielefeld. Betrifft: Wiedergutmachung.

In einer Wiedergutmachungssache behauptet der Antragsteller, er sei auf Grund seiner jüdischen Abstammung von Januar 1940 bis März 1941 im Arbeitslager Bielefeld in Haft gehalten worden.

Da hier über ein derartiges Arbeitslager keine Unterlagen vorliegen, wären wir Ihnen für eine Mitteilung dankbar, ob es ein solches Arbeitslager in der angegebenen Zeit gegeben hat. Es besteht die Möglichkeit, dass der Antragsteller eine Dienstverpflichtung bei einer Firma, wie sie in jener Zeit an der Tagesordnung war, als Inhaftierung bezeichnet, da er angibt, er sei vor und nach dieser Zeit zu Zwangsarbeiten herangezogen worden.«

Neun Tage später traf die Antwort ein. Der Chef der Polizeibehörde von Bielefeld persönlich teilte in einem Schreiben an das »Landesamt für die Wiedergutmachung« mit, es habe ein »jüdisches Gemeinschaftswohnlager in einem Restaurant« gegeben, ja. Doch »die ca. 80 Insassen unterlagen keiner Beschränkung ihrer Freiheit und das Lager wurde nicht bewacht.« Und weiter: »Die Insassen wurden außerhalb des Lagers, in der Hauptsache bei Tief- und Straßenbaufirmen, beschäftigt. Irgendwelche Listen über die Insassen dieses Lagers sind nicht vorhanden, und es ist darüber auch nichts bekannt.«

Ist die verfluchte Wahrheit eine Frage von Standpunkt und Perspektive? Von Ausschnitt und Fokus wie in der Fotografie? Kann wirklich nicht beantwortet werden, ob es einen Zaun, eine Bewachung gab? Ob es sich um ein »Arbeitslager« oder um ein »Gemeinschaftswohnlager« handelte? Kann es darüber zu Aussage gegen Aussage kommen? Kann es verschiedene Interpretationen geben? Wem vertraue ich in dieser »Wiedergutmachungssache«? Ich versuche, etwas zu fassen, obwohl es unfassbar ist. Ich versuche, das, was ich erfassen kann, in mein Archiv der unfassbaren Dinge einzuordnen.

Das »Landesamt für die Wiedergutmachung« schrieb daraufhin einen nächsten Brief an meinen Vater. »Da über ein derartiges Arbeitslager hier keinerlei Unterlagen vorhanden sind, müssen wir Sie bitten, den Beweis zu führen, dass dieses Lager KZ-ähnlichen Charakter hatte, da nur in diesem Falle eine Haftentschädigung gewährt werden kann. Nach einer Mitteilung der Polizeibehörde in Bielefeld befand sich dort nur ein Gemeinschaftswohnlager, dessen Insassen jedoch keiner Freiheitsbeschränkung unterlagen.«

»Das Lager wurde«, erklärte mein Vater unter Eid im Büro des Notars Dr. Ulmer in der Charlottenstraße 15 A zu Stuttgart, und zwar am 16. Oktober 1957, »das Lager wurde, als ich mich dort stellen musste, erst eingerichtet. Ich musste mich in Bielefeld sofort bei der Gestapo melden und dort den Ausweisungsbefehl vorlegen. Das Lager befand sich zunächst für einige Wochen in einem Haus in Bielefeld. Am Anfang waren wir etwa 50–60 junge Leute, alles Juden. Wir durften das Haus nicht verlassen ohne Bewilligung der Lagerleitung. Die Bewilligung wurde nur für dringliche Fälle, beispielsweise für den Besuch eines Arztes gegeben. Nur an Sonntagen, an denen nicht gearbeitet wurde, bekamen wir die Erlaubnis zu Spaziergängen bis wohl abends um 7 Uhr.

An den Wochentagen und teilweise auch an Sonntagen mussten wir arbeiten. Solange wir noch in dem Haus in Bielefeld waren, mussten wir das neue Lager in der ehemaligen Gaststätte ›Schlosshof‹ bei Bielefeld einrichten. Wir wurden aus einer gemeinsamen Lagerküche verpflegt, und ich glaube auch, dass wir ein Taschengeld bekamen. Der Lagerleiter hieß Jaroslawski.

Als das Lager ›Schlosshof‹ fertig war, wurden wir dorthin verlegt. Das Lager war eingezäunt. Wir mussten von dort aus Arbeiten für bestimmte Firmen, die uns anforderten, verrichten. Wir wurden für die Müllabfuhr Bielefelds sowie für Hoch- und Tiefbauarbeiten eingesetzt. Die Belegung des Lagers steigerte sich etwa auf 150 Mann. Wir durften auch das Lager ›Schlosshof‹ nur auf besondere Erlaubnis hin verlassen. Ab 7 Uhr abends durfte das Lager überhaupt nicht verlassen werden. Die Erlaubnis zum Ausgehen wurde nur für besondere Anlässe gegeben. Zur Arbeitsstätte mussten wir geschlossen gehen. Unsere Arbeitsstätten wurden hin und wieder von dem Lagerleiter und auch von der Gestapo inspiziert.

Während der Nacht waren wir in einem großen Schlafsaal untergebracht. Wir schliefen, wie beim Militär, auf Strohsäcken. Der Schlafsaal wurde hin und wieder vom Lagerleiter inspiziert. Geweckt wurde früh um 5 Uhr. Es gab Tage, an denen ich 12 oder auch 14 Stunden habe arbeiten müssen.«

Übertrieb mein Vater in seiner eidesstattlichen Erklärung vielleicht?

Tatsächlich war aber, das finde ich im Archiv der Stadt Bielefeld, das Arbeitslager Schlosshof in einem Ausflugsrestaurant am Stadtrand eingerichtet. Am Waldrand. Ursprünglich ein Gutshof, gab es vor dem Schlosshof einen hübschen Teich mit Schwänen. In einer alten Fotografie ist das Restaurant hinter Bäumen zu erkennen, im Vordergrund schimmert der Teich. Sechs Ruderboote liegen auf dem Wasser, in denen Männer in Anzügen und Frauen in langen Kleidern sitzen. Alle tragen Hüte und blicken zum Fotografen, der vom anderen Ufer oder von einem Boot aus das Bild aufnahm. Ein Ausflug in Sonntagskleidern! Eine kleine Bootsfahrt, dann ein schönes Essen mit Weißwein und danach das Tanzbein schwingen!

Zunächst wurde das Arbeitslager »Jüdisches Umschulungslager Bielefeld« genannt; den Begriff finde ich auch in den Dokumenten. Von den Insassen stammte niemand aus Bielefeld. 1941 dann wurde es zur »Jüdischen Arbeitseinsatzstelle Bielefeld«. Das Arbeitslager enthielt auch ein »Alters- und Siechenheim«. Im ehemaligen Tanzsaal standen »80 Mehretagenbetten«. Im Speisesaal konnten noch einmal »66 Insassen« untergebracht werden. Das sehe ich auf einem Umbauplan des Architekten vom Dezember 1939. Die Betten sind fein säuberlich eingezeichnet. Es war alles gut vorbereitet, wie immer. Als sie den Umbau fertig hatten, mussten die Insassen vom Stadtzentrum an den Stadtrand ziehen.

Das Lager Schlosshof stand unter der Aufsicht der »Reichsvereinigung der Juden in Deutschland«, doch wie die »Jüdische Mittelstelle« in Stuttgart oder der »Judenrat« in Izbica war auch die »Reichsvereinigung« gezwungen, Zwangsarbeit zu organisieren und Deportationen vorzubereiten. Die jüdische Lagerleitung hatte gegenüber der Gestapo Rechenschaftspflicht; von Freiwilligkeit konnte keine Rede sein.

Die meisten Insassen waren wieder »Erdarbeiter«, meistens im Straßenbau »eingesetzt«. Auch das Fällen von Bäumen gehörte dazu oder das Ausheben eines Feuerlöschteichs. Es waren jedoch nicht nur »etwa 150 Mann«, es waren auch einige Frauen dabei. Hanna Kesting, in Litauen geboren, drei Jahre jünger als mein Vater, war auch im Schlosshof. Was arbeiteten die Frauen? Wo wurden sie »eingesetzt«? Hanna war Schneiderin. Wurde sie so »verliehen«?

Von den rund 250 Menschen, die je dort waren, wurden 205 in Konzentrationslagern ermordet. Niemand von der Lagerleitung überlebte.

»Maßgeblich ist, dass die Verschickung in dieses nur mit Juden belegten Lagers eine reine Verfolgungsmaßnahme war. Hochachtungsvoll Rechtsanwalt Schmidt«, lese ich in der Korrespondenz mit dem »Landesamt für die Wiedergutmachung« vom 14. Juli 1969.

Diese »Wiedergutmachungssache« zog sich wieder einmal hin. 28 Jahre, nachdem mein Vater vom Schlosshof aus arbeiten musste, war er immer noch damit beschäftigt zu beweisen, dass er dorthin »verbracht« worden war und dass es sich um Haft gehandelt hatte. Zu der Zeit stand der Schlosshof längst leer. Die Erinnerungen seien zu präsent gewesen, lese ich dazu. Haben sie sich also nicht sofort getraut, wieder in diesen Sälen zu tanzen! Doch dann, in den Achtzigerjahren, zog eine Wohngemeinschaft ein, und 1995 wurde der Schlosshof wieder in Amt und Würden eingesetzt und ein Ausflugsrestaurant wie früher.

Dachte mein Vater fortwährend an Flucht? Überlegte er, wie er aus dem Lager entkommen könnte? Setzte er seinen Charme bei der *Lagerärztin* ein, von der er mir erzählte? Und wie oft kam ihm sein Vater in den Sinn? Hatte er etwas von Moritz gehört, wusste er, wie es ihm ging?

Im Schlosshof wurde mein Vater also wieder »verliehen«. Wie fügte er sich in diese Zwangsgemeinschaft ein? Bewies er Galgenhumor, erzählte er Witze? Zeigte er schon die *Chuzpe*, Frechheit, die ihm das Leben retten sollte? Hatte er viele Freunde? Ging er anderen auf die Nerven? Gab es Streit ums Essen, um die Ruhe, den besseren Schlafplatz? Oben oder unten im Etagenbett? Um die leichtere Arbeit?

Im Schlosshof lernte er Cioma kennen, Samson Schönhaus. Cioma kam aus Berlin und war Graphiker, hatte also die Ausbildung in der Tasche, die mein Vater hätte machen wollen. Später, als nicht nur die Flucht, sondern auch die ersten Jahre in der Schweiz vorbei waren, besuchte uns Cioma manchmal in Zürich.

Ich kann mich an einen großen, schlanken Mann erinnern, mit dem mein Vater, der viel kleiner war, zusammensaß und lachte. Im Schlosshof hatten sie sich nicht nur gut verstanden; es gab Rivalitäten. Aber beide schafften es, in die Schweiz zu flüchten. Und als sie sich nach dem Krieg in Basel das erste Mal wiedersahen, fielen sie sich in die Arme.

Cioma wurde vom »Landesamt für die Wiedergutmachung« als Zeuge vorgeladen und sagte aus: »Ich, Samson Schönhaus, wohnhaft in Basel, Grenzacherstraße 71, erkläre hiermit an Eides statt, dass Herr Emil Benjamin Olonetzky mit mir zusammen in der Zeit vom Januar 1940 bis Februar 1941 im Arbeitslager Bielefeld war.« Ciomas Eltern waren aus Minsk nach Berlin gekommen und wurden im Juni 1942 nach Majdanek deportiert. Er hätte mit ihnen gehen müssen, konnte der Gestapo aber glaubhaft erklären, seine Arbeit in dem Berliner Rüstungsbetrieb, in dem er nach Bielefeld eingesetzt war, sei unverzichtbar wichtig. Jawoll, unverzichtbar wichtig! Er sah seine Eltern nie wieder.

Beide hatten Mut. Unglaubliches Glück. Unverfrorenheit, *Chuzpe.* Beide hatten überlebt, beide hatten Charme, beide lebten in vollen Zügen und waren zeitlebens auch ein wenig süchtig nach der Intensität des Lebens unter Gefahr. Und beide waren im innersten Kern verängstigt. Während Cioma als Passfälscher in die Geschichte einging, seinen Kindern fortwährend von seiner Flucht und den Nazis erzählte und schließlich ein Buch darüber schrieb, ging mein Vater nicht in die Geschichte ein. Und erzählte zuerst nichts, dann nicht viel. Seine Flucht ist jedoch auch eine Geschichte. Es ist eine Geschichte, wie sie Tausende erlebten und noch immer erleben und weiter erleben werden in der einen oder anderen Version, wenn sie ihren Mut zusammennehmen und Glück haben.

Kam Cioma zu Besuch, wurde natürlich nicht von den Momenten gesprochen, in denen sie beide wirklich Mut bewiesen und wirklich sagenhaftes *Massel* gehabt hatten. Nicht jedenfalls, wenn ich es hätte hören können, und es war ja auch alles lange vorbei.

Wann hörte die Vergangenheit auf, sich ständig vor die Gegenwart zu schieben? War sie gut verpackt irgendwo im Innern der beiden verstaut und nur so tragbar? Wann hörte sie auf, die Sicht auf das Jetzt einzufärben wie die bunten Folien die Fotos in den frühen Alben? Wann war das Jetzt endlich nur das Jetzt? Sie hatten sich beide ein Leben aufgebaut, waren beide Graphiker geworden, hatten Familien und dann auch die eine oder andere außereheliche Affäre.

Nur ein Hauch von Trauer lag in Ciomas Augen, wenn er mich mit einem ironischen Lächeln musterte, aber vielleicht täusche ich mich da auch.

Im Garten wiederholen sich die Phänomene. Diese Wiederholung ist nicht mit Schmerz und Angst verbunden. Manchmal geht eine Pflanze ein. Vielleicht hat ihr die Erde oder der Standort nicht gepasst. Zu viel Sonne, zu viel Schatten, nicht die richtige Nahrung. Dafür entwickeln sich andere besser, als ich denke. Die Spornblumen zum Beispiel lieben diese sonnige Ecke des Beets und überragen schon den großen Rosmarin.

Die Blumen wachsen besser, wenn ich sie jeden Tag ein wenig betrachte, das bilde ich mir wenigstens ein. Sie spüren den Schatten, wenn ich mich über sie beuge, das weiß ich.

Hochzeit

Die Zeugenaussage, die mein Vater am 16. Oktober 1957 unter Eid abgegeben hat, erzählt mir am ausführlichsten von seiner Zeit der Zwangsarbeit und von seiner Flucht. »Der Erschienene erklärt, nachdem er von dem beurkundenden Notar auf die Bedeutung einer eidesstattlichen Versicherung und die strafrechtlichen Folgen der Abgabe einer falschen Versicherung hingewiesen wurde, folgendes an Eides statt«, steht am Anfang. Dann folgen neun dichtbeschriebene Seiten, Stempel, Unterschriften und ein Siegel. Es muss Stunden gedauert haben, beim Notar auszusagen. Schrieb der Notar selbst mit? Tippte er die Aussage dann mit Schreibmaschine ins Reine, oder übernahm das eine Sekretärin? Und musste mein Vater warten, bis diese Arbeit abgeschlossen war? »Vorgelesen, genehmigt und unterschrieben«, heißt es am Ende der »Urkundenrolle Nummer 322 für 1957«, und darunter stehen die Unterschriften des Notars Dr. Hans Ulmer und meines Vaters.

Im Frühling 1941 wurde ihm »in Aussicht gestellt«, so erklärt er es in dieser eidesstattlichen Versicherung unbestimmt, über Jugoslawien nach Tanger, Marokko, abgeschoben zu werden, »unter der Voraussetzung, dass ich verheiratet war. Tanger ließ nur verheiratete Männer ins Land.« Es war eine Möglichkeit, »zwar illegal«, sagte er weiter aus, aber es war ein Hoffnungsschimmer, ein Strohhalm. So steht es in dem Dokument. War das auch wahr? Wer mochte ein Herz gehabt haben zu helfen?

Zu der Zeit waren die Grenzen dicht, »Auswanderung« eigentlich unmöglich, und die Pässe waren längst mit einem »J« gestempelt. Doch mein Vater hatte keinen Pass. Er klammerte sich inzwischen an jede Möglichkeit auszureisen. Oder drückte jemand ein Auge zu? Weshalb? Hanna Kesting hatte er im Lager kennengelernt. Sie war Jüdin, nein, nicht ganz. Sie war die Tochter eines »Ariers«, Ferdinand Kesting, so steht es in mehreren Dokumenten. Hatte der geholfen? Und verliebten sie sich tatsächlich? War es sogar Liebe auf den ersten Blick?

Sie heirateten am 13. März 1941 im Schlosshof.

Später, während der Bewerbung meines Vaters um die Schweizer Staatsbürgerschaft, wird es heißen: »Die Trauung wurde im Lager vorgenommen. Offenbar erfolgte die Eheschließung seinerzeit unüberlegt und aus einer gewissen Haft- und Lagerpsychose heraus; es zeigte sich erst in der Schweiz, in Sicherheit, dass die beiden Eheleute gar nicht zusammenpassten.« Stimmte das? Oder liebten sie sich wirklich? Was sie zusammen durchmachen würden, war noch nicht absehbar. Aber wahrscheinlich war es schon nicht mehr vollkommen *unvorstellbar*.

Dass mein Vater Hanna im Schlosshof kennenlernte, erzählte er mir nicht. Aber auf der Parkbank im Botanischen Garten hörte ich dann doch noch, dass mein Vater schon einmal verheiratet gewesen war.

»Bevor wir noch an die jugoslawische Grenze abgeschoben werden sollten«, fuhr mein Vater in seiner eidesstattlichen Zeugenaussage vage fort, »hatte der deutsche Einmarsch in Jugoslawien begonnen.« Die Wehrmacht war am 6. April einmarschiert, der Weg war versperrt.

Darauf wurden mein Vater und Hanna aus dem Schlosshof entlassen, weshalb ist unklar. *Ich war krank. Die Lagerärztin hat mir geholfen davonzukommen,* erzählte er mir auf der Parkbank im Botanischen Garten. Tatsächlich hatte er eine Lungenentzündung, das steht in den Dokumenten, und war geschwächt. Hätte er im Schlosshof bleiben müssen, wäre er im Oktober nach Riga deportiert und ermordet worden. Oder im Jahr darauf nach Theresienstadt. Oder im März 1943 nach Auschwitz.

Doch er konnte mit Hanna zurück nach Stuttgart fahren. Dort musste er sich »sofort bei der Gestapo melden«. Er musste zu seinem Vater, meinem Großvater Moritz, in das »Judenhaus« in der Reinsburgstraße ziehen. An die Hausnummer konnte er sich nicht mehr erinnern. Ich finde sie in den Dokumenten. »Olonetzky, Emil Israel, Arbeiter, und Olonetzky, Moritz Israel, Arbeiter, Reinsburgstraße 107, DG.« Und das war er ja auch, ein »Arbeiter«. Wie sein Vater ein »Arbeiter« war. Ein »Erdarbeiter«, Straßenarbeiter, Fabrikarbeiter.

Und nun hockten sie im gleichen »Judenhaus«, in der gleichen Wohnung, sogar im gleichen Zimmer aufeinander. Ging das gut? Halfen sie sich? Schwoll ihre Angst unerträglich an und ab und wieder an? Beruhigten sie sich dann gegenseitig? Oder gerieten sie jeden Tag wegen *Schmonzes*, Blödsinn, Kleinigkeiten aneinander? Wegen der schweren Frage, ob sie jetzt doch eine Flucht versuchen sollten? Und verfolgten diese Zusammenstöße meinen Vater vielleicht ein Leben lang und waren auch ein Grund, weshalb er nicht darüber sprechen wollte?

Und Hanna? Wo ging sie hin? Zu ihr finde ich nichts.

Die Firma Schumm, die die Zwangsarbeiter einsetzte, befand sich in der gleichen Straße, und sofort nach seiner Rückkehr wurde mein Vater wieder »eingesetzt«. Bei allem, was so anfiel im Straßenbau. Er arbeitete wie alle anderen Zwangsarbeiter, bis er, auch wie alle und wie sein Vater Moritz, am 19. September 1941 gezwungen wurde, den »Judenstern« am Mantel zu tragen. Den handtellergroßen gelben Stern mit den schwarzen Buchstaben hatten sie wie alle für 0,10 Reichsmark kaufen und am richtigen Ort auf der linken Brusttasche am Mantel oder an der Jacke annähen müssen.

Wie viele Gelb gibt es? Gelb wie Löwenzahn, wie die Gummiente für die Badewanne. Gelb wie die Zitronenfalter, die sich im Garten tummeln. Gelb wie der Raps im Frühsommer, wie die Weizenfelder unter dem ukrainischen Himmel. Gelb wie die Warnwesten, die man tragen sollte, wenn man auf der Autobahn eine Panne hat.

Zu der Zeit arbeitete mein Vater jeden Tag wieder an die vierzehn Stunden. Moritz musste erneut »umsiedeln«, ins »Judenhaus« an der Hospitalstraße. Und ein halbes Jahr später, im März 1942, traf jenes Schreiben der »Jüdischen Mittelstelle« ein, das ihn zum Sammellager auf dem Killesberg bestellte. Zum »Abwanderungstransport nach dem Generalgouvernement«. Wie schnell erfuhr mein Vater davon? Und was tat er während jenes Monats, den Moritz Zeit hatte bis zum Tag, an dem er auf den Killesberg steigen musste?

Mein Vater lebte inzwischen mit seiner Frau Hanna in der Eberhardstraße 1 im Zentrum von Stuttgart. Erfuhr er, wohin sein Vater »verbracht« worden war? Ob er noch lebte? Wahrscheinlich nicht. Fragte er nach? Wenn ja, wo? Bekam er von Moritz noch eine Postkarte oder einen Brief aus Izbica? Wenn er gewusst hätte, dass Moritz in Izbica einsaß, hätte er vielleicht auf eine Postkarte gewartet. Postkarten zu schreiben ging in Izbica noch. Doch mein Vater wusste nicht, wo sein Vater war. Treblinka? Das nahm er zwar an, aber sicher konnte er sich nicht sein.

Es waren Monate, in denen er nicht wusste, was mit seinem

Vater tatsächlich geschehen war. Es waren nur die ersten Monate von etwa zehn Jahren, in denen er nicht wusste, was mit seinem Vater tatsächlich geschehen war. Dass sein Vater *umgekommen* war, tot war, ermordet war, das musste ihm mit der Zeit klargeworden sein.

Alles, was ich über das Transitlager Izbica nun weiß, konnte mein Vater nicht wissen. Er hatte, so vermute ich, keine Nachrichten von seinem Vater bekommen. In den Dokumenten habe ich keinen Brief und keine Postkarte von Moritz aus Izbica gefunden.

Und es hatte noch niemand ein Buch über Izbica geschrieben.

Zur Zwangsarbeit, zu der mein Vater in Stuttgart und in Bielefeld »dienstverpflichtet« wurde, gibt es in den Dokumenten auch keine Berichte, in denen er vorkommt, und keine Bilder, in denen er zu sehen ist. Es fotografierte niemand. Auch er nicht, eine Kamera besaß er nicht. Was hätte er auch fotografieren können? Schutthaufen? Schaufeln? Wie die anderen hackten und schleppten? Die Zwangsarbeit ist eine visuelle Leerstelle.

Bis zum 28. Februar 1943 musste mein Vater weiter hacken, graben, schaufeln, schleppen, aufschichten, schottern und auch graben, abtragen, wegschieben, umschichten, abkratzen, zusammenkehren. Dann kam der Tag, erinnert er sich in seiner eidesstattlichen Versicherung, an dem »ich auf meiner Arbeitsstelle bei der Firma Erich Schumm in Stuttgart erfuhr, dass ich deportiert werden sollte, was mich noch am gleichen Tage zur Flucht nach Wuppertal veranlasste«.

Das war der Tag, an dem mein Vater begann, *alles auf eine Karte zu setzen.*

Sprung

Die erste Karte. Franz Josef Morelli, Vorgesetzter der Zwangsarbeiter in der Firma Schumm, teilte allen mit, dass sie anderntags um sechs Uhr früh »zum Abtransport bereitstehen« müssten. »Wiederholt war schon davon die Rede gewesen«, sagte Morelli acht Jahre später, am 2. Juli 1951, unter Eid aus, »dass diese jüdischen Arbeiter nach dem Osten abtransportiert werden sollten.

Eines Tages im Jahre 1943, den genauen Zeitpunkt weiß ich nicht mehr, doch muss sich dieser aus den Unterlagen der Firma Schumm ergeben, wurde von einem Gestapobeamten im Betrieb erklärt, dass am nächsten Morgen um 6 Uhr sämtliche jüdischen Arbeiter, also auch Herr Olonetzky, zum Abtransport bereitstehen müssten, mit Ausnahme derjenigen (zu denen aber Olonetzky nicht gehörte), die mit arischen Frauen verheiratet waren.«

Rief Franz Josef Morelli daraufhin alle zusammen, stellte sich vor sie hin, holte er Luft und sagte, was zu sagen war? Standen sie schon abgemagert, mit hängenden Armen vor ihm und warteten, bis er den Mund auftat? Hörten sie ruhig zu, bis das letzte Wort verklungen war? Oder ging er von einem zum nächsten und flüsterte er ihnen diese Nachricht zu? Was lag in ihren Augen, als sie verstanden hatten, was sie gehört hatten? Packte sie die helle Angst? Tat es Franz Josef Morelli leid, mochte er einige von ihnen?

In seiner Zeugenaussage wollte er sich daran erinnert haben, dass er »die sämtlichen betroffenen Arbeiter, darunter auch Herrn Olonetzky, von diesem bevorstehenden Transport unterrichtet« hatte, »trotz des bestehenden Verbotes. Er war mir dafür sehr dankbar.« War es so? Ich möchte an etwas Gutes glauben. Daran, dass sich Morelli über die Geheimhaltung hinwegsetzte und allen damit eine Chance gab, eine kleine. Dass er sich also nichts schönredete, sich damit nicht selbst belog, als er aussagte unter Eid. »Als der Transport am nächsten Morgen zusammengestellt wurde, d.h. die Juden in ihren Wohnungen abgeholt wurden, waren Herr Olonetzky und seine Frau verschwunden. Sie wurden auch nicht wieder gesehen, auch eine Nachsuche der Gestapo im Fabrikgebäude blieb erfolglos.«

Wie muss ich mir das vorstellen? Waren die Gestapo-Männer mit Schäferhunden im Sturmschritt durchs Fabrikgebäude marschiert? Nachdem sie frühmorgens um fünf oder sechs die Wohnung in der Eberhardstraße menschenleer vorgefunden hatten? War es diesmal so, wie sich das Drehbuchautoren und Regisseure vorstellen? Die Gestapo schlägt im Morgengrauen die Wohnungstür ein? Ihre Hunde ziehen ungeduldig an den Leinen?

Moritz hatte ein Jahr zuvor noch fast einen Monat Zeit bekommen, das war jetzt vorbei. So viel Rücksicht wollte die Gestapo nicht mehr nehmen, so viel Zeit konnte sie nun nicht mehr geben. Es eilte.

Die zweite Karte. Mein Vater bot Franz Josef Morelli noch am selben Abend seine »Perserteppiche« zum Kauf an. So steht es in Morellis Aussage. Er lehnte ab, »weil ich mich damit einer großen Gefahr ausgesetzt hätte«. War sie wirklich so groß? Es war doch in jener Zeit an der Tagesordnung, dass Möbel oder Teppiche die Besitzer wechselten, einfach so. Und besaß mein Vater tatsächlich Perserteppiche, und gleich mehrere? Das passt so gar nicht in das Bild, das ich von ihm habe. Wenn schon Teppiche, dann Berberteppiche, dazu Bauhaus-Möbel. Doch auf die Art der Teppiche kommt es nun wirklich nicht an. Denn Teppiche, welche auch immer, konnten zu Geld gemacht werden, und das brauchten sie.

»Ich bin der Überzeugung«, sagte Morelli dann, »dass Herr Olonetzky damals nichts mehr von seinen Sachen mitnehmen konnte, weil er eben Hals über Kopf flüchten musste und dass er den Verkauf der Teppiche vornahm, um sich Geld zur Flucht zu verschaffen.

Ich versichere die Richtigkeit vorstehender Angaben hiermit an Eides statt. Franz Morelli. Nummer 404 der Urkundenrolle für 1951«.

Verkaufen konnte mein Vater nichts mehr. In jener Nacht hatte er auch keine Zeit für unschlüssige Käufer und komplizierte Gefühle, stelle ich mir vor. Er packte das Nötigste, Hanna packte das Nötigste; es musste alles schnell gehen und leise. Getrennt verließen sie das Haus, »Hals über Kopf«, in allergrößter Eile, aber nicht kopflos, nicht stolpernd und stürzend, sondern unauffällig, wohlüberlegt, so als wäre nichts passiert.

Sie trafen sich an einer vereinbarten Stelle wieder und gingen los. Fort aus Stuttgart. »Sein Arbeitsbuch und seinen Pass musste er bei seiner Flucht in Stuttgart zurücklassen«, schrieb viele Jahre später sein Rechtsanwalt an das »Landesamt für die Wiedergutmachung«. »Das Haus Eberhardstraße 1, in welchem die Unterlagen zurückblieben, wurde von der Gestapo durchsucht und später durch Fliegerangriff zerstört. Rechtsanwalt Dr. Ostertag«.

Fuhren sie? Mit der Bahn? Hatten sie Fahrräder wie Cioma? Ich weiß es lange nicht. Er erzählte nichts davon, und erst auf den letzten Seiten der Dokumente finde ich den Hinweis, dass sie über Köln nach Wuppertal fuhren. Mit der Bahn.

Doch konnte das wirklich stimmen? Bis dahin hatte ich mir vorgestellt, dass sie den größeren Teil der Strecke gingen, marschierten, sich versteckten, weitergingen. Doch sie fuhren, so steht es in den Dokumenten. Mit dem Zug. Fiel das nicht auf? Wollte niemand genauer wissen, wer sie waren und wohin sie wollten? Niemand fuhr Zug, um unterzutauchen. Oder doch? Niemand brauchte mit dem Zug so lange, um von Stuttgart nach Wuppertal zu kommen. Oder vielleicht doch?

Drei Tage später kamen sie in Wuppertal-Barmen an, bei Margarete Voigtländer.

Beim Fotografieren musst du schnell sein, *wie auf dem Sprung*, erklärte mir mein Vater irgendwann. Hatte er Henri Cartier-Bresson im Kopf, als er das sagte? Mein Vater war sich sicher, dass die glückliche Konstellation von Dingen und Menschen nur eine Millisekunde vor seiner Linse war und dann verschluckt wurde vom unaufhaltsamen Strömen der Zeit. In einem Bild konnte er es festhalten. So sollte ihm das eingefangene Glück noch einmal vor Augen stehen und von der Schönheit des Lebens erzählen.

Er hatte keine Eltern und kein Elternhaus mehr, keine Möbel, keinen Schmuck und kein Vermögen. Er hatte keine eigene Wohnung mehr; die Toten hatten keine Gräber. Auf welche Gegenstände, auf welche Orte hätte sich seine Erinnerung stützen können? Mit Familienalben hätte er seine Geschichte zurückverfolgen können in eine Zeit, in der er selbst noch nicht lebte. Aber die gab es nicht mehr.

Als *das alles vorbei war*, machte er sich daran, seine Gegenwart in Bilder zu bannen und sich eine neue Geschichte und Heimat zu bauen. Ich war da! Ich bin hier! Das Bild ist der Beweis. Er nahm die Kamera hervor, wenn er mit meiner Mutter unterwegs war. Er nahm sie hervor, wenn wir alle zu Abend aßen oder am Frühstückstisch saßen, wenn wir spielten und lernten, wenn wir einen Ausflug unternahmen, in die Ferien fuhren, etwas feierten. Die Sonntage, Schneetage, Geburtstage waren nicht einfach die Höhepunkte, sondern das wirklich gelebte Leben. Damit war er ja nicht allein. Alle liebten die Fotografie dafür, dass sie das Glück verewigen konnte.

Niemand wäre auf die Idee gekommen, ein Scheidungsfoto zu machen, den Familienstreit oder den Skiunfall aufzunehmen; Trauriges und Kritisches blendeten die meisten Hobbyfotografen aus. Und so war für sie das, was fotografiert werden durfte, auch das, was sie fotografieren mussten: kein Fest ohne Blitzlicht, keine Wanderung oder Ferienreise ohne Kamera. Ohne Kamera, das wäre undenkbar. Wie gar nicht wahr, wie gar nicht erlebt!

Auch für meinen Vater war die Fotografie ein Lichtblick. Er hatte mit ihr einen Blick für das Licht. Doch ihm schien alles, was vor sich ging, besonders fragil, bloß die Reflexion eines im Luftzug zitternden Lichts zu sein. Jeden Augenblick konnte die Erscheinung ausgelöscht werden. Es war wirklich wichtig, sie festzuhalten.

Seine Bilder waren alle dunkel grundiert. Und wir alle leuchteten vor diesem dunklen Grund so schön. Es waren Lichtbilder.

Mein Vater hatte überlebt, weil es Zufälle gab. Weil er an einer bestimmten Stelle nach links ging. Oder nach rechts statt nach links. Weil er sich duckte. Weil er sich streckte. Weil es regnete. Schneite. Weil die Sonne schien. Weil es Wald gab. Keinen großen Fluss. Weil es dunkel war. Nein, weil es hell war. Weil es das Heu gab. Haaresbreiten. Immer wieder. Und einen Kanten

Brot. Weil er den passenden Moment erwischte. Den glücklichen Augenblick, das schwache Licht am Ende des Tunnels, das er ansteuerte, hartnäckig, mit dem Mut der Verzweifelten.

Seine Beute war also nicht nur das Glück. Seine Beute war auch das Licht, das sich abhebt von der Dunkelheit. In seinen altmodischen Schwarzweißfilmen wurde es zuerst genau verkehrt herum ins Material hineingeschrieben, das Helle war zuerst dunkel, das Dunkle war hell. Aus Weiß im Negativ wurde Schwarz im Positiv, und aus Schwarz im Negativ wurde Weiß. Beim Vergrößern erschien das Licht wieder im Papier, in den magischen Bädern aus Entwickler, Stoppbad und Fixierer, gewässert, gereinigt und dann getrocknet. Es war eine Auferstehung des Lichts, das einmal vor seiner Linse aufgeleuchtet hatte und das nun im Bild in helle und dunkle Flächen und Formen verwandelt war. Es erzählte ihm davon, dass es das Licht wirklich gab und dass es also immer wieder aufscheinen würde in der Welt, selbst an Orten, an denen größte Dunkelheit herrscht. Nichts ist nur negativ oder nur positiv, immer dunkel oder immer hell.

Auf der Flucht fotografierte er nicht. Eine Kamera besaß er immer noch nicht. Und wieder: Was hätte er auch aufnehmen wollen? Als sie fliehen mussten, blieb für langes Nachdenken keine Zeit. Schlossen sie die Tür zu einer voll eingerichteten Wohnung ab? Wie fanden sie sich an der Straßenecke, die sie abgemacht hatten? Die Flucht ist eine weitere visuelle Leerstelle.

Heute hätte er ein Smartphone und würde auch auf der Flucht fotografieren.

»Bei Flucht ins Ausland in Stuttgart, Eberhardstraße 1, bei Winter den gesamten ehelichen Hausrat zurückgelassen«, steht in den Dokumenten. »2 Bettcouchen, 1 großer, 1 kleiner Tisch,

1 Fauteuil, 4 Stühle, 1 Schrank, 1 Waschkommode, 1 Servierboy, 1 alter Tisch, Kleider, Wäsche, Geschirr, Bücher, 1 echter Teppich, 1 Nähmaschine. Gesamtwert: Reichsmark 4000.« Von einem Fotoapparat steht nichts.

»Ferner benenne ich folgende Zeugen: a) Herrn Schmitt in der Firma Schmitt, Stuttgart, für die Tatsache, dass ich bei der Firma Bamberger u. Hertz war,

b) für die Tatsache, dass ich dem Riga Judentransport zugeteilt war und geflohen bin. Dr. Morelli, Stuttgart, Alte Weinsteige 3, Firma Schumm, Betriebsleiter Schwade, und

c) für die Tatsache, dass ich die Sachen und Wohnung besessen und zurückgelassen habe, Herrn D. Maltenfort, Stuttgart.«

Riga? Weshalb behauptet er, er sei dem »Riga Judentransport« zugeteilt gewesen? Hatte er ein Schreiben bekommen wie Moritz? In den Dokumenten finde ich nichts. Gab es Gerüchte? Wusste er, dass der erste Deportationszug mit Insassen des Arbeitslagers Schlosshof im Oktober 1941 nach Riga ging? Doch da war er noch nicht im Schlosshof inhaftiert. Der »Riga Judentransport« aus Stuttgart verließ den Nordbahnhof am 1. Dezember 1941. Doch da war mein Vater immer noch in der Stadt, immer noch im Straßenbau. Er klopfte Steine, grub und schaufelte Erde. Mehr als ein Jahr noch klopfte er Steine, grub und schaufelte er.

Erinnerungen sind unzuverlässig. Zu viel Zeit war schon verstrichen, zu viel war schon geschehen. Zu oft hatte er den Anwälten und Notaren für das »Landesamt für die Wiedergutmachung« schon erzählt, wann er wo weshalb gewesen war und wer das bezeugen konnte. Hatte sich seine Geschichte verselbstständigt, in Teilen wenigstens? Hatte sie eine eigene Form angenommen, die in sich stimmen musste, die aber vielleicht einfach nicht stimmte?

Der Mohn blüht immer noch üppig. In Knallrot, Violett und in Weiß mit lilafarbenen Flecken am Grund der Blütenkelche. Jetzt schwanken die Blüten im Sommerwind, von Bienen und Hummeln besucht. Die länglichen, gewellten Blätter bilden darunter ein wucherndes Dickicht in Graugrün. Käfer laufen auf dem schattigen Boden herum, geschäftig, sie haben offensichtlich etwas vor.
Am Abend bricht ein Gewitter los, Regen stürzt in die Stadt, Bäche voller roter, weißer und violetter Blütenblätter laufen den Rinnstein entlang in den Gully.

Stuhl

Am 1. September 1939 hatten die Wuppertaler über Rundfunk erfahren, »dass der Krieg ausgebrochen sei«; die Wehrmacht hatte Polen überfallen. Daraufhin bauten sich die Wuppertaler die Keller zu Luftschutzbunkern aus, glaubten, es werde ein »Blitzkrieg« sein mit nur einer »Kriegsweihnacht«. Auf den Hügeln rund um die Stadt installierten sie Flakbatterien.

Wuppertal lag oft unter einer Nebeldecke verborgen. Das würde die Stadt vor Fliegerangriffen schützen. Die Menschen wähnten sich sicher in ihrer Stadt im Tal der Wupper, die wie Stuttgart oder Izbica umgeben ist von sanften Hügeln. Es wurde ebenso wenig ein »Blitzkrieg« wie der Überfall auf die Ukraine heute.

Bald war Wuppertal voller Polen. Für alle leicht erkennbar durch das »P« auf der rechten Brusttasche, waren sie in den Fabriken und im Autobahnbau »dienstverpflichtet«. Nach den Polen kamen die Holländer, die Franzosen, auch viele Frauen, die wie die Männer in der Rüstungsindustrie »eingesetzt« wurden.

»Die Kriegsmoral war ungebrochen«, lese ich über Wuppertal und kann es mir auch vorstellen. Es gehörte einfach dazu, dass man dabeiblieb, begeistert, und zwar noch im Februar 1943, als Reichspropagandaleiter Goebbels den »totalen Krieg« ausrief. Die meisten Wuppertaler machten sich keine Sorgen trotz gelegentlicher und eigentlich auch häufiger werdender Bombardierungen. Sie hatten keine Angst, der graue Nebel über der Stadt schützte sie ja. Das sagten sie sich, bis die Briten kamen.

Die Wehrmacht hatte bei Stalingrad schon kapituliert und Margarete Voigtländer ihren Mann, den Vater ihrer Kinder, längst verloren. Dass es schwierig geworden war, das Essen, die Kälte, nachts das leere Bett neben sich, das musste ihr keiner erzählen. Sie entschied sich, meinen Vater und Hanna zu verstecken.

Bekanntmachung. Betrifft: Beherbergung von geflüchteten Juden. Die nichtjüdische Bevölkerung wird dringend gewarnt:
1. Juden Unterschlupf zu gewähren,
2. Juden Beköstigung zu verabfolgen,
3. Juden Nahrungsmittel zu verkaufen.

Orangerote Plakate klebten an Wänden und Säulen; niemand konnte sie übersehen. Die Gestapo suchte inzwischen meinen Vater und seine Frau. »Schwerin, den 24. März 1943. Geheime Staatspolizei, Staatspolizeistelle Schwerin IIP. Rundschreiben Nr. 6/43
A. Liste des schädlichen und unerwünschten Schrifttums
B. Aufenthaltsermittlung
C. Festnahmen: Olonetzky, Emil Israel, geb. 7. 4. 1917 in Stuttgart, Olonetzky Chana, geb. Üsting, geb. 6. 6. 1920 in Merkine, beide wohn. gewesen in Stuttgart, Eberhardstraße 1 IIB2–125/43. Gezeichnet Bode. Beglaubigt, Kriminal Obersekretär / St.«

Anna oder Hanna oder Chana, geboren am 20. Juni 1920 in Meresc, Litauen, als Hanna Kesting, nicht Üsting. In den Dokumenten wimmelt es von Tippfehlern bei Namen und Daten. Waren das Flüchtigkeitsfehler, wie sie allen im Büroalltag passieren? Oder war es ein Zeichen für schlampige Herablassung, es kam nicht so genau darauf an, Hauptsache, man fasste die Flüchtigen und vernichtete sie? Die Liste unter A und die Dokumente von Punkt B finde ich nicht. Und was bedeutete der unter C verwendete Begriff »Festnahmen«? War es eine Tatsache oder ein Befehl, ein anzustrebendes Ziel? Wenn es eine Tatsache war: Was hieß es genau?

Das alles ist unklar; ich finde nichts über eine Verhaftung in den Dokumenten.

Die dritte Karte. »Meine Schwiegermutter, Frau Olga Kesting, hatte mir und meiner Frau einen Unterschlupf bei Frau Margarete Voigtländer ausgekundschaftet«, sagte mein Vater weiter aus. »Frau Voigtländer wohnte dort im Hause Schellenbeckerstraße 72 in einer Zwei-Zimmer-Wohnung mit Küche. Sie hatte zwei kleine Kinder, ihr Mann war gefallen. Meine Frau und ich verbargen uns nun vom 1. März 1943 an in dem einen zur Wohnung von Frau Voigtländer gehörenden Raum.«

In diesem Zimmer stand ein Stuhl, sonst war es leer.

Wohnte Margarete Voigtländer mit ihren Kindern in dem anderen Zimmer? Benutzten sie die Küche als Wohnzimmer? Oder gab es ein Hinterzimmer, einen dritten Raum, der zu der Zweizimmerwohnung gehörte?

»Der Deportationsbefehl war ihnen bereits zugegangen«, erklärte Margarete Voigtländer am 22. November 1954; sie war als Zeugin vorgeladen. »Ende Februar 1943 habe ich die beiden Eheleute Olonetzky bei mir in Wuppertal-Barmen, Schellenbeckerstraße 72, aufgenommen, ohne sie polizeilich anzumelden. Ich habe sie alsdann unentgeltlich verpflegt und verborgen gehalten. Von den Mitbewohnern des Hauses wusste keiner etwas über die Anwesenheit der Eheleute Olonetzky«, sagte sie aus unter Eid. »Diese wagten es auch nicht, die Straße zu betreten. Irgendwelche finanziellen Mittel standen den Eheleuten Olonetzky nicht zur Verfügung. Unter diesen als menschenunwürdig anzusprechenden Umständen haben die Eheleute Olonetzky etwa drei Monate bei mir gelebt. Sie haben während dieser Zeit alle Entbehrungen, die mit diesem Aufenthalt verbunden waren, willig auf sich genommen.«

»Menschenunwürdig.« Die Menschenwürde wird eine entscheidende Frage werden, auch in anderen Dokumenten lese ich davon. Welche Lebensbedingungen waren für meinen Vater und seine Frau »menschenunwürdig«? In den Dokumenten ist ihre Menschenwürde immer noch eine Frage von Standpunkt, Fokus und Ausschnitt.

Mein Vater schlief auf dem nackten Fußboden, lese ich in den Dokumenten. Hätte er eine Kamera dabeigehabt, hätte er den Stuhl in dem leeren Zimmer fotografieren können. Ein Stillleben. Still leben mussten sie ja. Oder er hätte Hanna, auf dem Stuhl sitzend, aufnehmen können. Ein Porträt. Oder er hätte Hanna ablichten können, wie sie an der Zimmerwand lehnt. Oder einen Kopfstand macht. Ihre Beine würden in die Luft ragen, der Rock nach unten rutschen und ihre Augen würden verkehrt herum im Gesicht liegen und den Fotografen mustern. Aber er hatte keine Kamera.

Hanna konnte meistens im Bett von Margarete Voigtländers Mann übernachten. Was sagten Margarete Voigtländers Kinder dazu? Hielten sie auch den Mund, wenn sie mit anderen Kindern spielten?

Mein Vater erzählte mir nichts davon, als wir auf der Parkbank im Botanischen Garten saßen.

»Wir konnten in diesen fast drei Monaten die Wohnung von Frau Voigtländer nicht verlassen und waren ständig an den uns zugeteilten Raum gebunden«, gab mein Vater weiter zu Protokoll. »Nur zum Waschen und in ganz wenigen Fällen auch zum Essen begaben wir uns in die Küche von Frau Voigtländer. Frau Voigtländer bekam meiner Erinnerung nach so etwa zwei Mal in der Woche Besuch, so dass wir auch mehrmals in der Woche förmlich eingesperrt waren. Wenn Frau Voigtländer Besuch bekam, schloss sie die Tür zu unserer Behausung ab.«

Sie blieben in dieser Zeit »unangemeldet verborgen, ohne die Straße zu betreten« bei Margarete Voigtländer. Die hatte Mut und ein Herz; sie war *a Mentsch.* Wie anders wäre zu erklären, dass sie diese Gefahr für sich und ihre Kinder einging? Bekam sie von Hannas Mutter doch etwas Geld und vielleicht zusätzliche Lebensmittelmarken? Profitierte sie also für sich und ihre Kinder? Hatte sie gar keine andere Wahl, weil sie als Witwe zu wenig Geld hatte? Vielleicht wog sie auch die Gefahr gegen das eigene Überleben ab. Hatte sie Angst? Fand sie, sie tat einfach das Richtige?

»Wuppertal wurde damals schon schwer von Fliegerangriffen heimgesucht«, berichtete mein Vater weiter unter Eid. »Auch bei diesen Angriffen mussten wir in dem Raum bleiben, während sich die anderen Hausbewohner in den Keller begaben. Selbstverständlich waren meine Frau und ich in Wuppertal nicht gemeldet und bekamen deshalb auch keine Lebensmittelkarten. Meine Schwiegermutter, die mit einem Nichtjuden verheiratet war, ließ uns über Frau Voigtländer Lebensmittel in sehr bescheidenem Maß zukommen. Wir hatten viel weniger zu essen als die anderen Bürger.«

Saßen sie in dem Zimmer immer abwechselnd, einer auf dem Stuhl, der andere auf dem Boden? Gingen sie herum, den

Wänden entlang oder hin und her? Oder hätte sie das verraten? Was taten sie den ganzen Tag? Flüsterten sie? Lagen sie umschlungen auf dem Boden, und liebten sie sich? War es auch öde, eine schlichte, unerträgliche Langeweile? Konnten sie ein Buch lesen? Machten sie regelmäßig Kopfstand und Gymnastik? Wie hielten sie ihre Angst im Zaum? Konnten sie überhaupt schlafen?

»Die Ängste, die wir vor dem Entdecktwerden ausstanden, waren entsetzlich«, erklärte mein Vater vierzehn Jahre später dem »Landesamt für die Wiedergutmachung«.

Nachts ruft ein Kauz. Macht er Ausflüge in die Stadt oder wohnt er nicht mehr im Wald, sondern im Park gleich um die Ecke? Kennt er sogar den Garten um unser Haus? Und ist er den Füchsen gefolgt? Einer hockt sich manchmal in der Nacht mitten auf die Kreuzung und schaut zu, wenn ein Mensch vorbeigeht. *A Mentsch.* Ein Mensch mit einem Herzen, der ihn nicht verscheucht. Oder er bellt heiser hinter Hecken hervor, nur selten unterbrochen vom wütenden Aufheulen der Katzen, die ihr Revier verteidigen.

Dass es doch bitte einen Wolkenbruch geben möge mit Donnergrollen im Himmel und prasselndem Regen! Dann einen stundenlangen *Landregen,* wie das meine Mutter nannte. Die Hitze drückt auf die Stadt, auch mitten in der Nacht weht nur ein lahmes heißes Lüftchen um die Häuser. Zu schwach, um die Stadt zu kühlen.

Inzwischen werden Gewitterregen in den Nachrichten *Starkregen* genannt, und auf den Onlineportalen der Zeitungen zeigen sie kurze Videos von Erdrutschen und über die Ufer getretenen Bächen. Auch die Cosmeen und die Kapuzinerkresse ducken sich unter dem Starkregen, der ihre Blütenblätter in Fetzen reißt, und wünschen sich einen altmodischen Landregen. Einen Regen, der stetig und langsam in die trockene Erde des Gartens eindringt und den Boden bis in tiefe Schichten anfeuchtet, statt ihn sturzflutartig wegzuschwemmen. Einen Regen, der sanft kühlt.

»Gegen Ende Mai 1943«, berichtete mein Vater weiter, »wollte uns Frau Voigtländer nicht mehr Zuflucht gewähren.«

War es ihr zu gefährlich geworden?

Und dann: »Meiner Erinnerung nach wurde Wuppertal in der Nacht vom 30. zum 31. Mai 1943 besonders schwer bombardiert. Die anderen Hausbewohner waren während des Luftangriffs im Keller.«

Es war eine Nacht davor, die Nacht vom 29. auf den 30. Mai.

Feuer

Die vierte Karte. Um 0.14 Uhr gingen die Sirenen los, die meisten Wuppertaler blieben zuerst in ihren Betten liegen und hörten das Wummern der Flakabwehr von fern. Zuerst war alles wie immer, harmlos. Erst als die Bomben in der nächsten Nachbarschaft einschlugen, hasteten alle in die Keller.

Die Briten waren diesmal gut vorbereitet. Der Nebel war ihnen jetzt egal, vielleicht hatte es auch keinen in dieser Nacht. Sie warfen zuerst Markierungsbomben, dann überzogen sie das markierte Gebiet mit Streu- und Brandbomben. »280 000 Brandbomben« fielen, lese ich. Überall leuchteten die Explosionen auf. Vom Flugzeug aus muss es wie ein Tanz explodierender Sterne in der Nacht ausgesehen haben. Als spannte sich das Himmelsgewölbe plötzlich auch unter den Flugzeugen auf. Als stünde die Welt auf dem Kopf, unfassbar schrecklich und schön. Überall bewegte Lichter vor dunklem Hintergrund.

Dicht über die Häuser zogen die Flugzeuge über die Stadt, eines neben dem anderen, eines nach dem anderen, ohrenbetäubend laut. Scheinwerfer schwenkten ihre schmalen Lichtkegel im Himmel. Fensterscheiben zerbarsten, Fassaden, Häuser stürzten ein, Hunde heulten. Fenstersimse, auf denen Arme aufgestützt worden waren, fielen. Wände, die Leben geborgen hatten oder noch Leben bargen, fielen. Druckwellen warfen sich gegen Hausmauern. Feuerwalzen rasten durch die Straßen, das Licht wurde gelb. Metall bog sich und schmolz, Steine glühten. Im Asphalt kochten Blasen. Dachstöcke, Wohnungen brannten,

Bäume brannten. Katzen, Vögel brannten. Menschen brannten. Geschichten brannten. Bücher brannten, Fotoalben brannten. Alles brannte zu Asche. Glück brannte zu Asche. Schmerz brannte zu Asche. »Meine Frau und ich sprangen«, erklärte mein Vater dem »Landesamt für die Wiedergutmachung«, »als wir das Schlimmste befürchten mussten, in den Garten, und tatsächlich wurde auch das Haus erheblich beschädigt.«

Konnte er das nicht noch lapidarer formulieren? Sie sprangen in den Garten, als wäre es Frühling und die ersten Primeln wären gerade erblüht? Es krachte ohrenbetäubend, und das Haus war dann tatsächlich erheblich beschädigt?

Die beiden Türme der Unterbarmer Hauptkirche standen in Vollbrand wie zwei absurde Kerzen. Die Fabrikhallen waren zerbombt, ausradiert, das Ziel erreicht. Wohnhäuser waren nur noch Haufen aus Schutt und Asche. Leiser werdende Hilferufe aus zugeschütteten Kellern. Aus den Kellern, die sich die Wuppertaler so gut ausgebaut hatten; sie waren zu Fallen geworden.

Fast die Hälfte der Stadt war zerstört, dem Erdboden gleichgemacht. Viele hatten mit allem, was sie besaßen, bezahlt für Untaten, die sie begangen, die sie auch nicht begangen und nicht einmal unterstützt hatten. Gegen die sie sich nicht entschieden genug gewehrt hatten. Gegen die ich mich aus Angst, aus Dummheit, aus Feigheit vielleicht auch nicht gewehrt hätte.

Als sich das Feuer ausgetobt hatte, wurde es still. Wo waren die Einwohnerinnen und Einwohner Wuppertals? Wo waren die Zwangsarbeiter, die Polen, Holländer, Franzosen, die Russen und die Juden, wo waren sie nach dem Feuersturm? Unter den Toten, den Verletzten, den Verstörten, den Obdachlosen? Wann klarte der Himmel wieder auf? Die Brände und letzten glühenden Nester waren irgendwann gelöscht oder von selbst verlöscht, und die ganze »Heimat ein Trümmerfeld«. Hieß es danach.

Rauchschwarze Ruinen säumten das, was von den Straßen noch übrig war. Überall Trümmer, pockennarbige Brocken, Schutt, Staub. Hohle Fenster und Türen in aufragenden Wandstücken wie leere Augen und Münder. Die Stadt ein einziger schwer verwundeter Körper.

Die vielen Toten zu bergen dauerte Wochen. Wurden Zwangsarbeiter dafür eingesetzt wie in anderen Städten? Waren sie noch kräftig genug? Hatten sie noch Schuhe und Socken, oder waren sie barfuß? Und waren ihre Kleider schon zerrissen?

Vereinzelt Menschen, die zwischen den Trümmern umherirrten, wimmerten, schrien, deren Wege nicht mehr klar waren. Straßen bestimmen doch sonst die Wege zwischen den Häusern hindurch! Die Eingänge, die Treppenhäuser lenken doch die Füße sicher in die Häuser hinein. Und die Zimmergrundrisse geben doch die Wege im Innern vor und auch die Bewegungen der Körper, der Köpfe, der Hände bis in kleine Gesten hinein. Im Wohnzimmer, Esszimmer, im Schlafzimmer, der Küche, im Bad vor dem Spiegel – überall sind die Gesten durch die Räume mitbestimmt. Und schließlich die Fenster! Sie zeigen nicht einfach nur Aussichten, sondern Perspektiven auf die Nachbarhäuser, die Hügel im Umland der Stadt, auf den Kirchturm. Auf die Welt.

Liegt aber alles in Trümmern, bestimmen die Schutthaufen. Ruinen weisen auch den Weg. Ruinen legen auch die Gesten fest bis in die kleinsten Bewegungen.

Türmten die Wuppertaler Trümmerfrauen und Trümmermänner und vielleicht auch Trümmerkinder, als sie sich aufgerappelt hatten, mit vereinten Kräften, wie man so leichthin sagt, die zu Brocken zerschossenen Häuser zu Bergen auf? Zu Trümmerbergen wie in Berlin und anderen Städten? Oder waren es wieder Zwangsarbeiter, die das tun mussten? Und warfen sie dann Erde über die Brocken? Legten sie eine Decke aus Erde, ein lebendiges Leichentuch über die Trümmer? Und wurde diese Decke bald grün? Bekam sie eine frechgrüne Grasnarbe?

Oder wurden die Trümmer an den Stadtrand weggekarrt, diesmal vielleicht ohne die Holländer, Franzosen, die Polen? Wurden sie sogar mitten in der Stadt einfach schnell eingeebnet? Wann wuchsen dort erste Gräser, Weidenschösslinge? Wurden die Reste, die zerschlagenen Schränke, Tassen, Teller, so schnell es ging, begraben wie die Leichen? So wie die Wunden der Überlebenden vernarbten, vernarbte auch die Erde über den Trümmern. Das ist der Lauf der Zeit.

Und wann wollten alle einfach wieder über das Gras spazieren, nicht nachdenken?

Die Stauden sind jetzt alle zu ihrer vollen Größe herangewachsen. Große runde Büsche stehen nebeneinander im Beet, prall, voller Leben und bereit, noch pompöser zu werden. Die Blüten sind erst als grüne Knospen erkennbar. Die Iris hingegen sind schon verblüht. Ihre Blütenblätter krümmen sich dunkelviolett zusammen, das Kelchblatt klebt als beiger Krepp am Stängel, und ihre graugrünen Blätter schneiden in die Luft. Auch ohne ihre verschwenderischen Blüten sind sie extravagant. Stoisch ragen jetzt die langen Stängel zwischen den schwertförmigen Blättern auf, erheben sich über die krautigen Blätter nebenan. Wir sind nicht wie die zugeflogenen Kamillen, scheinen sie zu sagen. Nicht wie der Borretsch, der jetzt auch noch zwischen den Kieselsteinen hervorwächst, die das Beet zum Haus hin abschließen.

Pyjama

Die fünfte Karte. *Im Pyjama bin ich nach der Bombardierung zur Polizei gegangen,* sagte mein Vater zu mir, als wir auf der Parkbank im Botanischen Garten saßen. *Ich sagte, alles sei verloren, auch meine Papiere.*

Den Pyjama konnte ich mir sofort vorstellen. Eine weite Hose mit Kordelzug und ein langärmliges Hemd mit Brusttasche. Gestreift vielleicht, nicht so wie die Häftlingskleider, schmaler natürlich, eleganter.

Nur, trug er da wirklich den Pyjama, hatte er noch einen?

In seiner Zeugenaussage berichtete er weiter: »In dem allgemeinen Durcheinander schloss ich mich dem Zug der Obdachlosen am nächsten Vormittag an und gab mich bei der Nationalsozialistischen Volkswohlfahrt (NSV) unter dem Namen ›Berndt Weber‹ als total ausgebombt aus. Ich erhielt auf diesen fingierten Namen einen braunen Ausweis, wie ihn auch die anderen Fliegergeschädigten, die ihre Personalpapiere verloren hatten, bekamen. Wer sich auf Bekannte in anderen Städten oder Ortschaften berufen konnte, erhielt die schriftliche Erlaubnis bzw. Aufforderung, sich dorthin zu begeben.

Ich gab die Schwester von Frau Voigtländer, Frau Federle in Colmar, als Bekannte oder Verwandte aus. Ich bekam von der NSV Lebensmittelmarken für eine Woche und eine Fahrerlaubnis nach Colmar und begab mich mit meiner Frau noch am selben Tage in der Eisenbahn nach Colmar.«

Am Bahnhof stand nur noch ein Teil des Gebäudes, der Dachstock ragte als Gerippe in den Himmel. Die Eisenbahn fuhr trotzdem? Wirklich?

»Ende Mai 1943 verließen mich die Eheleute Olonetzky wieder«, sagte Margarete Voigtländer weiter aus, doch es war ein Tag Anfang Juni. »Sie fanden bei meiner Schwester, Ottilie Federle in Colmar, Burgunderplatz 1, im Elsass weitere Unterkunft, bis ihnen die Flucht in die Schweiz gelang. Ich versichere die Richtigkeit meiner vorstehenden Angaben an Eides statt. Auf die strafrechtlichen Folgen einer falschen eidesstattlichen Versicherung bin ich hingewiesen worden. Gezeichnet Frau Margarete Voigtländer, gezeichnet Dr. Heinz Neuhaus. Wuppertal-Barmen, 24. November 1954«.

Colmar war seit 1940 Teil des »Reichsgaus Baden-Elsass« und damit Teil des »Großdeutschen Reichs«. Colmar gehörte jetzt aus Sicht der Nationalsozialistischen Volkswohlfahrt dazu. Die elsässischen Männer wurden eingezogen in die Wehrmacht, und ich wundere mich zuerst, weshalb denn dieser Berndt Weber nicht sofort in die Wehrmacht eingezogen wurde. »Als ich mir den braunen Ausweis in Wuppertal verschaffte«, sagte mein Vater aus, »gab ich mich aufgrund einer von einer Sportverletzung herrührenden Narbe am Rücken als schwerkriegsbeschädigt und selbstverständlich auch als fliegergeschädigt aus, und das war auf meinem Ausweis vermerkt.«

Das wurde ihm abgenommen? Nahmen sie seinen Rücken nicht in Augenschein, um zu sehen, wie übel die Narbe war? Hatten sie so viel zu tun, dass sie nicht nachprüften, was er ihnen da verzapfte? »Ich hielt mich nur wenige Tage bei Frau Federle in Colmar auf«, erklärte mein Vater weiter dem »Landesamt für die Wiedergutmachung«, »denn ich beabsichtigte, nach der Schweiz zu fliehen und wollte die Fluchtmöglichkeiten für mich und meine Frau, die bei Frau Federle zurückblieb, eingehend erkunden. Ich fuhr mit der Eisenbahn von Colmar nach Mülhausen (Mulhouse). Es wird auf Ende der ersten Juni-Woche 1943 gewesen sein, dass ich dort ankam.«

Er beabsichtigte, nach der Schweiz zu fliehen! Es klingt wie der Reiseplan eines vornehmen, etwas beleibten Herrn, der in Anzug mit Weste und Krawatte, mit Hut, rahmengenähten Lederschuhen und mit mehreren schweren Koffern in ein ruhiges Kurbad fahren will, um heilende Wasser zu trinken und mit den Damen zu plaudern.

Doch mein Vater wog noch 44 Kilogramm. Er war jung, 26 Jahre alt, zwar nicht mehr kräftig, aber zäh oder wild entschlossen oder lebenshungrig, oder er war einfach einer, der nichts mehr zu verlieren hatte. »Ich begab mich, indem ich alles auf eine Karte setzte, zum Kreisleiter in Mülhausen, und dieser gab mir die Adresse eines Reichsdeutschen, bei dem ich eine Unterkunft unentgeltlich erhielt.

Ich werde mich bis zu meiner Flucht in die Schweiz am 1. September 1943 zusammengerechnet etwa 4–6 Wochen in dem Zimmer in Mülhausen aufgehalten haben.«

Es wurden zehn Wochen. Und es war die sechste Karte.

Lange hatte mein Vater nichts erzählt, dann erzählte er mir auf der Parkbank im Botanischen Garten alles auf einmal. Zumindest alles, was er sagen wollte oder konnte. Ich erinnere mich in Bruchstücken. *Ich bin über den Rhein geschwommen*, sagte er mir. Daran erinnere ich mich, oder ich meine es zumindest. Doch in den Dokumenten finde ich eine andere Fluchtstelle.

Es regnet. Endlich. Im Garten verzieren die Schnecken den Boden mit ihren silbrigen Schleimspuren. Von den Blättern tropft es herunter auf sie, ein dämmriggrünes Licht umfängt sie. Auch sie bestehen aus Wasser, Mineralien, aus Bakterien, Molekülen. Sie sind wimmelnde Wolken, die nur kompakt aussehen. Kompakt und schleimig. Langsam streichen sie unter den Astern hindurch, deren Blüten erst grüne Knospen sind, und an den Schafgarben und Schwertlilien vorbei. Die Blätter der Herbstanemonen und des Knöterichs biegen sich unter der Nässe, bilden ein Dach aus Blättern.
Fühlen sich die Schnecken im Staudenbeet wie wir im Dschungel? Umgeben von einem unüberblickbar riesigen Raum in Grüntönen? Mit feuchtkrautigen Wänden aus Blättern und Stängeln, dunklen Gründen? Wie ist die Perspektive der Schnecken auf ihre Welt, was würden sie fotografieren, hätten sie eine Kamera dabei? Sie erkennen nur schattenhafte Formen, helle und dunkle, lese ich, doch sie sind ein einziges, wunderbares Riechorgan. Sie riechen und schmecken mit ihrem ganzen Leib. Im Aroma des nassen Gartens finden sie, was sie lieben.

Heu

Von Mülhausen aus machte sich mein Vater auf. Immer wieder. Und tat so, als sei er kriegsversehrt und fliegergeschädigt, wie es in Berndt Webers Ausweis vermerkt war, und das war er ja auch. »In der Zwischenzeit kundschaftete ich in vielen Spaziergängen eine Fluchtmöglichkeit aus. Bei diesen Ausflügen nächtigte ich meistens in Heuschobern bei Bauern.«

Was meinte er mit »nächtigen«, frage ich mich sofort. Erlaubtem ihm die Bauern, in ihren Ställen zu übernachten? Gaben sie ihm zu essen, boten sie ihm am Morgen ein Glas Milch an? Oder schlich er sich hinein, in der Dämmerung oder nachts, und versteckte sich? Und die Hofhunde? Hörten sie nichts, bellten sie nicht? Und was hatte er noch zu essen? Er war doch schon vollkommen abgemagert.

»Polizeilich angemeldet war ich in dieser Zeit weder in Mülhausen noch anderswo. Ich bekam deshalb auch keine Lebensmittelkarten. Meine Schwiegermutter ließ mir nach Mülhausen Lebensmittelpakete und auch Lebensmittelkarten zugehen«, sagte er weiter aus. Brot? Konserven mit Fleisch und Bohnen? Gab es die noch? Und die Lebensmittelkarten? Traute er sich tatsächlich in einen Laden mit den Karten?

Davon erzählte er mir nie etwas. Nur vom Hunger erzählte er, als wir auf der Parkbank saßen. Den Hunger konnte er nie vergessen. Dass er »viel weniger zu essen hatte als die anderen Bürger«, gab er dem »Landesamt für die Wiedergutmachung« zu Protokoll. Als ob er ein Bürger dieses Landes gewesen wäre.

Ich habe immer wieder gearbeitet. Alles Mögliche. Arbeitete er bei den Bauern im besetzten Elsass? Holten sie ihn zum Heuen dazu? Zum Ernten von Birnen und Äpfeln? Es war Spätsommer. Vielleicht auch um Zäune zu bauen, Gräben auszuheben, darin war er ja geübt. Warum habe ich im Botanischen Garten nicht genauer nachgefragt? Lange hatte er geschwiegen, nun redete er. Ich saß da, sprachlos. Ich konnte ihn nicht unterbrechen. Ich schwieg.

Dass er seinen Charme einsetzte und seine *Chuzpe*, um den Bauern, den Bäuerinnen wohl eher, zu entlocken, was so vor sich ging in dieser hübschen Landschaft an der Grenze, das kann ich mir lebhaft vorstellen. Die Bäuerinnen, die Kinder und die alten Bauern waren natürlich weiter auf dem Feld und in den Ställen trotz Krieg und schwerem Militär an der Grenze. Gerade wegen Krieg und Militär. Von irgendwoher musste ja die Milch kommen und das Heu für die Kühe, der Weizen und die Bohnen, die von den Nazis eingeforderten Kontingente.

Unauffällig habe ich mich Richtung Schweizer Grenze bewegt, sagte er mir. »Ich gewann bei meinen Erkundungen allmählich Kontakt mit Grenzwachen und ähnlichen Stellen«, sagte er dem »Landesamt für die Wiedergutmachung«. Immer blieb er auf der Hut. *Tag und Nacht war ich in Angst,* sagte er mir.

Was aber waren »ähnliche Stellen«?

Wie roch das Heu in den Schobern, kitzelte es? War es augustwarm, raschelten die Mäuse darin und flitzten sie über die Holzdielen des Stalls, während er dort »nächtigte« oder sich verbarg? Hatte er Brot vom letzten Lebensmittelpaket dabei und eine Flasche mit Tee? Klaute er von den Feldern der Bauern? Oder hatte er ständig ein flaues Gefühl im Magen, weil er schon so lange nichts Festes mehr zwischen die Zähne bekommen hatte? Saß er vielleicht wie Aaron aus Isaac B. Singers Geschichte »Zlateh die Geiß« im Heustock?

Aaron hätte die Geiß zum Metzger bringen müssen, aber dann gerieten die beiden in einen Schneesturm und mussten sich im Heu verstecken. Um den Heustock pfiff und heulte der eisige Wind, es war stockdunkel, der Schnee fiel unaufhörlich und deckte alles zu. Doch Aaron kauerte mit Zlateh im warmen Heu, gut geschützt. Und während der Unterschlupf für Zlateh rundherum aus lauter Futter bestand, sie zufrieden knabberte und meckerte, konnte sich Aaron ihre Milch direkt in den Mund melken. Sie gaben sich warm und plauderten, sie überlebten den Sturm und kehrten glücklich nach Hause zurück. Und niemand kam je wieder auf den Gedanken, Zlateh zum Metzger zu bringen, denn Glück und reine Liebe hatten sie beide gerettet … »Zlateh die Geiß« wollte ich immer wieder hören. Ich wollte auch eine Zlateh haben.

Ob es Ziegen gab in den Schobern, in denen er übernachtete? Hörte er ihr leises Meckern in der Nacht? Und wenn jemand vorbeiging oder sogar in den Stall kam, in dem er sich versteckte? Hielt mein Vater den Atem an, schlug ihm das Herz bis zum Hals? Blieb die Zeit kurz stehen, oder verging sie wie bei einem Unfall in Zeitlupe? Und wenn es ganz still wurde, kam ihm sein Vater in den Sinn? Seine Schwester Anna? Überlegte er, was seine Geschwister in Palästina taten? Ob sie vielleicht gerade in ihren neuen Betten schliefen? Von weitem war die Schweiz sichtbar, noch unerreichbar.

Zehn Wochen ging das so, zwei volle Monate und zwei Wochen. Wie war es möglich, dass niemand Verdacht schöpfte und etwas genauer wissen wollte, was es mit diesem Herumstreuner Weber eigentlich auf sich hatte? *Es ist unvorstellbar,* hatte mein Vater zu mir gesagt und damit das gemeint, was seinem Vater geschehen war. Aber tatsächlich kann ich mir auch nicht vorstellen, was mein Vater erlebte, tat, sagte. Wie er sich fühlte, wenn es ruhig wurde und dunkel. Warum bloß habe ich nicht nachgefragt.

Und dann, »am 28. August 1943 fand ich endlich in der Gegend von Leymen bzw. Benken (Elsass) unmittelbar an der Schweizer Grenze den Fluchtweg. Ich fuhr daraufhin nach Mülhausen, ließ meine Frau, die auch den NSV-Ausweis auf den Namen Weber hatte, nach Mülhausen kommen, und floh mit ihr am 1. September 1943 an der ausgekundschafteten Stelle in die Schweiz.«

Es ist wieder ein lapidarer Satz. Als wäre es ein Spaziergang mehr gewesen, diesmal zu zweit.

Und was waren jetzt »ähnliche Stellen«? Waren die letzten Einwohner von Leymen Fluchthelfer? Vier von ihnen kamen ins KZ, weil sie den Mut gehabt hatten zu helfen. Die anderen Einwohner des Dorfs lebten da schon im Südwesten von Frankreich; sie waren rechtzeitig hinter die Maginot-Linie evakuiert worden. Oder waren es einfach die Bauersfrau, die Bäckersfrau, der alte Wirt, die noch im Dorf waren und sich in der Gegend auskannten? Plauderte mein Vater nett mit allen und band ihnen jeden Tag einen hübschen Bären auf? Wieso flog das nicht auf?

Er erzählte mir nie davon.

Hunde

Leymen ist an drei Seiten von der Schweiz umgeben, und die »ausgekundschaftete Stelle« war der Wald an der Grenze zum Benkenspitz, diesem schmalen Streifen Schweiz, der wie ein krummer Finger ins Elsass ragt. Der Benkenspitz ist an drei Seiten von Frankreich umgeben.

Flohen sie nachts? Mitten am helllichten Tag? Auch auf der Schweizer Seite der Grenze patrouillierten Soldaten und Polizisten.

Ein Polizist des Grenzwachtkorps I begann am 1. September 1943 um 18.50 Uhr auf dem Posten Benken I in die Leerstellen eines Formulars für die »Festnahme von Flüchtlingen« zu tippen. Auch seine Schreibmaschine stand auf einem schweren hölzernen Pult, so stelle ich mir vor. Er saß vielleicht in einer steifen Schweizer Uniform auf dem Stuhl, sein hoher Kragen zwickte, die Lederschuhe knarrten leise, und an der Wand tickte eine Uhr. Er schrieb und brauchte viel Zeit zum Ausfüllen des Formulars, obwohl er für Hanna »keinen speziellen Rapport« ausfüllen musste. Sein Name steht auf dem Rapport, nur schwer lesbar: Emil von Ballmoos.

»Anhaltungs-Rapport:
Name: Olonetzky. Vorname: Benyamin Emil. Geboren: 7.4.17. Rasse & Religion: Jude. Nationalität: Staatenlos.
Beruf: Zeichner.
Eingeschlagener Fluchtweg: Stuttgart ab am 27.2.43 nach

Köln, Wuppertal, Mülhausen, Leymen alles per Bahn. Von Leymen zu Fuss über die Grenze.
Festnahme, Datum: 1.9.43. Zeit: 16.50. Ort: auf der Zollstraße zwischen Benken – Neuwiller durch Frey, Karl, Gz. Pol. P. Benken.
Wie und wo wurde die Grenze überschritten? Zu Fuss im Benkenspitz bei Gz.stein 121 am 1.9.43 um 16.15 Uhr.
Name eventl. Schlepper: keine.
Schlepperbedingungen: keine. Der Flüchtling gehörte einer Gruppe von 2 Personen an.
Grund der Flucht: Er sollte als Jude am 27.2.43 nach Polen deportiert werden, was seinen sicheren Tod bedeutet hätte.
Gesundheitszustand: Lungenkrank mit Abszess auf der Lunge.
Persönliche Effekten: 2 volle und 2 leere Zeichnungsblocks, etwas Brot und Butter, 80 RM.«

In der Beilage zum Rapport, die am gleichen Abend vom Postenchef Emil von Ballmoos zuhanden des Sektorchefs II in Basel-Lysbüchel aufgenommen wurde, erklärte mein Vater: »Heute begaben wir uns nach Richtung Hagenthal und in den an der Schweizergrenze gelegenen Wald, wo Holzer arbeiteten. Ich gab den Holzern an, dass ich sie zeichnen wolle, und wir konnten so die Grenze überschreiten. Wir wurden von den Deutschen mit Hunden verfolgt, und es gelang uns, knapp 1 Minute ehe wir von den Deutschen geschnappt worden wären, die Grenze der Schweiz zu passieren.«

Glaubten ihm die Holzfäller wirklich, dass er sie zeichnen wollte? Dass er nur deshalb in diesem Wald war? Wirkten Hanna und er wie harmlose Spaziergänger, die in ihrer Freizeit zeichnen gehen? Im Ernst?

Und warum schossen die Deutschen nicht?

Um 21.00 Uhr waren das Formular und der Bericht endlich geschrieben und bereit, unterschrieben zu werden. Doch »die obigen Aussagen konnten von den Flüchtlingen infolge Nervenzusammenbruch nicht unterschrieben werden«.

Und:

»Die beiden Flüchtlinge konnten infolge ihrer körperlichen Schwäche, durch Unterernährung und den Nervenzusammenbruch vorläufig nicht über die Grenze zurückgeschoben werden. Zudem meldete uns Grenzwachtmeister Leuenberger, Ernst, welcher im Abschnitt Dienst ausführte, dass die deutschen Organe schon den ganzen Grenzabschnitt mit 10 Mann und 2 Hunden bewachten. Grenzwächter Leuenberger (Benken) konnte beobachten, wie die Eheleute Olonetzky von 10 Deutschen mit Hunden verfolgt wurden bis an die Landesgrenze.

Die Flüchtlinge wurden deshalb auf Weisung des Unterabschnittchefs VI vorläufig der Polizei übergeben.«

Da waren sie jetzt wirklich, die Hunde.

Mein Vater und Hanna hatten die siebte Karte auf sich selbst gesetzt. Sie hatten keinen Plan B.

Teil 2

Wann, wenn nicht jetzt

Anfang

Happy End? Und sie lebten glücklich und zufrieden bis an ihr Ende?

Am Anfang kam ich in Basel ins Gefängnis, sagte mein Vater. Es war der Basler Lohnhof. Als ich ihn das auf der Parkbank im Botanischen Garten sagen hörte, weinte er. Nur ein paar Mal habe ich ihn weinen sehen.

Sardinen

Löwenmäulchen sind hinter den Spornblumen aufgetaucht. Sie sind noch klein, leuchten schon frechpink aus dem Streifen mit Kieselsteinen heraus, der vor der Hauswand liegt. Woher sie gekommen sind, ist unklar. Einmal irgendwo ausgesät und gewachsen, verwildern sie schnell und schlagen dort Wurzeln, wo es ihnen passt.

Und die Hummeln haben den blühenden Lavendel entdeckt. Mit ihren rundlichen, pelzigen Körpern halten sie sich an den lila Ähren fest, während sie mit ihren Rüsseln am Werk sind. Wie hübsch sie sind, braun, goldgelb und weiß gestreift, und wie eifrig. Sie holen sich beim Lavendel, was sie brauchen, und brummen weiter. Ist ihnen in ihren Pelzen inzwischen nicht zu warm? Ein Zitronenfalter ist auch unterwegs, flattert auf und ab, gleitet kurz durch die Luft, lässt sich schnell nieder, wechselt rastlos von Blüte zu Blüte.

In einem der Alben stoße ich auf ein Foto, in dem ich an einem Zaun lehne. Die Hose ist hauteng, klebt an meinen Oberschenkeln und drückt mir den Bauch flach. Das war Mode in den Siebzigerjahren. Ich war zwölf und entglitt meinem Vater, dem fotografischen Familienhistoriographen, wie alle Teenager ihren Eltern. Doch eigentlich war er es ja, der auf dem Absprung war. Längst hatte er die Koffer gepackt, im Geist. Sie standen zu Hause im Gang, das sah er vor sich, nur ich hatte es noch nicht bemerkt, wie auch. Er würde ein Jahr später mitnehmen:

ein Bett, eine Lampe, seine Kleider, ein paar Bücher. Und die Kameras.

In dem Bild habe ich die Arme links und rechts aufs Geländer gelegt; ich fühlte mich wie festgenagelt. Ich bin weder Kind noch Frau, mitten in der Metamorphose, weich, noch unbestimmt und doch eigensinnig, verstockt. Ich lächle so unmerklich, dass es auch kein Lächeln sein könnte. Mein Vater hat mich festgehalten, in diesem Moment frontal am Zaun. Dazu die Wiese und die Berge im Hintergrund, dazu das schöne Wetter und ein paar weiße Wölkchen, die im Sommerhimmel hängen.

Ich erinnere mich, wie ein Teil seines Gesichts hinter der Kamera versteckt war. Das Objektiv war auf mich gerichtet, ich sah die Linse, sie linste mich an. Mit dem einen Auge schaute er durch den Sucher, mit dem anderen, dem zugedrückten, an dem die Wimpern zitterten, schaute er in sich hinein.

Jeden Sommer verbrachten wir einige Wochen in dieser Gegend; es war nicht irgendeine Gegend. Es war für ihn eine ruhige Landschaft gewesen nach einer Zeit auf der Flucht, nach einer Zeit in Ruinen und Schutthaufen, nach einer Zeit unter einem Himmel mit Bombern und nach einer ersten Zeit in der Schweiz, die er in Flüchtlingslagern verbrachte.

»Auffanglager, 9. September 1943, Territorialkommando Basel, der Polizei-Off. i. A. Matthey HD. An das Armeekommando, Nachrichten und Sicherheitsdienst Polizeisektion: In der Beilage übermachen wir Ihnen Anhalterrapport, Einvernahmeprotokolle, Signalementsblätter mit je 2 Photos, san. Formulare, sowie Dactyloscopie-Fichen betr. den jüdischen Flüchtlingen Olonetzky, Emil Benjamin, 1917, staatenlos, und Olonetzky, Hanna, 1920, staatenlos, welche am 1. 9. 43 illegal in die Schweiz eingereist sind. Ausweispapiere: 3 Ausweise auf den Namen Weber-Kisting Berndt und Hanna in Photokopien, also falsche Ausweispapiere.

Genannte werden am 6.9.43 nach Lausanne abtransportiert werden.«

Wann hörte ich zum ersten Mal, dass mein Vater *im Internierungslager* war, wie er die Flüchtlingslager dann genannt hat? Weshalb erzählte meine Mutter nie etwas darüber? Sie kannte doch die ganze Geschichte.

Nach dem Gefängnis in Basel kam er ins »Camp d'accueil de l'Orphelinat, Lausanne«, ein Auffanglager. Wohin Hanna »abtransportiert« wurde? Er erzählte mir das nie. Erst in den Dokumenten finde ich, dass sie beide ins Auffanglager l'Orphelinat kamen. Auch dass mein Vater zuerst im Welschland interniert war, erfahre ich erst durch die Dokumente.

Nach dem »Camp d'accueil de l'Orphelinat, Lausanne« wurde er ins »Camp de Réfugiés Tour Haldimand, Lausanne« gebracht, auch ein Auffanglager. Schon kurz nach ihrer Flucht standen mein Vater und Hanna unter dem Schutz des Verbands Schweizerischer Jüdischer Fürsorgen. Das früheste Dokument, das mir diese Unterstützung beweist, trägt das Datum 8. Oktober 1943. Im »Camp de Réfugiés Tour Haldimand, Lausanne« blieb er einen Monat; wo Hanna in dieser Zeit war, finde ich nicht. Anschließend, Ende Oktober 1943, kam mein Vater nach »Le Chaluet«. Fühlte er sich als Mensch wahrgenommen oder wieder nur als »Stück«? Hatte er Angst, doch noch abgeschoben zu werden? Oder hatte er für diese Gefühle noch zu wenig Kraft?

Auf der Eintrittsmeldung, einem Formular mit Stempeln und Unterschriften, steht: »Bemerkungen: Aufgebot zum Arbeitsdienst.« Sie wurde an die Eidgenössische Fremdenpolizei, die Kantonale Fremdenpolizei, die Hilfsorganisation und in drei Exemplaren an die »Zentralleitung der Arbeitslager Zürich« verschickt. Was arbeiteten die Geflüchteten von dort aus? Halfen sie den Bauern? Beim Roden eines Waldes? Es war Winter, was gab es zu tun? Oder arbeiteten sie vielleicht im Straßenbau? War er wirklich kräftig genug dafür?

Auch davon erzählte mir mein Vater nie etwas. Dass er in der Schweiz im »Arbeitslager« war, erwähnte er nie. Doch hier sprach niemand von einem »Gemeinschaftswohnlager« und tat so, als sei das Lager ein Ort der freiwilligen Zusammenkunft.

Die Schweiz richtete ab 1941 abseits von Dörfern und Städten Lager um Lager für Geflohene und Deserteure ein. Auffang- und Quarantänelager in der Nähe der Landesgrenze, Interniertenheime und Arbeitslager in allen Regionen des Landes. 600 Lager entstanden, größere und kleinere, die leicht zu bewachen waren und doch von der Bevölkerung und den Behörden misstrauisch beäugt und abgelehnt wurden. Zuerst war nicht vorgesehen, die Internierten arbeiten zu lassen. Ihr Alltag war von Verboten, Zensur und drohenden Strafen belastet, Kontakt zu Menschen außerhalb der Lager war verboten; es war öde, und über einige Lager herrschten brutale Lagerkommandanten. Der Mangel an arbeitenden Männern veranlasste die Behörden jedoch, die Internierten dann doch für Wald- und Feldarbeiten, für den Bau von Wegen und Straßen einzusetzen. Wurden sie wieder an Firmen »verliehen«?

Die Arbeit war Pflicht. Doch mein Vater wurde dafür bezahlt, und der Sold auf ein Sperrkonto bei der Schweizerischen Volksbank in Bern überwiesen, die »Flüchtlingskonti« führte.

Am 30. November 1943 wurde die Überweisung ins nächste Lager, Morgins, Kanton Wallis, veranlasst, wieder mit Stempeln und Unterschriften und in Kopie an die gleichen Stellen. »Bemerkungen: Lagerübertritt.« Und: »Dem Lagerteilnehmer sind die notwendigen Mahlzeitencoupons zugekommen, einschließlich dem Abendessen.« Das Wort »Abend« ist mit Schreibmaschine in die Leerstelle vor »essen« getippt. »Sehr geehrter Herr!«, schrieb mein Vater an den Verband Schweizerischer Jüdischer Fürsorgen, ohne zu wissen oder zu bedenken, dass dort vor allem Frauen saßen, »Sehr geehrter Herr!«, schrieb er also von Hand, »es ist ausgeschlossen in Worten so zu danken, wie es sich eigentlich gebühren würde. Wollen Sie auch bitte Herrn« – der Name ist nicht zu entziffern – »meinen innigsten Dank für seine Vermittlung übergeben. Besten Dank!«

Am 6. Februar 1944 kam mein Vater schließlich ins »Interniertenheim Bad Serneus, Serneus«, wie das Lager auf dem nächsten Formular genannt wird. »Bemerkungen: Übertritt.« Dort, im Prättigau, Kanton Graubünden, blieb er ein knappes Jahr.

Und er war nicht allein. Hanna war auch dort. Wurden sie getrennt? Frauen zu Frauen, Männer zu Männern? Oder hatten sie ein eigenes Zimmer? Es war erst ein halbes Jahr seit der Flucht vergangen. Wie schwer war mein Vater nun, hatte er schon zunehmen können? Und waren die Lungenentzündung und der Abszess, den er auf der Lunge gehabt hatte, als er über die Grenze kam, jetzt vollkommen ausgeheilt?

Im März stellte er mit der Unterstützung des Verbands Schweizerischer Jüdischer Fürsorgen ein Gesuch ans Eidgenössische Justiz- und Polizeidepartement. Er bat um die Freigabe eines Geldbetrags, der auf sein Sperrkonto bei der Schweizerischen Volksbank eingezahlt worden war. »Herr Olonetzky«, so heißt es in dem Schreiben des Verbands, »erhielt das Geld aus Palästina von seinen Geschwistern auf unsere dringenden Schreiben, da er aus Deutschland ohne Mittel eingetroffen ist.« Die Überweisung von 50 Franken wurde bewilligt; es war nicht der einzige Betrag, den ihm Paula, Efrem und Avram schickten.

»Außerdem«, schrieb er selbst, »ist unser Körperzustand durch die erlittenen Strapazen so geschwächt, dass wir laut ärztlichem Gutachten einen Zusatz von Obst, Sardinen und anderen nicht rationierten Lebensmitteln unbedingt benötigen.«

Er bat auch für Hanna um mehr Nahrungsmittel; sie war inzwischen schwanger. Der Arzt in Klosters-Dorf, der sie betreute, schrieb besorgt, sie sei »hochgradig anämisch« und habe »trotz Behandlung und reichlicher Zuführung von Kräftigungsmitteln an Gewicht verloren«.

Wie muss ich mir ihre ersten Monate vorstellen? Waren sie verstört, erleichtert, beides gleichzeitig? Hustete mein Vater noch? Schlief er? Schlief er ruhig, oder schreckte er beim leisesten Geräusch aus Träumen auf? Was gab es im »Interniertenheim Bad Serneus« zu essen? Gerstensuppe? Ölsardinen? Und Hanna? Konnte sie schlafen?

Redeten sie miteinander, oder waren sie ohne Sprache für das, was sie erlebt hatten?

Auch das erzählte er mir nie.

Doch als sich Hannas Zustand nicht besserte, empfahl der Arzt eine »Privatinternierung«; Hanna zog im Juni mit der Hilfe des Verbands Schweizerischer Jüdischer Fürsorgen zu einem kinderlosen Ehepaar in Holzmannshaus bei Münchwilen im Kanton Thurgau.

Später aßen wir zu Hause manchmal Sardinenbrot. Auf eine Scheibe Schwarzbrot mit schöner Kruste strichen wir zuerst eine dicke Schicht Butter. Darauf häuften wir die Ölsardinen, drückten sie mit der Gabel ein wenig an und legten Zwiebelringe darauf. Ein Berg von einem Brot. Wir mussten den Mund weit aufsperren, um hineinbeißen zu können. Auf der Zunge schmolzen das Buttrige und das Ölig-Fischige mit dem Weich-Getreidigen, Knusprig-Verkohlten und dem Frisch-Scharfen der Zwiebeln zusammen. Das war stark. Es machte satt, und der Gaumen wusste auch nach dem Zähneputzen noch stundenlang davon.

Heiß sind die Tage jetzt. Am frühen Morgen stehen Kolibrifalter im Schwirrflug vor den Blüten und strecken ihre Rüssel in die Kelche. Bienen sind unterwegs, und Grillen schnellen zwischen den Büschen hervor, aufgeschreckt vom Wasserstrahl aus meiner Gießkanne. Zwischen den runden Staudenbüschen wachsen hohe, schlanke Gräser. Sie gehen mit dem Morgenwind, schwanken. Ihre Halme werden gebogen, richten sich wieder auf, elastisch, stark. Es rauscht und raschelt. Noch lastet die Hitze nicht zu sehr, sogar ein paar Tautropfen glitzern am Morgen an den Blättern, aber die Sonne steht schon über dem Dachfirst des Nachbarhauses. Sie kann noch erbarmungslos werden.

Katzen

Und wann hörte ich zum ersten Mal, dass ich einen viel älteren Halbbruder hatte?

Bad Serneus in der Nähe von Klosters. Klosters wurde mondän in den Siebzigerjahren, Leute mit langhaarigen Pelzstiefeln und verspiegelten Sonnenbrillen, die Frauen blondiert, stiegen aus teuren Autos, und Prinz Charles fuhr dort Ski. Warum gingen wir nach Klosters in die Ferien und wanderten jedes Jahr nach Bad Serneus, immer wieder? Im Winter baute ich keuchend und glücklich einen Schneemann nach dem anderen und lernte Skifahren. Im Sommer wanderten wir. Wenn ich es nicht mehr wüsste, würde es mir das Fotoalbum beweisen. Aber ich erinnere mich genau. Wie wir auch bei strömendem Regen über Stock und Stein marschierten; *mach jetz kei Fisimatänte*, es gibt nur falsche Kleidung, kein falsches Wetter.

Im Bergfrühling waren die Wiesen voller Gräser und Klee, Margeriten, Skabiosen und Schafgarben, voller Wiesensalbei und *Chrottepösche,* wie meine Mutter den Löwenzahn nannte. Die Alpenrosen waren ein Rausch für sich. Im Hochsommer roch es im Tal nach frischgemähtem Gras und Heu, nach Waldboden und Harz. Es war eine Landschaft mit schönsten Magerwiesen und einem eisigen Bach am Talboden, der Landquart. Eine Landschaft mit Arven, Bergahorn, Erlen und Birken und mit hoch aufragenden Gipfeln, auf denen *ewiger Schnee* lag, wie mein Vater sagte.

Waren die *Chrottepösche* verblüht, pusteten mein Bruder und ich fürs Foto die Samen in die Luft. Heute weiß ich, dass sie sich vom Wind mehr als hundert Kilometer weit wegtragen lassen. Wie zart und mutig sie doch sind! Nein, natürlich nicht. Sie überlassen sich dem Wind und den Zufällen, weil es ihre Natur ist. Die einen gehen unter, aus den anderen werden neue *Chrottepösche*, das ist alles.

Während ich an diesem Text schreibe, fallen in der Ukraine Bomben. Menschen fliehen. In der Zeitung sehe ich Fotos von Frauen mit schreckkonzentriertem Blick und kleinen Mädchen in rosaroten Anoraks auf dem Arm. Hinter ihnen ragen die dunkelgrauen Ruinen ihrer Häuser in den Himmel. Rauch steigt auf. Und auch Männer sind fotografiert. Sie liegen in U-Bahn-Stationen auf Matratzen, haben ihre Kinder oder Enkel an sich gedrückt. Alle tragen dicke Jacken, es ist kalt. Weiter sehe ich lange Kolonnen mit bis unters Dach vollgepackten Autos. Ich sehe Menschen, die ihre Katze in einer Transportbox dabeihaben, und andere Menschen, die ihren schweren Schäferhund auf den Armen tragen, weil er zu schwach ist mitzugehen. Ich sehe Straßen mit Bombenkratern, ein zerstörtes Krankenhaus und eine Schwangere, die von zwei Männern auf einer Bahre weggetragen wird.

Ich sehe vollkommen zerschossene, kaputte Viertel. »Dem Erdboden gleichgemacht« trifft es ja nicht. Die Städte sind nicht einfach zu Erde geworden und flach und bereit, sich in eine Magerwiese voller Blumen zu verwandeln oder in einen Garten, in dem üppig grüne Büsche und Apfelbäume wachsen. Die Städte sind Trümmerlandschaften; wieder ist die Heimat von Millionen Menschen nur noch ein Trümmerfeld.

Ich lese, und währenddessen, in einer parallel laufenden Gegenwart, werden Menschen vertrieben und getötet. Sie verlieren alles, was sie sich aufgebaut haben, was vertraut und wertvoll für sie ist, wird Trümmer. Wieder harren sie in größter Angst in Kellern aus, fliehen in Autos, Bussen, Zügen, auf Fahrrädern oder zu Fuß. Im Rollkoffer ist das Nötigste, die Kinder haben ein Stofftier im Arm.

Ich sitze am Schreibtisch. Draußen hupen und brummen Autos. Ich höre Stimmen, die in einer fremden Sprache heftig durcheinandergehen, aber alles ist friedlich. Und ich versuche, mir etwas vorzustellen, was achtzig Jahre zurückliegt. »Vom 1.3.1943 an lebte der Antragsteller unangemeldet verborgen, ohne die Straße zu betreten, ohne finanzielle Mittel und nur auf die Versorgung durch die Quartiergeberin Margarete Voigtländer sowie durch seine Schwiegermutter angewiesen, illegal in Wuppertal-Barmen bis zu seiner Flucht nach Colmar Ende Mai 1943. Am 28.8.1943 gelang ihm vom Elsass aus die Flucht in die Schweiz. Es gibt keinen Zweifel daran, dass sich Herr Olonetzky in die Illegalität nach Wuppertal-Barmen und anschließend nach Colmar begab, um der Verschickung ins Konzentrationslager zu entgehen. Hochachtungsvoll, Rechtsanwalt Schmidt«

Es wiederholt sich, warum wiederholt es sich immer wieder? Häuser fallen, Menschen sterben, fliehen. Hunde, Katzen irren herum, gehen zugrunde, Vögel verbrennen. Wieder Betontrümmer, Backsteinstücke, Armierungseisen, Keramikscherben, Glassplitter. Wieder Familien, die keine Möbel mehr haben, keine Fotoalben. Mit Koffern auf Landstraßen gehen, mit Bündeln auf Booten sitzen, von da an immer auf dünnem Eis unterwegs. *Bis auf ein Foto blieb nichts übrig.* Wieder abgerissene Erinnerungen, in Stücke gehauene Träume. Wieder Schmerz. Asche. Staub. Wieder Geister. Wieder Scham und Schmerz, eingepackt in Glück und neue Zuversicht. Wieder doppelte Böden.

Die Wunden an den Körpern der Menschen vernarben irgendwann, die Wunden in den Seelen vernarben irgendwann. Auch die Erde, die über die Trümmer geworfen wird, ist eines Tages wieder mit Gras, Weißdorn, Sommerflieder, mit Weiden und sogar Eichen überwachsen und vernarbt. Irgendwann in der Zukunft dann.

Wieder wird es Gedenktage und Mahnmale geben, aufgelistete Namen und Gräber mit Kränzen und Schleifen. Wieder werden Zurückgelassene und Nachgeborene davorstehen, *Stolpersteine* und Gedenksteine setzen zur Erinnerung an ihre Väter, Mütter, Geschwister, an ihre Großväter, Tanten und Onkel. Wieder wird Gras über das Geschehene wachsen, vieles vergessen gehen. Nur für einige – oder sind es viele? – bleibt der Schmerz. Gut verborgen unter der Grasnarbe wirkt er weiter.

In der Zeitung ist auch das Bild einer roten Katze abgedruckt. Sie sitzt neben einem toten Mann. Der Mann liegt auf dem Rücken, sein Gesicht ist hinter seinem Oberkörper verborgen, seine Kleider sind zerfetzt. Die schwer verletzten Beine sind weggespreizt, die Sohlen seiner Stiefel ragen im Vordergrund auf. Der Tote liegt in der Ukraine, irgendwo auf dem Land, und die Katze sitzt einen Meter neben ihm im Gras. Sie dreht sich, als hätte sie sich gerade den Rücken saubergeleckt und wäre dabei vom Fotografen aufgeschreckt worden. Sie hält inne, blickt gespannt und ernst auf. Ihr orangerotes Fell leuchtet. Hat sie gerade ihren Menschen verloren? Oder ist sie aus Neugier zu dem Toten gelaufen, einem Mann, den sie gar nicht kennt? Was hat sie jetzt vor?

Im Garten wachsen Rosmarin und Salbei kräftig zwischen den Blumen und Stauden heraus. Ihre Nadeln und Blätter kommen in die Kochtöpfe und dann in unsere Bäuche; sie

werden ein Teil von uns werden. Doch der Garten ist kein Küchengarten. Es gibt weder Tomaten noch Bohnen oder Kartoffeln, keine Kürbisse oder Karotten. Nicht einmal Johannisbeeren oder Himbeeren. Er liefert fast nichts Essbares für uns. Er ist Nahrung für *Summervögel,* Schmetterlinge, und Bienen, für Käfer und manchmal für die Schnecken.
Erdbeeren zu essen, obwohl sie nicht im Garten wachsen, gehört jetzt zum Alltag. In den Supermarkt gehen und Erdbeeren kaufen; hoffentlich sind sie auch süß. Oder Mangos. Mit den frischen Mangoschnitzen auf der Zunge in ein fernes, warmes Land springen; die Palmwedel im Wind rauschen hören und dem unaufhörlich wegfließenden Leben mit dem Dessert ein Schnippchen schlagen.

Von allen unseren Katzen liebte ich die schwarze am meisten. Manchmal saß sie im Abendlicht vor der Haustür, wenn wir nach Hause kamen, und wartete. Wir nannten sie *Lollipop,* warum, weiß ich nicht mehr. Sie war schwarz und eigensinnig, nicht bunt und süß. Eines Tages war sie mir auf der Straße entgegengekommen, herrenlos, wie sich herausstellte. Es war Liebe auf den ersten Blick.

Später, als sie ausgewachsen war, nannten wir sie zuweilen *Ritterknapp' ohne Furcht und Tadel,* weil sie vor so vielen Menschen Angst hatte und ganz schrecklich vor dem Staubsauger. Wir machten uns lustig über sie; sie war wunderlich, unberechenbar aggressiv sogar, und wir rätselten über schlechte Erfahrungen in frühester Kindheit, die, das weiß schließlich jeder, lebenslang Folgen haben. Ich liebte sie. Über alles.

Ihr glänzendes schwarzes Fell! Ihre grüngrau leuchtenden Augen! Ihre Eleganz, die mit den Jahren, kastriert, wie sie war, etwas nachließ, aber sie blieb mein Panther in der Stube. Ich rief nach ihr, und wir legten uns zusammen aufs Sofa. Sie schnurrte zufrieden und drückte mir ihre Pfoten in den Bauch. Und oft schlief sie nachts am Fußende meines Betts und schützte mich vor den Skeletten. Aber wenn ihr danach war, mitten in der Nacht spazieren zu gehen, dann hatte sie ihren Kopf und ich keine Chance. Sie war eine freiheitsliebende Abenteurerin.

Talboden

Wir saßen immer noch auf der Parkbank im Botanischen Garten. Alle Orte, von denen mein Vater mir erzählte, musste ich mir vorzustellen versuchen. Treblinka. Stuttgart. Wuppertal. Das Elsass. Nicht aber Bad Serneus im Prättigau, Kanton Graubünden. Ich hatte das Hotel, damals ein heruntergekommenes, düsteres Haus in Beige- und Brauntönen, mit eigenen Augen gesehen.

Wie viele Male waren wir durch den Wald hinunter an den Talboden gestiegen? Die Landquart rauschte dort Richtung Alpenrhein. Ihr gletscherkaltes Wasser rollte und sprang unaufhörlich über die rund geschliffenen Steine. An ihrem Ufer war es dunkelgrüner und feuchter als weiter oben am Hang. Von weitem war das Haus der Thermalquelle zu sehen, einer Quelle, die schon die Römer kannten. Natürlich. Die wussten, was schön war. Baden war schön.

1943 und 1944 wurde das Hotel als »Interniertenheim« genutzt, ein Vertriebenenlager, ein Lager für Ortlose, Entwurzelte. Wer war mit meinem Vater und Hanna dort? Polen, Russen, jüdische Flüchtlinge? Wie viele Männer, wie viele Frauen? Wie verstanden sie sich? Gab es Streit? Oder war es im Gegenteil manchmal richtig lustig? Und konnten sie alle in die Thermalquelle eintauchen? Sich erholen? Mein Vater erzählte mir nie etwas darüber. Und in den Dokumenten steht nichts dazu.

Als er in Serneus war, begann sich das Ende des Kriegs abzuzeichnen. Langsam wurde das klar, langsam wagten es auch mein Vater und Hanna, so stelle ich mir vor, zu hoffen. Seit vier Jahren flogen die Briten und Amerikaner schon Angriffe auch auf Stuttgart. Immer wieder, Hunderte von Toten, auch viele Zwangsarbeiter, Polen, Französinnen, Russen. Im Herbst 1944, mein Vater war immer noch in Bad Serneus, verwandelten sie den Stuttgarter Talkessel, die Innenstadt, das Schloss, den Nordbahnhof, die Fabriken von Daimler-Benz und Bosch und die Karosseriewerke, die für Hitler arbeiteten, in einen Feuersturm. In Ruinen, Asche, Rauch. In ein Trümmerfeld.

Nicht so in der Schweiz. Bis auf Irrläufer fielen keine Bomben. Nachts zogen alle die Verdunkelungsvorhänge zu. Im Thurgau waren die Flugzeuge der Alliierten zu hören, und es war unheimlich. Nicht so in Bad Serneus, wo der Himmel weit oben war und nachts die Sterne leuchteten. Von wo aber nichts drohte. Wo es still war, nur die Landquart toste. Wo der Wald schwarz am Berg stand und es in den Wipfeln rauschte und knackte. Weiter nördlich, jenseits der Grenze, nicht weit weg eigentlich, raste, schlingerte, trieb das Geschehen auf den Untergang »des Reichs« zu. Endlich. Zu spät.

Im Winter taucht die Sonne den Ort nur kurz in ihr Licht. Bad Serneus, ein düsterer Ort und doch ein heller Ort für meinen Vater. Es war keines jener Lager mit einem brutalen Kommandanten, Schikanen, harter Arbeit, zu wenig und schlechtem Essen, Strafen. Jedenfalls erzählte er mir nie, dass es hart war. Am Grund des Tals gelegen, ja, aber auch im Wellental. Von hier aus ging es nur noch aufwärts.

In den Dokumenten finde ich ein Schreiben des Chefs der Zentralleitung der Arbeitslager. »Wir geben Ihnen davon

Kenntnis«, teilte er meinem Vater mit, »dass wir Sie auf Antrag der Leitung des Interniertenheims Serneus mit Wirkung vom 1. Juli 1944 zum zweiten Gruppenführer ernennen. Die Beförderung erfolgt in Anerkennung Ihrer guten Leistungen im Innendienst des Interniertenheims Serneus.

Wir hoffen, dass Sie Ihre Arbeit auch weiterhin pflichtbewusst und zur vollen Zufriedenheit Ihrer Vorgesetzten verrichten werden.« Er bekam 50 Rappen Zuschlag pro Tag auf seinen Sold.

Was tat er im »Innendienst«? Kochte er? Putzte er? Ging er anderen bald auf die Nerven mit seinem pflichtbewussten Arbeitseifer? Ich erinnere mich nicht, dass er überhaupt von Arbeit berichtete. *Eine junge Frau aus Klosters brachte uns immer Bier.* Das war verboten. *An der Wand über meinem Bett habe ich Zeichnungen aufgehängt.* Es muss, ich weiß nicht genau wie, schön gewesen sein. Ein Anfang.

Die junge Frau, Trudi, lernte ich kennen, da war ich etwa neun und sie nicht mehr jung. War sie in meinen Vater verliebt gewesen? Warum hatte sie Bier in dieses Lager geschmuggelt? Sie schauten sich immer an, als hätten sie viel erlebt. Als hätten sie ein Geheimnis. Trudi trug eine Schürze über dem Kleid und feste Halbschuhe an den Füßen. Sie hatte blaugraue Augen, eine große Nase und schiefe, vorstehende Zähne. Wäre sie später zur Welt gekommen, hätte sie eine Zahnspange erhalten. So aber hatte Trudi immer ein wenig den Mund offen. Sie schaute mich belustigt an, wenn wir in den Ferien in ihrem Laden einkaufen gingen.

Nachdem ich die Dokumente aus den deutschen Archiven und aus dem Schweizerischen Bundesarchiv gelesen und schon einen großen Teil des Buchs geschrieben hatte, stieß ich noch einmal auf neue Dokumente. Es waren Akten des Verbands Schweizerischer Jüdischer Fürsorgen; es war die Akte über Benjamin Olonetzky, geboren am 7. 4. 1917, die unter 12 250 Dossiers zu geflüchteten Menschen zum Vorschein kam. Noch einmal knapp 400 Seiten. Ich finde kleine Zettel mit Telefonnotizen, Mitteilungen zur Überweisung von Geldbeträgen, Arztberichte und Briefe. Viele Briefe. Von meinem Vater, an meinen Vater. An den Verband, vom Verband. An das Eidgenössische Justiz- und Polizeidepartement, vom Eidgenössischen Justiz- und Polizeidepartement.

Sie werfen Licht auf Fakten, die ich noch nicht kannte, und ich muss einige Stellen umschreiben. Diese neuen Dokumente schließen weitere Lücken. Und sie machen mir noch einmal klar, dass beim Verband Schweizerischer Jüdischer Fürsorgen *Mentschn* gearbeitet haben. Was sie nicht alles für meinen Vater und Hanna organisierten, anfragten, bezahlten. Wie freundlich sie auch auf Gesuche meines Vaters eingingen, die nichts mehr mit Mangelerscheinungen, Ämtern und fehlenden Kleidern zu tun hatten, sondern mit ersten Schritten in ein neues Leben. Ein Leben, in dem er zeichnen und malen konnte.

»In der Zwischenzeit«, schrieb er im Sommer 1944 an den Verband, »habe ich einige Sachen fertig gemacht und kann nun aber leider nicht weitermachen, weil ich keine Ölfarben und keine Leinwand mehr habe.« Er malte. Landschaften. *Sachen!* Bestimmt roch es nun überall im Tal nach den frischgemähten Wiesen an den Hängen, nach den Fichten und Arven im Wald. Bestimmt verströmte die Landquart ihre betörende Frische im Talboden. Bestimmt zeigte sich alles in den verschiedensten Grüntönen. »Außerdem arbeite ich an so schweren Arbeiten«, schrieb er weiter, »dass ich unbedingt eine Gliederpuppe brauche, da ich nicht in der Lage bin, mir ein Modell zu halten. Für

Ihre Mühe danke ich Ihnen und dem Unitarian Service Commitee allerherzlichst.«

Farben! Leinwände! Eine Gliederpuppe?! Was zum Teufel brauchte der jetzt eine Gliederpuppe! Doch das in den USA gegründete, christliche »Unitarian Service Committee« unterstützte die Geflüchteten seit 1941 nicht nur mit einer Scheibe Brot oder einem Anzug, lese ich, sondern auch darin, beruflich Fuß zu fassen. Und mein Vater wollte Fuß fassen. Er wollte endlich Graphiker werden, Künstler. Er wollte Bilder malen; noch wollte er sie nicht fotografieren. Das »Unitarian Service Committee« überwies Geld an den Verband Schweizerischer Jüdischer Fürsorgen, damit es dieser an die Geflüchteten weiterleiten konnte.

War Serneus etwa ein Erholungsheim? Müsste ich das Interniertenheim so bezeichnen? Und gab es niemand, dem Sonderwünsche wie eine Gliederpuppe zu weit gingen? Tatsächlich finde ich ein Schreiben, das ein Mitarbeiter der »Flüchtlingshilfe der jüdischen Gemeinschaft Davos« verfasst hat. Im Auftrag des Verbands besuchte er meinen Vater in Serneus regelmäßig und musste danach Bericht erstatten. »Wir werden Ihnen nach unserem Besuch in Serneus (nächste Woche)«, berichtete er dem Verband, »Votum zukommen lassen, ob der Ankauf einer Gliederpuppe notwendig erscheint. O. hat Arbeitslagersold, ist sehr handfertig, aber unseres Wissens von Beruf keineswegs Kunstmaler, sondern Graphiker, er hat dies selbst in seinem bei uns liegenden Fragebogen unter dem 20. März 1944 ausgefüllt.«

»Wir wissen«, heißt es in dem Schreiben weiter, »dass O. Schachspiele schnitzt, graphische Darstellungen macht, aber zweifellos sich kaum beruflich als ›Kunstmaler‹ bezeichnen könnte. Leider haben wir (trotz seiner angeblich hechaluzischen Vergangenheit) wahrnehmen müssen, dass er es mit der Wahrheit nicht allzu genau nimmt, und der Umstand seines

WWJudentums wie auch einige andere Dinge lassen rechtes Zutrauen nicht aufkommen. – Weiterer Bericht folgt.«

Der Hechaluz, der Dachverband zionistischer Jugendorganisationen, unterstützte in den Dreißigerjahren alle, die Deutschland verlassen wollten, mit praktischen Ratschlägen, Kursen in Landwirtschaft und Gartenbau. Mein Vater konnte die Kurse nie besucht haben; er war im Straßenbau »dienstverpflichtet«. Hatte er dem Mitarbeiter der Flüchtlingshilfe etwas vorgeflunkert?

Der verwendet tatsächlich das Wort »angeblich«. Und »WWJudentum«. World War Judentum? Was meinte er damit? Zweifelte er an der jüdischen Herkunft meines Vaters? Kamen jetzt von jüdischer Seite Vorbehalte auf? Er war doch knapp dem »Schach dem Judentum!« entkommen. Nun schnitzte er in seiner Freizeit Schachfiguren, das konnte doch als Schritt in eine erfreuliche Richtung gesehen werden. Oder hatte sich mein Vater so sehr in Widersprüche, Schummeleien und seltsame Geschichten verstrickt, dass alle misstrauisch werden mussten?

Mit der Wahrheit nahm er es dann am Anfang eines längeren Briefs tatsächlich nicht sehr genau, in dem er um Unterstützung für das Studium an der Kunstgewerbeschule bat. »Im Jahre 1938 wurde ich als Jude und Russe in Deutschland verhaftet und war bis 1943 abwechselnd in Zwangsarbeitslagern und Konzentrationslagern«, schrieb er. »Am 1.9.41 kam ich dann nach beschwerlicher Flucht endlich in die Schweiz. Immer Hilfsorganisationen zur Last zu fallen, glaube ich, ist ein sehr bitteres Gefühl, und ich habe nicht die Absicht dazu.

Bei meinem letzten Besuch in Zürich habe ich nun mit dem Direktor der dortigen Kunstakademie gesprochen (Dir. Itten), und er hat mir gesagt, dass ich sofort meine Arbeiten einsenden soll.«

Der Maler und Farbtheoretiker Johannes Itten, ein mönchisch strenger Mann, der am frühen Bauhaus in Weimar gelehrt und 1938 in die Schweiz zurückgekehrt war, leitete die Kunstgewerbeschule, und er wurde auch der Lehrer meiner Mutter. »Hier muss ich einflechten«, schrieb mein Vater weiter, »dass ich während meines bisherigen Aufenthaltes in der Schweiz in meiner Freizeit immer versucht habe, mich als Kunstmaler und Zeichner weiterzubilden. Wenn ich auch immer von Seiten der Lagerleitung Verständnis erhielt, so waren die wenigen Stunden, die mir persönlich zur Verfügung standen doch bei weitem nicht ausreichend, um mich den richtigen Weg finden zu lassen.«

Er erklärte daraufhin, welche Ausbildung er machen möchte, um sein »späteres Leben sichern« zu können, wie er beteuerte. »Wenn ich Sie zum Schluss nochmals innigst um Erfüllung meiner Bitte ersuche, so hoffe ich, dass ich es nicht umsonst tun werde. Ich liebe meinen Beruf über alles, und nach dem Krieg wieder Erde zu graben oder Steine zu klopfen, das würde für mich nicht nur ein geistiger, sondern auch ein körperlicher Ruin bedeuten.«

Am Schluss des Briefs fand er wieder zur Wahrheit zurück, das steht fest.

Der Verband riet ihm einen Monat später, die Bitte an das Comité International pour le placement des réfugiés intellectuels, 1 Rue du Rhône, Genève, zu richten. Und Johannes Itten schickte nur wenig später die Bestätigung, dass mein Vater die Aufnahmeprüfung bestanden und in die »vorbereitende allgemeine Klasse« der Gewerbeschule, »Abteilung Graphik, Innenausbau und verwandte Berufe«, aufgenommen werden würde.

Während er in Serneus noch immer im »Innendienst« arbeitete, in den freien Stunden malte, zeichnete und nach Farben, Leinwänden und einer Gliederpuppe fragte, wurde Stuttgart von den Briten und Amerikanern erneut bombardiert. Und Hanna brachte in der »Krankenanstalt Frauenfeld« meinen Halbbruder zur Welt; es war September geworden, die Lärchen würden sich bald gelb färben. »Ihr Söhnchen ist nun in einem Augenblick geboren«, gratulierte ihr der Verband Schweizerischer Jüdischer Fürsorgen, »wo man schon recht zuversichtlich in die Zukunft blicken kann. Wollen wir hoffen, dass es ihm vergönnt sein möge, am Aufbau besserer Zeiten mitzuwirken.«

Doch kurz nach der Geburt erkrankte Hanna schwer an Gelbsucht und Gallenblasenentzündung und wurde erneut ins Spital gebracht. Das Eidgenössische Justiz- und Polizeidepartement, Polizeiabteilung, übernahm auch diese Kosten. »Ferner«, schrieb der Chef der Polizeiabteilung dem Krankenhaus, »sind wir damit einverstanden, für die neuerdings notwendig gewordene Spitalbehandlung Kostengutsprache zum Armentarif in der Allgemeinen Abteilung während der Dauer von vier Wochen zu leisten.« Mein Halbbruder kam in ein Kinderheim; die besseren Zeiten ließen noch auf sich warten.

Und auf der Parkbank im Botanischen Garten erzählte mir mein Vater dann auch zum ersten Mal, dass er vor meiner Mutter schon einmal verheiratet gewesen sei. Dass ich einen viel älteren Halbbruder hätte. Auf der Parkbank im Botanischen Garten hörte ich wirklich sehr vieles zum ersten Mal. Einmal hatte ich ja geahnt oder sofort klar gewusst, dass es noch einen Bruder gab. Ich war in einer Schachtel auf ein Foto gestoßen, das meinen Halbbruder an der Seite meines Vaters zeigte. Wie die sich glichen! Ich lief mit dem Bild zu meiner Mutter. Sie sagte *Nein* und schwieg.

Mein Vater verschwieg mir seinen Sohn, meinen Bruder, bis zu dem Tag im Botanischen Garten. Warum hatte er das nur getan? Ich verstand ihn nicht. Er hatte uns alle um viel gemeinsame Zeit gebracht. Warum machte meine Mutter da mit? Warum schwiegen alle?

Mein Halbbruder kam als Kind staatenloser Flüchtlinge zur Welt und war daher auch ein staatenloser Flüchtling. Später wurde er Schweizer Bürger, er fand die richtige Frau, *a Mentsch*, er arbeitete und baute sich etwas auf. Über die Verletzung, die ihm das Schweigen meines Vaters zugefügt hatte, kam er nie ganz hinweg. Über das Schweigen, das uns unser Vater angetan hatte, kamen wir nie ganz hinweg. Wir blieben uns fremd; wir reden nicht viel miteinander.

In den Dokumenten finde ich seinen Geburtsschein und seine ersten Flüchtlingsausweise und dann Gesuche, in denen mein Vater um die Überweisung von Geld an Hanna bat; es war Geld, das auf dem Sperrkonto lag. Das wurde bewilligt und ausgeführt, »hochachtungsvoll Schweizerische Volksbank«. Ein Jahr vor der Geburt ihres Sohnes waren mein Vater und Hanna an der Grenze nicht zurückgeschickt worden. Mein Vater war da 26 Jahre alt gewesen und also gleich alt wie sein Vater, als der seine Geburtsstadt Odessa hatte verlassen müssen.

Ob er und Hanna und ihr Sohn in der Schweiz würden bleiben können, war noch lange nicht entschieden.

Inzwischen ist der Garten eine kleine Wildnis, in der Zitronenfalter und Kohlweißlinge von Blüte zu Blüte schaukeln. Bienen und Hummeln sind unterwegs, und gegen Abend schwirren wieder Kolibrifalter herum. In der Tiefe der Stängel und Blätter gut versteckt, zirpen die Grillen. Ich wundere mich immer, woher sie erfahren haben, dass es für sie wieder etwas gibt, hier, mitten in der Stadt. Der Garten ist nicht groß, eigentlich nur ein breites Beet um das Haus; er ist ein *Pflanzblätz* ohne Gemüse. Neben dem Eisenhut wachsen Schafgarben, Wilde Malven und Salbei, dann Rosmarin, die Fetthenne und dahinter ein Lampenputzergras, nebendran Borretsch und rote Spornblumen. Sie alle sind hier verwurzelt.

Zeichnungsblöcke

Es ist ein heller Laubwald. Ein Wald, fast wie auf dem Friedhof von Izbica. Buchen, Eichen, Ahornbäume und üppige Haselnusssträucher, dazwischen Birken. Das Neuwillerbächli quert den Benkenspitz zwischen den Fluren Holzmatten und Paradies. An diesem Tag schwirrt eine kleine, dunkelblau schimmernde Libelle in der Luft. Es ist warm, aber noch nicht drückend. Auf dem Waldweg kommen mir Fahrradfahrer entgegen und ein Mann mit Hund. Durch Lücken im Blätterdach fällt Licht; Sonnenflecken liegen im Kies, ein Specht klopft, und Tauben rufen. Den Grenzstein 121 finde ich nicht.

Saftig ist die Landschaft bei Biel-Benken, Mais steht im Feld, Obstbäume tragen schon kleine Früchte, lange Reihen mit Reben linieren den Hang, der zum Grenzposten Benken II hinaufreicht. Der andere Posten, Benken I unten im Tal auf der anderen Seite des Flüsschens Birsig, ist geschlossen. Alles wirkt vollkommen verschlafen. Niemand hat meine Papiere sehen oder kontrollieren wollen, ob ich vielleicht ein paar Kisten französischen Wein im Auto habe. Wie friedlich alles ist. Grün, voller Sonnenlicht.

Wir sollten zurückgeschickt werden, da bin ich zusammengebrochen, erzählte mir mein Vater im Botanischen Garten. An diesen Satz erinnere ich mich messerscharf; er meinte das, was im Rapport des Grenzwächters als »Nervenzusammenbruch« bezeichnet wird. *Aber der Zöllner hatte Mitleid.* Aus dem Rapport wird nicht klar, ob die Grenzwächter meinen Vater und Hanna wirklich sofort zurückschicken wollten. Wahrscheinlich wollten sie das schon. Sie hätten es wollen müssen, das war der Befehl. Sie taten es aber nicht.

Grenzpolizist Karl Frey tat es nicht. Grenzwachtmeister Ernst Leuenberger tat es nicht. Postenchef Emil von Ballmoos tat es nicht. Sie alle waren *Mentschn.*

Polizeikommandant Kaufmann vom »Territorialkommando Basel« schrieb später, am 20. September 1943, eine Nachricht an das »Schweizer Armeekommando, Abteilung Sicherheitsdienst: Im Nachgang zu unserem Schreiben vom 4.9.43 übermachen wir Ihnen noch weitere Ausweispapiere, die von den Ehegatten Olonetzky-Kesting, Emil, 1917, Hanna, 1920, verlorengingen auf der Flucht in die Schweiz und vom Pol. Posten Benken I der Kp. I/246 aufgefunden wurden.

Beilagen: 2 Personalausweise, 1 Abreisebescheinigung, 1 Mäppchen mit Lebensmittelcoupons und 5 Reichsmark. Die Ausweise sind falsch und lauten Weber Hanna und Weber Berndt.«

Dass Flüchtende ihre Papiere wegwerfen, die richtigen und auch die falschen, ist nichts Ungewöhnliches. Das passiert jeden Tag irgendwo auf dieser Welt. Menschen passieren eine Grenze oder ein Meer. Die einen sind kräftig und wild entschlossen, die anderen erschöpft, ausgezehrt und krank. Sie suchen Schutz und ein Land, eine Perspektive. Sie wollen leben, etwas aufbauen. Sie wollen nicht abgeschoben werden; in den Nachrichten benutzen sie jetzt das Wort »Push-back« dafür. Und dann, wenn sie nicht sofort zurückgedrängt, zurückgeschickt werden, wenn sie ein erstes Gefühl von Sicherheit bekommen, bricht ihre Kraft ein.

»In der Schweiz gab ich erstmals meine richtigen Personalien wieder an. Der Ausweis auf den Namen Weber befindet sich bei meinen Akten bei dem Eidgenössischen Justiz- und Polizei-Departement in Bern«, gab mein Vater 1957 in seiner eidesstattlichen Aussage schließlich zu Protokoll.

Doch der braune Ausweis der Nationalsozialistischen Volkswohlfahrt NSV bleibt unauffindbar.

Wie viele Braun gibt es? Braun wie die Uniformen der Nazis, wie der Morast in Izbica, wie der Kot der Kamele im Negev. Braun wie Holz, wie die Erde im Garten. Braun wie die modernden Blätter und Stängel im Winter und wie die Pelzstreifen der Hummeln, die emsig von Blüte zu Blüte brummen. Braun wie die gefärbten Haare meiner Mutter.

Warum bloß sagte mir mein Vater, er sei *über den Rhein geschwommen?* Vielleicht erinnere ich mich ganz einfach falsch. Es war ein so starkes Bild; wie er schwimmt im Rhein, dessen Wasser stark strudelnd zieht. Nachts. Dachte ich immer. Aber das Neuwillerbächli, das er mit Hanna überqueren musste, ist nicht der Rhein. Schwimmen mussten sie nicht. Sie hasteten durch den Wald, verfolgt von Männern und Hunden. Mitten am helllichten Tag.

Die Sonne brennt auf das Beet vor dem Haus. Schon früh am Morgen erreicht sie die Sträucher und Stauden, wandert dann über den Südhimmel und verschwindet am Abend im Westen hinter den Nachbarhäusern. Rosmarin und Salbei lieben das, doch dem Knöterich ist es jetzt zu heiß. Seine Blätter welken und dorren vorzeitig, im Lauf des Tages verlassen ihn die Kräfte, seine Stängel senken sich rundherum ins Beet. Es ist ein erbarmungswürdiges Hinlegen und Aufgeben in dieser neuen Hitze. Und auch die Herbstanemonen, die schon angefangen haben zu blühen, lassen ihre Köpfe hängen.

Zwei volle und zwei leere Zeichnungsblöcke. Er floh mit vier Zeichnungsblöcken, die einen waren gefüllt mit neuen Zeichnungen, die anderen noch ungebraucht. Wie muss ich mir das vorstellen? Gehörten die Zeichnungsblöcke zu seiner Tarnung? Der Herr Weber, ein reisender Künstler, zeichnete Landschaften, Dörfer, porträtierte Leute und die Arbeit der Holzfäller? Oder gaben die Blöcke ihm halt wie später die Kamera? Wie das Notizbuch mir? Jederzeit bereit, etwas aufzunehmen, ist es eine Stütze.

Fühlte er sich mit Zeichnungsstiften und Papier weniger nackt, weniger ausgeliefert? Aber wo hatte er sie denn her? Und wo sind sie jetzt?

Australien

Ich träume. Mein Vater ist alt, bald wird er sterben. Es ist Sommer, ich treffe mich mit ihm auf der Terrasse eines Restaurants, die Sonne scheint, und Schirme sind aufgespannt. Ich möchte ihm erzählen, dass ich dieses Buch schreibe. Wir finden aber beide, es habe auf der Terrasse zu viele Leute für ein ruhiges Gespräch. Ich möchte nicht, dass jemand zuhört. Also steigen wir in sein Auto, wir wollen einen anderen Ort finden. Ich fahre, er sitzt auf dem Beifahrersitz. Der Traum bricht ab, bevor ich ihm erzählen kann, dass ich an diesem Buch arbeite.

Anfang der Siebzigerjahre kaufte er sich aus heiterem Himmel einen Porsche Targa 911. Eines Tages kam er mit ihm angefahren, dröhnend, lärmend, hupend. Was für ein Auto. Wir begutachteten seinen orangeroten Lack und die glitzernden Scheinwerfer, setzten uns auf die nach frischem Leder riechenden Polster und probierten den Blinker und die Scheibenwischer aus.

In ihm war mein Vater geschützt und schnell, mit ihm bewies er, dass er sich etwas leisten konnte, was mehr war als nur das Allernotwendigste. Das hatte er zwar schon bewiesen, sein Geschäft lief gut, er war erfolgreich; er war ein harter Geschäftsmann und verdiente mehr als genug. Das Haus war gebaut und nicht nur mit dem Geld meiner Mutter, dem »Frauengut«. Das Auto war die Krönung aller nützlichen Dinge.

Ich war fasziniert und sofort abgestoßen. Das Auto war zu

auffällig, ich wollte nicht auffallen. Außer unseren Hintern hatte nichts Platz in dem blöden *Göppel*. Noch heute erzähle ich nicht gern, dass mein Vater einen Porsche fuhr. Weshalb nur? Und ich frage mich auch, ob er die Geschichte von Ferdinand Porsche und dem »Kraft-durch-Freude-Wagen« gekannt hat. Heute ist sie gut erforscht. Aber damals?

Ferdinand Porsche, in Böhmen geboren, zog 1923 im Alter von 48 Jahren nach Stuttgart. Er hatte bereits mehrere Antriebssysteme und Autos erfunden, sogar einen Wagen mit Elektromotor, und arbeitete in Stuttgart zuerst für Daimler. Nach acht Jahren, 1931, gründete er die »Dr. Ing. h.c. F. Porsche GmbH, Konstruktion und Beratung für Motoren und Fahrzeuge«. Am Feuerbacher Weg auf dem Killesberg bewohnte er eine Villa.

Porsche residierte auf dem Killesberg. Ausgerechnet.

Im Juni 1934 hatte er vom »Reichsverband der Deutschen Automobilindustrie« den Auftrag erhalten, einen Kleinwagen zu konstruieren. »Der Führer« forderte an der 34. Internationalen Automobil- und Motorradausstellung (IAMA) in Berlin ein günstiges Auto, mit dem er in die Geschichte eingehen würde wie mit der Autobahn; die »Reichsautobahn Stuttgart-Ulm« stand im Bau.

An dieser IAMA war jedoch auch der Prototyp des »Maikäfers« ausgestellt, den der Ingenieur und Erfinder Josef Ganz entwickelt hatte. Ganz hatte schon mehr als zwei Dutzend Kleinwagen gebaut; 1931 kam der »Maikäfer« hinzu. Doch Ganz war Jude; in Deutschland wurde er mit jedem Tag mehr schikaniert und schließlich von der Gestapo verhaftet. Als er nach einiger Zeit freikam, floh er, 1934, sofort in die Schweiz, wo sein jüngerer Bruder Alfred lebte.

1937 löste die Organisation »Kraft durch Freude (KdF)« den »Reichsverband der Deutschen Automobilindustrie« ab und gründete in Berlin die »Gesellschaft zur Vorbereitung des

Volkswagens«. Ferdinand Porsche sollte das Auto bauen. Und er baute es auch. In der Garage seiner Villa auf dem Killesberg baute er seinen erfolgreichsten Prototypen, den »VW-Käfer«. Stromlinienförmig, 145 Stundenkilometer schnell, Leichtmetallkarosserie und, wie von Hitler gewünscht, mit einem Preis von 990 RM sensationell günstig. Der Wagen wurde als »Wunder« bezeichnet. Und er wurde eines der bestverkauften Autos der Welt.

Porsche war nicht nur ein genialer Konstrukteur, sondern auch ein genialer Verwerter fremder Ideen: von Josef Ganz' »Maikäfer« ebenso wie von den Kleinwagen, die die Maschinenbau-Ingenieure Hans Ledwinka und Béla Barényi entwickelt hatten. Alle drei beutete Ferdinand Porsche aus, um den »VW-Käfer«, den »Volkswagen«, zu entwickeln.

»Der Führer« war von dem Auto begeistert. Er solle »Kraft-durch-Freude-Wagen« heißen, ließ er verlauten und verbot, darüber zu sprechen, dass der »Maikäfer« den »Käfer« vorweggenommen hatte. Dass ein Jude an der Entwicklung des Volkswagens beteiligt war.

Die Jahreszeiten sind in Bewegung. Der Garten zeigt es. Der Frühling setzt früher ein, ist schnell zu warm. Der Sommer ist trockener. *Wieder ein Regensommer!*, tippte mein Vater in eines seiner frühen Fotoalben auf blaues Papier. *Von Mitte Mai bis Ende August Regen und kalt.*

Inzwischen bleiben die verregneten Juniwochen häufig aus. Die Hitze drückt, dafür sind Äpfel und Birnen früher reif, und die Himbeeren schmecken auch wirklich nach Himbeeren. Erst im September wird die Sonne endlich milder und ihr Licht weicher. Und dann, im November, blüht die Kapuzinerkresse immer noch. Ihr Orange leuchtet aus dem Beet, während sich graukühle Windtage scheinbar endlos mit sonnigen Föhntagen abwechseln. Der Himmel steht tiefblau über der Stadt, und die Berge hinter ihr erscheinen wie zum Greifen nah. Der Schnee wird wieder auf sich warten lassen.

Nach dem Krieg verklagte Barényi Dr. Ing. h. c. F. Porsche erfolgreich. Ledwinka, der als Kollaborateur mit Nazideutschland im Gefängnis saß, arbeitete selbst von dort aus an neuen Modellen für andere Autohersteller. Und Josef Ganz? Auch er verklagte Porsche und dazu Daimler-Benz und BMW, für die er auch gearbeitet hatte, ging jedoch leer aus.

Bis Ende der Dreißigerjahre hatte er noch voller Hoffnung in der Schweiz gelebt. Er stand mit der Volkswirtschaftsdirektion des Kantons Zürich und mit der Schweizer Armee in Verhandlungen über den Bau eines »Schweizer Volkswagens« auf der Basis des »Maikäfers« und präsentierte das Auto 1937 in Zürich, den »Silberfisch«. Es war ein Wagen mit einer silbrig schimmernden Karosserie aus Aluminium, und Josef Ganz liebte die Alpenpässe für die Testfahrten. Doch nach Ausbruch des Kriegs begann die Gestapo auf die Schweizer Behörden Druck auszuüben, und antijüdische Schweizer Behördenmitglieder taten mit; Ganz wurde verleumdet und daran gehindert zu verwirklichen, was er sich vorgenommen hatte. Er wehrte sich und galt bald als Querulant.

Als der Krieg vorüber war, wollte er nicht nach Deutschland zurückkehren. Ehemalige Gestapo-Männer wirkten nun unbehelligt in Ämtern und Firmen, mit denen er zu tun haben würde, und er fürchtete sie. Zwar begann die Schweizer Firma Rapid in Dietikon Ganz' Auto in einer kleinen Serie von 36 Exemplaren zu produzieren, versuchte aber gleichzeitig, sich seine Patente einzuverleiben. Auch da wehrte er sich. Doch es war schwer; er war zunehmend entmutigt.

Auch mein Vater, Hanna und ihr Sohn sollten die Schweiz wieder verlassen. In den Dokumenten lese ich, dass es jedoch nicht gelang, »das ›Landing permit‹ für Australien zu erhalten«. Australien, weshalb denn Australien? Egal wohin, Hauptsache, die »Flüchtlinge« verließen die Schweiz wieder?

Danach drängten die Behörden auf Palästina. »Wir bedauern«, heißt es im Mai 1949, »Sie daran erinnern zu müssen, dass Sie wohl als Flüchtling in unserem Lande Asyl gefunden haben, dass aber dieser Aufenthalt nur vorübergehender Natur sein kann.« Und einen Monat später: »Wie Sie wissen werden«, steht dann in einem Schreiben der Fremdenpolizei des Kantons Zürich an die Emigrationsabteilung des Verbands Schweizerischer Jüdischer Fürsorgen, »sind in letzter Zeit für die Einreise jüdischer Emigranten nach Israel wesentliche Erleichterungen geschaffen worden. Grundsätzlich können alle jüdischen Einwanderer das Visum für Israel innert kürzester Zeit erwirken und zwar ohne Rücksicht auf Alter, Geschlecht und Beruf.«

Der Verband Schweizerischer Jüdischer Fürsorgen kümmerte sich weiter um seine »Schützlinge«, wie er die Überlebenden der *Shoah* nannte, hatte jedoch die »Weiterwanderung« zu organisieren; in der Schweiz wurde auch nach der *Shoah* die Einwanderungspolitik nicht *mentsch*licher.

»Da die Familie Olonetzky keine geeigneten Ausreisepläne vorlegen kann«, schrieb die Fremdenpolizei weiter, »muss ihr die Auswanderung nach Israel nahegelegt werden. Der Ehemann hat erst vor kurzem die Studien als Graphiker beendet. Es kann ihm deshalb heute ohne weiteres die Ausreise zugemutet werden, umso mehr als eine Betätigung auf seinem Beruf volkswirtschaftlich keiner Notwendigkeit entspricht.

Da es nicht vorauszusehen ist, wie lange die günstigen Bedingungen für die Ausreise nach Israel aufrechterhalten bleiben, ist Benjamin Olonetzky gehalten, sich unverzüglich beim

Palästinaamt in Genf, rue Petitot 8, registrieren zu lassen. Eine Kopie dieses Gesuches ist an Sie und an uns zur Kenntnisnahme weiterzuleiten. Wir ersuchen Sie höflich, den Ausländer in diesem Sinne zu orientieren.«

Er habe »die Schweiz bei der ersten sich bietenden zumutbaren Gelegenheit« zu verlassen, lese ich in den nächsten Schriftstücken. »Ihnen steht zweifellos die Möglichkeit offen, nach Israel auszuwandern, das für alle Juden nicht nur ein zumutbares Auswanderungsland, sondern ein lockendes Ziel sein sollte«, heißt es weiter. Doch mein Vater und seine Familie blieben; er hatte andere lockende Ziele vor Augen, die Arbeit als Graphiker in Zürich, vielleicht bereits den Ausbruch aus seiner Ehe. »Nach Deutschland zurückzugehen, kann uns niemand zumuten«, hatte er schon im August 1945 an das Eidgenössische Justiz- und Polizeidepartement geschrieben, »weil jeder Stein uns an das Vergangene erinnern würde, an das unmenschliche Leid, das unseren Brüdern und Schwestern und uns selbst auch zugefügt wurde.« Und weiter: »Ich hatte das Glück, Ihre Menschlichkeit und Ihr Verständnis im Besonderen kennenzulernen und war deshalb besonders glücklich, weil auch wir eine schwere Zeit hinter uns hatten.«

»Herr Olonetzky hat ein besonders hartes Schicksal hinter sich. Er war fünf Jahre im deutschen Konzentrationslager«, schrieb auch der Verband Schweizerischer Jüdischer Fürsorgen über seinen »Schützling«.

Das stimmte nicht.

Mein Vater leistete fast sechs Jahre Zwangsarbeit, davon rund fünfzehn Monate im Arbeitslager Schlosshof. »In Haft«, wie es auf dem Formular der Entschädigung schließlich benannt würde. Er war nie in einem »KL« wie Auschwitz oder Bergen-Belsen. Weshalb fanden es die Verantwortlichen des

Verbands notwendig zu übertreiben? Oder hatte mein Vater übertrieben und sie seine Aussagen übernommen? Oder, noch einmal anders, bezeichneten sie Lager wie den Schlosshof als »KL«? Dann stimmte zumindest die Dauer von fünf Jahren nicht. Aber half diese Schilderung, die Behörden zu überzeugen, dass mein Vater und seine Familie nicht ausgewiesen werden sollten?

Am 14. Oktober 1949 erhielten sie eine »ordentliche fremdenpolizeiliche Anwesenheitsbewilligung«; warum nun doch, ist unklar. Sie musste immer wieder verlängert werden, und erst ein Jahr später war endlich definitiv entschieden, dass sie alle in der Schweiz bleiben konnten.

Josef Ganz aber musste ein Jahr später, im Oktober 1950, binnen 24 Stunden ausreisen; er wurde von der Fremdenpolizei ausgewiesen. In seinem schimmernden »Silberfisch« fuhr er über Genf nach Paris, von wo er nach Australien emigrierte. Seine Gesundheit war angeschlagen, er litt unter Depressionen und arbeitete in den folgenden Jahren in Melbourne für den Autohersteller Holden. 1967 starb er verarmt. Sein »Silberfisch« ist das letzte Auto, das vollständig in der Schweiz gebaut wurde. Ein Exemplar ist im Verkehrshaus Luzern ausgestellt.

Liebte mein Vater seinen Porsche vielleicht auch, weil ihn der Wagen mit der Stadt verband, in der er geboren wurde? Falls er Ferdinand Porsches Verbindung zu den Nazis kannte: Störte ihn das nie?

Ich schämte mich für das Auto *us tüfschtem Härz*, aus tiefstem Herzen. Manchmal, zum Glück nur selten, konnte ich es nicht vermeiden, dass er mich damit zur Schule fuhr. Ich stieg widerwillig ein und rutschte im Beifahrersitz so tief nach unten wie irgend möglich. Von außen sah man nur meine schwarzen Haare, so hoffte ich. Über das Armaturenbrett schaute ich angespannt in den Himmel hinauf.

Aber dann musste ich ja doch aussteigen. Vor der Schule. Wenn alle zuguckten. Ich wollte nicht schon wieder auffallen. Die mit dem komischen Namen. Die mit dem großen Haus. Die mit dem ausgefallenen Vater und seinem protzigen *Göppel*. Die mit den schlechten Schulnoten und der Heidenangst vor dem Lehrer. Der hatte etwas gegen *fremde Fötzel*, doch das erkannte ich erst viel später. Und dass das Auto auch ein Traum war, ein erfüllter Traum. Und dass es in der Schule noch andere gab, die sich für irgendetwas schämten. Für irgendetwas Lächerliches, Sinnloses, das riesig war, aber sonst niemanden kratzte.

Mein Vater hatte nie nach Australien oder nach Palästina »weiterwandern« wollen. Wie wehrte er sich gegen die Abschiebepläne der Behörden? Wie gelang ihm das? Auch darüber sprach er mit mir nie.

Schwarzweiß

Während meinem Vater in der Schweiz die Ausreise »nahegelegt« wurde, heiratete mein Onkel Efrem in Jerusalem. Es war im Juni 1949, und Efrem lebte schon fünfzehn Jahre in Palästina. Ilse würde später in unserem Wohnzimmer Kette rauchen. Sie war auch die Tochter von Überlebenden. Schon im November kam ihr erstes Kind zur Welt, mein Cousin. Drei Jahre später wurde ihre Tochter geboren, meine zweite Cousine. Beide, Cousin und Cousine, wanderten früh in die USA aus.

Er sei mit Eltern aufgewachsen, schreibt mir mein Cousin aus New York, die nicht gewusst hätten, was Elternschaft bedeutete. Und er schreibt mir, dass sein Vater meinem Vater immer vorgeworfen habe, schuld an Moritz' Ermordung zu sein. Dass Moritz nicht auch geflohen, nicht *früh genug* weggegangen sei, daran sei mein Vater schuld. Sie hatten alles überlebt und warfen sich vor, nicht genug getan zu haben.

Doch mein Vater erzählte mir eine andere Version der Geschichte. Er sei aus Italien nach Deutschland zurückgekehrt, um für seinen Vater da zu sein. Was stimmt nun? Mein Onkel Efrem war früh genug emigriert, das war klug gewesen. Schämte er sich? Tauchte ihn das für den Rest des Lebens in Schuldgefühle?

Regnet es auf offene Blüten, schließen sich manche wieder, warten einfach, bis der Regen vorüber ist. Andere sind robust und stoisch; das viele Wasser scheint ihnen nichts anzuhaben. Wieder andere faulen vorzeitig. Sie fallen zu Boden, werden bräunlicher Moder inmitten aller Schattierungen von Grün und Futter für die Schnecken. Während schon neue Blüten bereit sind aufzugehen, sobald sich die Sonne durchsetzt.

1956 begann auch Efrem, sich um Entschädigung zu bemühen. Zunächst mit Hilfe der United Restitution Organization, dann mit eigenen Rechtsanwälten. Efrem, Ephraim, Froim oder Fritz stellte beim »Landesamt für die Wiedergutmachung« einen Antrag »wegen Schadens im beruflichen Fortkommen«, ab 1965 kämpfte er auch um eine Entschädigung »wegen Schadens an Körper oder Gesundheit«. Dieser Antrag wurde sechs Jahre später, am 25. November 1971, abgewiesen.

»Wegen Schadens im beruflichen Fortkommen« bekam er jedoch am 18. Februar 1962, zwei Wochen, nachdem ich zur Welt gekommen war, eine Kapitalentschädigung von 11 432 DM zugesprochen. Und am 9. März 1962 folgte zudem eine Entschädigung für die Auswanderungskosten: 110,64 DM. Die Reise knapp dreißig Jahre zuvor hatte ihn 553,20 Reichsmark gekostet.

1962 kostete ein Kilogramm Brot 94 Pfennig.

Erzählte mir mein Vater die Wahrheit? Legte er sich eine Geschichte zurecht, die das Wort *Lebenslüge* verdient hätte? Oder war es einfach eine Version, von der er fand, er könne sie mir zumuten? War es eine Version, die er selbst ertragen konnte? Warum erzählte er mir nicht mehr von allen Menschen, die für ihn wichtig gewesen waren? Wie schwer wogen die Scham und die Schuld, die er mit sich herumtrug? Wie leicht war das Glück?

Die Geschichte ist nicht nur schwarzweiß wie Efrems Fotos oder die Fotos meines Vaters und wie die monochromen Seiten, die er in seine Alben einfügte, die glänzenden Papiere in reinem Weiß und reinem Schwarz. Nichts im wirklichen Leben ist nur schwarz oder nur weiß.

Glocken

Im Dezember 1944 konnte mein Vater Bad Serneus verlassen. Der Verband Schweizerischer Jüdischer Fürsorgen hatte ihm geholfen, ein Gesuch für einen Studienplatz an der Kunstgewerbeschule Zürich zu stellen; die Aufnahmeprüfung hatte er schon bestanden und die Fremdenpolizei des Kantons Zürich war damit einverstanden, den »Flüchtling vorübergehend in Privatinternierung zu übernehmen«.

Das Eidgenössische Justiz- und Polizeidepartement schickte einen neuen Flüchtlingsausweis nach Serneus und bat den Lagerleiter, den Ausweis »dem Flüchtling auszuhändigen«. Zudem bekam mein Vater die »Dispensationsbewilligung« der Zentralleitung der Arbeitslager und ein Zeugnis des Lagerleiters, das ihm »besonderen Arbeitseifer« attestierte.

Auf der »Austrittsmeldung« vom 10. Dezember ist vermerkt, dass ihm Fr. 21,20 ausbezahlt wurden und seine künftige Wohnadresse Ottikerstraße 53 in Zürich lautete. Er konnte zuerst bei Familie Kesselring wohnen und hatte sich »sofort bei der kantonalen Polizeistation 2, Zürich 6, Posten Kaspar-Escher-Haus, und beim Kreisbüro 6 der Stadt Zürich zu melden«.

Packte mein Vater dann seine Siebensachen zusammen und stieg den Hang hinauf zum Bahnhof Serneus? Löste er mit dem Geld, das er bekommen hatte, ein Zugticket, eines jener dicken Kartonbillette, in die der Schaffner dann rhombenförmige Löcher oder Halbmonde knipste? Fuhr er in einem hübschen Wagon der Rhätischen Bahn nach Landquart und von dort und viel schneller mit den SBB nach Zürich? War er allein oder kamen noch andere frei? Klopfte sein Herz? Was besaß er da? Wie viele Hosen, Hemden, Pullover hatte er? Wie viele Zeichnungsblöcke und Stifte konnte er mitnehmen? Und was war mit der Gliederpuppe? Er konnte die Kunstgewerbeschule Zürich besuchen! Wie sehr freute er sich? Sah er mit Zuversicht in die Zukunft? Er konnte die Ausbildung machen, die er hatte machen wollen! Und er hatte auch die »Studienbewilligung« des Eidgenössischen Justiz- und Polizeidepartements in der Tasche. Gültig vom 9. Dezember bis auf weiteres. »Sie haben uns Ihre Wohnadresse und jede Adressänderung sofort mitzuteilen. Der Chef der Flüchtlingskontrolle«

Und dann, am 2. Mai 1945, fielen in Japan die Atombomben. Sechs Tage später kapitulierte Deutschland. Der Krieg war zu Ende. Die Glocken läuteten in der ganzen Schweiz. Sie läuteten Sturm, einen erlösenden Sturm. Menschen lachten, weinten, fielen sich in die Arme, lese ich. Menschen tanzten, zogen durch die Straßen, auch in Frankreich. In ganz Europa. Überall. Nur in Deutschland waren es nicht so viele, lese ich weiter, und denen, die in Stuttgart am Straßenrand standen und den Briten, Amerikanern Beifall klatschten, zischte auch das Wort »Verräter« ins Ohr.

Der Krieg war zu Ende! Nie wieder Krieg, sagten alle. Nie wieder Krieg!

Im Viertel, wo ich wohne, sehe ich jetzt immer einen roten Mazda mit ukrainischem Kennzeichen stehen. Wo wurde sein Motor gestartet? War er bis unters Dach vollgepackt, als er losfuhr? Wem gehört er wohl, und was konnten sie mitnehmen? Auch einen Hund, eine Katze vielleicht? Haben die, die am

Steuer saßen, Freunde, die Großmutter, ihren Sohn verloren? In welchem Haus in der Nachbarschaft wohnen sie jetzt? Und wollen sie wie viele ihrer Landsleute so schnell wie möglich wieder nach Hause?

Der Besitz eines Autos ist ein Hinderungsgrund für Schweizer Sozialhilfe, auch wenn das Auto und die Habseligkeiten, die darin Platz fanden, das Einzige sind, was noch übrig ist. *Sie haben alles fortgenommen,* erinnerte sich mein Vater unbestimmt. Es wiederholt sich fortwährend in der einen oder anderen Version. Sobald der Winter vor der Tür steht, werden noch mehr Menschen fliehen müssen. Denn wie soll das in einem zerbombten Haus denn gehen, das Leben? Bei Regen, Schnee und Minustemperaturen in einem Keller oder ganz ohne Dach über dem Kopf und mit Fenstern ohne Glas?

Die Menschen aus der Ukraine bekommen in der Schweiz sofort den »Schutzstatus S«; ein Privileg. Nicht wie die Menschen aus Afghanistan oder Somalia, bei denen es Monate, auch Jahre dauert, bis der Schutzbedarf geklärt ist und sie unbefristet bleiben können. Und nicht wie bei meinem Vater, der auch jahrelang damit lebte, »weiterwandern« zu müssen.

»Die humanitäre Tradition der Schweiz, Verfolgten Schutz zu gewähren, ist Teil des Schweizer Selbstverständnisses geworden. Diese Tradition ist lang, facettenreich und nicht ohne Risse«, steht in einem Bericht des Bundesamts für Flüchtlinge. Es geht darin um »Prominente im Schweizer Exil«, um Thomas Mann, Bertolt Brecht oder Robert Musil. Warum geht es nicht auch um Else Lasker-Schüler? Die Dichterin floh vor den Nazis nach Zürich. Von der Fremdenpolizei von Stadt und Kanton Zürich bekam sie keinen »Schutzstatus S«. Als ihr 1938 die Nazis die deutsche Staatsbürgerschaft aberkannten, wurde sie staatenlos wie mein Vater und seine Geschwister. Darauf reiste sie von Zürich nach Palästina; es war ihre dritte Reise ins *Hebräerland,* wie sie es nannte. Doch dann überfielen die Nazis Polen, der Krieg brach aus, und die Schweizer Behörden verweigerten ihr das Rückreisevisum.

Else Lasker-Schüler blieb in Jerusalem. Sie fühlte sich fremd. Hatte sie die gleichen Akklimatisierungsschwierigkeiten wie Paula, wie Efrem, wie Avram? Hatte sie eine feuchte Wohnung und Bauchschmerzen, kein Geld? Wie sie hatte sie Heimweh, das lese ich. Sie vermisste ihre Freunde und die deutsche Sprache. Vor allem die Sprache, die doch auch ihre Sprache war. Ihre Verzweiflung über die Morde in den Konzentrationslagern und über die Gewalt zwischen Juden und Arabern in Palästina wuchs. Sie setzte sich für Verständigung ein, schrieb gegen ihre Einsamkeit an und wurde immer wunderlicher. Die letzte Publikation, die nur in einer kleinen Auflage erschien, widmete sie ihren »unvergesslichen Freunden in den Städten Deutschlands und denen, die wie ich auf der ganzen Welt verbannt und zerstreut wurden«. Im Januar 1945 starb sie verarmt.

Könnten nicht mehr Menschen, die fliehen müssen, in der Schweiz, diesem reichen Land, aufgenommen werden? Nicht nur Menschen aus der Ukraine, es sind vor allem Frauen mit ihren Kindern, sondern auch Männer? Aus Afghanistan, Syrien, aus Somalia? Doch es fällt auch bei den Frauen und den Kindern das Wort »Überfremdung«. Und dabei sind »die Ukrainer ja wie wir!«, sagen manche. Weiß, christlich, gebildet. Sie sind nicht wie die Somalier und Afghanen, so dunkel, muslimisch, so fremd.

Erste Gemeinden haben schon Unterschriften gesammelt gegen die vorübergehende Einquartierung der Geflüchteten in einer Notunterkunft, einem Zivilschutzbunker, einem alten Hotel. Ein Thermalhotel wie in Serneus ist es nicht.

Zwischen den Stauden hat sich Unkraut breitgemacht. Samen, die der Wind hergeweht hat, sprießen aus. Es sind Gewächse, deren Namen ich nicht kenne, aber auch Kamille und Wegwarte. Die Insekten lieben sie.

In Zürich zog mein Vater dann ständig um. Nach der Familie Kesselring beherbergte ihn die Familie Signer in der Marchwartstraße, dann Pfarrer Amacher, Auf der Egg 9; darauf wohnte er am Tobeleggweg 19. Die Wohnung in der Marchwartstraße bewohnte er jedoch, so steht es in den Dokumenten, mit Hanna und seinem Sohn. Es war eine Einzimmerwohnung. Es war zu eng.

Während Hanna als Schneiderin arbeitete, den Haushalt führte und auf ihren Sohn schaute, ging mein Vater zur Schule. Kümmerte er sich nicht auch um sein Kind? Versuchte er, wieder ein gewöhnliches Leben mit Aufstehen und Unterricht und Mittagspause und Abendessen zu leben? Mit neuen Freunden und eifrigem Zeichnen, Malen, Schneiden und Leimen, mit Lesen und Diskutieren? Versuchte er alles wieder so schön zu finden, dass er es zeichnen oder malen wollte? Dass er es fotografieren musste? Ab wann hatte er auch eine Kamera?

Der Vermieter Signer warf sie im Juni 1947 schließlich hinaus, weil »die Familie Anstoß errege«. Stritten sie zu laut? Warf mein Vater schon mit Geschirr, obwohl es doch die ersten Tassen und Teller waren, die er wieder besaß? Es brodelte in seinem Innern ein Vulkan, stelle ich mir vor, und die Kruste über dem kochenden Groll war dünn. Der Groll, das Geröll aus dem Krieg, das noch nicht weggeräumt war, wurde mit dem aufkochenden Seelenmagma in das eine Zimmer gespült, das ihre Wohnung war. Zu jeder Tages- und Nachtzeit, zu jeder Unzeit konnte der Vulkan ausbrechen und den Raum bis zur Decke füllen. Und Doktor Fliess, die Trümmerfrau meines Vaters, hatte seine Arbeit noch nicht aufgenommen. So stelle ich mir das vor.

Die Gewalt lässt sich nicht löschen wie ein Feuer. Sie lässt sich nicht *in die Asche verwandeln* wie das Haus meiner Vorfahren in Hochfelden anno 1773, als eine Frau *Fasnachts-Chüechli* backen wollte. Sie ist auch keine Asche in der Erde Deutschlands oder Polens. Sie ist durchsichtig und geht immer weiter. Sie macht nicht halt vor der Liebe, vor einem anderen Körper, einer anderen Seele. Sie diffundiert. Haben andere Körper und andere Seelen eine weniger hohe Konzentration Gewalt in sich gespeichert, spürt sie das sofort und schleicht sich ein. Sie will sich ausbreiten und treibt in allen Körpern ihr Unwesen.

Nun ist der Mohn verblüht. Seine Samenkapseln schwanken im Wind hin und her, und die länglichen, gewellten Blätter sind eingetrocknet. Sind nur noch Zellwände, Mineralien, Bakterien, Moleküle. Dürr und graubeige rascheln sie vor sich hin, während ein paar Meter nebenan die Wilden Malven erst aufgehen und der Sonnenhut seine Blütenknospen noch nicht einmal ganz ausgebildet hat. Prallgrün sind sie und lassen erahnen, was noch kommen wird.

Herzrasen

Kaum war der Krieg zu Ende, war mein Vater wieder dauernd krank. Der Krieg war zu Ende! Doch der Krieg ging weiter. Als mein Vater am 1. September 1943 durch den Wald im Benkenspitz über die Grenze kam, war er so krank, dass er auch hätte sterben können. Er starb nicht. Dann, in den Internierungslagern, bekam er genug zu essen, und es gab Ärzte, die sich um ihn kümmerten. Das steht in den Dokumenten. »Der Flüchtling musste in ärztliche Obhut übergeben werden.« Diesen Satz finde ich mehrfach.

Aber damit war nicht einfach alles wieder gut.

Mein Vater zog immer noch dauernd um. Vom Tobeleggweg in ein Haus Am Wasser in der Nähe der Limmat; der Fluss strömt durch Zürich Richtung Meer. Anschließend mit seinem Freund Mischa an die Holbeinstraße, an die *Stralbeinhose*, wie sie sie nannten. Mischa war es mit seiner Mutter und seinem Stiefvater gelungen, von Wien über Prag und Nizza bis nach Annemasse und Genf zu fliehen; er war auch ein Überlebender. Beide gingen in Zürich in die Kunstgewerbeschule. Mit Mischa wurde mein Vater auch »für die Dauer ihrer Ferien zum Arbeitsdienst einberufen«.

Sie wurden zu Ferienbeginn, am 16. Juli 1945, in eine Arbeitsgruppe eingeteilt und hatten ihre Lebensmittelkarten mitzubringen; alle »Flüchtlings-Studenten« mussten arbeiten, »mit vorzüglicher Hochachtung, Fritschi, Flüchtlingskontrolle«.

Doch Halt, nein, das musste mein Vater nicht. »Dieser Flüchtling wurde gesundheitshalber vom Sommerarbeitsdienst dispensiert«, schrieb Fritschi drei Tage später. »Unser Aufgebot haben wir aufgehoben.«

Ging es meinem Vater immer noch zu wenig gut? Woran litt er? Oder drückte er sich ums Schaufeln, Hacken, Heuen bei den Bauern?

Im Herbst wurde er mit Verdacht auf ein »rezidivierendes Magengeschwür mit erheblichen gastritischen Erscheinungen« an Doktor Rhonheimer in Zürich überwiesen, der Röntgenbilder machen und einen Bericht schreiben musste. Doktor Pollag, sein Hausarzt, empfahl »dringlichst« eine Behandlung; so steht es in den Dokumenten.

Es stellte sich heraus, dass mein Vater eine Gastritis hatte. Zudem diagnostizierte Doktor Pollag einen Ausschlag, eine »Pityriasis rosea«. Und »just, als diese geheilt war«, schrieb er einige Zeit später, »entwickelte sich eine Parotitis epidemica (Mumpf) von besonders hartnäckiger Dauer der Drüsenschwellungen«.

Medikamente wurden nötig; die Kosten übernahmen der Verband Schweizerischer Jüdischer Fürsorgen und die Polizeiabteilung des Eidgenössischen Justiz- und Polizeidepartements, Flüchtlingssektion, wobei nach jeder Konsultation geprüft wurde, »ob dem Flüchtling die Kosten ganz oder teilweise belastet werden können«. In einem Schreiben vom 9. Oktober 1945 hieß es aber: »Die Ausschaffung ist zur Zeit nicht tunlich.«

Irgendwann war der Mumps dann überstanden, die Magenschmerzen flammten jedoch immer wieder auf, und im September 1946 bekam mein Vater erneut eine Lungenentzündung. Im Schlosshof, dann als er mit Hanna, von Männern mit Hunden verfolgt, über die Grenze kam und noch einmal in

Bad Serneus hatte er Lungenentzündungen durchgemacht, nun schon wieder. Doktor Pollag empfahl »dringend eine Lungenröntgenuntersuchung«. Zwei Monate später hatte mein Vater drei Furunkel am Hals; Doktor Pollag befürchtete schon eine »Furunkulose« und fasste Medikamente und eine Schwefelbadkur ins Auge. Zudem wollte er »Autovakzine anfertigen« und meinem Vater spritzen und ersuchte deshalb beim Eidgenössischen Justiz- und Polizeidepartement um Kostengutsprache, worauf das Amt in seiner Antwort anordnete, »den Ausländer« zuerst vertrauensärztlich untersuchen zu lassen.

Mein Vater war auch das folgende Jahr ständig krank. Er hatte Löcher in den Zähnen und brauchte neun Füllungen; die Kosten übernahm der Verband Schweizerischer Jüdischer Fürsorgen. Er hatte Magenschmerzen, Ausschläge, Entzündungen und fortwährend Herzbeschwerden.

Herzbeschwerden? Hatte er Herzrhythmusstörungen? Vorhofflimmern? Herzrasen? Panikattacken? Litt nicht einfach seine Seele? Ab wann ging mein Vater zu Doktor Fliess? Zum kugelrunden Doktor Fliess?

Er schloss die Kunstgewerbeschule ab, da war er 31, und wurde »Kunstmaler und Grafiker auf eigene Rechnung«, wie es in einer provisorischen Arbeitsbewilligung heißt. Die Studiengebühren hatte das Comité International pour le placement des réfugiés intellectuels in Genf bezahlt, den Lebensunterhalt auch von Hanna und ihrem Sohn der Verband Schweizerischer Jüdischer Fürsorgen. Und die »Entlasssung aus dem Flüchtlingsstatut« war immer noch »pendent«.

Ein schwarzweißes Foto aus dieser Zeit zeigt ihn in dunkler Hose und Rollkragenpullover vor einer Staffelei. Er ist immer noch dünn, sein Gesicht ist ernst. Das Bild auf der Staffelei wirkt fertig. Es ist gerahmt und stellt eine südliche Berglandschaft im Frühling dar mit einem Dorf und blühenden Bäumen, im Vordergrund zieht ein Mann einen Karren. Darunter, an dieses Bild gelehnt, ist eine andere Berglandschaft zu sehen; es könnte das Prättigau sein. An der Wand hinter ihm hängen weitere Bilder, eine sitzende nackte Frau ist zu erkennen. Die Tür zu seinem Atelier ist einen Spalt geöffnet. In der einen Hand hält er einen Karton, die andere liegt auf der Berglandschaft im Frühling.

Ohne den Verband Schweizerischer Jüdischer Fürsorgen wäre mein Vater nicht in der Lage gewesen, Serneus zu verlassen und zu studieren. Ohne diese Hilfe wäre er vielleicht »ausgeschafft« worden, wie es heute genannt wird. Doch die Mitarbeiterinnen des Verbands taten, was sie konnten. Und mehr. »Wir erhielten Abschrift Ihres Semester-Zeugnisses. Wir freuen uns mit Ihnen«, schrieben sie ihm, »dass es so gute Leistungen aufweist«; es waren Bestnoten in »Fleiß, Leistung und Betragen«. Nach einem Gutachten, in dem ihm sein Lehrer, der Maler Otto Morach, gute Leistungen und »mustergültige Karaktereigenschaften« bescheinigt hatte, bezahlte der Verband auch noch ein Reißbrett. Mein Vater freute sich so darüber, dass er die Mitarbeiterinnen einlud, »in meinen Arbeitsraum zu kommen und einmal meine Arbeiten in Augenschein zu nehmen«.

Doch bald darauf sahen sich die Mitarbeiterinnen verpflichtet, auch Berichte zu verfassen, in denen die Charaktereigenschaften meines Vaters nicht mehr als mustergültig beschrieben werden. Er sei »schwierig, unentschlossen und jähzornig«, heißt es da; »wahrscheinlich ist mit Vater O. energisch zu reden.«

Seinen Jähzorn lernte ich später auch kennen.

Es regnet. Ein Tropfkonzert auf dem Fenstersims, unterbrochen vom Zischen der Reifen, wenn ein Auto über die Kreuzung fährt. Die Luft ist schon merklich kühler. Dann, der Regen hat aufgehört, schimmern die nassen Blätter im Sonnenlicht, einzelne Tropfen hängen glitzernd an den Rändern, und die Bienen machen sich sofort auf in die frischgewaschene Luft.

Im März 1948 bekam er wieder Post vom Eidgenössischen Justiz- und Polizeidepartement. Dauernd kamen Briefe; die »Flüchtlingskontrolle« arbeitete. »Wir ersuchen Sie, in den nächsten Tagen bei uns vorzusprechen. In der Beilage übermitteln wir Ihnen einen Transportgutschein, mit dem Sie ein Billet Zürich–Bern retour gratis beziehen können. Mit vorzüglicher Hochachtung, i. A. Angst. Beilage erwähnt.«

Was wollte »Fräulein Angst« von ihm, wie mein Vater sie in der Antwort anschrieb? Weshalb musste er persönlich in Bern erscheinen? Warum sagten sie ihm nicht, worum es ging?

Der Brief war ihm nach Lugano nachgeschickt worden. »Herr Olonetzky«, hatte Doktor Oberhänsli, Arzt am Kantonsspital Zürich, Universitäts-Poliklinik für physikalische Therapie, in seinem ärztlichen Zeugnis geschrieben, »leidet an einer vollkommenen Erschöpfung seiner psychischen Widerstandskraft, die auch zu beunruhigenden körperlichen Symptomen geführt hat. Wir möchten dringend empfehlen«, schrieb er weiter, »dem Patienten eine vollkommene Ausspannung während drei Wochen zu ermöglichen, da er einen Milieuwechsel dringend benötigt.«

Die Polizeiabteilung, Flüchtlingssektion, hatte eingewilligt, »mit Rücksicht auf den schlechten Gesundheitszustand des Flüchtlings, Fr. 4.– pro Tag an den dreiwöchigen Erholungsaufenthalt« zu bezahlen.

Weshalb brauchte mein Vater Doktor Oberhänsli, einen Rheumatologen? Woran litt er noch? Oder war der Rheumatologe ein Mann mit psychiatrischen Kenntnissen, ein Mann einfach mit einem Herzen? *A Mentsch?*

Als der Brief von »Fräulein Angst« eintraf, war mein Vater jedenfalls in »Muzzano, c / o Signore Kempter, pittore«, steht in den Dokumenten. Er war bei einem Maler. Wer war Signore Kempter? Ich habe nie von ihm gehört. War es ein Freund? Gingen die beiden gemeinsam wandern, zeichnen und malen? Erholte sich mein Vater so? Tat ihm der »Milieuwechsel« gut? Oder hatte er es faustdick hinter den Ohren, ging es ihm gar nicht so schlecht und brauchte er einfach eine Pause zum Malen? Ein paar freie Tage im Tessin?

Nein, das kann ich mir nicht vorstellen, bei aller *Chuzpe* nicht, die er hatte. Er war vollkommen erschöpft und versuchte, sich bei einem Freund zu erholen. Nur drei Wochen lang.

Das »Fräulein Doktor Angst«, wie er sie in einer weiteren Antwort anschrieb, bat er um Entschuldigung und um einen Fahrschein »Lugano–Bern retour. Ich musste nämlich unter Opfern die Fahrt hierher selbst bezahlen und da ich auch für meinen Aufenthalt aufkomme, kann ich nicht einfach eine Fahrkarte Lugano–Zürich retour lösen«, schrieb er ihr. »Wollen Sie gütigst die Verzögerung entschuldigen. Mit vorzüglicher Hochachtung, Beny Olonetzky«

Ein Ticket Lugano–Bern wurde ihm nicht bewilligt, die Frist, bis wann er in Bern vorzusprechen hatte, aber verlängert. Dort erfuhr er dann, »dass er unverzüglich ein Gesuch um Erteilung einer ordentlichen Aufenthaltsbewilligung einreichen müsse«.

Und wo war Hanna in dieser Zeit? War sie auch ständig krank?

Rock

Ihr Zusammenleben in der Ein-Zimmer-Wohnung in Zürich glückte nicht. War es die Hölle? Eine Familienhölle? Für alle? Zeigte es sich, dass sie keine gemeinsamen Pläne hatten, keine, die über ihre Flucht hinausgingen?

Vielleicht wollten sie einfach nicht, dass ihre Vergangenheit wachgerufen wurde, wenn sie dem anderen ins Gesicht schauten. Vielleicht schnitt mein Vater einfach rücksichtslos die Fäden entzwei, um frei zu sein für eine Zukunft ohne die Vergangenheit. Dass er ihre gemeinsame Flucht, ihren gemeinsamen Sohn nicht würde abschütteln können wie einen schweren Mantel, der im Frühling nur noch lästig ist, wusste er doch. Er musste es doch wissen! Aber mein Vater war nicht zu halten; er wollte weg und aufbrechen und vielleicht auch nicht nachdenken, sondern weiterleben. Stelle ich mir vor. »Am 11. März 1941 verheiratete sich der Gesuchsteller in Bielefeld (d. h. in Tat und Wahrheit im Lager) mit Chana Kesting, geboren am 6. Juni 1920 in Merecz, damals Lettland, heute Russland«, heißt es dann in den Dokumenten, die zu seinem Einbürgerungsgesuch gehören. Die Heirat, die »offenbar seinerzeit unüberlegt und aus einer gewissen Haft- und Lagerpsychose heraus« geschlossen worden war, wurde 1953 »einvernehmlich« geschieden. Das ist vermerkt. Stimmte es auch?

Als sie sich scheiden ließen, kannte mein Vater meine Mutter schon. Bevor er ihr begegnete, *war er hinter jedem Rock her gewesen. Sie gaben sich die Türklinke in die Hand,* erzählte mir sein damaliger Freund Mischa einmal. Anfang der Fünfzigerjahre, nach Abschluss der Kunstgewerbeschule, teilten sie sich noch immer die Wohnung in der *Stralbeinhose.* Und beide gingen zu Doktor Fliess, der den *Emigranten* zuhörte, wenn ihnen das alte Leben wieder einmal vor dem neuen stand, die Welt unter heiter blauem Himmel schwarz wurde. Mischa traf die Frauen, mit denen mein Vater im Bett war, morgens in der Küche. Und bei ihm weinten sie sich auch aus.

Mein Vater hatte überlebt und Tote beweint. Jetzt lebte er. Vollgas. Es verursachte Kollateralschäden. Am Künstlermaskenball in Zürich sah er meine Mutter tanzen. Sie passte zu seinem neuen Leben, zu der Zukunft, in die er aufbrechen wollte. Hanna passte nicht mehr. Und später passte seine Geliebte, die nach der Scheidung meiner Eltern seine dritte Frau wurde, zu der Zukunft, in die er dann aufbrechen wollte. Da passte meine Mutter nicht mehr.

Werkbank

Nun ist der Sonnenhut voll aufgeblüht. Umschwirrt von Hummeln und Bienen steht er purpurfarben im Beet. Ein stolzes Gewächs! Als ob er genau wüsste, dass er Heilkräfte hat. Dahinter versucht der Borretsch die Aufmerksamkeit mit seinem Blau zu ergattern, während nebenan die Schafgarben wachsen, in Ockergelb, und das Schilfgras seine schmalen Blätter in alle Richtungen hält. In dem Beet herrscht wirklich ein *Chrüsimüsi!* Es ist ein wildes, üppiges und immer erfüllteres Blühen im Gang.

Irgendwann, eigentlich schon ziemlich bald, war mein Vater wieder von vielen Dingen umgeben. Kleider, Schuhe, klar. Möbel, Geschirr, das Nötigste natürlich. Dann Pinsel, Stifte und Farben. Papier und Leinwände. Ein Fahrrad? Er war eine wimmelnde Wolke aus Wasser, Mineralien, aus Bakterien und Molekülen und hatte eine weitere Wolke aus Gegenständen um sich.

So schnell wie möglich mussten es mehr Dinge sein als nötig. Dinge, die er brauchte, und Dinge, die er nicht brauchte. Viele Jahre später traf ich in der Designabteilung des Metropolitan Museum of Art in New York den halben Haushalt meiner Kindheit an. Colombos Kunststoffstühle, Saarinens runder Tulip-Beistelltisch, die knallrote Olivetti-Reiseschreibmaschine, den weißen Schirm der Pipistrello-Lampe. Sobald er konnte, kaufte sich mein Vater nicht einfach einen neuen Toaster, sondern einen von Rowenta oder Braun.

Meine Mutter brachte dafür Dinge mit Geschichte in ihre Ehe ein. Die Möbel aus ihrem Elternhaus; es sind Einzelstücke wie das Sofa, das nun in meinem Wohnzimmer steht. Das Silberbesteck, das ihr Vater, der Goldschmied, für die Familie geschmiedet hatte. Die Gemälde ihres Vaters und die Sophie-Taeuber-Arp-Collagen ihrer Mutter. Damit bauten sich meine Eltern zuerst in ihrer Zürcher Wohnung, dann in unserem großen Haus ein *Heimätli.* Nicht, dass sie das so genannt hätten! Ein *Heimätli* war ein Bauernhaus im Appenzellerland. Doch ihre Wohnung und später unser Haus waren mehr als ein Haus, in dem man wohnen konnte.

Auch meine Mutter liebte schöne Dinge. Für sie waren sie immer selbstverständlich gewesen. Sie war mit ihnen aufgewachsen, und weil kein *Gschmöis* dabei war, kein *Schmattes,* sondern die Dinge von wirklich guter Qualität waren, hatten sie gehalten. Niemand hatte sie gestohlen und gegen ihren Willen versteigert. Sie waren da, einfach da. Sie erbte sie und nahm sie mit. In ihrer eigenen Wohnung stellte sie sie neu hin und lebte mit ihnen weiter.

Sie halten noch. Ich vererbe sie dann weiter.

Andere Dinge, normale Gebrauchsgegenstände, sind mit der Zeit abgeschabt oder ausgebleicht und voller Spuren. Der hölzerne Kochlöffel ist vom vielen Rühren schon ganz krumm. Gerade darum ist er mir so lieb. Er ist da, er ist mit dem Leben verbunden. In ihm stecken viele vergangene Essen. Viele glückliche Bäuche.

All die stummen Gegenstände erzählen Geschichten. Sie sind da und zeigen auf das, was in der Vergangenheit einen Wert hatte, und sei es auch nur einen Wert als nichts Besonderes. Der Fingerhut, die Holztruhe berichten von Vorlieben, Gewohnheiten, von Zweck und Nützlichkeit. Die Tassen, Krüge, die Lampenschirme und Glühbirnen, sie umgeben und beschützen uns. Nicht nur die wertvollen, seltenen Dinge, die Ringe, Halsketten, Uhren, die Perlmuttknöpfe. Vor allem die einfachen Dinge sind es, die uns halten und stützen. Die Holzstühle und Tische. Die Löffel und Suppenteller, das Salzfass und die Pfeffermühle. Das von vielen Händen abgegriffene Tablett, der abgewetzte Stoff. Es sind die Dinge, an die wir unser Herz verloren haben. Dinge aus Holz, Stahl, aus Wolle, Seide, aus Glas, Kunststoff. Manche riechen nach uns und nach der Katze oder dem Hund. Manche sind stumpf geworden, haben ihren Glanz eingebüßt durch die vielen Hände, die sie gebraucht haben. Und glänzen deshalb.

Und was ist mit dem Kaffeesatz und den schlappen Salatblättern, dem braun angelaufenen *Öpfelbütschgi*, den Kartoffelschalen? Schon in der kleinen Küchengrüntonne stinkt der verrottende Brei zum Himmel. Im Kompost im Garten wird er dann zu Humus. Bakterien, Pilze und die tausend kleinen Viecher, die in ihm herumwuseln, arbeiten unaufhörlich an seiner Verwandlung.
Nach sieben Jahren, sagen manche, sind alle Organismen vollkommen erneuert. Jede Zelle sei durch eine neue Zelle ersetzt. Im Garten wechseln einmalige Neuheit und unendliche Wiederholung miteinander ab. Er ist eine wimmelnde Wolke aus Wasser, Mineralien, aus Bakterien und Molekülen, die aussieht wie ein Garten.

Die Werkbank im Keller liebte mein Vater besonders. Er bohrte Löcher mit der Bohrmaschine, lehrte mich das. Er nahm elektrische Schalter auseinander und baute sie wieder zusammen, lehrte mich auch das. *Im Bastelraum wird gehämmert, gebohrt und geschraubt, du bist wirklich mein Sonnenschein,* hatte er im

Tagebuch festgehalten, das er für mich führte. An der Werkbank war er der Herrscher über die Hämmer und Nägel, über die Schraubenzieher und Schrauben, über die Zangen, Sägen und Schaufeln. Er griff nach ihnen, hämmerte, schraubte, sägte und grub. Sie gehörten ihm, er bestimmte über sie.

Er erinnerte sich wahrscheinlich manchmal an die Zeit, als er gezwungen wurde zu schaufeln und zu graben. Aber nun konnte er hämmern und sägen, wann er wollte und was er wollte und wie er wollte. Er war da. Jetzt. In der Welt. Und weil er mit den Werkzeugen etwas vorhatte, dachte er immer auch an etwas Zukünftiges. Er hatte eine Idee oder einen Plan, er wollte etwas flicken oder etwas herstellen. Das war schön. Für ihn, das sah ich ihm an, und also auch für mich, denn ich freute mich, wenn er sich freute.

Nägel und Schrauben in einer Schachtel sind praktische Gegenstände mit einem Zweck. In der Schachtel warten sie geduldig darauf, gebraucht zu werden, einen Platz zu finden, an dem sie sinnvoll sind, an den sie gehören, an dem sie bleiben werden.

Dinge sollten ihr Gebrauchtwerden stoisch aushalten. Und irgendwann mit ihrer puren Anwesenheit über die triumphieren, die sie gebraucht und geliebt haben. Sie sollten nicht sofort kaputt gehen, den Geist aufgeben, sondern sie sollten überdauern und dann den Nachkommen überliefern, dass es eine Vergangenheit gegeben hat. *Sie haben alles fortgenommen,* alle Kleider, alle Bilder, Fotografien, die Tassen, Teller, Töpfe, alle Werkzeuge, alle Möbel, den ganzen Schmuck, *nichts blieb.* Außer ein einziges Foto.

Das durfte nie wieder geschehen.

Und darum besaß mein Vater auch mehrere Kameras. Er zeichnete kaum noch, und das Malen hatte er längst aufgegeben.

Lächeln

Es ist ein winziges Bild in einem blumengeschmückten Rahmen. Im Oval hinter Glas lächelt mein Vater; er ist etwa sechs Jahre alt. Seine Augen leuchten spitzbübisch, ein Ohr steht etwas ab, und sein dünner Kinderhals kommt aus einem zu weiten Kragen heraus. Wie glücklich er aussieht! Ich stelle mir vor, wie er in kurzen Hosen herumrannte, einen Ball vor sich hertrieb und schon vor dem Mittagessen Kekse aus der Metallschachtel stibitzte, die im Wohnzimmer auf der Kredenz stand; die angebrannten liebte er am meisten, das war auch später so.

Vermisste er seine Mutter? Malka war schon zwei Jahre tot. Wer nahm ihn in den Arm und half ihm, sich zu beruhigen, wenn er vor Wut tobte oder weinte? War es seine Schwester Paula, die elf Jahre älter war? War es die Haushälterin, von der er mir erzählt hatte? War es die zweite Frau seines Vaters, die nur kurz in der Familie blieb und sich dann scheiden ließ? Wer ermahnte ihn, nicht am Essen herumzunörgeln, es wird gegessen, was auf den Tisch kommt? Wer kleidete ihn am Morgen an und brachte ihn abends zu Bett? Wer erzählte ihm Geschichten? Es konnten noch keine Geschichten von Isaac B. Singer gewesen sein, denen er wie ich mit offenem Mund lauschte. Singer hatte seine Geschichten noch lange nicht geschrieben; sie erschienen in den Sechzigerjahren, gerade rechtzeitig für mich.

Er war ein Frechdachs, das zeigt dieses Bild genau. Sein Vater war streng gewesen, das hatte er erzählt. Hatte er seinen

Jüngsten, den Benjamin, noch fest unter seinen Fittichen, oder war ihm die Erziehung der fünf Kinder längst über den Kopf gewachsen?

Das Porträt ist leicht unscharf. Auf der Rückseite ist der Rahmen zugeklebt.

Im Rapport der Grenzwächter wird das Bild nicht erwähnt, die Zeichnungsblöcke schon. Kam es auf anderen Wegen in die Schweiz? Später erst? Wie nur und weshalb in diesem Rahmen? Heute ist es für mich die einzige Fotografie, die den ganzen langen Weg mitgemacht und bis zu mir gefunden hat. Es ist der einzige Gegenstand, der den ganzen langen Weg mitgemacht und bis zu mir gefunden hat. Es ist ein Gegenstand aus Papier und lichtempfindlicher Emulsion. Es ist die Reliquie, die ich verehre, weil sonst alles verschwunden ist.

Allein

Was ist eine glückliche Familie? Könnte sie auch in einer Einzimmerwohnung glücklich sein? Auf Dauer? Und woran ist das Unglück zu erkennen? Bedeuten zwei Meter Abstand zwischen Mutter und Vater schon etwas?

Die angestrengt gute Laune, der stumme Schmerz und der offene Streit waren Teil unseres Alltags geworden; und wir lebten nicht in einem Zimmer zusammen. Mein Vater geriet immer schneller in Zorn, haute mit der Faust auf den Tisch und warf mit Geschirr; die halbvollen Kaffeetassen flogen durch die Luft, zersplitterten auf der weißen Wand, hellbraune Spritzer schossen in die Luft, und die Scherben schlugen auf dem Boden auf. Wir erstarrten. Dieser Jähzorn. Er entlud sich nicht an unseren Körpern, nur an Gegenständen. Toten Dingen, keinen lebenden Wesen.

Aber wohin war die Liebe meiner Eltern verschwunden? Sie war doch so groß gewesen. Sie hatten beide so sehr gestrahlt, als sie sich gefunden hatten; das ist in den frühen Alben erhalten. *Beide waren wir sehr gespannt, wie sich unser Leben gestalten würde,* hatte er auf orangefarbenes Papier getippt und erzählt, wie sie über den Gotthard nach Hause gefahren waren. Nun war die schöne Spannung weg; schwere Spannungen blieben.

Hatten sie aufgehört, einander zu verstehen? Ich hatte sie doch miteinander lachen sehen, aber das Lachen war ihnen vergangen. Wann? Und warum? Wie lange hatte meine Mutter schon genug von seinen Seitensprüngen? Von seiner Weltangst, die sich in Wut und Eroberungszügen versteckte? Seit wann hatte mein Vater genug von ihrer Weltfremdheit? Von ihrem träumenden Alltag? Sie stritten sich, das bekamen mein Bruder und ich mit. Worüber nur?

Der Graben zwischen ihnen, in dem ihre unterschiedlichen Erfahrungen und Wünsche lagen, war zu breit geworden. Unüberbrückbar. Sie schafften es nicht, ihre Liebe wiederzubeleben. Das war kein schönes, warmes *Chrüsimüsi* mehr, das war jetzt ein richtig übles *Gnuusch,* ein unentwirrbares Durcheinander.

Was ist davon in den Fotoalben zu sehen? Sagen die späteren Bilder mehr als tausend Worte?

In einem Bild steht meine Mutter allein auf einer Straße. Etwas Hartes hat sich um ihren Mund gelegt, die Haare sind leicht struppig, auf ihren Hüften sitzen kleine Polster, und der steife Büstenhalter zeichnet sich unter der enganliegenden Bluse ab. Sie schaut zu Boden. Sie steht da, ergeben, ernst, eigentlich abwesend. Der Schmelz in ihrem Gesicht, die Weichheit ihrer Lippen sind verschwunden. Weshalb ist sie so schnell gealtert? Was plagte sie an jenem längst vergangenen Tag?

Und weshalb hat sie mein Vater trotzdem fotografiert und das Bild auch noch fürs Album ausgewählt? Das ist kein schönes Bild einer schönen Frau in einer schönen Landschaft mehr. Das ist ein zarter Mensch in einer zu großen Landschaft.

Nirgends sind Enttäuschung und ein drohender Kollaps so gut verborgen wie in Geburtstagsfotos. Strahlend lächelt das Geburtstagskind, glücklich sind auch alle anderen; auf dem Kuchen brennen die Kerzen. Es ist kein Komödienspiel, sondern ein echter Wunsch. Wenn der Auslöser klickt, wenn alle aufatmen können, soll das Glück festgehalten sein.

Hielt mein Vater im Wunsch, alles festzuhalten, noch tapfer

Schritt mit seinem Gefühl, dass ihm nun alles entglitt? Dass er beschlossen hatte, uns zu verlassen?

Die Fotos, die mein Vater so lange von uns machte, waren die Armierungseisen unseres Hauses gewesen. Vater, Mutter, Kinder, lächelnde Gesichter. Ein Haus, ein Garten. Die Katzen, der Hund. Skilaufen, wandern, sogar im Meer baden. So viel Glück und Sonnenschein. So viel schöner Schnee.

Mit der Zeit begann sich etwas anderes einzuschleichen; in den späten Alben verschleiern es die Bilder nicht mehr. In unseren Gesichtern und Gesten zeigte sich, dass die hochfliegenden Hoffnungen nicht erfüllt worden waren. Enttäuschung und Ernüchterung hatten überhandgenommen, dann Schmerz. In den Abständen, die meine Eltern in diesen Bildern vorsichtig einhalten, entdecke ich heute etwas unbenennbar Schweres. Im Grau zwischen ihnen hockt es schon. Sogar in ihren Umarmungen wartet, gut getarnt, die Wut auf ihren Ausbruch.

Je ordentlicher und fröhlicher die Bilder, desto verdächtiger? Unversehens war die sorgfältig aufgestellte Konstellation aus Menschen und Dingen gekippt. Aus Geburtstagskuchen, Sonntagen und Ferienreisen. Die Menschen und die Dinge, die Kuchen und Sonntage gerieten ins Rutschen und dann so durcheinander, dass auch die Fotografie nicht mehr half.

Wie viele Grau gibt es? Grau wie der Nebel an einem Novembermorgen. Grau wie die Felsen der Berggipfel über Serneus. Grau wie Beton und die langen Bänder der Autobahnen. Grau wie Spinnweben und wie der Reiher, der bewegungslos am Ufer der Limmat steht und dann unversehens auffliegt. Grau wie die Zwischentöne in den Fotos.

Nach der Scheidung meiner Eltern änderte sich alles. Mein Vater hatte einen neuen roten Faden gefunden. Einfach so? Und warum ausgerechnet mit dieser jungen deutschen Frau?

Er war allen seinen Ehefrauen untreu. Dieser letzten vielleicht am wenigsten. Da war er schon zu alt für solche *Fisimatänte.* Sie war blond, blauäugig, vollbusig. Sportlich, fröhlich, tüchtig, und sie war 36 Jahre jünger als er, in Worten: sechsunddreißig Jahre. Sie war jünger als sein erstgeborener Sohn. Weshalb gefiel sie ihm so? Oder wollte er nicht vielmehr ihr gefallen? Unbedingt von ihr geliebt und geschätzt werden? Gehörte sie für ihn vielleicht zu »dieser Wiedergutmachungssache«? War sie die eigentliche »Wiedergutmachungssache«? Die echte Entschädigung für all das erlittene Leid?

Aber sie liebten sich wirklich; das konnte ich sehen. Sie arbeiteten zusammen. Sie bauten sich wieder etwas auf. Sie hatten ein gemütliches Haus. Vollgestellt mit Möbeln und Bildern, Geschirr und silbernen Kerzenständern.

Er tat so, als sei nichts passiert. So kam es mir wenigstens vor. Er lebte mit einer anderen Frau ein neues Leben und wünschte sich, ich würde mitkommen, dabei sein, ihn loben sogar. Ich sollte ihn verstehen.

Trotzig lief ich die Straße entlang zur Schule. Wie er nur auf die Idee hatte kommen können, dass ich mit fliegenden Fahnen in sein neues Zuhause hinüberwechseln würde, genau in jener Phase, in der ich anfing, auf eigenen Beinen zu stehen und eigene Wege zu gehen? Ich war dreizehn.

Mein Vater schrieb schon lange nicht mehr in das Tagebuch, das er gemacht hatte, *bis du selbst weiterschreiben kannst.* Er schrieb jetzt Briefe. Auf Geschäftspapier mit vorgedrucktem Betreff. Mit der Schreibmaschine. *Mitteilung: Meinst du nicht, meine Tochter, du solltest etwas in Ordnung bringen? Du hast mich mit deinem Verhalten aus deinem Leben ausgeschlossen. Dein Interesse, an meinem Leben teilzuhaben und umgekehrt, ist gleich Null.*

Vorläufig liebe Grüße.

Auf der Rückseite des Briefpapiers schlugen die Buchstaben durch, die Kommas und die Punkte waren Löcher. War es die rote Olivetti, an der er saß? Hackte er mit solcher Wucht auf die Tasten ein? War das seine Blindenschrift der Wut, der Verzweiflung, der Hilflosigkeit?

Sei wahr, treu, glücklich!, hatte er mir einmal ins Tagebuch geschrieben, und nun war er in seinem idiotischen Auto mit einer Lüge davongebraust, winkend. Er war fort und hatte nicht einmal den Mut gehabt, mir zu erklären, wie sehr die Ehe mit meiner Mutter eine Last geworden war, wie sehr. Als ob ich das nicht schon gewusst hätte. Eine Blinde konnte sehen, dass sie nicht mehr zusammenleben konnten! Aber er hatte nicht einmal den Mut gehabt, mir zu sagen, dass er zwar gehen müsse, aber immer für mich da sein werde. Das hätte er mir doch sagen müssen. Er war der Erwachsene.

Er war fort und kam nie mehr zurück. *Geh nie aus dem Haus, ohne dich zu verabschieden! Du weißt nie, ob ich noch da und am Leben bin, wenn du zurückkommst. Und wir hätten uns dann nicht einmal verabschiedet.*

Das hatte er doch zu mir gesagt.

Ich gab mir wirklich Mühe. Ich versuchte, das »Besuchsrecht« schön zu finden. Die Samstage, an denen ich so tun musste, als ob alles gut wäre. Die neue Frau. Das neue Haus. Das Hin und Her. Ich war inzwischen vierzehn, und dann war ich fünfzehn, und jede andere Jugendliche hätte sich da von ihren Eltern abgelöst. Hätte begonnen, ihre eigenen Wege zu gehen, wäre kratzbürstig und verstockt gewesen, frech und dabei unsicher. Das wäre normal gewesen, das Gewöhnlichste der Welt.

Manchmal bestellte er mich auch in sein Büro. Dort musste ich mich an seinen großen Sitzungstisch setzen, ans andere Ende des schicken Saarinen. Die riesige ovale Tischplatte in Weiß, so weiß wie ein vereistes Schneefeld, lag zwischen uns. Die Polsterung des Stuhls unter meinem Hintern gab mir keinen richtigen Halt, meine Füße schabten mit den Schuhsohlen auf dem Spannteppich. Dann setzte er sich ans andere Ende und räusperte sich. Er war gut vorbereitet. Er hatte einen Ordner vor sich, Papier und einen Filzstift. Ich saß da und hatte nur die Tischplatte vor mir.

Einmal gab er mir einen leeren Block und einen Kugelschreiber und forderte mich auf niederzuschreiben, was mir einfiel, während er redete. Vorwürfe und Erklärungen, wer ich sei und wann ich was nicht korrekt gemacht hätte, prasselten auf mich ein; ich durfte ihn nicht unterbrechen. Wenn ich ihn zu unterbrechen wagte, sagte er: *Moment!* Er öffnete den Ordner, blätterte darin, hielt inne und sagte: *Ich zitiere.* Dann las er aus einem Briefchen vor, das ich geschrieben hatte. Es war gelocht und abgelegt worden. Von weitem sah ich meine Schrift, krakelige Buchstaben in dunkelblauer Tinte.

Was las er mir da vor? Waren es brave Sätze, in denen ich von nichtssagenden Unternehmungen berichtete? Von Unternehmungen, hinter denen ich mich verbarg? Denn eigentlich stand in allen meinen Briefen nur ein einziger Satz: Ich vermisse dich. Doch mein Vater sah ihn nicht.

Und nun verhörte er mich. Oder verhandelte er mit mir? Worüber genau? *Du bist in den Klauen deiner Mutter*, fuhr er mich an. War ich das? Ich hatte mich auf die Seite geflüchtet, die mir geblieben war. *Ich möchte wieder Frieden in der Familie haben,* sagte er dann manchmal noch.

Kämpfte er um mich? Vermisste er mich? Was tat er da eigentlich? Ich verstand ihn einfach nicht. *Du warst doch mein Sonnenschein.* Ich verweigerte den Dienst.

Und in dieser Zeit beorderte er mich auch in den Botanischen Garten in Zürich und erzählte mir auf der Parkbank, wie er in die Schweiz geflüchtet war. Dass sein Vater *umgekommen* war und seine Schwester auch.

Der Wunderbaum will dieses Jahr nicht wachsen. Sind seine Samen in der Erde vielleicht vermodert, oder sind sie eher vertrocknet?
Treibt er aus, wächst er im Zeitraffer zu seiner vollen Größe heran. Wie schnell das immer geht! Wie beim Hopfen ist es ein Wunder. Seine violettgrünen Blätter mit den roten Rispen fehlen im Bild, das der Garten ist; seine stachligen roten Früchte fehlen.

Maskottchen

Knapp sieben Jahre nach seiner Flucht, am 31. März 1950, reichte mein Vater dem »Landesamt für die Wiedergutmachung« den ersten Antrag »wegen Schadens an Freiheit« ein. Als wir auf der Parkbank im Botanischen Garten saßen, erzählte er mir das nicht.

Er reichte den Antrag parallel zum Antrag ein, in dem er Entschädigung für die Zeit der Zwangsarbeit verlangte. Parallel zu den Anträgen »wegen Schadens an Ausbildung«, »Schadens an beruflichem Fortkommen«, »Schadens an Eigentum«. Parallel auch zum Antrag »wegen Schadens an Eigentum« von Anna, seiner Schwester. Und parallel zum Antrag »wegen Schadens an Freiheit« für Moritz, seinen Vater.

Sein eigener Antrag »wegen Schadens an Freiheit« wurde abgelehnt. »Der Antragsteller hatte bereits am 31.3.1950 Antrag auf Entschädigung wegen Schadens an Freiheit gestellt, der von der damaligen Landesbezirksstelle für die Wiedergutmachung Stuttgart am 4.9.1951 abgelehnt worden ist«, heißt es in den Dokumenten, die den Rekurs auf die Ablehnung bezeugen. »Die von uns angestellten Ermittlungen haben ergeben, dass der Aufenthalt in diesem Lager nicht einer Konzentrationslagerhaft gleichgestellt werden kann.« Der Anwalt setzte von Hand zwei Ausrufezeichen dazu; er war über die neue Antwort nicht erfreut.

»Aus diesem Grund besteht für uns keine Möglichkeit, den

Antrag zur Gewährung übergesetzlicher Mittel an die Abt. VI des Justizministeriums weiterzuleiten. Ein gesetzlicher Anspruch auf Haftentschädigung besteht an sich nicht, nachdem Ihr Mandant am 1.1.1947 seinen Wohnsitz nicht im Gebiet des Landes Württemberg-Baden hatte. Im Auftrag: S. Ma.«

Ja, wer sagte denn, dass eine »Dienstverpflichtung« gleich ein »Schaden an Freiheit« war? Sie war doch »in jener Zeit an der Tagesordnung«.

Obwohl das »Amt für öffentliche Ordnung« der Stadt Stuttgart schon 1950 bestätigt hatte, »dass sämtliche frühere Akten des Amts für öffentliche Ordnung durch Kriegsereignisse vernichtet wurden«, meldete sich das »Landesamt für die Wiedergutmachung« im Juli 1952 bei den Herren Rechtsanwälten Ostertag, Ulmer, Werner und Seyfarth. »Wir bitten Sie«, schrieb das Amt, »die Angaben des Antragstellers durch Vorlage von Verdienstbescheinigungen, Aufrechnungsbescheinigungen zur Angestellten- und Invalidenversicherung, des Arbeitsbuches, des Einreisevisums nach Italien, polizeiliche Ab- und Anmeldung aus dem Jahre 1938/39 und gegebenenfalls durch Benennung weiterer Zeugen zu erhärten.

Die vom Antragsteller abgegebene eidesstattliche Versicherung genügt allein zum Nachweis seines geltend gemachten Schadens nicht, solange die Beweismittelführung nicht völlig ausgeschöpft worden ist. Gezeichnet Dr. Sachs«

Aufgeben kam für meinen Vater nicht in Frage. Wurde es wie für die Zeugenaussage unter Eid nötig, fuhr er auch nach Stuttgart. Dafür brauchte er einen gültigen »Pass für Ausländer«. Auf Antrag stellten ihm die Schweizer Behörden immer wieder einen zeitlich begrenzt gültigen »Flüchtlingspass« aus.

»An das ›Landesamt für die Wiedergutmachung‹, Stuttgart, den 14.12.1954. Betr.: Entschädigungssache Emil Benjamin Olonetzky.

Der Antragsteller macht laut Schriftsatz vom 31.8.1954 auch Entschädigungsansprüche deshalb geltend, weil er im Jahre 1943 unter menschenunwürdigen Bedingungen untergetaucht leben musste. Wir überreichen in der Anlage eine beglaubigte Abschrift der eidesstattlichen Versicherung, die Frau Margarete Voigtländer, geb. Hugenschmidt, am 22.11.1954 zu Protokoll des Notars Dr. Neuhaus in Wuppertal-Barmen zu Ur. Nr. 1542/1954 abgegeben hat.

Durch diese eidesstattliche Versicherung beweisen wir, dass Herr Olonetzky 3 Monate – von Ende Februar bis Ende Mai 1943 – sich in Wuppertal-Barmen bei Frau Voigtländer verborgen gehalten hat. Zu berücksichtigen ist, dass damals große Lebensmittelknappheit herrschte und dass der Antragsteller nur in ganz beschränktem Umfange Nahrungsmittel erhalten konnte. Der Anspruch auf eine Entschädigung gemäß § 16, Abs. 4 BEG wird deshalb auf DM 450 bemessen. Rechtsanwalt Dr. Ostertag. 1 Anlage«

Darauf vergingen drei Jahre. In den Dokumenten finde ich keine Antwort auf diesen Antrag und keine Auszahlung von 450 DM. Vielleicht trafen die Antwort und das Geld ein, und ihre Spuren sind verloren? Vielleicht traf nur eine Antwort ein, eine Absage, und auch diese ist verloren.

Im November 1957 nahm mein Vater einen neuen Anlauf. Zu der Zeit war er schon mit meiner Mutter verheiratet. Sie arbeiteten und wohnten in Zürich. Sie hatten eine Katze, sie hieß Mascotte; mein Vater hatte sie in die Ehe gebracht. Sein Maskottchen. Mich gab es noch lange nicht.

Aber mein Vater war nun Bürger von Zürich.

Schweizermacher

Der Garten ist kein Arkadien und kein Traum vom Paradies. Dafür ist er zu klein, zu profan. Und dafür ist die mit den Pflanzen zu einem Bild komponierte und gepflegte Natur zu gleichgültig. Es wächst etwas und blüht. Es welkt wieder und stirbt, das ist das Leben. Der Garten ist nichts Besonderes, aber er ist schön. So schön wie das Sonnenlicht am Tag und die Dunkelheit in der Nacht, die sich abwechselnd zwischen seine Blätter und Zweige senken.

»Der Gesuchsteller ist im Übrigen gesund und hat auch die Lagerzeit in Deutschland ohne Nachteile überstanden«, heißt es in einem Bericht der Stadtkanzlei Zürich vom 16. Januar 1957, den ich in den Dokumenten finde.

Zwei Wochen später, am 1. Februar, war mein Vater Bürger von Zürich geworden. Damit er das werden konnte, stand er monatelang unter Beobachtung. Wie die Herren Bodmer und Fischer im Spielfilm »Schweizermacher« hatte Kantonspolizist Bosshart den Auftrag, meinen Vater und auch meine Mutter zu beschatten und damit zu beleuchten, auszuleuchten. Als der Film in den Siebzigerjahren in die Schweizer Kinos kam, lachte sich mein Vater kaputt. Walo Lüönd, der Schauspieler, und Emil Steinberger, der Kabarettist, gaben das Polizistenduo Max Bodmer und Moritz Fischer, und was sie die »Gesuchsteller« fragten und bei ihnen zu beobachten für nötig hielten, kannte mein Vater genau.

Bodmer und Fischer, das waren jetzt Max und Moritz in Zürich, aber wehe, wehe, wehe, wenn ich auf das Ende sehe. Moritz landet doch tatsächlich bei einer »Gesuchstellerin« in der Badewanne. Und im Bett. Verliebt! Und dann zieht er mit ihr auch noch nach Holland, zu den *fremden Fötzeln!* Bodmer, der *Bünzli,* und Fischer, *a Mentsch.* Wir lachten uns alle kaputt.

Kantonspolizist Bosshart nahm seine Aufgabe ernst. Er strich ums Haus in der Carmenstraße in Zürich, wo meine Eltern nun wohnten, und sprach mit den Nachbarn. Lag er auch hinter einem Holzstapel auf der Lauer wie Bodmer und Fischer im Film? Rührte er auch in einem Käsefondue, das meine Mutter für einen Überraschungsbesuch bereitgehalten hatte und dann souverän auftischen konnte?

Bosshart suchte nach Bußen, Betreibungen, schlechtem Benehmen. Er kontrollierte die Bankkonti und den Steuerauszug. Er fand fast nur Gutes! »Das Eheleben«, tippte er auf der Schreibmaschine in seinen ausführlichen Schlussbericht, »wird mir von Hausbewohnern als gut und harmonisch bezeichnet. Die beiden Ehepartner sollen sich gut ergänzen. Die Wohnung ist in sauberem Zustande gehalten. Die Steuern werden vom Bewerber prompt entrichtet. Die Eheleute Olonetzky kommen allen finanziellen Verpflichtungen, wie Rapportierender feststellen konnte, überall pünktlich nach.«

Minutiös führte Kantonspolizist Bosshart alle Versicherungen auf und erwähnte, dass das Vermögen vor allem aus »Frauengut« bestünde, mein Vater das Auto aber vollständig und bar bezahlt habe und im schweizerischen Zentralstrafregister nicht verzeichnet sei. Einzig »im Jahr 1951 musste er mit Fr. 15.– gebüsst werden wegen Kollision infolge zu schnellen Motorradfahrens«.

Weiter schrieb er, mein Vater sei »Abonnent des ›Tagesanzeigers‹ und der ›NZZ‹, sowie des ›Tagblattes‹. Im Weiteren hat er die Zeitschriften ›Du‹, ›Domino‹ und ›Schweizerspiegel‹ abonniert. Er besitzt eine größere Bibliothek mit Fachliteratur sowie Werke von Gottfried Keller und Jeremias Gotthelf.«

Keller! Gotthelf!

»Über die Geschichte und Geografie der Schweiz ist er gut orientiert.« Und noch einmal: »An seinem Wohnort habe ich eine saubere Ordnung angetroffen. Persönlich macht der Gesuchsteller einen recht guten Eindruck. Er huldigt keinen extremen Weltanschauungen. Er wird dem Rapportierenden von den Auskunftspersonen als politisch absolut integer bezeichnet.«

Kantonspolizist Bosshart entschied sich sogar hervorzuheben, dass mein Vater ein Plakat zu einem Cellokonzert von Pablo Casals gestaltet hatte, das 1952 vom Eidgenössischen Departement des Innern prämiert worden war.

Und schließlich schrieb er: »Zwei Auskunftspersonen haben gegenüber der Kantonspolizei erklärt, B. Olonetzky habe in erstaunlich kurzer Zeit unsere Mundart gelernt, es sei geradezu unglaublich. Der Unterzeichnete kann diese Feststellung auf Grund seines persönlichen Eindruckes nur bestätigen. Es ist in der Tat ganz ungewöhnlich, wie sehr sich der Bewerber äußerlich und innerlich unserem Wesen angepasst hat. Kein Mensch würde hinter ihm einen Ausländer vermuten.«

Da muss ich das zweite Mal, seit ich in den Dokumenten lese, furchtbar lachen.

Was meinte Kantonspolizist Bosshart genau mit »hinter ihm«? War das Bild, das er sich von meinem Vater gemacht hatte, als er ihn beschattete und also beleuchtete, vielleicht eine Art Porträtfotografie? War es eine Fläche, auf der Formen und verschiedene Schwarz-, Weiß- und Grautöne etwas bedeuteten? Hinter denen etwas verborgen war?

Viel später, als ich schon zur Schule ging, schritten wir an Abstimmungssonntagen mit zeremonieller Andacht ins Dorfschulhaus. Ich durfte die Wahlzettel meiner Eltern in die Urne werfen; sie schauten aufmerksam zu. Wir alle waren in sauberen Kleidern unterwegs, *gsunntiget.* Mein Vater war frisch rasiert und duftete nach Aftershave. Meine Mutter hatte Lippenstift aufgelegt und roch im Sommerhalbjahr wie immer nach *Apple Blossom*, im Winter nach *L'Air du Temps.* Sie nahm diese Sonntage gelassener. Weshalb freute sie sich nicht ebenso über das neue Recht wie mein Vater? Wie alle Frauen in der Schweiz durfte sie erst abstimmen und wählen, als ich gerade neun Jahre alt geworden war; sie war dreiundvierzig. Aber nun konnte auch sie *Zutreffendes bitte ankreuzen*, mit den Nachbarn plaudern, dabei sein. Es war so feierlich, dass ich noch heute keine Abstimmung auslassen kann.

Zum Dabeisein gehörte auch, dass mein Vater im Zivilschutz war. Für den Militärdienst war er zu alt gewesen, als ihn Kantonspolizist Bosshart zur Einbürgerung freigegeben hatte. Nun wollte er unbedingt beim Zivilschutz mitmachen. Schläuche legen, Leitern aufstellen, Notfallszenarien durchspielen.

Einmal musste er die dicke Gemüsefrau aus einer Betonröhre bergen; sie hatte sich für die Übung zur Verfügung gestellt. Wie schwer sie doch war, sie steckte fest; er lachte sich krumm. Und abends dann mit den anderen Männern in die Dorfbeiz! Bier trinken und *Poulet im Chörbli* essen; das zähe Hähnchen hatte bestimmt hundert Flugstunden auf dem Buckel, mindestens. Lachen, mit den anderen lachen, nur noch ein wenig der *fremde Fötzel* sein; es war wunderbar.

Küche

Am Abend stehe ich in der Küche, hacke Zwiebeln und höre die Nachrichten. Ein paar Stunden zuvor habe ich in der Zeitung ein Foto gesehen. Es zeigt eine Wand aus grauen Zementbacksteinen und weit oben ein Rechteck, das in wässrigem Blau gestrichen ist. Dort hängen drei Metallregale. Tassen, Töpfe und Teller stehen darauf, ein Küchentuch hängt an seinem Haken. Aber die Küche ist weg. Der Küchenboden ist weg. Die Menschen sind weg. Die Gestelle ragen ins Leere, das Tuch bauscht sich im Wind. Es ist kein Blut zu sehen.

Jeden Tag fallen Bilder und Wörter über den Krieg in der Ukraine in mein Leben ein. Zergehen sie in mir wie auf einem heißen Stein? Lasse ich mich bewegen? Habe ich schon wieder angefangen, mich zu gewöhnen? Verschließe ich die Augen und die Ohren? Dabei bekomme ich in meinem warmen Hier die kalte Wirklichkeit von dort doch gar nicht direkt mit. Keine Schreie, kein Blut.

Während ich das Holzbrett spüle, auf dem ich Zwiebeln gehackt habe, schlägt an einem anderen Ort eine Bombe den Boden aus einer Küche.

Was tun? Und was nicht mehr tun?

Müssten die Bilder nicht das zeigen, was so verstörend ist, dass ich nicht mehr kochen und schlafen kann? Reicht es, die weggebombte Küche zu zeigen?

Wieder erzählen die Dinge, was den Menschen und Tieren passiert. Wieder erzählen Dinge vom Schaden an der Freiheit.

Trophäen

Als Grund für seinen Einbürgerungswunsch hatte mein Vater angegeben, dass er »von Kind auf staatenlos« gewesen sei. »Ich wäre so glücklich«, schrieb er der Stadtkanzlei Zürich, »hier beheimatet zu werden, damit ich auch weiß, wohin ich gehöre.«

Wusste er nun, da er den roten Schweizerpass in der Tasche hatte, wohin er gehörte? Hatte ihm die Beschattung durch Kantonspolizist Bosshart nicht klar gezeigt, wo die Nähe in der neuen Heimat aufhörte? Dass er nie ganz dazugehören würde?

Aber die Schweiz hatte ihm das Leben gerettet. Das blieb. Auch über den Tag Mitte der Neunzigerjahre hinaus, an dem wir uns wie Tausende andere auf die Suche nach einem »nachrichtenlosen Vermögen« machten. *Dein Großvater hat in Genf Handel mit Davidoff getrieben,* erklärte mein Vater. Vielleicht hatte er also ein Konto auf einer Schweizer Bank? Zum ersten Mal erlebte ich meinen Vater bitter. Was Schweizer Behörden und Banken getan oder verhindert oder unterschlagen hatten, erschütterte ihn. Oder waren es auch die Erinnerungen, die lebendig geworden waren?

Wir fanden nichts, und in den Dokumenten gibt es nicht eine Zeile, die auf Handelsbeziehungen mit Davidoff hinweist.

Die Fotos, die er von uns immer machte, waren Steine, so kommt es mir heute vor, mit denen er eine Mauer baute. Er baute mit den Bildern eine hohe und lange Mauer gegen jene Welt, in der Dinge geraubt worden waren und Menschen ohne

Grund oder Recht verschwanden und in der irgendwann alles sinnlos in Trümmern lag. Auch gegen eine Welt, die einen misstrauisch beäugte. Zur »Weiterwanderung« drängen und ausweisen wollte. Er baute eine Mauer um sein neues *Heimätli*, um seinen neuen Besitz. Und wenn wir das *Heimätli* kurz verlassen wollten, um zur Gemüsefrau zu laufen, hatten wir uns zu verabschieden. *Du weißt nie.*

Mit den Bildern versuchte er auch, die Geister zu verscheuchen, denke ich heute. Es gelang immer nur auf Zeit. Denn die Geister, die Skelette, die ihre unerzählten Geschichten wie Schleppen hinter sich herzogen, gingen trotzdem um in unserem Haus. Sie konnten nur mühsam hinter die Mauer zurückgedrängt werden, sie brachen aus, wo sie nur konnten. Sie schlichen herein, ich spürte sie genau. Sie machten sich an uns zu schaffen, schickten schwere Träume. Manchmal, auch an harmlos melancholischen Nachmittagen, zündeten sie ein bedrohliches Feuer an, ließen die Wände unseres Hauses schwanken. Die Böden bogen sich durch, alles rutschte aus dem Lot. *Chind, wovor hast du denn Angst?*

Durch die Linse suchte er die Oberflächen der neuen Landschaft, der neuen Dinge und der neuen Menschen ab. Er hielt sich ans Sichtbare. Sommergräser, Sommersprossen. Auf mich wirkte es zwar nicht so, als sei ihm alles fremd. Doch es schien, als seien die Landschaften, Dinge und Menschen nicht verlässlich genug da. Sommergräser und Sommersprossen vergingen, mit der Kamera konnte er sie aufzeichnen und in Beweisstücke verwandeln. Sie sind da gewesen, sagte das Bild. Sie sind als Bild unvergänglich, wenigstens fast.

Er schnitt also fortwährend Ausschnitte aus dem Geschehen aus, während wir ja eigentlich nur lebten und taten, was man so tut, wenn man lebt. Er stemmte sich gegen das unerbittliche Fließen der Zeit. Er feierte das Erreichte, das greifbare Leben in der Gegenwart. Es war ein magisches Ritual, das uns auch auf die Nerven ging. Immer fotografierte er alles! Und dann auch noch dieser Ehrgeiz! Schief, verwackelt, angeschnitten, weil er sich nicht genug Zeit genommen hatte, das kam für ihn nicht in Frage.

Die Kamera saugte meine Mutter, meinen Bruder und mich, unseren Hund und die beiden Katzen bei jeder Gelegenheit in ihren schwarzen Bauch und verwandelte uns dort in etwas unaussprechlich Wertvolles. Der Film nahm uns in sich auf. Unsere Körper wurden in die Fläche gepresst, plattgemacht und stillgestellt. Die Haut, die Pelze wurden Flächen. Dafür gewannen wir alle etwas Ewiges. Wir wurden zu einem Schatz in Schwarz, Grau und Weiß.

Den Katzen und dem Hund war die Anwesenheit der Kamera egal. Uns nicht. Wenn wir merkten, dass er uns fotografierte, begegneten wir dem Fotoapparat wie jemandem, der uns zu genau betrachtet. Wenn wir posierten, taten wir so, als seien wir nicht verlegen. Wir täuschten Natürlichkeit vor, die heiter und hübsch war; es war ein kleines, rituelles Theaterspiel. Die Landschaft, in der wir standen, bildete die Bühne, und mein Vater war eine Mischung aus Regisseur, Archivar und Vertreter des zukünftigen Publikums.

Doch wer würde das Publikum sein, wenn nicht wir selbst?

Sobald der Auslöser wieder gedrückt war, atmete mein Vater auf. Wir atmeten auf, das Bild war im Kasten und würde, wenn er es denn auswählen würde, im Album beweisen, dass es uns wirklich gab. Wir alle waren einmal einen Moment lang nebeneinander vor seiner Linse gewesen, würde das Bild sagen.

Es würde der Beleg sein für die Schönheit des Augenblicks, für die Gleichzeitigkeit der Landschaften, Dinge und Menschen, für den Wert dieses Lebens. So schnell gingen diese glücklichen Augenblicke vorüber, dass mein Vater sie einfangen und festhalten musste. Es ging einfach nicht anders. Er musste sie dingfest machen, in ein Ding verwandeln. Erst als flacher Gegenstand, ins Album eingebunden, konnte das Glück nicht mehr verlorengehen.

Natürlich holte er dann sofort wieder Luft, transportierte den Film weiter, und wir holten auch alle Luft und warteten, bis er uns in die nächsten zukünftigen Erinnerungen verwandelt haben würde. In die nächsten Seiten der nächsten Alben.

Wir waren aber nicht nur Körper mit Haut und Kleidern, die Licht reflektierten. Wir lebten, wir freuten uns, wir hatten Bauchschmerzen, Kopfweh oder schlecht geschlafen, wir waren gewöhnliche Menschen. Menschen, die daran gewöhnt waren, mit einem Menschen zu leben, der nicht von dem erzählte, was doch durch alle Böden und Wände drang. Der Leerstellen produzierte, in denen sich Geister, die Skelette, häuslich einrichteten.

Nur, wie hätte es anders gehen können? Es war immer der falsche Moment, von dem zu sprechen, was geschehen war. Auch meinem Bruder erzählte mein Vater einmal, was ihm, unserem Großvater und unserer Tante Anna während der *Shoah* angetan worden war. Auf einem Spaziergang; mein Bruder war dreizehn. Unsere Erinnerungen decken sich nicht. Ihm hatte sich das Wort *Dachau* eingebrannt, mir das Wort *Treblinka.* Erzählte mein Vater verschiedene Versionen seiner Geschichte? Erfand er jeweils etwas dazu? Ließ er mal dieses, mal jenes weg? Oder täuschen uns unsere Erinnerungen ganz einfach? Heute sind sie doch nur noch ferne Montagen von dem, was wir einmal gehört hatten, Rekonstruktionen unserer Gehirne, durch Erlebtes angereichert, eingefärbt und verfälscht. Wie auch die Fotografien nur die Spiegelreflexe dessen sind, was einst Teil der sichtbaren Welt war. Konstruktionen eines technischen Apparats, zwar durch das Objektiv erhascht, doch rein subjektiv herausgelöst aus der Zeit, wenn unser Vater den Auslöser drückte. Klick. Schnitt. Viereck. Nur ist unser Gedächtnis viel instabiler als die Bilder, die ins Album kamen. Meine Erinnerungen verwandeln sich, noch während ich von ihnen erzähle, sie verwandeln sich, weil ich von ihnen erzähle; mit jeder weiteren Erzählung verwandeln sie sich.

Natürlich wäre es damals auch falsch gewesen, wenn mein Vater uns immer wieder von der Verfolgung und Flucht berichtet hätte. Gutenachtgeschichten daraus gemacht hätte. Es gab ganz einfach kein Richtig. Es gab nur Falsch. Mit dem Geschehenen, das das Unerzählte, *Unvorstellbare* ist, zu leben ist banal. Es verstört, ja, und sehr. Manchmal. Das Verschwiegene, *Unvorstellbare* nahm Raum ein und schickte Angst, unfassbar riesige Angst. Manchmal. Es schickte auch Wut, unfassbar riesigen Zorn. Aber sonst? Es war wie nichts, es gehörte dazu.

Oft mussten wir für ein Bild posieren. Aber nicht nur. Mein Vater umkreiste meinen Bruder und mich auch so, wie er meine Mutter umkreist hatte, als sie frisch verliebt gewesen waren. Ich blättere weiter und entdecke mich mit meiner Mutter im Strandbad. Der See, der Sand, die Kiesel und der Himmel, unsere Haut und die Badeanzüge zeigen sich in verschieden hellen Grautönen. Mein Blick dagegen ist schwarz und auf etwas gerichtet, was außerhalb des Bilds liegt. Die Lippen sind zusammengepresst, der Gesichtsausdruck ist ernst. Ich bin so vertieft ins Beobachten, dass ich nicht merke, dass mich mein Vater beobachtet. Und mit ihm die Kamera.

Hätte ich es bemerkt, wäre ich aus meinen Gedanken gerissen worden. Ich hätte mich ihm und der Kamera zuwenden müssen und mir wäre ein wenig unwohl geworden dabei. Die Linse der Kamera vor dem Gesicht zu haben riss mich aus der Zeit, die gerade wirklich verging. Ich entfernte mich ein winziges bisschen von mir selbst. Ich begann zuzusehen, wie wir alle am See, im Strandbad saßen, wie wir Schwimmen und Spielen spielten, wie wir Fotografieren spielten. Ich wollte mich lieber im Fluss der Zeit verstecken. Und er hatte mich beobachtet, ohne dass ich das erlaubt hatte!

Was empfand er in dem Moment, als er abdrückte? Lachte er über mich, weil ich so ernst nachdachte? So jung und schon so ernst. Das amüsierte ihn bestimmt.

Und wo waren, wenn er fotografierte, seine Geister? Suchten sie ihn nicht trotzdem heim? Trotz allem Licht?

Erst später machte ich bei dem Spiel nicht mehr widerstandslos mit. Doch sobald ich mich entziehen wollte, brach ein Zorn aus ihm heraus, ein Sturm, es war zum Fürchten. *Tu jetzt nicht so blöd! Saublöd.* Die Kamera schmiss er nicht durch die Gegend; die Kamera entging seinem Jähzorn. Aber auch so hielten wir still, bis das Foto im Kasten war, bis wir mit mühsam lächelnden Lippen wieder im Bauch der Kamera verschwunden waren. Später, im Album, würden wir im Ausschnitt des Bilds wieder auftauchen, das wussten wir ja. Irgendwann konnten wir wieder auferstehen. Aber zuerst mussten wir kurz stillsitzen, warten. Danach durften wir uns wieder dem zuwenden, was vor uns lag, und wieder aufnehmen, was wir für das Bild unterbrochen hatten.

Damals gab es kaum einen Haushalt mehr ohne Fotoapparat. Eigentlich fotografierten schon alle alles, nicht nur mein Vater. Die Kamera war in den Familien das Requisit eines Beschwörungsrituals, das alle zusammenschweißte. Zusammen Ski laufen, im Meer schwimmen oder Kuchen essen. Als ambitionierter und auch talentierter Amateur fotografierte er vielleicht die besseren Bilder als andere Väter, doch auch er war wie sie ein Trophäenjäger der Augenblicke. Die Kamera war die Maschine des Anrennens gegen die Zeit, die fortwährend lief und raste und verlorenging.

Ich blättere im Album und stoße auf ein Bild, auf dem mein Vater, meine Mutter und mein Bruder zu sehen sind. Diesmal bin ich die Fotografin. Mein Bruder wirkt verträumt. Er saugt an einem Strohhalm. Er hält sich an dem Strohhalm und schaut zur Decke hoch oder in seine Phantasie hinein; das kann ich nicht erkennen. Viel später würde er Modefotograf werden und mit der Kamera auf die Suche nach Schönheit gehen. Mein Vater schaut zu mir, also zur Kamera. Er lächelt, aber ratlos. Und meine Mutter schaut von allen weg. Ihr Blick geht durchs Fenster hinaus.

Ich erinnere mich, wie sich die Kamera in meinen Händen anfühlte. Ich spüre immer noch ihre kühle, metallene Schwere. Ich weiß immer noch genau, wie es war, durchs Objektiv zu schauen, in meine Familie hinein und den Auslöser zu drücken.

Manchmal nahm auch meine Mutter uns auf. Mich auf dem Schoß meines Vaters; wir sind uns innig nah. Meinen Bruder auf dem Wohnzimmerboden; er spielt selbstvergessen mit Holzklötzen. Meinen Vater, uns Kinder und unseren zotteligen Hund im Gras. Wie immer hängt ihm die Zunge heraus. Er rauft verspielt mit uns, und auf dem nächsten Bild hat er sich auf den Rücken gelegt und lässt sich den Bauch kraulen. Wie in allen Fotos sind die bunten Farben grau.

Machten nicht alle Familien von denselben Ereignissen die etwa gleichen Bilder? Und bilden nicht alle Familienalben Denkmäler der Familie, wie sie nur für Augenblicke oder gar nie war, aber gerne gewesen wäre oder versucht hat zu sein? Die sonnige Geschichte der Familie! Seht nur her, wir haben versucht, eine Familie zu sein, eine glückliche.

Wie in allen Familien gehörte auch bei uns die Kamera zu allen Feiertagen. Wie in allen Familien war auch bei uns der Mann fast immer der fotografische Archivar und die Frau, die Kinder und die Haustiere waren die Archivierten. Die Haustiere! Was hätten unsere Katzen und unser ungezogener Hund wohl aufgenommen? Welche Alben hätten sie zusammengestellt!

Und wie in allen Familien war auch bei uns die Kamera die Maschine der Selbstvergewisserung und Selbstdarstellung. Spielend leicht bewies sie mit ihren Bildern, dass wir lebten, wo wir lebten, wie schön wir lebten. Harmlose Dinge, harmlose Szenen. Glückliche Szenen! Sie sagten meinem Vater, dass alles da war, auch wenn er den Rücken kehrte.

Vor allem aber war die Kamera die Maschine des Lichts. Sie ist, wie mein Vater, auf der Suche nach Licht. Zwar kann sie auch die Dunkelheit einfangen, aber nur über den Umweg des Lichts. Und also fing sie das Licht ein, das wir und alles um uns herum in jenem längst vergangenen Moment zurückwarfen, in dem mein Vater den Auslöser drückte. Sie holte es in ihren Bauch und gab es an den Film und die Bilder weiter. Sie zeigten dann das Licht. Das Sonnenlicht. Den Sonnenschein. Und das ging über die reine Selbstvergewisserung hinaus. Es war der Sonnenschein über der Grasnarbe.

Mit den Alben auf dem Schoß sitze ich jetzt auf dem Sofa, das ich geerbt habe. Wir sind als Lichtreflexion in den Alben fixiert. Aufbewahrt in diesem Schrein, in Fotoemulsion einbalsamiert. Der Geruch steigt mir beim Blättern immer noch in die Nase. Seht nur her, sagen wir alle im Album lächelnd, wir überleben unseren Tod als Bild!

Betrachte ich die Bilder Seite um Seite, bekomme ich eine Vogelschau im Miniaturformat. Wie kompliziert die Beziehungen auch waren, wie undurchdringlich dicht das Dickicht des Alltags, wie übergroß die Landschaften und wie zahllos die abgebildeten Dinge: Ich überblicke mein unüberblickbares Aufwachsen im Schoß meiner Familie.

Ich sehe die Berge und uns an einem Tisch vor dem Bergrestaurant *Alpenrösli.* Im Bild sind wir und alles um uns herum nicht mehr als ein Ornament. Wie viel Zeit es gebraucht hatte, von unserem Zuhause nach Klosters zu fahren und von dort den Berg hochzusteigen bis ins *Alpenrösli!* Wie viel Zeit es schon gebraucht hatte, das *Alpenrösli* zu bauen, die Tische und Bänke zu zimmern und sie alle bereitzustellen für die Wanderer und auch für uns. Und jetzt konnte ich alles auf dem Bild mit einem kurzen Blick erfassen. Wir und unsere Umgebung sind zu einem kleinen Ding geworden und gleichzeitig zu diesem Muster in der Fläche, aus dem das Glück und der eingefrorene Schmerz Jahrzehnte später wieder herausspringen, quicklebendig wie der Geist aus der Flasche.

Von Seite zu Seite blättere ich, von Szene zu Szene, in der die Zeit angehalten ist.

Spatz

Die Welt wird von den Starken regiert, lasen mir meine Eltern aus Isaac B. Singers Geschichte »Massel und Schlamassel« vor, nicht von den Freundlichen. Wozu *Massel* ein ganzes Jahr braucht, um es zu verwirklichen, kann *Schlamassel* in einer Sekunde zerstören. Ich fand das Buch unheimlich, obwohl am Ende das Glück siegt.

Die Anwälte meines Vaters hatten inzwischen Rekurs eingelegt gegen die Ablehnung des Antrags »wegen Schadens an Freiheit«.

Das »Landesamt für die Wiedergutmachung« hielt in seiner Antwort darauf zunächst fest: »Mit Antrag vom 29.11.1957 begehrt der Antragsteller erneut Entschädigung wegen Schadens an Freiheit nach dem BEG mit der Begründung, er habe von Januar 1940 bis März 1941 als Jude unter haftähnlichen Bedingungen in dem Umschulungslager Bielefeld leben und dort Zwangsarbeit leisten müssen.

Vom 19.9.1941 bis 28.2.1943 habe der Antragsteller den Judenstern getragen und vom 28.2.1943 bis zu seiner Flucht in die Schweiz am 1. September 1943 unter menschenunwürdigen Bedingungen in Wuppertal, Colmar und Mülhausen / Elsass in der Illegalität gelebt.

Dieser Sachverhalt wurde festgestellt auf Grund der vom Landesamt angestellten Ermittlungen, insbesondere der eidesstattlichen Erklärung des Samson Schönhaus, der Bestätigung der IKV Stuttgart vom 29.1.1957, der eidesstattlichen Versicherungen der Zeugen Margarete Voigtländer vom 24.11.1954 und Josef Morelli vom 2.7.1951 sowie der von ihm selbst abgegebenen eidesstattlichen Versicherungen vom 23.6.1952 und 16.10.1957.

Der Antrag ist fristgerecht gestellt.«

Das hieß: Der neue Antrag wurde nicht umgehend abgelehnt. Es konnte weitergehen.

Saß vielleicht ein anderer Beamter am Schreibtisch als das letzte Mal? Saß er vor der schweren Schreibmaschine und war er so gut gelaunt, dass er das BEG ausnahmsweise günstig auslegen wollte? Oder war es der gleiche Beamte, müde vom schweren Braten, den er zu Mittag gegessen hatte? Oder war er nur zermürbt von der nervtötenden Ausdauer dieses »Antragstellers«? War ihm mittlerweile einfach alles egal?

Wie verlangt, lagen dem Antrag Beweise und Zeugenaussagen mit einer Auflistung bei. »Art der Freiheitsentziehung des Antragstellers: ab Mai 1937 Zwangsarbeit im Straßenbau in Vaihingen, ab November 1938 Zwangsarbeit im Synagogenabbruch in Stuttgart, Januar 1940 bis März 1941 Arbeitslager Bielefeld, April 1941 bis Februar 1943 Zwangsarbeit bei Firma Schumm.«

Die Liste ist nicht vollständig; es fehlt das Jahr 1939. »Ab März 1943 unangemeldet verborgen, ohne die Straße zu betreten, bei Margarete Voigtländer«, heißt es weiter. Und »von Mai bis September unter falschem Namen im Elsass«.

Die Herren Rechtsanwälte Ulmer, Bundschuh, Ganssmüller, Schmidt und Reissmüller sowie Ostertag, Ulmer, Werner und Seyfarth, eine Kanzlei in der Charlottenstraße 15 A in Stuttgart, vertraten meinen Vater. Sie halfen ihm, Entschädigung zu erhalten wie die anderen Geflohenen, Verfolgten, Überlebenden auch. Sechs Jahre nachdem der Krieg zu Ende war, begann mein Vater zu kämpfen.

Ab wann war er in der Lage, die Anwälte zu bezahlen? Oder arbeiteten sie zu einem Sondertarif? Sogar kostenlos? In den Dokumenten finde ich nichts dazu. Lange hatte er die Unterstützung des Verbands Schweizerischer Jüdischer Fürsorgen gebraucht, während seine Geschwister bei ihren Anträgen von der United Restitution Organization unterstützt wurden.

Kleider bekam er über Kleidermarken, Schuhe über Schuhmarken; die Karteikarten finde ich in den Dokumenten. Auch von der Heilsarmee, das erzählte er mir auf der Parkbank im Botanischen Garten, bekam er Kleider und Schuhe. In der Vorweihnachtszeit warf er später immer Geld in ihre Töpfe, während die Frauen und Männer in ihren Uniformen vor den Kaufhäusern der Zürcher Innenstadt standen und ihre Lieder sangen.

Irgendwann war die Unterstützung nicht mehr nötig, er verdiente genug. Als Graphiker. Auch wenn der Beruf »volkswirtschaftlich keiner Notwendigkeit« entsprach, wie ihm die Fremdenpolizei beschieden hatte, war es für ihn möglich, in Zürich davon zu leben, wieder zu heiraten, eine Wohnung einzurichten, dann ein Auto zu kaufen und Anwälte zu bezahlen. Er verdiente sogar so viel, dass sich das »Landesamt für die Wiedergutmachung« nicht mehr verpflichtet sah, eine Entschädigung zu bezahlen. »Nach nochmaliger eingehender Prüfung anhand der Akten«, schrieb ein Beamter im November 1957, »sehe ich mich bei aller Würdigung der besonderen Interessen des Antragstellers nicht in der Lage, eine Bedürftigkeit in seiner Person im Sinne von § 179 Abs. 2 BEG zu bejahen.

Herr Olonetzky ist als Graphiker und Werbefachmann in seinem eigenen Unternehmen tätig, er beschäftigt zwei Angestellte. Er befindet sich in einer so günstigen Wirtschaftslage, wie sie Verfolgte, die beim hiesigen Landesamt Ansprüche erheben, nicht häufig aufzuweisen haben. Dagegen handelt es sich bei diesen recht oft um alte, arme und kranke Leute. Diese sind es, denen gemäß § 179 Abs. 2 BEG zuerst geholfen werden soll.

Ich würde es gegenüber diesem Personenkreis nicht verantworten können, wenn ich den Antragsteller als bedürftig bezeichnen wollte. Ich vermag auch nicht anzuerkennen, dass der beabsichtigte Grundstückerwerb ohne Auszahlung der Haftentschädigung zum Scheitern verurteilt wäre und dass dem Antragsteller deshalb ein unersetzlicher Verlust entstehen würde. Von Kreditrestriktionen in der Schweiz ist hier nichts bekannt. Ich bedaure, Ihnen keinen günstigeren Bescheid geben zu können. I.V: gez. Wittber.«

Das stimmte und war richtig. Aber ging es dem »Landesamt für die Wiedergutmachung« auch darum?

Dann verging Zeit. Sie raste oder sie tröpfelte auch nur. Manchmal, in besonders glücklichen oder besonders schmerzvollen Augenblicken, blieb sie kurz stehen. Meistens verging sie einfach, gleichgültig. Mein Vater arbeitete, meine Mutter arbeitete, sie lebten zusammen, liebten sich und stritten sich etwas mehr als am Anfang. Sie machten Ausflüge, ans Meer, in die Berge, in Städte. Er konnte jetzt überall hinreisen, denn er hatte den Schweizerpass in der Tasche.

Er arbeitete als Graphiker und er begann zu fotografieren. Fotografierte immer alles, alles immer und tippte mit der Schreibmaschine auf bunte Papiere seine Kommentare. Er entwickelte die Fotos, schnitt sie zu Quadraten, klebte sie zu Seiten zusammen. Er schnitt auch die Papiere zurecht und machte mit den Fotos und den Papieren voller Sorgfalt und Liebe, ganz vertieft ins Schneiden und Kleben und Sinnieren und Tippen, die kleinen Ringbücher. Während ebenfalls mit Schreibmaschine getippte Briefe, mit Stempeln und Unterschriften versehen, hin- und hergingen. Vom Amt zu den Anwälten und von den Anwälten und meinem Vater ans Amt zurück und darauf vom Amt zu einem anderen Amt, der Oberfinanzdirektion zum Beispiel, und von dort wieder an die Anwälte und zu meinem Vater zurück.

Und ziemlich genau neun Jahre nach der ersten Antragstellung traf schließlich ein Schreiben bei den Anwälten meines Vaters ein:

»25. März 1959. An die Herren Rechtsanwälte.

Bescheid: In der Entschädigungssache des Graphikers Emil Benjamin Olonetzky wegen Schadens an Freiheit, hier: Freiheitsbeschränkung und Freiheitsentziehung hat das Landesamt für die Wiedergutmachung entschieden:

Der Antragsteller hat gegenüber dem Land Baden-Württemberg Anspruch auf eine Kapitalentschädigung in Höhe von DM 3000 (in Worten: Dreitausend Deutsche Mark).

Begründung:

Der Antragsteller ist Verfolgter i. S. des § 1 BEG, weil er als Jude geschädigt worden ist. Es besteht ein Entschädigungsanspruch wegen Judensterntragens und Lebens in der Illegalität unter menschenunwürdigen Bedingungen gemäß § 47 BEG für die Zeit vom 19. 9. 1941 bis Ende Mai 1943. Nach § 48 BEG beträgt die Entschädigung für jeden vollen Monat der Freiheitsbeschränkung DM 150. Sie beläuft sich demnach für den gesamten entschädigungsfähigen Zeitraum – 20 volle Monate – auf DM 3000.«

Die Zeit vom 19. bis 30. September, dieser halbe Monat, wurde also nicht eingerechnet.

»Der weitergehende Antrag, eine Entschädigung auch für die Zeit des Aufenthalts im Arbeitslager Schlosshof bei Bielefeld (Jan. 1940 bis März 1941) und im Elsass vom 31.5.1943 bis 1.9.1943 zu bezahlen, musste zurückgewiesen werden.

Gemäß § 43 Abs. 2 Nr. 3 BEG werden Leben unter haftähnlichen Bedingungen bezw. Zwangsarbeit unter haftähnlichen Bedingungen einer Freiheitsentziehung gleichgeachtet. Es konnte jedoch nicht festgestellt werden, dass der Antragsteller in dem Lager Schlosshof bei Bielefeld unter haftähnlichen Bedingungen zu leben oder Zwangsarbeit unter haftähnlichen Bedingungen zu leisten hatte. Nach einer Auskunft der Polizeibehörde Bielefeld vom 16.5.1951 handelte es sich dabei um ein jüdisches Gemeinschaftswohnlager in einem Restaurant, dessen Verwalter ein Jude war. Die ca. 80 Insassen unterlagen keiner Beschränkung ihrer Freiheit und das Lager wurde nicht bewacht. Die Auskunft findet ihre Bestätigung durch die Schilderung des Antragstellers in seiner eidesstattlichen Versicherung vom 16.10.1957, wonach die Insassen des Lagers beurlaubt wurden und Ausgangserlaubnis hatten.«

Es waren mehr als achtzig Insassen, das steht in der »Schilderung des Antragstellers«, und das beweist der Plan des Architekten, der das Restaurant Schlosshof in ein Lager umbaute. Es war eingezäunt, und von den etwa 250 Menschen, die je dort waren, wurden 205 in Vernichtungslagern ermordet. Niemand von der Lagerleitung überlebte.

Und weiter:

»Aus derselben eidesstattlichen Versicherung ist zu entnehmen, dass es sich bei dem Aufenthalt des Antragstellers im Elsass unter dem Namen Berndt Weber in der Zeit von Ende Mai

1943 bis 1.9.1943 wohl um ein illegales Leben, aber nicht um ein solches unter menschenunwürdigen Bedingungen im Sinne des § 47 BEG gehandelt hat.

Es sind Umstände, die zwangsweise mit dem illegalen Leben verbunden sind und dessen Wesen ausmachen wie das Untertauchen, die Notwendigkeit, sich von der früheren – legalen – Wohnung fernzuhalten, die Unmöglichkeit der polizeilichen An- und Abmeldung, die Beschränkung der Freizügigkeit, die Führung eines falschen Namens und schließlich die ständige Angst vor Entdeckung reichen zum Tatbestand des § 47 BEG nicht aus.

Es müssen noch weitere Umstände hinzutreten, die das illegale Leben auf oder unter die Stufe eines Häftlings bringen. Dass der Antragsteller unter solchen Umständen leben musste, konnte nicht nachgewiesen werden.«

»Menschenunwürdig«: Waren die elementaren Freiheitsrechte meines Vaters beschnitten oder geraubt gewesen? Hatte er gearbeitet, ohne angemessen entlohnt zu sein? Wurde seine körperliche oder seelische Gesundheit verletzt?

»Der Antragsteller hat es verstanden«, heißt es weiter in der Antwort vom März 1959, »sich Schwerbeschädigten- bezw. Fliegergeschädigten-Ausweise zu beschaffen und vom Kreisleiter der NSDAP in Mülhausen unentgeltliche Unterkunft beschafft zu erhalten. Seine ebenfalls jüdische Ehefrau hatte sogar einen NSV-Ausweis auf den Namen Weber.

Wie der Antragsteller selbst vorbringt, war seine Bewegungsfreiheit kaum eingeschränkt. Es war ihm möglich, ausgedehnte Spaziergänge und Ausflüge zu unternehmen, um einen Fluchtweg zu erkunden. Das Leben des Antragstellers während jener Zeit kann deshalb nicht mit dem eines Häftlings verglichen werden.

Der Antrag war deshalb zurückzuweisen.
Handblatt liegt immer oben.«

Nur, was war mit der zugesagten Entschädigung gemeint?

Die Zeit ab Mai 1937, als mein Vater zuerst im Straßenbau »dienstverpflichtet« war und dann die zerstörte Synagoge aufräumen musste, ist damit nicht gemeint; es waren zwanzig Monate. Auch die Zeit danach, als er bis zur »Verbringung« nach Bielefeld im Straßenbau arbeitete, ist damit nicht gemeint; es waren weitere zwölf Monate. Und die Zeit, als er vom Schlosshof Bielefeld aus wieder im Straßenbau und in der Müllabfuhr »eingesetzt« war – noch einmal dreizehn Monate –, ist damit auch nicht gemeint.

Weshalb?

»Es besteht die Möglichkeit, dass der Antragsteller eine Dienstverpflichtung bei einer Firma, wie sie in jener Zeit an der Tagesordnung war, als Inhaftierung bezeichnet, da er angibt, er sei vor und nach dieser Zeit zu Zwangsarbeiten herangezogen worden«, schrieb der Beamte des »Landesamts für die Wiedergutmachung«.

Die Zeit von Ende Mai 1943, als Wuppertal schwer bombardiert wurde und mein Vater und Hanna in den Garten jenes Hauses »sprangen«, in dem sie sich versteckt gehalten hatten, ist damit nicht gemeint. Die Zeit, als sie unter falschen Namen, mit braunen NSV-Ausweisen in den Taschen, ins besetzte Elsass fuhren, ist nicht gemeint. Die Zeit bis zum 1. September 1943, als mein Vater einen Fluchtweg suchte, diese Zeit, noch einmal drei Monate, ist damit nicht gemeint.

Weshalb?

»Es war ihm möglich, ausgedehnte Spaziergänge und Ausflüge zu unternehmen«, antwortete der Beamte des »Landesamts für die Wiedergutmachung«.

5 DM (in Worten: Fünf Deutsche Mark) war die Entschädigung pro Tag »Freiheitsbeschränkung«, pro Tag Haft oder Zwangsarbeit. Theoretisch.

Mein Vater erhielt die Entschädigung »wegen Schadens an Freiheit« schließlich für einen Teil jener Zeit, in der er den »Judenstern« tragen musste, für einen kleinen Teil jener Zeit, in der er von der Firma Schumm »eingesetzt« war, und für die Zeit, in der er im Hinterzimmer von Margarete Voigtländer versteckt war. Das waren insgesamt zwanzig Monate für »Judensterntragens«, »Lebens in der Illegalität« und »Freiheitsbeschränkung«. Weitere achtundvierzig Monate, in denen er Zwangsarbeit leistete, wurden ihm nie entschädigt.

Und Hanna? Hat sie dem »Landesamt für die Wiedergutmachung« auch Anträge gestellt? Bekam sie für die Zeit, in der sie bei Margarete Voigtländer versteckt war, je eine Entschädigung? In den Dokumenten finde ich nichts dazu.

Das alles erzählte mir mein Vater nicht. Wir saßen auf der Parkbank im Botanischen Garten, und er erzählte nicht, wie lange er Anträge vorbereitete, Beweise beschaffte, mit den Anwälten sprach. Wie lange er sich deshalb an Ereignisse erinnern musste, an die er nicht mehr denken wollte. »Wir bitten um Vorlage von Beweisen für diese Behauptungen.« Wie er Briefe schrieb oder schreiben ließ. Was er fühlte, wenn er die Antworten las. Hielt er das Schreiben in Händen und las er es mit leicht geöffnetem Mund? Ließ er das Blatt nach der letzten Zeile sinken und atmete er dann aus oder ein? Hatte er mit der Entschädigung noch Glück gehabt? Lieber den Spatz in der Hand? Er erzählte mir nicht, wie er es geschafft hatte, nicht aufzugeben.

Im Garten geht es nicht um schönste, glücklichste Augenblicke. Der Garten ist der Gegenspieler zu jener Fotografie, wie sie mein Vater haben wollte. Der Garten ist, übers Jahr betrachtet, ein Film in extremer Zeitlupe. An jedem einzelnen Tag, in jeder Minute eines Jahres laufen Entwicklungen in unterschiedlichen Rhythmen parallel zueinander ab. Unmerklich langsames Wachsen steht neben fulminantem In-die-Höhe-Schießen und fast explosionsartigem Aufblühen. Die Schoten der Glyzinien und der Lupinen reifen heran, werden größer und dunkler und platzen dann plötzlich auf. Sie schleudern ihre Samen meterweit weg. Was für ein Lebenshunger bis in den späten Herbst hinein.

Fragen

Die Winter sind kürzer geworden. Sie sind grauer und trüber, auch trockener. Es regnet weniger. Es schneit nicht. Es gibt weniger Weiß in der Stadt. Es ist weniger hell. Im Garten stehen und liegen die trockenen Schilfgräser und Stauden monatelang herum. Sie sind sprödschön, geisterhaft, auch friedlich. Sie bewegen sich in der Bise, dem trockenen eiskalten Wind, der nördlich der Alpen über Felder, durch Dörfer und Städte jagt. Selbst an trübdunklen Tagen fangen die Stauden das Licht ein und leuchten unversehens bronzefarbig auf. Sie strahlen eine in sich gekehrte Harmonie aus. Gefroren sind sie noch schöner, früh am Morgen sind sie überzogen mit Kristallen. Im Lauf des Tages taut der Frost, die Pflanzen werden in ein goldenes Licht getaucht. Der Herbst ist viel länger geworden. Ist der Herbst der neue Winter?

Eines Tages rief mich mein Vater an; ich war achtzehn. Er warf mir vor, ich hätte mich zu wenig nett für ein Geschenk bedankt. Es war ein Seesack aus rotbraunem Leder; ich fand ihn scheußlich. *Wenn du nicht netter wirst,* sagte er, *ist meine Tochter für mich gestorben.* Er sprach mit mir in der dritten Person.

Ich war jetzt also tot. War das noch der normale Irrsinn, den Väter, Mütter, uns alle packen kann? In dem wir Dinge tun und Dinge sagen, die wir später bereuen?

Wir hatten uns oft, bei fast jedem Besuch, der im »Besuchsrecht« vorgesehen war, gestritten. Also sagte ich am Telefon, *na gut, dann bin ich eben für dich gestorben,* und knallte den Hörer auf den Apparat.

Danach sahen wir uns fünf Jahre nicht.

Er hatte überlebt, all das überlebt, was er mir auf der Parkbank im Botanischen Garten erzählt hatte. Und jetzt sprach er wegen eines Seesacks nicht mehr mit mir? Wohin war seine Liebe gegangen?

In den fünf Jahren fühlte ich mich von seiner furchtbaren Vergangenheit und den vielen offenen Fragen befreit, und ich fühlte mich von seiner fröhlichen, neuen Gegenwart befreit. Natürlich hatte ich ein schlechtes Gewissen, ich vermisste ihn, es tat weh. Wenn wir uns in Zürich zufällig über den Weg liefen, taten wir so, als hätten wir einander nicht bemerkt. Er tat wirklich so, als hätte er seine Tochter nicht gesehen! Ich tat wirklich so, als hätte ich meinen Vater nicht gesehen. Wohin war meine Liebe gegangen? Aber ich hatte Zeit. Für mich.

Meine Mutter unternahm nichts, um die Situation mit meinem Vater zu entschärfen. Erst später erfuhr ich, dass sie nicht aufhörte, ihm Briefe zu schicken. Alle schrieben offenbar fortwährend Briefe! Mit Schreibmaschine und ohne. Auch sie. Sie schrieb sie von Hand. Mit ihrer schwungvollen, breiten Schrift füllte sie schnell ganze Seiten. Was in den Briefen stand, weiß ich nicht. Meine Mutter kam über die Trennung einfach nicht hinweg. Sie kam mit sich nicht ins Reine.

Eines Tages lief ich meinem Vater wieder über den Weg. Wir taten beide nicht mehr so, als würden wir einander nicht erkennen. Er freute sich. Ich freute mich.

Mit ihm allein zu Abend zu essen blieb lange angespannt.

Bevor ich ihn in einem Restaurant traf, war ich nervös und überlegte genau, was ich anzog. Mit den Jahren wurde er kleiner und ich also größer im Vergleich. Ich hatte eine gute Kamera gekauft und begann ihn zu fotografieren. In einem Farbfoto sitzt er mit einem karierten Jackett und einem Rollkragenpullover im Restaurant vor einem Vorhang. Seine Haare sind weiß und kurz geschnitten, das Licht der Lampen taucht das ganze Bild in Senfgelb. Er sieht gut aus, heiter.

Trotzdem war ich steif, und er war zeremoniell. Er befragte mich nach meinem Leben, er gab mir ungefragt *Ejzess,* Ratschläge, obwohl er es doch selbst hasste, eine *Ejze* zu bekommen. Mit bohrenden Fragen löcherte er mich, zersiebte er mich; ich fühlte mich immer noch ausgeliefert. Was er mich genau fragte, weiß ich nicht mehr. In meinem Kopf stellte sich bei seinen Fragen die gleiche Leere ein wie damals an seinem weißen Sitzungstisch. Und dabei hätte es doch genau umgekehrt sein müssen. Ich hätte Fragen stellen müssen, bohrende, löchernde Fragen.

Aber dazu kam es nicht. Ich konnte nicht. Er war zu weit weg.

Meine Fragen lagerten sich in mir ab und bildeten eine Sedimentschicht am Grund des Schweigens.

Nun schreibe ich. Ich spreche mit ihm, wenn ich schreibe. Er hat zuzuhören. Ich frage all das, was ich ihn hätte fragen wollen. Ich breche das Schweigen und habe augenblicklich das Gefühl, ich tue etwas Verbotenes.

Nur meine engsten Freundinnen und Freunde kannten die Geschichte, die ich mit mir herumschleppte. Wenn überhaupt. Ich hielt den Mund, ich sagte kein Sterbenswort. Ich erzählte nichts von den Morden, nichts von der Flucht, nichts vom Hunger und nichts von den Skeletten. Weshalb? Wollte ich nicht entdecken müssen, dass mich die anderen nicht verstanden? Dass sie zurückschreckten sogar? Oder wollte ich nicht auf die Scham geworfen werden, am Leben zu sein? Wollte ich einfach eine wimmelnde Wolke aus Wasser, Mineralien, Bakterien, aus Molekülen sein, die eben nicht auseinanderfällt und nicht an der Sonne schmilzt wie Schnee, sondern herumspaziert, auf dem Sofa liegt, mit krumm gewordenen Holzlöffeln in Kochtöpfen rührt und sich an große Tischrunden setzt, über Witze lacht, *kommt der Teufel in Lublin ins Café Treblinka …*, und glücklich ist? Weil sie ja einfach unverschämtes Glück hatte?

Ich wollte mit der Geschichte nicht auffallen.

Wenn ich jetzt in den Dokumenten lese, erfahre ich, was mir mein Vater verschwiegen hat. Nicht auf alle meine Fragen finde ich Antworten; vieles bleibt offen.

Und nicht alles, was falsch lief und schiefging, kann mit Izbica und dem Schlosshof, mit dem Hinterzimmer bei Frau Voigtländer und dem Hunger erklärt werden.

In der Nacht hat es geregnet. Und es ist keine Sturzflut gewesen, sondern ein leicht fallender Regen. Noch ist alles nass. Der Sonnenhut ist verblüht, die Blütenblätter sind abgefallen, und auf seinen gebeugten Stängeln sitzen die Blütenstände. Stachlig und in rötlichem Schwarz stechen sie aus den nachgedunkelten Grüntönen des Beets heraus. Die Prachtkerze neben ihm lässt ihre zarten Zweige in der Luft wippen, die weißen Blüten schaukeln auf und ab. Sonst ist fast alles verblüht, die Schafgarben, die Spornblumen, auch die Malven. Es ist kühler geworden, die Tage sind kürzer. Am Morgen hängt Nebel über der Stadt.

Die Bienen schwärmen aber immer noch aus. Gerade be-

suchen sie die Astern, immer noch üppige Büsche in Weiß und Lila. Auf ihren kräftigen Stängeln sitzen jeweils mehrere Blüten. Es ist ein weißlila Sternenmeer auf dunklem Grün. Mit jedem Jahr sind die Astern größer und stärker geworden. Obwohl sie im Winter schwach sind, welken und eingehen. Sie verändern nur ihre Gestalt, ihre Farbe.
Ein Kolibrifalter schwirrt herum.

Erzählen

Ich träume. Ich bin in Schottland in einem sehr alten Schloss. Der Hausmeister, ein praktischer Mann, kommt mir entgegen. Er trägt einen Overall und feste Stiefel. Gerade räumt er den riesigen Keller auf. Dort lagern Hunderte von Geweihen. Sie sind voller Spinnweben und Staub. Der Hausmeister hat genug von dem Haufen und will die Geweihe in den Wald zurückbringen, an verschiedenen Orten ablegen und dort dem Wetter überlassen.

Als die Dokumente ankamen, erzählte ich in der Familie davon; alle reagierten vorsichtig. *Ich kann das nicht lesen, ich bin zu dünnhäutig,* sagte einer; ich hatte allen angeboten, die Links zu den Datenpaketen weiterzuleiten, obwohl das meiste auf Deutsch war und meine Cousins und Cousinen nur Englisch oder Ivrit sprechen. *Ich will davon nichts wissen, sprechen wir von etwas Erfreulichem,* sagte ein anderer. Und eine dritte: *Erzähl mir davon, wenn du alles gelesen hast.* Aber bin ich nicht auch zu dünnhäutig?

Was macht das mit dir?, fragen mich meine Freunde und schauen mich etwas besorgt an. Was macht das mit den Menschen, die eine solche Geschichte erlebt und überlebt haben, frage ich mich. Sie bleibt. Sie stört manchmal, doch die Überlebenden haben sich auch an sie gewöhnt. Was ist schon normal, man gewöhnt sich an alles. Ach ja? Ist das so?

Als ich geboren wurde, war die Geschichte schon da. Ich

wuchs mit ihr auf; Zlateh die Geiß schleckte sie nicht weg. Auch wenn nicht darüber gesprochen wird, ist sie da. Sie wurde mir vererbt. Hätte ich dieses Erbe zurückweisen können wie die Schulden der Eltern, die man nach ihrem Tod nicht übernehmen muss?

Gerätselt wurde darüber, wer mir die Sommersprossen vererbt hat, wer die dunklen Haare und die mandelförmigen Augen, die sich mit dem Erwachsenwerden dann verloren. Der Mann meiner Tante Annette, der im Sommer immer *mit der Ente* 700 Kilometer Richtung Westen fuhr und schweißnass bei uns ankam, sagte lachend, *bei dir hat wohl irgendwann jemand von jenseits des Urals reingespuckt*. Wir lachten mit.

Doch nie wurde darüber gesprochen, dass wir nicht nur die Sommersprossen vererbt bekommen, sondern auch die Angst und die Erleichterung, es geschafft zu haben, und dann die Befürchtung, alles wieder zu verlieren. Ich wollte dich immer beschützen, darum erzählte ich dir nichts. Dachte mein Vater vielleicht so? Oder wollte er vor allem sich selbst in Schutz nehmen?

Warum erzählte mir meine Mutter nie etwas über die Flucht meines Vaters? Das hätte sie tun können, als er weg war. Doch sie schwieg. Hatte er ihr verboten, mit mir darüber zu sprechen, und dieses Verbot wirkte noch nach? Wollte sie selbst nichts sagen, ihm nicht zuvorkommen? Wollte sie nichts Genaues wissen? Sie deutete nur an. *Nach dem, was er alles erlebt hat!*, rief sie manchmal aus. Oder: *Kein Wunder, nach dem, was er alles erlebt hat.*

Stellte sie ihm genug Fragen, als sie sich fanden? Oder gehörte sie zu den Menschen, die nur kurze Zeit Geduld haben und schnell das Interesse verlieren, wenn jemand immer wieder das Gleiche erzählt? Was fühlte sie, wenn er von dem sprach, was er als *unvorstellbar* bezeichnete?

Oder war er es, der mit der Zeit verstummte? Gab er es auf, mit meiner Mutter und anderen über das zu reden, was er erlebt hatte, weil sie seine Erfahrung nicht teilten und ihn nicht verstehen konnten? Erzählen, erklären, alles aussprechen, das hatte er bestimmt versucht, stelle ich mir vor. Aber wurde er auch verstanden? Und fühlte er sich darum manchmal einsam? Oder wollte er irgendwann nicht mehr über das sprechen, was geschehen war, sondern sich mit meiner Mutter der Gegenwart zuwenden, spazieren und tanzen gehen, mit dem Auto nach Italien fahren? Fürchtete er sich vor seinen eigenen Erinnerungen?

Ich habe keine Ahnung, beide sprachen nicht darüber.

Vielleicht erbte ich vor allem das, was immer ungewiss blieb, was niemand erzählen konnte, weil niemand mehr einen Ton dazu herausbrachte. Oder weil es niemand genau wusste. Oder weil es niemand genau wissen wollte. Und keine Fragen stellte. Nichts zu sagen und nichts zu fragen zwängte uns in ein Korsett, das Halt gab.

Wenn aber ich die vielen Seiten nicht lese, wer wird es tun? Wenn nicht jetzt, wann dann? Wer wird davon erzählen?

Der Wind streicht unaufhörlich ums Haus. Im Garten zaust er die verblühten Spornblumen; die filigranen Gerippe haben ein gelbliches Beige angenommen und gleichen kleinen, kahlen Bäumen. Eine besondere Schönheit liegt in ihrem Schwanken. Auch die japanischen Herbstanemonen schaukeln in der Brise hin und her, streuen Blütenblätter ins Beet und auf die kleine Mauer zur Straße hin. Noch feucht vom letzten Regen, bleiben die Blättchen auf dem Beton kleben.

Manchmal lese ich abends laut vor, was ich tagsüber aufgeschrieben habe. Ich höre beim Lesen, wie die Wörter meinen Mund verlassen und im Raum verklingen. Ich dachte den ganzen Tag, ich hätte die Geschichte von mir weggeschrieben, aus mir heraus in den Computer getippt und so ins Papier gehauen; Löcher im Papier gab das keine mehr.

Doch nun, beim Lesen, springt mir die Geschichte entgegen wie ein wildes Tier. Wäre es nicht auch für mich viel angenehmer, das alles nicht zu wissen, was ich jetzt weiß? Wären unscharfe Bilder nicht besser als diese scharfen Erkenntnisse und klar umrissenen Fragen, die noch geblieben sind?

Ich könnte das alles ja einfach unter den Teppich kehren, unter einen schönen, weichen Berber zum Beispiel, und so tun, als würde mich das nichts angehen. Schließlich bin ich eine Nachgeborene. Ich wuchs geschützt und behütet auf, ohne Hunger, ohne Frieren. Lange Wanderungen im strömenden Regen gehören heute zu den schönen Erinnerungen. Ich wurde verwöhnt, es war alles da im Überfluss. Es gab Matzen und manchmal Schinken. Es gab Chanukka und Bachs Weihnachtsoratorium.

Heimatlosigkeit

»Er ist jüdischer Abstammung, hat sich aber nie für die israelische Konfession interessiert«, schrieb der Hausarzt meines Vaters, Doktor Herrmann. Es ging um die Einbürgerung in Zürich. »Er besucht die protestantische Landeskirche und hat sich auch reformiert taufen lassen.«

Wie bitte? Mein Vater ließ sich taufen? Das erfahre ich erst aus den Dokumenten, ich kann es nicht fassen. Wann? Weshalb? Er sprach nie davon. Es spielte keine Rolle.

»Ich bin Jude und wurde als solcher unter dem NS-Regime verfolgt.« So lautet der erste Satz der eidesstattlichen Versicherung, die mein Vater am 16. Oktober 1957 vor dem Notar Dr. Hans Ulmer abgab; sie ist das wichtigste Dokument der Verhandlungen mit dem »Landesamt für die Wiedergutmachung«. Im gleichen Jahr ließ er sich taufen. Und im gleichen Jahr wurde er in der Schweiz eingebürgert. Gehörte die Taufe für ihn zum Eintrittsticket in die Staatsbürgerschaft wie das *Birchermüesli* und die *Gschwellti mit Chäs?* Wie der Bericht von Kantonspolizist Bosshart? Und das pünktliche Bezahlen der Steuern? Verleugnete er jetzt seine Herkunft, um aufgenommen zu werden in die neue Gemeinschaft? Denn seine Wurzeln bedeuteten ihm doch etwas, daran erinnere ich mich genau. Gerade weil er entwurzelt wurde, bedeuteten sie ihm so viel wie das neu aufgebaute Leben. Wohnten also zwei Seelen in seiner Brust? »Es ist in der Tat ganz ungewöhnlich, wie sehr sich der

Bewerber äußerlich und innerlich unserem Wesen angepasst hat«, hatte Kantonspolizist Bosshart verblüfft festgestellt. »Von einem jüdischen Typus hat er gar nichts. Man könnte ihn ohne weiteres als Schweizer betrachten.«

Es gab für Kantonspolizist Bosshart also Schweizer. Und es gab Juden. Gab es nicht auch jüdische Schweizerinnen und jüdische Schweizer?

Dort, wo ich aufwuchs, lebten keine anderen Überlebenden und nicht einmal viele *fremde Fötzel.* Eine italienische und eine griechische Familie waren unter den Nachbarn; unser Name fiel auf. Unser Haus fiel auf. Die Berufe meiner Eltern fielen auf, das Auto fiel auf. Mein Talisman mit dem Thoraspruch fiel auf. Und Verwandte, die aus Jerusalem zu Besuch kamen, fielen auf. *Du hast eine jüdische Großmutter,* erzählte mein Vater. *Malka war die Tochter eines Rebbe, viel jüdischer kann man gar nicht sein,* sagte er immer wieder. Und meinte auch sich. Denn mich konnte er nicht meinen; ich hatte eine christliche Mutter. Es war verwirrend.

In den jüdischen Religionsunterricht wurde ich nicht geschickt. Am christlichen Unterricht durfte ich auch nicht teilnehmen. Während meine Freundinnen nach den Schulstunden zum Pfarrer gingen, konnte ich mich auf den Heimweg machen; ich verstand das nicht, ich wollte dazugehören. Einmal kam ich nach Hause und erklärte: *Die Christen mussten noch in den Unterricht, wir Schweizer durften schon nach Hause.* Mein Vater lachte tagelang darüber.

Hatte er Angst? Fürchtete er die Ablehnung, wenn er zu jüdisch war? Passte er sich nun bis zur Selbstaufgabe an?

Er ließ mich taufen; es spielte auch keine Rolle. Wir waren nicht religiös. In die Dorfkirche gingen wir nur, wenn ein klassisches Konzert stattfand. In der Synagoge war ich zwei, drei Mal; ich war ergriffen, doch die Rituale waren mir so fremd wie der Geruch von Weihrauch, der in katholischen Kirchenschiffen hing. Manchmal, auf einer Wanderung an einem heißen Sommertag, traten wir in ihre kühlen und hallenden Innenräume; am Altar standen Blumen, es leuchtete Gold, und dort hing auch der dürre junge Mann mit den schrecklichen Wunden und dem gebrochenen Blick. Später hörte ich, dass er für uns alle gestorben war. Und dass ihn die Juden auf dem Gewissen hatten. Ein zu Tode Gefolterter in der Mitte der Kirche, das verstand ich einfach nicht. Die Kirchen sahen wir uns an, so etwa wie wir uns auch Museen anschauten.

In unserem Wohnzimmer brannten auf dem Chanukkaleuchter die Kerzen und an Weihnachten auch auf dem Christbaum, das war normal. Jüdische Geschichten und jüdische Spezialitäten, jüdische Witze und jüdische Verwandte gehörten zu unserem Alltag. Wie viel davon drang aber nach draußen, dorthin, wo »die Schweizer« wohnten?

Manchmal machte mein Vater für uns alle *Gefrischte Matzen.* Er brach Matzen in kleine Stücke, weichte sie in Milch, Ei und Wasser ein, würzte mit etwas Salz und briet diesen Mischmasch mit Butter in der Pfanne an. Dann zuckerte er großzügig und streute Zimt darüber. *Gefrischte Matzen* sind wie das schweizerische *Vogelheu* phantastisch buttrig, brotig, süß. Es ist ein liebenswürdiges, warmes Trostessen, und wir schaufelten es mit Suppenlöffeln in uns hinein. Ich entdeckte eines Tages, dass ich die Matzen auch in den gezuckerten Milchkaffee bröckeln konnte. Die Stücke sanken langsam an den Grund der Tasse und bildeten dort eine mokkamilchig schlabbrige Masse, die ich hinunterschlürfte, wenn niemand guckte. Sonst musste ich sie löffeln, und auch so war sie ganz wunderbar.

Jüdisch sein, das war nicht unbedingt die Katastrophe, die hinter dem Satz *Wenn du alt genug bist, erzähle ich dir das einmal* lauerte. Jüdisch sein, das war essen und lachen. Und Geschichten hören.

Aber ich war ja gar nicht jüdisch! Die Schweizer hielten mich nicht für eine Schweizerin, die Christen nicht für eine Christin, die Juden nicht für eine Jüdin.

Ich schwebte ein wenig dazwischen, es war wirklich verwirrend.

Denn schweizerisch sein, das war ja auch essen und lachen. Und Geschichten hören. *Röschti mit Spiegelei* war doch auch ein Trostessen. Der *Schellenursli* und die Bratwürste, Witze über die kleingewachsenen Appenzeller, *wer springt vom Teppich, um Selbstmord zu begehen? …*, und Verwandte aus dem Nachbardorf gehörten ja auch zu unserem Alltag.

Mein Onkel Efrem verließ Israel in den Siebzigerjahren. War er enttäuscht? Nicht mehr einverstanden mit dem, was in dem Land, das er mit aufgebaut hatte, nun geschah? War er sogar angewidert? Ich fragte ihn nie, und er erzählte mir nie etwas darüber. Zuerst lebte er in New York und kam uns mit seiner Freundin Peggy besuchen; sie platzierte ihren ausladenden, nein: einladenden *Toches* auf unser Sofa und lächelte mich breit an.

Dann kam er für einige Zeit nach Zürich und versuchte hier zu leben, ging aber meinem Vater auf die Nerven. Oder umgekehrt, mein Vater ging ihm auf die Nerven. Darauf zog er für ein paar Jahre in ein kleines Dorf bei Tuttlingen in Baden-Württemberg. Zog es ihn vielleicht in die Nähe seines Geburtsorts zurück?

Er wohnte bei einer alten Freundin, einer jener Mutigen, die im Krieg Menschen versteckt hatten, so erzählte er es mir. Sie war klein und rundlich, sie war *a Mentsch.* Ich besuchte die beiden einmal und spürte beim Essen in dem spießbürgerlichen Häuschen seine unheilbare Heimatlosigkeit. Oder täusche ich mich da? War er nach dem Schock der erzwungenen Emigration aus Deutschland schon lange frei von Heimatgefühlen? Die Heimat war ihm gestohlen worden, und dann war sie ein Trümmerfeld, in dem niemand mehr wohnen konnte.

Wohnte mein Onkel also schon lange im Nomadentum, in mehreren Sprachen, Kulturen, Gastronomien, in seiner Fotografie, in Erinnerungen? Wechselte er ohne Zögern oder Schmerzen von den einen zu den anderen und auch von einem geographischen Ort zum nächsten? Was ist der Unterschied zwischen dem Wort *wohnen* und dem Wort *Heimat?*

Tatsächlich zog Efrem kurze Zeit nach meinem Besuch wieder nach New York. Dort starb er, als er in dem Moment aus der Synagoge trat, als eine junge Frau mit ihrem Auto vorbeifahren wollte, aber nicht an ihm vorbeifuhr.

Die Kapuzinerkresse blüht immer noch. Obwohl es schon grau und kühl ist, streckt sie ihre langen Zweige mit den handtellergroßen Blättern ins Beet aus. In der Nacht hat es geregnet, und jetzt liegen linsenrunde Wassertropfen in der Blattmitte und spiegeln den Himmel. Schon von weitem leuchten die orangefarbenen Blüten hinter der kniehohen Gartenmauer, und in ihrer Nähe liegt immer noch der Duft von Kapern in der Luft. Die Samen sammle ich ein, denn bald nach den ersten Frostnächten wird auch die Kapuzinerkresse ihre pralle Kraft einbüßen. Sie ergibt sich der Kälte und Nässe, wird schlapp und fault dann schnell. Im Frühling keimen aus den in die Erde gesteckten Samen neue Wurzeln, und sie treibt wieder aus, mit neuer Kraft, wie neugeboren. Ihre zyklische Lebendigkeit ist unwiderstehlich schön.

Von den Bäumen in der Straße gehen gelbe Blätterschauer nieder.

Hunger

Als sich mein Vater taufen ließ, lebte auch mein Onkel Avram schon mehr als zwanzig Jahre in Israel. Er war zwei Jahre nach Paula und Efrem angekommen; er war der Dritte gewesen, der Stuttgart verließ.

Was erfuhr er während der Kriegsjahre über seinen Vater, seinen Bruder und seine Schwester Anna? Und danach? Gingen Briefe hin und her? Hörte er mehr als Paula oder Efrem? Weniger? Tauschten sie sich regelmäßig aus?

Wie sie war er *früh genug* nach Palästina ausgewandert. *Geflohen*, wie er es empfand. Zeitlebens behielt er einen Koffer bei sich, in dem er ein paar Dinge aufbewahrte, die er aus Deutschland mitgenommen hatte. Es waren Habseligkeiten. Ein Haben, das ihn selig machte. Er war ein Überlebender.

Was in dem Koffer lag, war sein geheimer Schatz. Er zeigte ihn seinen Kindern nie. Er sprach kein einziges Mal von der Zeit, in der er entscheiden musste, Deutschland zu verlassen. Von der Zeit, in der er sich auf die Emigration vorbereitete, was er genau machte und wie die Ankunft in Palästina war. Barsch verbat er sich jede Frage danach.

Albert, Avraham oder Avram, wieder sind alle Varianten seines Namens erwähnt, hatte in den Zwanzigerjahren in Stuttgart eine Lehre als Schneider gemacht, arbeitete zunächst in seinem Beruf und bis Anfang August 1934 in der Strick- und Wirkwarenfirma Krautkopf im Akkord. Schon ab 1933 brauchte er eine Arbeitsbewilligung, die ihm jeweils für ein halbes Jahr ausgestellt wurde. Doch am 18. März 1935 verlor er die Bewilligung; da hatte die »Entjudung der Wirtschaft« noch gar nicht alle erfasst.

Durch seine Schwester Paula und seinen Bruder Efrem war ihm klar, wohin er gehen wollte. Er begann sich vorzubereiten. In der Gärtnerei Karl Fuoss in Vaihingen und im landwirtschaftlichen Lehrgut des Hechaluz in Lehrensteinsfeld bei Heilbronn lernte er Gemüse anzubauen. Der Dachverband zionistischer Jugendorganisationen unterstützte auch ihn wie viele andere, die gehen wollten. »Etwa im Juli 1936 kam ich wieder nach Stuttgart und wohnte bei meinen Eltern bis zu meiner Auswanderung am 2. 9. 1936«, erklärte er 1956 über die United Restitution Organization dem »Landesamt für die Wiedergutmachung«; auch er bemühte sich um Entschädigung. Aber weshalb sprach er da von »seinen Eltern«? Nur sein Vater lebte noch.

»Bei meiner Auswanderung im September 1936 fuhr ich von Stuttgart III. Klasse nach Triest; der Fahrpreis betrug ca. Reichsmark 40«, musste er der United Restitution Organization kleinkrämerisch auflisten. »In Triest musste ich 2 Tage bis zur Abfahrt des Schiffes warten; der Aufenthalt kostete ca. RM 50. Ich fuhr dann am 2. September von Triest mit der SS ›Gerusalemma‹ Touristenklasse nach Haifa; die Fahrt mit dem Schiff kostete ca. RM 125. Mein Umzugsgut: Kleider, Wäsche, Bücher usw. wurde mir in einer großen Kiste nachgesandt; nach meiner Erinnerung hat der Transport und die Zufuhr etwa RM 100 gekostet.« Er besaß tatsächlich eine ganze Kiste mit Dingen, als er in Palästina ankam.

Zunächst fand er im Kibbuz Na'an in der Nähe von Rehovot Zuflucht und konnte dort in der Landwirtschaft mit anpacken. Fünf Jahre später, 1941, da war mein Vater in Stuttgart als Straßenarbeiter »dienstverpflichtet«, konnte Avram in Tel Aviv wieder als Schneider arbeiten. Er nahm wie Efrem den Namen Ilani an.

Einen anderen Namen annehmen, das taten viele Einwanderer. Es war ein Zeichen, dass sie angekommen waren. Und dass sie nicht nur ihr eigenes Leben aufbauten, sondern ein ganzes Land. So empfanden sie es.

Doch es war schwer. Gewalttätige Auseinandersetzungen zwischen den jüdischen Einwanderern und den arabischen Ansässigen erschütterten das Land seit den Zwanzigerjahren. Sie wurden schlimmer. Neue Vertreibungen, Fluchtbewegungen; alles blieb unsicher. Und keine Nachrichten aus der alten Heimat. Hatte er nicht auch ein schlechtes Gewissen, abgehauen zu sein, nichts tun zu können? Und dann kamen irgendwann sehr schlechte Nachrichten, Albträume, Schmerz. Das versteinerte Herz.

Später würde Avram der United Restitution Organization von bitterer Armut in diesen ersten Jahren berichten, vom Verlust der Stelle, von Schwarzarbeit. Vom Wohnen in einem baufälligen, feuchten Haus. Und aufzählen, was alles in dem Haus wie viel gekostet hatte.

Ich habe ihn nie kennengelernt. Auf den Fotos, die mir seine Tochter, meine Cousine in Tel Aviv, geschickt hat, lächelt er schelmisch. Eine Aufnahme zeigt ihn auf einem Geländer sitzend, locker balancierend, noch in Deutschland. Hinter ihm ist der Eingang zu einem Amtsgebäude zu erkennen. Das Schild neben der Tür trägt das Hakenkreuz und den Schriftzug »SA der N.S.D.A.P, Geschäftszimmer«. Posierte der Spaßvogel tatsächlich auf dem Geländer vor einem jener Verwaltungsbüros der Nazis, in denen an schweren hölzernen Schreibtischen Beamte saßen und auf Schreibmaschinen neue »Bekanntmachungen« oder Verbote tippten und so bei der »Sturmabteilung« nur ihre Pflicht taten?

Auf einem anderen Bild ist er in Jerusalem zu sehen mit seiner Tochter auf dem Arm; meine Cousine ist etwa drei Jahre alt. Die Häuser im Hintergrund sind aus dem gelb-beigen Kalkstein, aus dem alle Häuser der Stadt gebaut sind; im Foto ist das goldene Licht, das die Mauern zurückwarfen, in ein helles Grau übersetzt. Doch dieser Stein, der Jerusalemstein, mit dem die Häuser auch heute noch verkleidet werden, ist nicht irgendein Stein. Er stammt aus Steinbrüchen im Westjordanland. Dort ist er lange Teil der gelbbeigen Landschaft, liegt in der Erde unter einem weiten Himmel. Dann wird er staubiger Quader in einem klaffenden Loch. Daraufhin nimmt er seinen Weg nach Jerusalem, wandelt sich zur Platte und wird Hausfassade. Leuchtet dort, ist jetzt die ewige Stadt. Und dann wird er auch Hausfassade in manchen »Siedlungen« und soll dort, vor der Stadt, noch einmal ewig, eine Landschaft aus Stein werden. Er ist nicht einfach ein Stein.

Weiter gibt es Fotos, die Avram beim Tischtennisspielen zeigen. Schon in Deutschland war er ein passionierter Spieler gewesen und hatte Turniere gewonnen. In Palästina nahm er das wieder auf. Auf jedem Bild ist er mager. Immer. Die Hose hängt an seinem Gürtel und schlackert ihm um die Beine, das Hemd ist zu weit. *Immer war er hungrig,* erzählt meine Cousine. *Meine Mutter konnte kochen, was und wie viel sie wollte, immer blieb er hungrig.* Ein liebevoller Vater war er nicht. *Er schlug uns, nie umarmte er uns. Nie erzählte er etwas. Er war leer, in seiner Seele war er leer,* erzählt mir meine Cousine in Tel Aviv; wir sitzen in der weißen Stadt am Meer. *Und immer hungrig,* sagt sie. Avram, der Schneider, hing in seinen Kleidern und stand neben seinen Schuhen.

Während und nach dem israelischen Unabhängigkeitskrieg diente mein Onkel in der Armee. Wo kämpfte er? Was bewachte er? Beteiligte er sich an der Vertreibung von arabischen Familien aus ihren Dörfern, von ihrem Land? Wie empfand er das? War er einverstanden? In den Dokumenten finde ich nichts dazu.

Danach war er wieder arbeitslos. Es war ein ständiges Auf und Ab, ein Hinein in Betriebe und Abläufe und Gemeinschaften und Hinaus. Ein scheinbar endloses Beginnen und Aufhörenmüssen und wieder Anfangen. Erst im August 1951 fand er eine Stelle als Buchhalter bei der Zollbehörde, die er behalten konnte. Er wurde israelischer Staatsbürger; wie seine Geschwister war er staatenlos gewesen, von Geburt an.

Und wie sie bemühte er sich um Entschädigung und focht mit Hilfe der United Restitution Organization die Entscheide des »Landesamts für die Wiedergutmachung« an. Wieder und wieder, bis zum November 1971. Schließlich schaffte er es, einen erstaunlich guten Vergleich zu schließen. Für den Zeitraum vom 4. August 1934, als er seine Stelle in Deutschland verlor, bis zum 31. Dezember 1954, als er in Israel endlich ausreichend verdiente, wurde ihm eine Kapitalentschädigung zugesprochen: 22 573,60 DM. In Worten: Zweiundzwanzigtausendfünfhundertdreiundsiebzig Deutsche Mark und sechzig Pfennig. Da er bereits Zahlungen erhalten hatte, bekam er noch die Restsumme von 2882,52 DM inklusive Zinsen ausbezahlt.

Obwohl er ein Überlebender war wie seine Geschwister, zerstritt er sich mit ihnen so, dass sie nicht mehr miteinander sprachen. Weshalb nur? Weil er für die schweren Jahre mehr Entschädigung erhalten hatte als sie? Weil sie, allesamt starrköpfige Idioten, keine Kraft mehr für die Klärung eines kleinen Zerwürfnisses hatten? Nicht über ihre Schatten springen konnten? Über diese Schatten, die sie doch auch gemeinsam hatten?

1979 starb er im Alter von 66 Jahren an Darmkrebs. Weder mein Vater noch mein Onkel Efrem gingen zu seiner Beerdigung.

Sie hatten alle überlebt, sprachen aber nicht mehr miteinander. Sie hatten das alles überlebt.

Leuchtend rote Ahornblätter segeln jetzt durch die Luft und landen neben den gelben Lindenblättern auf der Straße. Dort bleiben sie kleben, wenn die Straße nass ist, und werden braun. Oder sie sammeln sich zu raschelnden Haufen, in denen kleine Windwirbel kreiseln, bis die Putzmaschine auf ihren fauchenden Rundfahrten durch die Stadt die Blätter aufnimmt und wegbringt.

Wie die Zeit vergeht! Sie läuft. Wie immer läuft sie. Sie hält nicht plötzlich inne und läuft dann in die Richtung, aus der sie gekommen ist. Die Blätter heben nicht vom Boden ab und schweben zurück an die Äste, wo sie wieder grün werden. Die Zeit läuft einfach immer weiter, und die Blätter, die die Putzmaschine nicht erwischt hat, faulen vor sich hin.

Kunstperle

Was mir mein Vater auf der Parkbank erzählt hatte, blieb mir lange wie ein dicker Brocken im Hals stecken. Ich war ohne Sprache dafür. Ich konnte keine Fragen dazu stellen; die Wörter hatten sich verkrochen. Der Brocken aus der Vergangenheit, das wusste ich oder spürte es, war nur ein kleiner Teil des Brockens, den es eigentlich gab. Aber er reichte, um mir den Atem zu nehmen. Um mir im Weg zu stehen.

Die Welt war schön, wunderschön. Das sah ich. Doch sie war auch ein Ort des Schreckens. Natürlich. Wer würde das bestreiten, was für ein Gemeinplatz! Die Schrecken gab es, jeden Tag wurden Bilder in der Zeitung abgedruckt, es wurde über sie berichtet, sie strömten aus dem Fernseher, und sie wiederholten sich. Dauernd wiederholten sie sich. Aber meine Schrecken lagen auch noch in meinem Rücken und tief in meinem Innern, scheinbar unerreichbar weit zurück auf der Zeitachse und am Grund des langen Schweigens verborgen. Was mir mein Vater erzählt hatte, war abgesunken und, als wäre das Schweigen trübes Wasser, nur noch undeutlich zu erkennen. Ich konnte schattenhafte Figuren sehen, vage Orte, die mit dem Wort *Treblinka* verbunden waren. Nichts war greifbar, nichts überblickbar. Es war zu groß, es war zu schwer, es lag zu tief.

Eines Abends, ich war fünfundzwanzig und in der Küche meiner eigenen Wohnung mit dem Abwasch beschäftigt, standen die Skelette wieder in der Ecke. Ich spürte sie hinter meinen Schulterblättern. Das war der Moment, in dem ich entschied, dass ich nicht mehr nur aus dem Augenwinkel zu ihnen hinüberschauen wollte. Ich verstand, dass sie da waren und blieben. Ob ich sie haben wollte oder nicht, kümmerte sie nicht. Ich verstand, dass ich nicht mehr so schnell, wie mich meine Füße trugen, an ihnen vorüberlaufen konnte. Wollte.

Es hörte mir jemand zu.

Ich begann, einen Schritt auf sie zuzumachen. Ich begann, sie Ausschnitt um Ausschnitt zu betrachten. Das Bild, das ich so bekam, wurde schärfer. Ich trat näher, ich drehte am Objektiv, schaute durch den Sucher. Ich richtete meinen Blick auf sie und dann auch von ihnen weg. Nach oben, nach unten, nach links und nach rechts. Ich schaute, fing an, hinter die Formen, Flächen und Farben zu sehen, die ich zuerst erkannte. Hinter die Schwarz-, Weiß- und die Grautöne. Ich fing auch an, hinter die schönen, glücklichen Bilder zu kommen. Die Tiefe, die ich jetzt sah, nahm mir wieder den Atem. Immer wieder stockte ich und schreckte zurück. Ich hätte vielleicht aufgegeben, wenn ich alleine gewesen wäre. Aber ich war nicht alleine. Langsam tauchte ich ab in die Tiefe und schaute mich auch dort um. Ich wollte jetzt ganz genau hinsehen; es war schwer, mir zuzuhören. Wieder und wieder erzählte ich das Gleiche. Wieder und wieder stand ich schlotternd in der Landschaft, die mir immer noch zu groß vorkam, und traute mich nicht hinein in diese Geschichte. Und langsam, sehr langsam konnte ich besser erkennen, was am Grund des Schweigens lag.

Ich begann also, den Brocken aus meinem Hals zu sprechen. Und gleichzeitig begann ich, seine ganze Größe zu erfassen. So, wie er war, konnte ich ihn nicht bis an mein Lebensende mit mir herumtragen. Er musste eine Form bekommen, die tragbar war.

Natürlich gab es immer Phasen, in denen anderes wichtig war. Die Arbeit, die Freunde, die Liebe, Reisen, die Gegenwart. Die Welt! Die schöne, die schreckliche Welt.

Und zuerst auch meine Mutter. Nach der Scheidung hatte sie den roten Faden verloren. Sie suchte ihn, das konnte ich sehen; sie war unruhig. Sie lebte aber nicht in ihrer Welt der Zeichnungen, des Papiers, der Pinsel, Farben und des intensiv ausdünstenden Leims, des Rubber Cement. Sie saß nicht dort, wo ich sie so gerne beobachtet hatte, als ich kaum die Tischhöhe erreichte.

Sie war auch nicht in der Welt des Haushalts mit seinen tausend kleinen Arbeiten, die immer zu tun waren. Diese kleinteilige Welt der Wiederholungen, in der man putzen musste, kaum hatte man geputzt. In der man Geschirr spülte, kaum hatte man Geschirr gespült. In der man kochte und kochte und wieder kochte. Diese Welt hatte sie immer gemieden, so gut es ging. Mit dem wiederkehrenden Schmutz wollte sie nichts zu tun haben. Sie hatte ihn der Haushaltshilfe überlassen, der Putzfrau und den Garten dem Gärtner. Sie hatte *des mains à rien faire*, wie sie sagte, knochig, feingliedrig, mit gepflegten Nägeln, und diese Hände waren naturgegeben.

Doch jetzt war mein Vater weg. Seine Hände waren weg.

Im Sommer verbrachte sie ganze Nachmittage auf dem Liegestuhl und *machte blau*. Das fiel mir lange gar nicht auf; ich ging ja zur Schule. Hartnäckig hielt sie ihre Augen verschlossen. Sie hatte keine Panik, die hatte ich. Oder liegt jemand, der Angst hat, tagelang unter dem Sonnenschirm?

Meine Mutter trug wie immer Parfüm. Als wir noch eine Familie waren mit Vater, Mutter und zwei Kindern, kündigte mir der Wechsel ihres Parfüms die neue Jahreszeit, die andere Jahreshälfte an. Als die Scheidung hinter ihr lag, hieß ihr Parfüm dann ganzjährig *Chloé*, und sie erwischte oft zu viel davon.

In ihren Kleiderschrank, in dem sich *Apple Blossom* und *L'Air du Temps* gemischt hatten und jetzt *Chloé* in der Luft hing, bin ich natürlich nicht mehr hineingeschlüpft, um mich zu verstecken. Auch nicht mehr in ihre eleganten Schuhe. Sie blieben mir zu groß. Ich habe mir da auch nicht mehr gewünscht, erwachsen zu sein und so schön wie sie. Ich war erwachsen, blieb kleiner, und ich musste vernünftig sein. Mein Bruder studierte nun im Ausland, mein Vater hatte längst eine neue Frau; ich war da.

Im Haus machte sich etwas Neues, wieder Undurchschaubares breit. Es waren nicht dieselben *Dibbukim*, die Skelette, die ich schon kannte. Sie standen immer noch in der Ecke meines Zimmers, von Zeit zu Zeit sah ich sie und tat immer noch so, als sei da nichts. Nun aber wurden auch noch die Böden und Wände dünn. Das ganze Haus begann zu wackeln, es pfiff der Wind durch die Ritzen, ich hörte das genau.

Darum musste ich jetzt immer etwas tun. Herumsitzen oder auf dem Sofa liegen machte mich ganz kribbelig. Also sauste ich mit dem Staubsauger durchs Haus, wischte das Parkett im Wohnzimmer und rückte die Möbel zurecht. Wenn alles ein fürchterliches Durcheinander war, räumte ich zuerst den Schrank auf, dann den Keller. Ich mähte das Gras im Garten, jätete Unkraut und stapfte mit Besen, Schaufel und Rechen herum; ich musste etwas tun. Während meine Mutter auf dem Liegestuhl in einer Zeitschrift blätterte.

Im Garten trocknet der Knöterich jetzt vor sich hin. Schon liegen viele Stängel auf der Erde, seine Blätter haben am Boden zu modern angefangen. Die Säfte sickern langsam zurück in die Erde. Erst wenn sich alle Stauden versamt haben, erst wenn sie verdorrt und verblasst sind, haben sie der Erde zurückgegeben, was sie den Sommer hindurch von ihr bekommen haben. Dem Garten erlauben, struppig zu werden, unansehnlich, wirr. Und ihm Zeit lassen, sich zu zersetzen. Im nächsten Jahr wird es aus den dürren Zweigen wieder austreiben, die Blüten werden sich zuerst als kleine Knospen zeigen; das ist die Natur des Gartens.

An den Herbstanemonen schaukeln jetzt statt der weißen Blüten graue Knöpfe. Auch die Astern sind verblüht, ihr Laub ist nachgedunkelt. Überall verzieht sich das leuchtende Grün. Braun- und Olivtöne kommen hervor, dazwischen schimmern die Wedel des Schilfgrases in Silbergrau.

Nur noch wenige Blätter hängen an den Ästen. Der Wind rüttelt an den Bäumen, die in einer langen Grünfläche entlang des Gehwegs stehen.

Nur Ferienfotos dürfen die Muße zu einem Denkmal erheben. *Blaumachen*, im Badeanzug unter dem Sonnenschirm liegen, passte nicht zu den Werktagen mit ihren emsigen Geräuschen. Und es passte nicht zur Lage, in der wir nun waren. Sonnenschirm, Zeitschrift und Liegestuhl waren die Requisiten für die Beweisbilder, dass man Freizeit oder Ferien hatte, zum Genuss berechtigt und in der Lage war.

In dem Alltag, den wir neuerdings hatten, hätte meine Mutter die Ärmel hochkrempeln müssen. Das konnte sie nicht. Die Scheidung und die Wirklichkeit mit Geldverdienen und einem arbeitsreichen Haushalt waren nicht vorgesehen gewesen. So war sie nicht aufgewachsen, darauf war sie nicht vorbereitet. Nie hatte sie um etwas kämpfen müssen wie mein Vater. Er konnte gar nicht aufhören, mit hochgekrempelten Ärmeln herumzumarschieren.

Diese neue Wirklichkeit, in der wir ohne ihn waren, war nicht schön genug, um fotografiert zu werden. Sie bot keinen

Anlass zum glücklichen Staunen und Erinnern. Aber nun war ja auch niemand mehr da, der fotografierte.

Heute weiß ich, woran meine Mutter litt.

Ihre Augen blieben verschlossen, doch irgendwann begann sie wieder zu malen. Ihre Bilder, idyllische, exakt komponierte und sauber gemalte Landschaften und Interieurs mit schönen Aussichten stellte sie aus und verkaufte sie auch gut; sie hatte ein Publikum. Das reichte aber nicht. Das Geld rauschte weg wie das Badewasser, wenn man den Stöpsel aus der Wanne zieht. Und wie weit weg sie doch immer noch war!

Zuerst bekamen wir einen Untermieter; ich mochte ihn, und das Haus war weniger leer. Dann verkaufte meine Mutter das Klavier, ein bisschen Silber, ein paar Schmuckstücke. Und schließlich das Haus. Sie zog um, ich aus.

Von da an suchte sie offensichtlich. Ordnung und Schönheit. Einen neuen Mann. Eine neue Wohnung. Vor allem das. Sie zog von einer Wohnung in die nächste. Die Wohnungen beglückten sie zuerst, dann waren sie plötzlich zu klein, zu laut, die Sicht aus dem Fenster zu hässlich. Die Männer waren zu dick, zu dünn, hatten eine Glatze oder das falsche Sofa. Und meine Mutter fing an, sich zu zerstreiten. Aus geringem Anlass, aus keinem Anlass. Mit den Nachbarn und alten Freundinnen, mit wildfremden Menschen im Supermarkt und den neuen Bekannten im Chor, in dem sie inzwischen sang. Mit ihrer Schwester, meiner Tante Annette. Mit mir. Sie stritt, sie schrieb allen Briefe, die gespickt waren mit Anklagen und Vorwürfen; sie war wütend, sie war so wütend. Und wollte so sehr, dass das, was schön war, auch gut war. Mit Schönheit und Ordnung musste das Leben doch schön und ordentlich sein. Wie die Narren von Chelm verbot sie sich das Wort *Problem.*

Sorgfältig geschminkt und mit braun gefärbten Haaren

wirkte sie auch fröhlich. Sie gab ein schönes Bild ab. Doch es gab kein Mittagessen und kein Abendessen und keinen Nachmittagskaffee mehr, ohne dass ihre Lippen irgendwann zu zittern begannen. Manchmal rollte eine Träne über ihre Wange. Eine Krokodilsträne, ich war genervt. *Du bist wie dein Vater,* warf sie mir dann vor. Netter sollte ich beim nächsten Mal sein und *gütiger,* wie sie es nannte. *Wenn ich dann noch lebe!,* fügte sie noch an. Das hatte sie schon gesagt, als die Scheidung endlich vorüber war und bei ihr das erste Mal Krebs diagnostiziert wurde. Es war ein Geschwür in einem Rückenmuskel; sie war einundfünfzig, ich siebzehn und in heller Angst.

Ging sie jetzt auch?

Sie ging nicht. Sie erholte sich und lebte auf. Sie malte, sie hatte noch Freundinnen, die mit ihrem Wüten umgehen konnten. Sie hatte Hoffnung. Doch dann nahmen die Streitereien überhand, und ein paar Jahre später war der Krebs wieder da, diesmal in der Brust, und er blieb. Eingriffe, Phasen der Erholung und dieser Satz wiederholten sich fortan. *Wenn ich dann noch lebe!* wurde zu einem Refrain, den ich so gut kannte, dass ich nicht mehr zuhörte.

Verhielt ich mich wirklich wie mein Vater? Ich fühlte mich hilflos, war auch wütend und hatte wieder und wieder ein schlechtes Gewissen. Weshalb war sie so krank? Weshalb war sie so allein? Weshalb kam sie nicht zur Ruhe? Weshalb konnte sie sich nicht helfen lassen? Einen Doktor Fliess fand sie für sich nie. *Ich bin doch nicht krank,* sagte sie.

Meine Mutter hatte ihren roten Faden längst verloren, nun verlor sie sich selbst aus den Augen. Langsam. Sie begann den Regenschirm zu verlegen und empört zu berichten, er sei gestohlen worden. Und dann vergaß sie, dass sie mir erzählt hatte, dass er gestohlen worden sei. Und dann vergaß sie, dass sie empört war und weshalb. Doch vom Sterben sprach sie dauernd. *Du weißt doch, dass ich Krebs habe,* sagte sie, wenn es darum ging, dass ich etwas für sie tun musste, was sie auch selbst hätte tun können. Oder wenn ich ihr Gesellschaft leisten sollte, weil sie sich wieder einmal mit der Nachbarin gestritten hatte. Ich kam also zum Essen und versuchte, über die Krokodilsträne hinwegzusehen. Ich bezahlte für sie die Rechnungen, beruhigte die Nachbarin und kaufte meiner Mutter neue Unterwäsche, wenn sie die eben gekaufte statt in die Waschmaschine in den Müll geworfen hatte. *Gütig, a Mentsch* zu sein fiel mir schwer.

Weshalb war es meiner Mutter nicht möglich, mit dem, was sie erlebt und erlitten hatte, einen Frieden zu finden?

Du weißt doch, dass ich geheilt bin, sagte sie auch immer wieder. Dieser Satz war der Antagonist zum *Du-weißt-doch-dass-ich-Krebs-habe*-Satz. Sie sagte ihn, wenn sie die Therapien abbrach, die ihr die Ärzte empfohlen hatten. Sie wollte keine Chemotherapie machen, bei der ihr die Haare ausfallen würden. Das war ihr gutes Recht. Vielleicht hätten die Therapien auch nicht geholfen. Der Brustkrebs breitete sich aus, langsam und stetig fraß er sich in ihre Organe und Knochen. Auf dem Bild, das der Arzt mir schließlich zeigte, waren unzählbar viele schwarze Nester zu erkennen. Sie hatte überall Metastasen.

Da hörte sie auf, diese beiden Sätze zu sagen; sie war einundachtzig und starb wirklich. Langsam, über Monate. *Sie ist hart im Nehmen,* sagte der Arzt und hatte recht. Sie war tapfer, aber sie hatte auch viele offene Rechnungen; es tat weh, so weh. Wenn ich sie besuchte, verabschiedete ich mich immer von ihr, als wäre es das letzte Mal.

Außer das letzte Mal. Sie lag im Bett, mager bis auf die Knochen und mit weißen, wirr vom Kopf abstehenden Haaren. Sie hatte längst aufgehört, sie zu färben, und auch der Rest der braunen Farbe war nun herausgewachsen. Die weißen Haare gefielen mir an ihr. Ich gab ihr einen Kuss und sagte, dass ich bald wiederkäme. Als ich schon an der Tür war, sagte sie plötzlich: *Danke.* Und nach einer Pause: *Schnuggerli.*

Als sie tot war und im Totenhemd mit Spitzenkragen und Kunstperle am Hals im Bett lag, war der Schmerz in ihrem Gesicht eingraviert.

Mein Vater sprach nicht dauernd vom Sterben. Mit mir sprach er nie davon. Er lebte, liebte und war jähzornig wie eh und je. Und als er starb, starb er schnell. Die Aorta riss; er war einundachtzig und gerade von der Arbeit nach Hause gekommen. Der Chirurg konnte ihn nicht retten.

Ein paar Monate vor seinem Tod waren wir uns wieder nähergekommen. Eines Abends, ich war bei ihm und seiner Frau zu Besuch, klingelte das Telefon. Es war Hanna, seine erste Frau. Was sie wollte oder auch nur sagte, weiß ich bis heute nicht. Aber mein Vater war außer sich. Er bebte. Dass sie einfach anrief! Sie überfiel ihn aus heiterem Himmel, *was fällt der eigentlich ein!* Wir verstummten. Sie tat mir leid. Er tat mir leid. Ich spürte, dass etwas Riesiges ins Kerzenlicht des Wohnzimmers gesprungen war, das in der Dunkelheit hätte bleiben müssen. Verhielt er sich jetzt ungerecht, sogar gemein? Hätte er nicht souveräner, freundlicher reagieren können? Ich sah, dass es Ereignisse gab, über die er nicht hinwegkam, einfach nicht hinwegkam. Die nicht in die Nähe kommen durften.

In der Nacht, als er im Sterben lag, saß ich im Krankenhaus an seinem Bett und hielt seine Hand.

Als er tot war und im gekühlten Zimmer unter einem weißen Leintuch lag, hatte er ein Lächeln im Gesicht. Es schien, als hätte er trotz allem keine offenen Rechnungen mehr.

Wie konnte das nur möglich sein.

Sie starben im Abstand von zwölf Jahren, gleich alt geworden. Sahen sie sich im Jenseits wieder? Fingen sie dort an, wieder miteinander zu sprechen? Zuerst scheu, dann vertraut? Konnten sie, zusammen auf einer Wolke sitzend, ihre Beine in den Himmel baumeln lassen und endlich darüber lachen, was sie einander vorgeworfen hatten? Unten auf der Erde, in den Niederungen des Unglücks. Und würde mein Vater seinen Vater und seine Schwester wiedersehen? Ich wünschte, ich könnte an ein Jenseits glauben.

Über Nacht ist Schnee gefallen. Er bedeckt die schmutzigen Haufen aus Herbstblättern am Straßenrand mit einer federleichten Schicht. Lange wird sie nicht liegen bleiben. Aber frisch ist die Luft, der Himmel ist schneegrau, und saubere Schneekristalle kleben auf dem Fenstersims. Wie jedes Jahr erzählt der Schnee die Dinge der Welt neu, in Weiß. Ich stehe am Fenster, schaue hinaus in den Garten und entdecke mich im Glas. Meine Augen schweben vor mir, sie sind eine hauchdünne Spur vor den Häusern der gegenüberliegenden Straßenseite.

Erbschein

Wann hörte ich zum ersten Mal, dass mein Vater eine Entschädigung für die Zeit der Nazidiktatur erhalten hatte? Das hörte ich nie, kein einziges Mal. Ich las es in den Dokumenten.

Handblatt liegt immer oben.

Olonetzky, Emil Benjamin, geb. 4.7.1917, Zürich, Am Wasser 80.

Vergleich:

Schaden im wirtschaftlichen Fortkommen: DM 1000, ausbezahlt 1954.

Ausbildungsschaden: DM 4000, ausbezahlt 1957.

Schaden an Freiheit: 20 Monate, DM 3000, ausbezahlt 1959.

Schaden im beruflichen Fortkommen: DM 4000, ausbezahlt 1962.

Ausbildungsschaden: DM 5000, ausbezahlt 1965.

Und: »Der Antragsteller verzichtet auf jeden weiteren Entschädigungsanspruch für Schaden im beruflichen Fortkommen einschließlich der Geltendmachung des Rentenwahlrechts.«

Weshalb bekam mein Vater je zweimal eine Entschädigung für die verhinderte Ausbildung und den »Schaden im beruflichen oder wirtschaftlichen Fortkommen«? Erachtete das »Landesamt für die Wiedergutmachung« diese Schäden als bedeutender als die Zeit, die er im Schlosshof verbringen musste und die in dem Formular nun doch als »Haft« bezeichnet ist? Und auch bedeutender als die Zwangsarbeit in Stuttgart, diesen immensen »Schaden an Freiheit«?

Ich finde keine abschließende Erklärung dazu.

Alle Verfahren hatten sich hingezogen. Alle. Sagte ich das schon? Natürlich. Es wiederholte sich. Immer wieder. »Der Antragsteller kann uns über seine Angaben keine konkreten Beweise vorlegen.« Wie trocken ist die Sprache in diesen Schreiben. Wie geschäftig wirken die vielen Stempel, die Unterschriften und die von Hand dazu geschriebenen Daten. Als hätten die Beamten Wichtiges zu bezeugen und zu sagen und weiterzuleiten gehabt. Dazu Randnotizen, die meisten unleserlich, und mit Bleistift geschriebene Berechnungen.

Es wiederholte sich auch beim Antrag »wegen Schadens an Freiheit« für Moritz Olonetzky, meinen Großvater, ermordet wahrscheinlich in Izbica oder Bełżec, Polen, irgendwann im Sommer 1942. Der Vermisste blieb verschollen, das war geklärt. Der Tote blieb verschollen, das war auch geklärt. Der Totenschein war nun beschafft, es gab Erben, meinen Vater und seine Geschwister.

Doch ein Erbschein fehlte.

Der Bezirksnotar schrieb dem »Landesamt für die Wiedergutmachung« deshalb einen Brief: »Wegen Erteilung eines Erbscheins wird um Überlassung der dortigen Entschädigungsakten ES/A 10861 und um eine Bestätigung darüber gebeten. Bezirksnotar Hipp, 25. Februar 1959«

Das Wort »Erbschein« ist doppelt unterstrichen.

Das »Landesamt für die Wiedergutmachung« antwortete Herrn Hipp umgehend.

»An das Bezirksnotariat, Abteilung A – Nachlassgericht – z. Hd. Herrn Bezirksnotar Hipp, Stuttgart, Königstraße 191.

Als Sohn des Erblassers beantragte Herr Emil Benjamin Olonetzky, geb. 7. April 1917, Entschädigung wegen der von diesem angeblich erlittenen Schädigungen mit der Begründung, sein Vater habe den Judenstern ab 19. September 1941 tragen müssen, sei am 26. April 1942 von seinem letzten Wohnsitz in Stuttgart nach dem KL Izbica deportiert worden und seitdem verschollen.

Eine Entscheidung über den Antrag ist noch nicht ergangen, doch muss davon ausgegangen werden, dass der Erblasser wegen seiner Zugehörigkeit zur jüdischen Rasse geschädigt worden ist und somit Verfolgter im Sinne des § 1 BEG ist. Nach Urteil des Landgerichts Stuttgart vom 11./15. Juli 1958 wird als Zeitpunkt des Todes der am 26. April 1942 von Stuttgart nach Izbica deportierten Juden der 30. November 1942 angenommen.

Auf Erbschein kann nicht verzichtet werden. 12. März 1959«

Die Rechtsanwälte hatten die Höhe der Entschädigungsforderung eigentlich bereits mit dem amtlichen Totenschein vom März 1954 begründet. »Der Verschollene hat sich nicht fristgerecht gemeldet. Als Todeszeitpunkt wird der 31. Dezember 1945, 24 Uhr, festgestellt. Gerichtskosten werden keine erhoben.« So stand es in der Todeserklärung. »Der Verfolgte musste vom 19.9.1941 an den Judenstern tragen«, schrieben die Anwälte daher, »und da sein Tod auf den 31.12.1945 festgestellt wurde, steht den Kindern als den Erben ihres Vaters die Haftentschädigung auf 43 Monate = DM 6450 zu.«

Zuerst musste das »Landesamt für die Wiedergutmachung« Notar Hipp die Akten ES/A 10861 zusenden. Erst dann konnte er sich an seine Schreibmaschine setzen und den Erbschein ausstellen. Darauf schrieb das »Landesamt für die Wiedergutmachung« erneut einen Brief. »An die Herren Rechtsanwälte Dr. Ulmer, Dr. Bundschuh, Dr. Ganssmüller, O. Schmidt und Kurt Reissmüller, Stuttgart, Charlottenstraße 15 A. Betreffend Entschädigungssache Moritz Olonetzky Erben, hier: Schaden an Freiheit.

Sehr geehrte Herren Rechtsanwälte! Nachdem uns seitens des Nachlassgerichts Stuttgart Erbschein nach dem Verfolgten zugegangen ist, bitten wir Sie, die anliegenden Formblätter von jedem der 4 Antragsteller ausgefüllt und unterschrieben wieder an uns zurückzusenden. Für die Erledigung unserer Auflage erlauben wir uns eine Frist bis 30. 6. 1960 zu notieren. Nach Fristablauf entscheiden wir nach Aktenlage. Eilt sehr. 7. Mai 1960«

Die vier Antragsteller lebten in zwei Ländern; die Formblätter mussten an drei Adressen in Israel und an eine in der Schweiz verschickt werden. Erst als sie bei Avram, Efrem und Paula in Jerusalem und bei meinem Vater in Zürich eintrafen, konnten sie ausgefüllt, unterschrieben und zurückgeschickt werden. Dann verging wieder Zeit. Denn natürlich hatten die Beamten, die in den Landesämtern, Notariaten, Nachlassgerichten und Oberfinanzdirektionen saßen, noch sehr viele andere Fälle zu bearbeiten.

Und es eilte nicht sehr.

Die nächste Antwort des »Landesamts für die Wiedergutmachung«, die ich in den Dokumenten finde, trägt das Datum 5. November 1960. Sie enthielt tatsächlich einen Entscheid.

»An die Herren Rechtsanwälte gegen Empfangsbekenntnis! Zustellung erfolgt. Bescheid wegen Schadens an Freiheit, hier: Freiheitsentziehung und Freiheitsbeschränkung, hat das Landesamt für die Wiedergutmachung Stuttgart entschieden:

Die Antragsteller verlangen als Erben ihres am 1.5.1881 in Odessa geborenen Vaters, des Kaufmanns Moritz Olonetzky, Entschädigung wegen Schadens an Freiheit für die Zeit vom 19.9.1941 bis 8.5.1945. Die örtliche Zuständigkeit ist gegeben. Die Voraussetzungen des § 4, Abs. 1 Nr. 1b BEG sind erfüllt.«

Weshalb ist der Zeitraum nun bereits auf das Kriegsende vom 8. Mai verkürzt?

»Der Erblasser«, heißt es in dem Schreiben dann weiter, »war Jude und zuletzt in Stuttgart wohnhaft. Er war gesetzlich verpflichtet, ab 19.9.1941 den Judenstern zu tragen, und trug ihn bis zu seiner am 26.4.1942 erfolgten Deportation nach Izbica. Seitdem ist er verschollen.

Es besteht ein Entschädigungsanspruch wegen Freiheitsbeschränkung durch Judensterntragen vom 19.9.1941 bis 25.4.1942. Für die Zeit vom 26.4.1942 bis 30.11.1942 ist Entschädigung für Freiheitsentziehung gemäß § 43 BEG zu leisten. Der Erblasser ist zwar auf den 31.12.1945 für tot erklärt worden, doch ist das Landesamt der Überzeugung, dass er zu einem früheren Zeitpunkt den Tod fand. Die nach Izbica Deportierten kamen von dort in die Vernichtungslager Chelmno, Sobibór, Bełżec oder Majdanek. Dies geschah in der Zeit vom März und April 1942 bis spätestens 10.11.1942. Es ist deshalb mit Bestimmtheit anzunehmen, dass der Erblasser den 30.11.1942 nicht überlebt hat.

Die Freiheitsentziehung des Erblassers hat demnach vom 26.4.1942 bis 30.11.1942 gedauert. Gemäß §§ 45, 48 BEG beträgt die Entschädigung DM 150 für jeden vollen Monat der Freiheitsbeschränkung oder Freiheitsentziehung. Sie beläuft sich somit für den gesamten entschädigungsfähigen Zeitraum – insgesamt 14 volle Monate – auf DM 2100. Der Entschädigungsanspruch ist auf die Antragsteller übergegangen.«

Die Mühlen des »Landesamts für die Wiedergutmachung« hatten den Antrag meines Vaters und seiner Geschwister auf ein Minimum an Entgegenkommen zermahlen.

Und »Entschädigung für Schaden an Leben nach den Eltern«, teilte das »Landesamt für die Wiedergutmachung« am 21. Januar 1963 schließlich auch noch mit, »kann Waisen unter den gegebenen Umständen nur bis zur Vollendung des 25. Lebensjahres gewährt werden (§ 17, Abs. 1, Nr. 3). Der am 7. 4. 1917 geborene Antragsteller hatte im Zeitpunkt der Deportation seines Vaters nach Izbica am 26. 4. 1942 sein 25. Lebensjahr bereits vollendet. Ihm steht daher kein Anspruch auf Entschädigung für Schaden an Leben nach seinem Vater zu. Der diesbezügliche Antrag war daher zurückzuweisen.«

Da hatte das Landesamt Schwein gehabt. Mein Vater, der Benjamin der Familie, war 19 Tage vor der Deportation seines Vaters 25 Jahre alt geworden.

Jeder Antrag, den mein Vater und seine Geschwister stellten, endete mit einem Vergleich. Doch wer jetzt meint, das Ende sei das Ende gewesen, irrt wieder.

Fast zehn Jahre waren seit dem Entscheid vergangen, der auch meinem Vater für zwanzig Monate »Freiheitsberaubung« eine Entschädigung von 3000 DM zusprach, da richteten die Anwälte erneut ein Schreiben an das »Landesamt für die Wiedergutmachung«.

»Insbesondere vermag ich nicht anzuerkennen, dass die Zeiten der Dienstverpflichtung keinen Verfolgungs-Charakter gehabt hätten«, schrieb Rechtsanwalt Schmidt. »Das gilt ganz besonders für den Aufenthalt in dem jüdischen Arbeitslager ›Schlosshof‹ in Bielefeld. Es kommt – darauf muss ich nochmals hinweisen – in diesem Zusammenhang nicht darauf an, ob Ihre Behörde Haftentschädigung gewährt hat oder nicht. Maßgeblich ist es, dass die Verschickung in dieses nur mit Juden belegten Lagers eine reine Verfolgungsmaßnahme war. Hochachtungsvoll Rechtsanwalt Schmidt«

Er focht den Entscheid an, dem Schreiben lag eine beglaubigte Fotokopie bei, die den Aufenthalt im Arbeitslager Schlosshof bewies.

Ich war sieben Jahre alt.

Das Landesamt änderte seinen Entscheid nicht.

Hatte die Abwesenheit von Menschen und Dingen für meinen Vater etwas Poetisches, wie manche schwärmen? Konnte er sich schmerzlich schön nach ihnen sehnen, sich ausmalen, was wäre, wenn sie wieder auftauchten? Nein, er musste sich damit abfinden, dass sein Vater und seine Schwester unauffindbar tot waren. Dass Dinge, die er geliebt oder auch nur benutzt hatte, geraubt blieben. Zu guter Letzt, nach knapp zwanzig Jahren Korrespondenz, erhielt er 17 000 DM Entschädigung für sich, in Worten: Siebzehntausend Deutsche Mark. Zudem erhielten er und seine drei lebenden Geschwister 2100 DM Entschädigung für die Zeit der »Freiheitsbeschränkung durch Judensterntragen« ihres Vaters, 1717 DM für Möbel, Geschirr und für Gegenstände, die Moritz zum Pfandleiher hatte bringen müssen. Diese 3817 DM teilten sie sich auf.

Für die Anwälte hatte mein Vater, so vermute ich, ein Mehrfaches ausgegeben; um Geld konnte es nie gegangen sein, und zu Ende war es auch nicht. Wer meint, das sei jetzt endlich das Ende, irrt. Bis 1974 gingen immer noch Anträge und Antworten hin und her; da war ich zwölf. Sie betrafen meinen Onkel Efrem und seinen »Schaden an beruflichem Fortkommen«. Und danach gab es die Erinnerung.

Tür

Dass mein Vater so sehr für das bisschen Entschädigung kämpfen musste, zerreißt mir heute das Herz. Dass er einfach nicht aufhören konnte, wie unglaublich stark war das. Wie verbissen und wie demütigend auch. Wäre es nicht vornehmer gewesen, auf das Geld zu pfeifen? Behaltet doch einfach alles, ihr verdammten Blutsauger.

Wir saßen, ein halbes Jahrhundert ist inzwischen vergangen, immer noch auf der Parkbank im Botanischen Garten. Mein Vater hatte aufgehört zu sprechen. Ich war gleichzeitig übervoll und vollkommen leer. Ich war tonnenschwer und schwebte gleichzeitig; der Boden unter meinen Füßen war weg. Ich sagte nichts. Wir verließen den Garten über die Wege, die ich von der Bank aus flüchtig beobachtet hatte. Seither sehe ich alles mit anderen Augen.

Während mir mein Vater von seinem Vater erzählte und davon, was er hatte arbeiten müssen, und davon, wie er fliehen konnte, und davon, was seine Geschwister in dieser Zeit erlebt hatten, ging die Tür zum hundertsten Zimmer ein erstes Mal auf, einen Spaltbreit. Die Skelette bekamen einen Namen. Moritz und Anna oder Chana hießen sie. Aber sie hatten ja gar keine Knochen mehr, sie waren nur noch Asche und noch weniger, verstand ich. Sie waren zu Staub verbrannt, in die Luft aufgestiegen, sie waren ohne Grab, verstand ich. Vielleicht waren sie auch Mineralien, Bakterien und Moleküle in der Erde Polens.

Die Skelette in meiner Zimmerecke waren gar keine Skelette, verstand ich.

Mit den Dokumenten geht die Tür nun ganz auf. Das Zimmer ist eine Rumpelkammer der Erinnerung, vernachlässigt, in der sich die Trümmer der Geschichte stapeln, wild durcheinandergeworfen. Fast zweieinhalbtausend Seiten Dokumente liegen darin, wie viele Seiten ganz genau, habe ich nicht nachgezählt. Es ist ein heilloses Durcheinander aus Beschreibungen, Erklärungen und Forderungen. Aus Listen, Karteikarten und Tabellen. Aus Behauptungen und Abweisungen, Unterstellungen und Zweifeln. »Der Antragsteller will 1936 seine Lehre bei Bamberger & Hertz beendet haben.« »Er behauptet.« »Konkrete Beweise fehlen.« Aus Zeugenaussagen unter Eid, aus Rekursen und erneuten Forderungen, die, allesamt mit amtlichen Stempeln und Daten versehen, jahrelang herumgeschickt worden waren. Von Amt zu Amt, von den Anwälten an meinen Vater im »Ausland«, wie immer wieder vermerkt ist, und wieder zurück.

Während ich sie lese, versuche ich, eine Ordnung und Logik zu erkennen und die chronologische Abfolge zu finden. Denn im hundertsten Zimmer, das weiß ich aus den Märchen, liegt die Lösung und die Befreiung. Sie gelingen mir nicht lückenlos.

Ein Teil meiner Vorgeschichte besteht nur aus diesen wenigen Sätzen, die ich auf der Parkbank im Botanischen Garten hörte. Bis auf das eine Foto im blumengeschmückten Rahmen gibt es nichts Handfestes, was die Erzählung stützen könnte. Keine Chaiselongue, kein Rauchtischchen, kein Teppich und auch keine Kette mit Medaillon, die die Sätze beweisen könnten. Und in den Dingen steckt doch die Wirklichkeit der Geschichte! Sie ist dort geborgen, so kann sie die Zeit überdauern und zu denen sprechen, die danach zur Welt gekommen sind.

Die Dokumente bezeugen nun einen weiteren Teil meiner Vorgeschichte. Sie ersetzen die Gegenstände, die es nicht mehr gibt. Und die Leben, die es nicht mehr gibt. Nein, sie ersetzen sie natürlich nicht. Sie werden sie nie ersetzen. Doch die Dokumente sprechen zu mir.

Während ich in ihnen lese, fügt sich Fragment um Fragment dort ins Bild, wo es große Leerstellen gab. In die Lücken, die bleiben, krieche ich hinein und sehe mich um. Ich lausche, sauge die Luft durch die Nase ein. Erkenne ich doch etwas? Irgendetwas Winziges vielleicht? Höre ich etwas? Rieche ich etwas? Kann ich imaginieren, was noch fehlt? Die Annahme und die Ausschmückung wohnen hier. Sie sind ein altes Paar, das magisch angezogen wird von der Leere. Sie wollen sie füllen, sie halten diese Art von Unterdruck nicht aus.

Die Skelette haben seit dem Nachmittag auf der Parkbank Namen. Seit den Dokumenten haben sie auch eine Geschichte, keine vollständige, aber wer hat die schon.

Immer noch sehe ich sie manchmal in der Ecke meines Schlafzimmers stehen. Plötzlich sind sie da. Wie aus dem Nichts. Und immer noch erstarre ich, liege steif und bis auf die Knochen erschrocken im Bett. Weiß vor Angst. Aber nur kurz. Dann schaue ich zu ihnen hinüber. Dort steht das Grauen, das schleckt keine Geiß weg. Dort steht der Schmerz.

Aber eine Zlateh habe ich jetzt auch. Und einen Heustock. Der Heustock besteht aus Armen, die mich halten. Aus *Mentschn*, mit denen ich an großen Tischrunden esse. Er besteht aus dem Garten, dem Wald. Er besteht aus meiner Wohnung und aus Möbeln, die noch da sind, wenn ich auf Reisen gehe und dann wiederkomme. Und er besteht aus Buchstaben.

Sie hängen im Heu und warten zwischen den Halmen, bis ich sie heraushebe und aneinanderreihe. Ich wohne in diesem großen Heustock. Von Zeit zu Zeit höre ich Zlateh meckern. Sie wohnt in meinem Innern.

Den ganzen Tag ist es düster gewesen. Auf der Stadt hat ein bleigrauer Himmel gelastet. Gegen Abend hat es wieder zu schneien begonnen. Zuerst sind nur vereinzelte Flocken gefallen, dann immer mehr. Sie fallen und tanzen durch die Luft. Jetzt rieseln sie im Lichtkegel der Straßenlampe hinunter auf die Kreuzung. Niemand ist unterwegs, kein *Mentsch,* nicht einmal der Fuchs.

Massel

Einmal schrieb mir mein Vater ins Tagebuch: *In diesem Frühling blühen Kirsch-, Apfel- und Zwetschgenbäume miteinander, Tulpen und Forsythien ebenfalls, alles grünt. Sei dies ein Zeichen! Mögen alle deine guten Eigenschaften so blühen, möge der Frost fernbleiben, damit sich diese Blütenpracht entfalten kann.*

Natürlich wurde ich vom *Frost* heimgesucht. Von Dunkelheit und Angst. Wie hätte es auch anders sein können, das ist das Leben. Die Trümmer, die ich kennenlernte, waren aber nie die Trümmer, die mein Vater und seine Geschwister erlebt hatten. Ihre Trümmer stellten alles in den Schatten. Das Wasser kommt kalt zur Dusche raus? Die große Liebe ist eine große Täuschung? Es gibt Ärger mit einem Auftraggeber? Im Zug wird der Koffer geklaut? Nicht der Rede wert. Es sind nur die Folgen meiner eigenen Dummheiten und Selbstüberschätzungen. Oder blöde Zufälle.

Unter Trümmerschatten aufzuwachsen und ein Sonnenschein zu sein, das kennen viele. Hoffnung sein, Hoffnung heißen. Daran ist nichts Besonderes. Es wiederholt sich immer noch überall und in jeder Minute des Tages. Von Gewalt betroffen sein. Flüchten müssen. Alles verlieren. Tote beweinen. Glück haben. Etwas Neues aufbauen. Freude wiederfinden. Angst mit sich herumtragen. Das alles trotz Jahren in der Redekur an die nächste Generation übergeben. Wieder Fehler machen, wieder nicht aus einer Erfahrung klug geworden sein. Wieder nicht anders handeln.

Und dann, in dieser nächsten Generation? Das alles und obendrauf noch das Verschontsein in Fleisch und Blut haben, in Haut und Haaren, Leib und Seele. Das normal finden. Kein Aufhebens machen. Auch von schweren Schmerzen zu lange nicht sprechen. Meine Eltern ließen sich scheiden und sprachen nicht mehr miteinander. Mein Vater verließ die Familie, ohne zu sagen, dass er nicht wiederkommen würde. Meine Mutter schwieg zu viel und kam nicht über ihre Verletztheit hinweg. Das tat vielleicht weh und zog den Boden unter den Füßen weg, geschah aber in vielen Familien.

Auf den Irrsinn, von dem jedes Ehe- und Familienleben manchmal heimgesucht wird, war bei uns noch die Geschichte meines Vaters aufgesattelt. Oder war es umgekehrt? Auf die Verfolgung, die Angst und den Hunger war der Irrsinn des Alltags geschnürt. Und unter diesem Gewicht brach die Familie schließlich auseinander.

Das Tagebuch, das mein Vater für mich schrieb, *bis du selbst weiterschreiben kannst*, und in das meine Mutter eine Zeitlang hineinzeichnete, ist ein Beschwörungsbuch. Es ist voller Wünsche und Beobachtungen, auch voller salbungsvoller Gemeinplätze. *Wie sind doch die Jahre vorbeigerast! Wie ernst du bist, wie glücklich im Herzen. Wie viel Freude hast du mir gebracht, du bist ein Sonnenschein. Möge dich ein gütiges Schicksal behüten. Mögest du gesund bleiben.* Ich lese heute darin und erkenne die tiefe Liebe, die darin aufbewahrt ist. Ich sehe die Hoffnung, für die ich stand. Oder stehen musste.

Wie viele Grün gibt es? Grün wie die ersten Buchenblätter im Wald. Grün wie die Archivschachteln, in denen die Negative meines Vaters lagern, sorgfältig beschriftet nach Jahren und Inhalt. Grün wie die Zwiebeldächer der Kathedrale von Olonets. Grün wie die Schilfgräser im Garten vor dem Haus.

Wie meine schwere englische Lederjacke. Grün wie die Hoffnung; man soll die Hoffnung nie aufgeben.

Während ich diese Geschichte aufschreibe, springe ich zurück auf der Zeitachse und versuche mir die Vergangenheit so gegenwärtig zu machen wie das Heute. Es ergibt sich keine lineare Erzählung. Es gibt nur Verbundenes und Loses.

Kann die Geschichte mit den ausgesprochenen und aufgeschriebenen Wörtern meinen Körper verlassen? Soll sie das überhaupt? Oder stabilisiert sie das Fleisch und das Blut, die Knochen und die Seele sogar? Stützt sie mich also, weil sie auch zu dem gehört, was mich ausmacht? Vieles weiß ich immer noch nicht und werde es nie erfahren. Weiße Flecken bleiben; so weiß wie der frischgefallene Schnee im Garten, in Serneus oder in Chelm. Und so weiß wie die Blätter der Kirschblüten, die im Frühling wieder durch die Luft wirbeln und auf Schneeflocke machen.

Isaac B. Singer widmete seine Geschichten all jenen Kindern, die »wegen dummer Kriege und grausamer Verfolgungen, die Städte verwüsteten und unschuldige Familien zerstörten, niemals richtige Kinder sein können«. So schrieb er es im Vorwort zur Geschichtensammlung »Zlateh die Geiß«. Überall auf der Welt gibt es solche Kinder. Ich konnte ein richtiges Kind sein, auch wenn es die Skelette gab und Unglück.

Wo geht das Licht hin, wenn der Tag vergangen ist? Und wo versteckt sich die Nacht, wenn die Sonne aufgeht? Lösen sich Licht und Dunkelheit einfach in Luft auf? Bleibt nur eine Spur von ihnen in den Fotografien übrig? Und was ist mit all den Menschen und ihrem *Massel* und *Schlamassel,* wo gehen die hin, wenn die Zeit vergeht? Sie sind erst weg, wenn sich niemand mehr an sie und ihre Geschichten erinnert, wenn niemand mehr ihre Bilder betrachtet, ihre Namen kennt. Wenn niemand mehr von ihnen erzählt.

Heute sind alle Dächer weiß, im Garten liegt ein Schnee, der einige Tage liegen bleiben wird. Der Himmel ist blau. In der Ferne, das sehe ich von einem Fenster meiner Wohnung aus, stehen klar und rein die Berge. Die Luft ist kalt und frisch, sie riecht nach Neuschnee. Das ist doch ein richtiges Wetter, um auf der Welt zu sein.

Ich mache mich auf und setze mich ans Ufer der Limmat; sie strömt wie immer Richtung Meer. Sogar durch die kleinen graugrünen Strudel ist das Flussbett zu sehen, so klar ist das Wasser. Gerade treibt gemächlich ein Blatt dahin, dreht sich in einem Strudel, geht durch das Schattenbild einer kahlen Weide und dann durch weiße Schäfchenwolken hindurch, die sich im Wasser spiegeln. Hat sich das Blatt so lange an einem Ast halten können?

Im nächsten Sommer werde ich wieder eintauchen und ein Stück mit der Limmat mit schwimmen. Der bewegte Wasserspiegel ist die Schwelle, auf der sich die luftige Oberwelt und die wässrige Unterwelt treffen.

***

Epilog

Unsere Familie lebt weit verstreut auf zwei Kontinenten. Die einen wohnen in den USA, die anderen in Israel, einige leben in der Schweiz, in Österreich und in Deutschland. Malka und Moritz sind unsere Großeltern, Urgroßeltern oder Ururgroßeltern. Das verbindet uns. Verbindet es uns? Die einen kennen sich gut, andere haben sich noch nie gesehen. Auf Whatsapp führen wir einen Gruppenchat; es ist eine schöne und lustige Kontaktpflege, und sie ist voller Missverständnisse.

Nun habe ich mit den Dokumenten aus den fünf Archiven, mit den Fotoalben und dem Tagebuch, mit weiteren Büchern und Quellen sowie aufgrund von Reisen und Gesprächen diese Geschichte aufgeschrieben. Oder einen wichtigen Teil von ihr. Es ist der Teil, der prägend war für mein Leben. Würden meine Cousins und Cousinen und deren Kinder oder meine Brüder mit den gleichen Dokumenten und denselben Zitaten zu erzählen beginnen, käme eine andere Geschichte ans Licht. Wir alle haben eigene Erinnerungen, Freuden und Verletzungen, und von ihnen zu erzählen ist wie in der Fotografie auch eine Frage von Perspektive, Zeitpunkt und gewähltem Ausschnitt. Und eine Frage dazu, wer sich von dieser Geschichte welche Bilder macht.

Erleben zwei dasselbe, ist es nicht dasselbe. Ich sehe was, was du nicht siehst. Und umgekehrt.

Worüber spreche ich in diesem Buch also? Ich bin ein Mensch mit einem jüdischen Vater und einer christlichen Mutter. Ich bin ein Mensch, der über die Rituale beider Religionen nicht viel weiß; ich bin nicht gläubig. Aber ich bin ein Mensch, der mit den Folgen der *Shoah* aufwuchs. Davon kann ich erzählen.

Es war mir wichtig, schweizerdeutsche und jiddische Wörter in meinen Text einzubeziehen. Sie gehörten und gehören zu meinem Alltag und sind Teil des gemischten kulturellen Hintergrunds. Schweizerdeutsch kommt auch in den Fotoalben meines Vaters und in den Unterlagen zu seiner Einbürgerung vor.

»Jiddisch ist eine Sprache des Exils«, sagte Isaac B. Singer, als er 1978 den Nobelpreis für Literatur bekam. Es ist eine Sprache der großen Räume und der vielen Länder oder wie der litauisch-französische Schriftsteller und Kommunist Charles Rappaport (1865–1941) einmal meinte: »Ich spreche zehn Sprachen – alle in Jiddisch!« Jiddisch entwickelte sich durch den Antisemitismus; es ist die Sprache einer über die Erdteile verstreuten, oft unter Zwang migrierenden Gruppe von Menschen. Und innerhalb dieser Gruppe ist sie eine Sprache, die das Patriarchat hervorbrachte. Es ist eine Sprache der Mütter, eine *Mameloschn,* weil die Frauen nicht am Hebräischunterricht teilnehmen durften. Im heutigen Israel wird Jiddisch, das für viele Menschen eine Heimat aus Wörtern war und ist, belächelt und abgelehnt; nur Ultraorthodoxe sprechen noch Jiddisch.

Schweizerdeutsch ist eine Sprache der Kleinräumigkeit. Schon nach zwanzig Kilometern sagen die Leute nicht mehr *zwänzg*, sondern *zwanzg*. Und schon nach zweihundert Kilometern oder kurz nach der Landesgrenze versteht niemand mehr, was der feine Unterschied zwischen *Chrüsimüsi* und *Gnuusch* ist. Schweizerdeutsch wird auch belächelt; niemand nimmt die Sprache mit den vielen Diminutiven ernst. Tatsächlich ist es eine Sprache der Intimität und der Nähe, und darum ist auch allen, die sie in der einen oder anderen Dialektvariante sprechen, klar, dass es weitere Sprachen braucht. Sonst bleibt nur zugänglich, was innerhalb des eigenen Tellerrands liegt.

Das Wissen über die Vergangenheit hängt nicht nur von den Gegenständen ab, die erhalten bleiben. Mehr noch hängt es davon ab, ob jemand etwas erzählt. Ob jemand etwas aufschreibt und das Aufgeschriebene auch aufbewahrt. Ob jemand etwas fotografiert und die Bilder in Alben und Archiven sammelt. Fehlen die Erzählungen, Aufzeichnungen und Bilder, gibt es kein Gedächtnis. Gibt es Aufzeichnungen wie die Korrespondenz mit dem »Landesamt für die Wiedergutmachung«, führen sie jedoch eine Auswahl vor Augen. Gibt es Erzählungen wie diejenige, die ich von meinem Vater auf der Parkbank im Botanischen Garten hörte, beleuchten auch sie nur einen Ausschnitt.

Kann das, was nie erzählt, nie aufgeschrieben und nie fotografiert wurde, wirklich vergessen gehen? Lebt es in unsichtbarer Form nicht doch weiter?

Viele Jahre hielt mein Vater in seinem Bemühen um Entschädigung wegen verschiedener »Schäden« durch. Mitte der Siebzigerjahre endete die Korrespondenz mit dem »Landesamt für die Wiedergutmachung«. Ohne seine Hartnäckigkeit, Ausdauer und seine Energie, sich mit dem Vergangenen zu konfrontieren, wären die vielen Seiten Korrespondenz nicht entstanden. Ich wüsste heute nur, was er mir auf der Parkbank im Botanischen Garten erzählte, also wenig.

Seine Geschichte steht für Tausende ähnlicher Geschichten.

Die beiden Verfahren »Schaden an Freiheit« und »Schaden an Eigentum« wählte ich aus, weil sie stellvertretend sind für alle anderen Verfahren. »Schaden an Freiheit« steht dabei für alles, was geschah. Es ist ein »Schaden«, der Millionen von Menschen angetan wurde. Er wurde auch Menschen angetan, die mir nahestehen. Was es bedeutete, ihn zu erleiden, kann ich mir letztlich nicht vorstellen.

Seit den Achtzigerjahren wird nicht mehr das Wort »Wiedergutmachung«, sondern das Wort »Entschädigung« verwendet. Das Geschehene kann nicht wiedergutgemacht werden; die »Entschädigung« tilgt den »Schaden« nicht, aber sie ist ein Zeichen.

Die Zwangsarbeiterinnen und Zwangsarbeiter waren – wie Homosexuelle, psychisch Kranke, Sinti, Roma oder politische Widerstandskämpfer – lange von den Restitutionsverhandlungen ausgeschlossen. Eigentlich bis ins Jahr 2000, als die »Stiftung Erinnerung, Verantwortung, Zukunft« zur Entschädigung der Zwangsarbeiter gegründet wurde; da war mein Vater schon zwei Jahre tot. Allerdings stellte sich die Entschädigung der noch lebenden Zwangsarbeiter als schwierig heraus, weil die beteiligten Firmen nicht kooperierten, lese ich; es wird als »beschämender Vorgang« bezeichnet.

Im Jahr 2009 wurde die »Erklärung von Terezin« verabschiedet; 47 Länder inklusive aller EU-Mitglieder unterzeichneten den Vertrag, der den Willen bekräftigte, Entschädigung zu bezahlen und Geraubtes zurückzugeben. Doch im November 2022, gerade während ich Izbica besuche, erinnert die World Jewish Restitution Organization (WJRO) auf einer Konferenz in Prag daran, dass fast achtzig Jahre nach der *Shoah* nur ein kleiner Teil jüdischen Eigentums zurückerstattet oder entschädigt worden ist. Es eilt immer noch nicht sehr. Und die Zeit arbeitet für die Räuber.

Viele Jahre ging mein Vater zum Psychologen Doktor Fliess und redete. Er setzte sich dem aus, was er erlitten, erlebt, getan hatte. Er leuchtete in die Winkel, stieg hinab in seine Keller. Soweit es ihm möglich war. Ich glaube nicht, dass er sich über sich selbst viel vormachte. Nicht mehr als andere. Und sicher weniger als meine Mutter. Sie wollte, sie konnte nicht in sich hineinschauen; sie hatte ihre Gründe.

Neben allem, was in unserer Familie schwierig war und mit der Zeit noch schwieriger wurde, gab es Glück, Geborgenheit und Wärme. Meine Mutter hat uns mit ihrem Witz und Charme und mit ihren Zeichnungen und Bildern bezaubert. Mein Vater hat uns seine unbändige Lebenskraft mitgegeben. Es ist dieselbe Energie, die auch ihm half, der Angst zu begegnen, die zeitlebens in ihm steckenblieb und die er an mich weitergegeben hat.

Dass er rücksichtslos enge Bindungen kappen konnte, gehörte zu seinem Überleben; das hatte sich für ihn bewährt. Doch er wiederholte damit etwas von dem, was er selbst erlitten hatte. Sein »Schaden an Freiheit« richtete weitere »Schäden« an.

Hatte mir mein Vater die Wahrheit erzählt? Seine Wahrheit? Hatte er sie dem »Landesamt für die Wiedergutmachung« erzählt? Oder hatte er da und dort etwas zurechtgebogen, verschwiegen? Er hatte überlebt, weil mehrere Menschen den Mut gehabt hatten zu helfen, das ist sicher, und weil die Schweizer Grenzwächter, die meinen Vater zurückschicken sollten, das nicht taten. Mich gibt es nur, weil Margarete Voigtländer meinen Vater versteckte. Weil die Grenzwächter Karl Frey, Ernst Leuenberger und Emil von Ballmoos sich nicht an die Vorschriften hielten.

In der »Central Database of Shoah Victims' Names« der Internationalen Gedenkstätte Yad Vashem in Jerusalem sind weitere Menschen mit unserem Namen aufgeführt. Sie lebten in der Ukraine; niemand von ihnen hat die *Shoah* überlebt. Aber vielleicht gibt es doch noch Nachkommen von ihnen in Odessa oder einem anderen Ort in der Ukraine? Und erleiden sie nun wieder einen Krieg?

Eines Tages werde ich es vielleicht wissen.

Dank

Ich widme dieses Buch meiner Familie und Margarete Voigtländer, die meinen Vater und Hanna versteckte; Karl Frey, Ernst Leuenberger und Emil von Ballmoos, die sie an der Grenze nicht zurückschickten; und Doktor Fliess, der jahrelang zuhörte.

Fun Harzn, vo Härze, von Herzen danke ich Anna Brinkmann, Michael Busslinger, Barbara Geiser, Patrick Gutenberg, Steffen Hänschen, Koni Nordmann und Peter Stamm. Mit ihrem Wissen, ihren Anregungen und mit ihrer Freundschaft haben sie mich begleitet und unterstützt.

Wie auch Rosina Franziska Berger, Sabina Bobst, Yudit Caplan, Gunter Demnig, Dalia Eliaz, Katrin Freisager, Hans Frieden, Nathan Goldman, Joseph Haas, Gad Peter Ilani, Susanne Joos, Tom Kawara, Jupp Klegraf, Guido Koller, Angelika Klammer, Thomas Kramer, Andreas Langen, Isabelle Mittermeier, Andreas Nikakis, Klaus Olonetzky, Lyudmila Oinonen, Manfred Pabst, Lioba Paul, Lisa Rosenblatt, Juliane Schindler, Patrick Schneebeli, David Schönhaus, Sascha Schönhaus, Christian Schmidt, Werner Schmidt, Lis Sinner, Harald Stingele, Dorothea Trottenberg, Regula Walser, Markus Wieser und Maria Zelzer.

Die wichtigste Informationsquelle für meinen Text waren die Dokumente aus den Landesarchiven Baden-Württemberg

(Ludwigsburg) und Berlin sowie aus den Arolsen Archives, Bad Arolsen, aus dem Archiv für Zeitgeschichte der Eidgenössischen Technischen Hochschule ETH, Zürich, und aus dem Schweizerischen Bundesarchiv, Bern.

Insbesondere drei Bücher haben mir während meiner Recherche unverzichtbare Informationen geliefert: Steffen Hänschen, »Das Transitghetto Izbica im System des Holocaust«, Metropol Verlag, 2018; Maria Zelzer, »Stuttgart unterm Hakenkreuz, Chronik 1933–1945«, edition cordeliers und Alektor Verlag, 1983; und Maria Zelzer, »Weg und Schicksal der Stuttgarter Juden. Ein Gedenkbuch herausgegeben von der Stadt Stuttgart« (Sonderband der Veröffentlichungen des Archivs der Stadt Stuttgart), Stuttgart, Ernst Klett, 1964.

Der Literaturwissenschaftler, Historiker und Übersetzer Steffen Hänschen (* 1960) schrieb die bislang einzige umfassende Forschungsarbeit über das Transitghetto Izbica. In akribischen Recherchen, Quellenstudien und Gesprächen hat er die Geschichte des Orts vor, während und nach der Besetzung durch Nazideutschland aufgearbeitet. Alle wesentlichen Informationen zum Geschehen in Izbica verdanke ich seiner Forschungsarbeit und der Reise nach Izbica, die ich mit ihm machen konnte. Weitere Publikationen und Websites, die für die Beschreibung Izbicas wichtig waren, sind im Quellenverzeichnis aufgeführt.

Die Historikerin Maria Zelzer (1921–1999) wurde nach Ende des Zweiten Weltkriegs als Deutsche aus der Tschechoslowakei vertrieben; mit ihren Eltern zog sie 1946 nach Deutschland. Nach dem Studium arbeitete Maria Zelzer zuerst als Stadtarchivarin in Donauwörth, von 1961 bis ca. 1980 im Stadtarchiv Stuttgart. Sowohl in Donauwörth wie in Stuttgart recherchierte sie zur Geschichte der beiden Städte in der Zeit des Nationalsozialismus. Und an beiden Orten sah sie sich mit dem Widerstand von Behördenmitgliedern und Politikern konfrontiert, die noch Anfang der Achtzigerjahre die Aufarbeitung der NS-Zeit verhindern wollten.

Maria Zelzer blieb mit außergewöhnlicher Hartnäckigkeit an der Arbeit. Die darstellend-erzählende Form, die sie für ihre Bücher wählte, genügt heutigen Ansprüchen an die wissenschaftliche Aufarbeitung der Geschichte nicht. Ihre Bücher ermöglichten es mir jedoch, mir die Stimmung der Zeit und die Situation im Stuttgarter Alltag vorstellen zu können. Weitere Quellen, auf die ich mich für die Beschreibung Stuttgarts stütze, sind im Quellenverzeichnis aufgeführt.

Die Arbeit an diesem Buch wurde unterstützt von

GIUSEPPE
KAISER
STIFTUNG

Quellen

Die im Text als »Dokumente« bezeichneten Unterlagen zu Moritz Olonetzky, Malka Olonetzky, Paula Apfelbaum-Kogan-Olonetzky, Efrem Olonetzky / Ilani, Hanna Berkheim-Olonetzky, Avram Olonetzky / Ilani und Benjamin / Beny Olonetzky befinden sich im Landesarchiv Baden-Württemberg/ Staatsarchiv Ludwigsburg, im Landesarchiv Berlin sowie in den Arolsen Archives, Bad Arolsen, im Archiv für Zeitgeschichte der Eidgenössischen Technischen Hochschule ETH, Zürich, und im Schweizerischen Bundesarchiv, Bern.

Bei den Unterlagen aus den deutschen Archiven handelt sich im Wesentlichen um die Korrespondenz, die mein Vater und seine Geschwister von 1950 bis 1974 mit dem jeweiligen »Landesamt für die Wiedergutmachung« in Stuttgart und Berlin führten.

Beim Schweizerischen Bundesarchiv handelt es sich hauptsächlich um Unterlagen zur Flucht, Internierung und Einbürgerung meines Vaters Beny Olonetzky. Im Archiv für Zeitgeschichte fanden sich Unterlagen des Verbands Schweizerischer Jüdischer Fürsorgen bzw. Flüchtlingshilfen VSJF.

Archiv für Zeitgeschichte der ETH Zürich: IB VSJF-Archiv/ O.54; Flüchtlingsakten, Personendossiers 1938–1990 / 1.4.153.OI; Laufzeit: 1.10.1943 – 1.2.1953.

Arolsen Archives:
Dokumente zu Moritz Olonetzky: 1.2.1.1/11201242; 1.2.1.1/11201243; 1.2.1.1/11201353; 1.2.1.1/11200914; 1.2.1.1/11200919; 6.3.3.2/100284197; 6.3.3.2/100284199; 6.3.3.2/100284200; 6.3.3.2/100284201; 6.3.3.2/100284202; 6.3.3.2/100284203; 6.3.3.2/100284205; 6.3.3.2/100284206; 6.3.3.2/100284207.
Dokumente zu Benjamin Olonetzky: 2.2.2.1/74017552; 1.2.1.5/11206791; 1.2.2.1/12059313; 3.1.1.3/78775959; 3.1.1.3/78776131; 3.1.1.3/78776138; 3.2.1.4/81119856; 3.2.1.4/81119857; 3.2.1.4/81119858; 3.2.1.4/81119859; 3.2.1.4/81119860; 3.2.1.4/81119861; 3.2.1.4/81119862; 3.2.1.4/81119863; 3.2.1.4/81119864.

Landesarchiv Baden-Württemberg, Staatsarchiv Ludwigsburg:
StAL EL 350 I _Bue 26426; StAL EL 350 I_Bu 26427; StAL EL 350 I_Bue 38174; StAL EL 350 I_Bue 39306; StAL FL 300--31 III_Bue 3231; StAL K 50_Bue 3147; StAL EL 350 I_Bue 20778; StAL EL 350 I_Bue 38219; StAL FL 300--33 I_Bue 17194; StAL K 50_Bue 4561.

Landesarchiv Berlin:
B Rep 025–02 Nr. 2915 59; B Rep 025–02 Nr. 2916 59; B Rep 025–02 Nr. 2917 59. Signatur: 23 WGA 2915–17/59.

Schweizerisches Bundesarchiv:
E4264#1985/196#19273*, N-12855, 01.01.1943–31.12.1958; E4264#2006/96#22788*, K-058447, Olonetzky, Benjamin Emil, 07.04.1917, 1956–1957.

Die Beschreibung vom Geschehen in Stuttgart stützt sich auf folgende Quellen:
Lothar Fleck, Sibylle Thelen, Landeszentrale für politische Bildung Baden-Württemberg, »Wir fragten uns, ob wir unser Zuhause

je wiedersehen würden – Die Deportationen der Jüdinnen und Juden aus Württemberg und Hohenzollern, 1941–1945«. Lese- und Arbeitsheft aus der Reihe Materialien, 13–2021, Stuttgart, 2021.
Gedenkstätte »Zeichen der Erinnerung«: http://www.zeichen-der-erinnerung.org/gedenken-an-die-deportation-am-26-04-1942--vom-killesberg-laendliche-gaststaette-zum-inneren-nordbahnhof-nach-izbica/
Geschichte der Juden in Stuttgart: https://www.stuttgart-aga.de/geschichte
Josef Klegraf und Geschichtswerkstatt Stuttgart-Nord e. V., »Der Killesberg unterm Hakenkreuz«, Stuttgart, 2012.
Propagandafilm: »Die Sammlung der Stuttgarter Juden auf dem Killesberg«, aus: Blog des Stadtarchivs Stuttgart: https://archiv0711.hypotheses.org/4203
Maria Zelzer, »Stuttgart unterm Hakenkreuz Chronik 1933–1945«, edition cordeliers und Alektor Verlag, 1983.
Maria Zelzer, »Weg und Schicksal der Stuttgarter Juden. Ein Gedenkbuch herausgegeben von der Stadt Stuttgart« (Sonderband der Veröffentlichungen des Archivs der Stadt Stuttgart), Stuttgart, Ernst Klett, 1964.

Die Beschreibung vom Geschehen in Izbica stützt sich auf folgende Quellen:

Bildungswerk Stanislaw Hantz, Izbica – Ort der Erinnerung: https://bildungswerk-ks.de/izbica
Chronologie des Holocaust, Adolf Hitlers Ankündigung der Endlösung: http://www.holocaust-chronologie.de/artikel/hitlers-drohung.html
Steffen Hänschen, »Das Transitghetto Izbica im System des Holocaust«, Metropol Verlag, 2018; mit freundlicher Genehmigung des Autors. Insbesondere Informationen bzw. Zitate von folgenden Seiten: 21, 37/38, 49/50, 71, 139–143, 146/147, 150, 189, 203, 424–426, 455–457, 487–489, 492/493, 552.
Holocaust History Archive, Izbica in Fotografien: http://holocaust-history-archive.com/wp/ghetto-izbica-photos/
Jewish Gen – The Global Home for Jewish Genealogy, »List of Names extracted from Jewish Life in Esslingen«: https://www.jewishgen.org/yizkor/Esslingen/ess465.html

Memorial Book, Victims of the Persecution of Jews under the National Socialist Tyranny in Germany 1933–1945: https://www.bundesarchiv.de/gedenkbuch/en939657
Statistik des Holocaust, Statistik und Deportation: https://www.statistik-des-holocaust.de/list_ger_swd_420426.html
The Sobibor Remembrance Project, Transports: http://chelm.freeyellow.com/sobibor_transports.html
United States Holocaust Memorial Museum, Holocaust Survivors and Victims Database: https://www.ushmm.org/online/hsv/source_view.php?SourceId=49492
Yad Vashem, Internationale Holocaust Gedenkstätte: https://yvng.yadvashem.org/index.html?language=de

Quellen zur Zwangsarbeit:

Bundesstiftung zur Entschädigung der Zwangsarbeit, »Zwangsarbeit in Stuttgart 1939–1945«, Gedenkschrift, 2000.
Dokumentationszentrum NS-Zwangsarbeit: https://www.ns-zwangsarbeit.de/alltag-zwangsarbeit/
Stiftung Erinnerung, Verantwortung und Zukunft (EVZ): https://www.stiftung-evz.de/wer-wir-sind/geschichte/
Bundeszentrale für politische Bildung, »NS-Zwangsarbeit – Der lange Weg zur Entschädigung«:
https://www.bpb.de/themen/nationalsozialismus-zweiter-weltkrieg/ns-zwangsarbeit/227273/der-lange-weg-zur-entschaedigung/

Quellen zum Arbeitslager Schlosshof in Bielefeld:

Felix Tiemann, Spurensuche Bielefeld, »Der Schlosshof – Gut – Gasthaus – Jüdisches Lager«: https://spurensuche-bielefeld.de/spur/der-schlosshof-gut-gasthaus-juedisches-lager/
Cioma Schönhaus, »Der Passfälscher – Die unglaubliche Geschichte eines jungen Grafikers, der im Untergrund gegen die Nazis kämpfte«, Scherz Verlag, 2005, S. 9–23.

Quellen zur Restitution nach dem Zweiten Weltkrieg:

Bundesrecht, Artikel 43 des Bundesgesetzes zur Entschädigung (BEG), Schaden an Freiheit, I. Freiheitsentziehung, § 43: https://www.buzer.de/gesetz/4019/v56193.htm

Hans Günter Hockerts, ›Wiedergutmachung in Deutschland 1945–1990. Ein Überblick‹, in: »ApuZ« (Aus Politik und Zeitgeschichte).
https://www.bpb.de/shop/zeitschriften/apuz/162883/wiedergutmachung-in-deutschland-1945-1990-ein-ueberblick/
Jürgen Lillteicher, »Grenzen der Restitution –Die Rückerstattung jüdischen Eigentums in Westdeutschland nach dem Zweiten Weltkrieg«. Vortrag. http://www.initiativefortbildung.de/pdf/provenienz_lillteicher.pdf

Quellen zur Schweiz während des Zweiten Weltkriegs:

Bundesamt für Flüchtlinge, Medien und Kommunikation, »Prominente Flüchtlinge im Schweizer Exil«, Bern, 2003.
Erich Schmidt-Eenboom, »Die Schweiz im Visier des Dritten Reichs«: http://www.geheimdienste.info/texte/Canaris+Schweiz.pdf
Internierung in der Schweiz im Zweiten Weltkrieg: https://de.wikipedia.org/wiki/Internierung_in_der_Schweiz_im_Zweiten_Weltkrieg
Verband Schweizerischer Jüdischer Fürsorgen VJSF: https://vsjf.ch/de/
Urs Thaler, »Unerledigte Geschäfte – Zur Geschichte der schweizerischen Zigarrenfabriken im Dritten Reich«, Orell Füssli Verlag, 1998.

Weitere Bücher und Websites:

Biel-Benken, Heimatbuch: https://www.biel-benken.ch/public/upload/assets/2990/Heimatbuch%201993%201.%20Teil%20%28Seiten%201-149%29.pdf
Wilhelm Busch, »Max und Moritz«, München, 1865. Deutsches Textarchiv: https://www.deutschestextarchiv.de/book/view/busch_max_1865?p=9
Leonard Cohen, aus: »Anthem«, Songtext: https://g.co/kgs/5LKP7M
Anna Kemper und Ilka Piepgras, ›Ich wusste, das ist meine letzte Chance‹, Interview mit Esther Safran Foer, »ZEIT MAGAZIN« Nr. 46, 5. November 2020, S. 21–30.
Martin Kloke, »Die Entwicklung des Zionismus bis zur Staatsgründung Israels 1914–1948«, Europäische Geschichte Online EGO, 2010: http://ieg-ego.eu/de/threads/transnationale-bewegungen-und-organisationen/internationale-organisationen-und-kongresse/

martin-kloke-die-entwicklung-des-zionismus-bis-zur-staatsgruendung-israels-1914–1948
Walter Mayr, ›Die letzten Juden von Odessa‹, in: »Der Spiegel«, Nr. 10/5. 3. 2022.
Tatjana Neef, »Unbelichtet. Unexposed – Münchner Fotografen im Exil. Munich Photographers in Exile«, Katalog zur Ausstellung im Jüdischen Museum München, Kehrer Verlag, Heidelberg, 2010.
Nadine Olonetzky, ›Radschlagen auf Grün‹, aus: Daniela Keiser, Nadine Olonetzky, »bergen«, Verlag The Greenbox, Berlin, 2015.
Leo Rosten, »Jiddisch – Eine kleine Enzyklopädie«, Deutscher Taschenbuch Verlag, München, 4. Auflage, 2003.
Paul Schilperoord, »The Extraordinary Life of Josef Ganz – the Jewish Engineer behind Hitler's Volkswagen«, RSV-Publ. Inc., 2012.
Ryoko Sekiguchi, »Nagori – Die Sehnsucht nach der von uns gegangenen Jahreszeit«, Matthes & Seitz, Berlin, 2021.
Fazal Sheikh, »Desert Bloom«, Begleitheft zur Ausstellung in den Deichtorhallen Hamburg, 2022.
Isaac Bashevis Singer, »Zlateh die Geiß und andere Geschichten«, Verlag Sauerländer, Aarau und Frankfurt am Main, 1969.
Isaac Bashevis Singer, »Massel und Schlamassel«, Verlag Sauerländer, Aarau und Frankfurt am Main, 1969.
Isaac Bashevis Singer, »Die Narren von Chelm und ihre Geschichte«, Verlag Sauerländer, Aarau und Frankfurt am Main, 1975.
Wisława *Szymborska*, »Hundert Freuden«, Gedichte, Suhrkamp, Frankfurt am Main, 1996.
Frank Trentmann, »Herrschaft der Dinge – Die Geschichte des Konsums vom 15. Jahrhundert bis heute«, DVA Verlag 2018.
Zeitspuren, Der Zweite Weltkrieg in Wuppertal, Bombardierung von Barmen: http://www.zeitspurensuche.de/02/01wkri3.htm

In Familienbesitz:

W. Leemann, »Grundriss einer Familiengeschichte von Hans Ernst Baltensperger-Guilland, Goldschmied, Rüschlikon-Zürich«, Stammfolge der Familie, zusammengestellt aus Beiträgen in Staats- und Gemeindearchiven, 1941.
»Pierre Baltensperger Juweliere 1878–1978«, Doppelnummer der Hauszeitschrift »Rund um den Schmuck« zum 100-Jahr-Jubiläum, 1978.

Lebenslauf zur Abdankung von Thérèse Baltensperger-Guilland, März 1967.
Fotoalben, Fotografien, Tagebuch

Reisen:
Reise nach Olonets, Russland, 2011.
Josef Klegraf, Initiative Stolpersteine Stuttgart, Gespräch in Stuttgart, 2015.
Karin Andre, Susanne Joos, Andreas Langen, Andreas Nikakis, Werner Schmidt, Initiative Stolpersteine Stuttgart, Gespräche in Stuttgart, 2022.
Yudit Caplan, Kuratorin für Fotografie am Israel Museum, Jerusalem: Gespräch in Jerusalem, 2022.
Dalia Eliaz, Gespräch in Tel Aviv, 2022.
Steffen Hänschen, Führung durch Izbica, Polen, 2022.